U0516493

李復波 編

詞話叢編索引

中華書局

目　録

人名索引例言

一、本索引根據中華書局一九八六年出版的《詞話叢編》編製。

二、《詞話叢編》中各詞話的正文、注文、附録以及序跋中的人名，均在本索引收録範圍之内。

三、本索引以姓名爲主目，其他稱謂如字、號、綽號、爵名、謚號、廟號等，均作參見條目，附於主目之後。如：

　　張炎（叔夏、玉田、樂笑翁、張春水）

　　李煜（重光、鍾隱、李後主、南唐後主、蓮峯居士、鰥夫煜）

四、只有姓氏没有名字者，以姓氏爲主目，注明其從屬關係。如：

　　王氏崔英妻

　　孫氏鄭文妻

　　如簡稱名家姓氏，如"蘇辛"，則不作異稱，不列參見目，但作爲一条列於主目下。

五、姓名不詳者，以書中出現的稱謂立目。如：

　　易祓妻

　　武林老僧

　　某教授

六、並列簡稱，如"南唐二主"，不作異名附注，亦不列參見條目，但作爲一條分列各主目下。

七、同名異人，分列主目。無字號可資區別者，附注時代、郡望、事蹟等加以説明。如：

　　盼盼唐人

盼盼北宋人

盼盼南宋陸淞妾

盼盼南宋歌姬

八、佛教人物，均以法名爲主目，其他稱謂作參見目。稱謂前
　　所冠之“僧”、“釋”、“尼”等統一取消不用。

九、主目下所列數碼，表示本條見於《詞話叢編》的第幾册、第
　　幾頁。例如：

　　　辛棄疾（幼安、稼軒）

　　　　1/191

　　　　1/192

　　斜線前爲册數，斜線後爲頁數。

十、同一頁中同一人多次出現，如果都在同一則詞話中，只作一
　　條；如果分别出現在幾則詞話中，則在該條後標示出現次數。
　　如：

　　　高觀國（賓王、竹屋）

　　　　1/309②

　　　　1/323②

　　“②”便表示高觀國的名字在三〇九頁中見於兩則詞話中。

十一、同一人的有關叙述雖跨頁出現，如文字相屬，作爲一條，列
　　　出最先出現的頁數。

十二、原書中由於各種緣故造成訛誤的，一旦發現，在數碼後加
　　　識＊，並於頁下注作簡要訂正，但絶非全面考證，有待
　　　讀者深入研究。

十三、本索引採用四角號碼檢字法編排，以《詞話叢編》所用字體
　　　爲準。首先列出各目第一字的四角號碼，如“周密”，先列
　　　“周”字的四角號碼“7722。”；再列第二字上兩角，排在該
　　　目之前，如“30周密”。如果第二字上兩角相同，則暗取第
　　　二字的第三角，如“周密”、“周容”，上兩角皆爲“30”，而

"容"第三角爲"6"，"密"第三角爲"7"，則"周容"排在"周密"之前。其他可類推。

十四、爲便讀者，另製有字頭筆劃與四角號碼對照表，附於書後。

十五、《詞話叢編》集羣書而成，以致人名稱謂頗爲雜亂，加之編者見聞不廣，索引定會存在許多不妥乃至謬誤之處，還望讀者批評指正。

四角號碼檢字法

第一條 筆畫分為十種，用0到9十個號碼來代表：

號碼	筆名	筆形	舉　　例	說　　明	注　　意
0	頭	亠 广	言 主 广 疒	獨立的點和獨立的橫相結合	123都是單筆，0456789都由二以上的單筆合為一複筆。凡能成為複筆的，切勿誤作單筆；如亠應作0不作3，寸應作4不作2，厂應作7不作2，凵應作8不作3，2，小應作9不作3，3。
1	橫	一乁乀	天 土 地 江 元 風	包括橫挑(趯)和右鉤	
2	垂	丨丿	山 月 千 則	包括直撇和左鉤	
3	點	丶丷	宀 礻 宀 厶 之 衣	包括點和捺	
4	叉	十乂	草 杏 皮 刘 大 對	兩筆相交	
5	插	扌	扌 戈 申 史	一筆通過兩以上	
6	方	口	國 鴨 目 四 甲 由	四邊齊整的方形	
7	角	乛乁丁 乚丿	羽 門 灰 陰 雪 衣 學 罕	橫和垂的鋒頭相接處	
8	八	八丷 人乂	分 頁 羊 余 災 豖 足 年	八字形和它的變形	
9	小	小灬 忄宀	尖 絲 辮 杲 惟	小字形和它的變形	

第二條 每字只取四角的筆形，順序如下：

(一)左上角　(二)右上角　(三)左下角　(四)右下角。

(例)

(一)左上角 ……… 右上角(二)

端

(三)左下角 ……… (四)右下角

檢查時照四角的筆形和順序，每字得四碼：

(例) 顔=0128　截=4325　烙=9786

第三條　字的上部或下部，只有一筆或一頏筆時，無論在何地位，都作左角，它的右角作0，

(例) 宣 直 首 夅 軍 宀 母

每筆用過後，如再充他角，也作0。

(例) 干 之 持 掛 犬 廾 車 時

第四條　由整個口門鬥行所成的字，它們的下角改取內部的筆形，但上下左右有其它的筆形時，不在此例。

(例) 因=6043　閉=7724　鬪=7712　衡=2143

茵=4460　瀾=3712　荐=4422

附　則

I 字體寫法都照楷書如下表：

正	宀	佳	匕	反	禾	戶	妾	心	卜	斤	勿	业	亦	草	真	執	禺	衣
誤	宀	佳	匕	反	禾	戶	妾	心	卜	斥	双	业	亦	草	真	執	禺	衣

II 取筆形時應注意的幾點：

(1)卢戶等字，凡點下的橫，右方和它筆相連的，都作3，不作0。

(2)尸匜門等字，方形的筆頭延長在外的，都作7，不作6。

(3)角筆起落的兩頭，不作7，如勹。

(4)筆形"八"和它筆交叉時不作8，如美。

(5)业业中有二筆，水小旁有二筆，都不作小形。

Ⅲ 取角時應注意的幾點：

(1)獨立或平行的筆，不問高低，一律以最左或最右的筆形作角．

(例) 非 肯 疾 浦 帝

(2)最左或最右的筆形，有它筆蓋在上面或托在下面時，取蓋在上面的一筆作上角，托在下面的一筆作下角．

(例) 宗 宰 寧 共

(3)有兩種筆可取時，在上角應取較高的複筆，在下角應取較低的複筆．

(例) 功 盛 頗 鴨 奄

(4)撇為下面它筆所托時，取它筆作下角．

(例) 春 奎 碎 衣 辟 石

(5)左上的撇作左角，它的右角取作右筆．

(例) 勾 鈎 俸 鳴

Ⅳ 四角同碼字較多時，以右下角上方最貼近而露鋒芒的一筆作附角，如該筆已經用過，便將附角作0．

(例) 苦＝44710 元 拼 是 疖 歊 畜 殘 儀
難 達 毬 禧 繕 蠻 軍 覽 功 郭
疲 癥 愁 金 速 仁 見

附角仍有同碼字時，再照各該字所含橫筆(即第一種筆形，包括橫挑(提)和右鈎)的數目順序排列．
例如"市""帝"二字的四角和附角都相同，但市字含有二橫，帝字含有三橫，所以市字在前，帝字在後．

人名索引

0010₄ 主

48主敬　見陶安

0010₆ 亶

63亶眙　見姜培胤

0010₈ 立

30立之　見趙闓禮

0012₇ 病

26病鯢　見陶伯葆
80病翁　見劉子肇

0014₇ 瘦

22瘦鸞
　　4/3636
瘦山　見鄭璜
68瘦吟　見姚岱
80瘦羊　見潘鍾瑞

0018₁ 癡

11癡張　見張承槳

0018₇ 疚

00疚齋　見冒廣生

0020₁ 亭

44亭林　見顧炎武

0020₇ 亨

53亨甫　見張際亮
亨甫　見林用霖

0021₁ 鹿

21鹿虔扆
　　1/457
　　1/599
　　1/618
　　1/975
　　2/1132②
　　2/1549
　　2/1822②
　　2/1823②
　　2/1825
　　2/1997
　　4/3227
　　4/3590
　　4/3993
　　5/4149
　　5/4151
　　5/4201

　　5/4213
22鹿仙　見張炳墊
31鹿潭　見蔣春霖
32鹿洲　見藍鼎元
41鹿坪　見沈鍾
77鹿門　見皮錫瑞
　鹿門　見茅坤

龐

44龐蕙纕
　　1/821
　　3/2108

0021₇ 亢

44亢堇浦
　　5/4176

盧

74盧陵　見歐陽修

0022₂ 廖

10廖正一（明略）
　　1/128
　　1/469
　　1/929
　　2/1176

3/2010

3/2022

3/2319

5/4158

5/4161

21廖行之

5/4142

44廖世美

5/4429

60廖恩燾（懺庵）

5/4798

5/4799

90廖省齋

4/3474

99廖瑩中（群玉）

1/700

3/2706

4/3371

彥

00彥高　見吳激

　彥文　見曹緯

　彥章　見曹組

　彥章　見汪藻

　彥章　見袁士元

15彥翀　見凌雲翰

21彥能　見鄭僅

24彥先　見高登

26彥和　見劉勰

30彥之　見杜荀鶴

35彥冲　見劉子翬

　彥清　見孫德祖

　彥清　見程頌芬

38彥祥　見易祓

40彥士　見陳文翊

60彥回*

1/675

77彥周　見侯寘

　彥周　見許顗

　彥卿　見王復

　彥卿　見方俊

序

26序伯　見程庭鷺

0022₃　齊

17齊己

1/440

1/856

40齊袁瑕

5/4342

77齊曳　見王彥齡

0022₇　方

00方立　見董祐誠

12方廷湖

4/3561

17方子謙

1/666

17方子雲

2/1518

17方君遇

3/2746

18方致士

2/1944

20方喬

1/903

3/2264

3/2334

3/2670

　方喬妻　見紫竹

方信孺（孚若）

4/3372

21方虎

2/1473

22方川　見黃墇

23方俊（彥卿）

1/454

4/3372

27方舟　見李石

　方叔　見張榘

　方叔　見李廌

　方叔章

5/4340

28方復齋

5/4579

35方清之

5/4579

36方渭仁

2/1933

---

*　此疑指宋薛顏（字彥回）。

40方壺居士　見汪莘

43方城　見溫庭筠

44方薰(蘭坻)

　3/2476

　3/2715

53方成培(仰松)

　4/3220

　4/3360

　5/4113

　5/4928

54方拱乾(坦庵)

　1/654

55方耕

　4/4015

60方思　見沈永哲

方回(千里、虛谷)

　1/338

　1/423

　1/603

　1/620

　1/652

　1/705

　1/724

　1/935

　1/936

　1/989

　1/1005

　1/1007

　2/1199

　2/1424

　2/1464

　2/1471

　2/1492

　2/1796

　2/1576

　3/2406

　3/2686

　3/2687

　3/2758

　3/2856

　3/2869

　3/2997

　4/3124

　4/3145

　4/3589

　4/3623

　5/4029

　5/4082

　5/4137

　5/4194

　5/4900

　5/4901

　5/4942

　5/4946

方回　見賀鑄

72方岳(秋崖、巨山)

　1/454

　2/1561

　3/2221

　4/3325

　4/3797

　4/3914

　5/4535

方氏(秀齋)

　2/1264

77方履籛

　4/3135

88方竹　見超正

高

00高應焱(文樵、聚紅生)

　4/3388

　4/3390

　4/3392

　4/3526

07高望曾(穉顏、茶庵)

　3/2718

　3/2779

　3/2784

　3/2785

　3/2799

　3/2963

10高疏寮

　3/2878

11高珩(念東)

　2/1602

12高登(彥先)

　4/3368

　4/3371

　5/4534

高兆(雲客)

　4/3570

13高恥庵

　1/442

　1/499

1/863

1/865②

2/1204

2/1252

2/1855

5/4429

22高繼珩（寄泉）

　3/2777

25高仲堅

　5/4435

26高白叔

　4/4002

28高似孫

　1/856

30高濂（深甫）

　1/1027

高適

　1/78

　2/1095

　2/1117

　2/1764②

　2/1784

　2/1984

高翥（槎客）

　2/1943

　2/1954

高憲（仲常）

　1/788

　1/1017

　2/1273

2/1895

4/3910

5/4171

5/4581

高宇泰（虞尊）

　3/2682

31高江村

　3/2443

　3/2501

33高心夔（碧湄）

　3/2962*

　5/4331

38高啓（季迪、青邱）

　1/368

　1/372

　1/376

　1/437

　1/1024

　2/1302②

　2/1454

　2/1563

　2/1917②

　3/2171

　3/2212

　3/2544

　4/3433

　4/3728

　4/3823

　4/3824

　5/4143

5/4262

40高士　　見倪瓚

　高士奇

　1/1046

　4/3398

　5/4958

44高世泰（彙旃）

　3/2589

46高觀國（賓王、竹屋）

　1/255

　1/302

　1/309②

　1/323②

　1/338

　1/492

　1/526

　1/570

　1/651

　1/682

　1/721

　1/722②

　1/845

　1/857

　1/864

　1/870

　1/903

　1/1004②

　2/1245②

　2/1333

　2/1377

---

* “碧湄”誤作“碧渭”。

2/1419	4/3267	71高阮懷
2/1435	4/3268	1/583
2/1451	4/3269	77高層雲（謖苑、謖園）
2/1454	4/3273	2/1943
2/1458	4/3281	3/2787
2/1467	4/3288	80高夑
2/1503	4/3325	1/946
2/1560	4/3358	88高竹坡
2/1576	4/3465	3/2812
2/1644	4/3470	高第（頴樓）
2/1784	4/3510	2/1538
2/1785	4/3595	3/2487
2/1787	4/3674	高節
2/1879②	4/3694	1/952
2/1948	4/3724	90高小湖
2/1967	4/3728	3/2140
3/2130	4/3800②	99高瑩
3/2168	4/3801③	3/2216
3/2212	4/3904	3/2311
3/2349	4/3962②	**商**
3/2417	4/3964	
3/250(	4/3969	07商毅庵
3/2516	5/4032	2/1307
3/2544	5/4123	2/1920
3/2735	5/4131	01商正叔
3/2782	5/4133	1/540
3/282⸹	5/4140	47商媚生
4/3074	5/4440	3/2467
4/3109	5/4545	57商輅
4/3174	5/4550	1/1026
4/3176	47高桐（雪舫）	71商原　見華長發
4/3227	3/2764	72商隱　見李彭老

商氏　徐咸清夫人
　　1/580
77商卿　見俞灝

席

05席靖庵
　　3/2594
27席佩蘭（道華）
　　5/4612

庸

00庸庵　見顧樞

鷹

20鷹垂　見周綸

0023₀ 卞

00卞應午
　　3/2091
30卞賽（玉京）
　　3/2110
　　5/4518

0023₁ 庶

90庶常　見杜紫綸

應

17應子和（三紅秀才）
　　2/1931
30應之　見吳感
　應寶時（敏齋）
　　3/2901

　　3/2976
　　3/2995
　　4/3660
37應次蘧
　　3/2403
40應來　見梁紹壬
44應華　見秦緗業
67應嗣寅
　　4/3240

0023₂ 康

22康崑崙
　　2/1106
27康侯　見譚敬昭
37康鄈（湘雲）
　　2/1957
40康有為（南海、長素）
　　5/4305
　　5/4372②
77康與之（伯可、順庵、
　　執權）
　　1/194
　　1/266
　　1/267
　　1/278
　　1/469
　　1/599
　　1/600
　　1/603
　　1/618
　　1/632
　　1/633

　　1/644
　　1/698
　　1/705
　　1/838
　　1/852
　　1/875
　　1/934
　　1/950②
　　1/994
　　2/1213
　　2/1224④
　　2/1412
　　2/1413
　　2/1420
　　2/1451
　　2/1458
　　2/1462
　　2/1559
　　2/1665
　　2/1796②
　　2/1797
　　2/1801
　　2/1804
　　2/1867③
　　2/1868
　　3/2061
　　3/2218
　　4/3031
　　4/3065
　　4/3067
　　4/3089
　　4/3112

4/3227

4/3267

4/3268

4/3272

4/3358

4/3368

4/3623

4/3925

4/4000

4/4001

5/4030

5/4082

5/4121

5/4153

5/4164

5/4265

5/4299

5/4504

5/4545

88康竹鳴

　5/4795

0023₇　庚

30庚肩吾

　1/855

40庚吉甫

　2/1297

　2/1909

庚

32庚溪*

　1/439

廉

50廉夫　見石介

　廉夫　見楊維楨

　廉夫　見陸恢

67廉野雲

　1/941

　3/2377

0024₁　庭

30庭實　見邊貢

77庭堅　見潘牥

0024₇　慶

41慶姬

　3/2314

0025₁　庠

00庠彥　見沈德宣

0026₁　唐

90唐堂　見黃之雋

0026₄　麞

25麞生　見潘鍾瑞

26麞伯　見謝維藩

0026₇　唐

00唐玄宗　見李隆基

10唐玉

　3/2361

　唐元宗　見李璟

11唐珏（玉潛）

　2/1260②

　2/1365

　2/1567

　2/1629

　2/1636

　2/1890

　2/1891

　4/3675

　4/3988

　4/3993

13唐琬（唐婉、陸游妻）

　1/710

　1/926

　2/1235

　2/1264

　2/1265

　3/2053

　3/2344

　3/2407

　3/2517

　3/2671

　4/3922

　5/4577

17唐子愉

21唐順之（荊川）

* 　疑指宋陳巖肖，陳撰有《庚溪詩話》。

1/684

4/4003

22唐山先生

5/4570

23唐允甲(耕隖)

1/655

25唐仲友

1/903

5/4264

30唐宣宗　見李忱

唐寅(子畏、六如)

1/803

1/804

1/922

2/1310

2/1311②

3/2101②

3/2213

3/2626

3/2690

37唐祖命

1/660

40唐士

2/1767

唐圭璋

5/4971

42唐壎(益庵)

3/2588

3/2810

3/2811

唐荆川

5/4116

43唐婉　見唐琬

44唐莊宗　見李存勗

唐蔚芝

5/4729

唐藝孫(英發、瑤翠)

2/1578

3/2210

唐樹義(子方、夢鸧)

3/2143②

3/2448

3/2617

3/2773

67唐明皇　見李隆基

唐昭宗　見李曄

唐昭宗宮人

1/903

72唐氏(月中遁客)

5/4611

77唐卿　見陳造

唐與正

3/2061

3/2365

96唐煜(少白)

4/3905

0028₁　廙

51廙軒　見俞廉三

0028₆　廣

53廣夐　見陸爾熙

80廣翁　見李演

廙

67廙明　見陳玉璨

0029₄　麻

40麻九疇(知幾)

1/1016

0033₀　亦

00亦齋　見岳珂

01亦顏　見韓鑄

17亦珊　見李光瑚

22亦峯　見陳廷焯

0033₆　意

12意孫　見趙懷玉

44意林　見趙信

0040₀　文

00文襄　見張之洞

文襄　見左宗棠

02文端　見吳一鵬

05文靖　見孫爾準

文靖　見劉因

07文毅　見龔鼎孳

10文正　見耶律楚材

文正　見朱珪

文正　見吳澄

文正　見湯斌

文正　見范仲淹

文正　見曾國藩

文元　見賈昌朝	5/4705	1/1019
文夏　見周季琬	5/4751	1/1027
文天祥(文山、信國、	5/4764	2/1311
信公)	5/4783	3/2102②
1/359	5/4806	3/2690②
1/362	17文及翁	4/3408
1/367	1/774	30文房　見劉長卿
1/526	1/1262	文安國
1/702	1/1561	5/4321
1/774	3/2219	文定　見蘇轍
1/864	4/3325	文定　見劉綸
1/938	4/3446	文定　見曾鞏
1/1012	5/4291	文宋瑞
2/1258③	20文秀	1/229
2/1259	3/2346	31文潛　見張耒
2/1450	21文貞　見楊士奇	32文溪　見李昴英
2/1458	文貞　見陳廷敬	34文達　見紀昀
2/1567	22文鼎　見趙善扛	文達　見阮元
2/1888	文山　見文天祥	37文通　見江淹
3/2078	24文待詔　見文徵明	文漱
3/2411	文縝　見何槼	1/114
4/3465	文僖　見錢惟演	38文海　見程鉅夫
4/3696	26文伯　見沈長卿	40文太青(少卿)
4/3701	文伯起	1/657
5/4079	3/2192	文友　見董以寧
5/4080	文穆　見范成大	文樵　見高應焱
5/4262	27文叔　見顧士林	44文勤　見潘祖蔭
12文廷式(道希、芸閣)	28文徵明(衡山、文待	文勤　見彭元瑞
5/4334	詔)	文莊　見葉盛
5/4670	1/655	文莊　見丘濬
5/4672	1/803	文恭　見王頊齡
5/4673②	1/804	文藪　見袁毓麐

47文慤　見沈德潛	文節　見魏杞	1/493
48文梅公	文節　見戴熙	1/495
1/820	文敏　見馮琦	1/502
50文青　見吳瑗	文敏　見洪邁	1/510
文忠　見許有壬	文敏　見李邴	1/518
文忠　見蘇軾	文敏　見董其昌	1/522
文忠　見林則徐	文敏　見趙孟頫	1/572
文忠　見郝經	97文恪　見王鏊	1/579
文忠　見周必大		1/595
文忠　見歐陽修	**0040₁ 辛**	1/619
文惠　見洪适	00辛齋　見陸嘉淑	1/620
53文成　見劉基	辛棄疾（幼安、稼軒）	1/630
60文量　見陸容	1/191③	1/635
71文長　見徐渭	1/192	1/652②
77文卿	1/194	1/655
3/2358	1/195	1/657
文同（與可）	1/213②	1/661
1/448	1/215	1/667
1/860	1/234	1/673
2/1155	1/264	1/681②
3/2803	1/267②	1/685②
5/4077	1/269	1/698
文履善	1/282	1/699
2/1300	1/290	1/722②
2/1915	1/320	1/724
78文愍　見夏言	1/363	1/729
80文公　見朱熹	1/385	1/765
文公　見楊億	1/391	1/767③
88文簡　見王士禛	1/393	1/773
文簡　見程大昌	1/401	1/833
文簡　見尤袤	1/451	1/834②
文節　見謝枋得	1/464	1/838

1/841	1/1005	2/1456
1/845	1/1008	2/1458
1/846	1/1016	2/1459
1/850	1/1020	2/1468
1/852	1/1042	2/1485
1/853②	2/1182	2/1492
1/854②	2/1229	2/1503
1/855②	2/1236③	2/1510
1/858	2/1237④	2/1535
1/859	2/1238②	2/1555
1/861	2/1250	2/1572
1/862	2/1251	2/1601
1/868	2/1272	2/1614
1/873	2/1279	2/1617
1/877	2/1286	2/1633
1/878	2/1309	2/1634
1/898	2/1318	2/1643
1/899	2/1323	2/1644
1/929	2/1344	2/1653
1/930	2/1370	2/1673
1/936	2/1372	2/1781
1/939②	2/1377	2/1794
1/940	2/1398	2/1865
1/944	2/1405	2/1869②
1/946	2/1416	2/1870⑤
1/949	2/1420	2/1872
1/951	2/1423	2/1895
1/952	2/1436	2/1897
1/953	2/1450	2/1902
1/954②	2/1451	2/1922
1/1000	2/1452	2/1927
1/1002	2/1453	2/1930

2/1934	3/2501	4/3252
2/1937	3/2502	4/3266
2/1942	3/2516	4/3269
2/1965	3/2528	4/3272②
2/1967	3/2544	4/3273②
2/1972②	3/2547	4/3276
2/1973②	3/2619	4/3282
2/1976	3/2673	4/3288
3/2044②	3/2743	4/3304
3/2045③	3/2782	4/3323
3/2049	3/2814	4/3325
3/2050	3/2816	4/3330
3/2155	3/2853	4/3355
3/2156	3/2870	4/3358
3/2165	3/2877	4/3364
3/2166	3/2899	4/3372
3/2220③	3/2933	4/3374
3/2244	4/3041②	4/3379
3/2341③	4/3053	4/3387
3/2343	4/3059	4/3398
3/2403	4/3060	4/3408
3/2408	4/3069	4/3423
3/2415	4/3080	4/3433
3/2416	4/3090②	4/3440
3/2419	4/3094	4/3465
3/2434	4/3107	4/3470②
3/2435	4/3108	4/3471
3/2436	4/3123	4/3501
3/2450	4/3127	4/3510
3/2468	4/3168	4/3513
3/2469	4/3222	4/3517
3/2500	4/3227	4/3530

4/3549	4/3841	5/4034
4/3559	4/3888	5/4039
4/3564	4/3890	5/4049
4/3592②	4/3909	5/4052
4/3595	4/3911③	5/4053
4/3607	4/3916②	5/4057②
4/3608	4/3917	5/4058②
4/3613	4/3924	5/4059②
4/3623	4/3925	5/4079
4/3671	4/3930②	5/4080
4/3692	4/3943	5/4082
4/3693⑤	4/3944	5/4083
4/3694	4/3945	5/4089
4/3695	4/3946	5/4090
4/3697③	4/3950	5/4096
4/3724②	4/3953	5/4124
4/3731	4/3957	5/4126
4/3733	4/3959	5/4132
4/3735	4/3961	5/4133
4/3775	4/3962②	5/4140
4/3776②	4/3964	5/4152②
4/3783	4/3965	5/4158
4/3791④	4/3968	5/4159
4/3792④	4/3974	5/4160④
4/3793④	4/3976	5/4161
4/3794③	4/3977	5/4184
4/3795	4/3988	5/4196
4/3796	4/3989	5/4198
4/3802	4/3994	5/4200
4/3818	4/4001	5/4212②
4/3821	4/4003	5/4213
4/3822	5/4031	5/4222

5/4249	5/4582	
5/4250③	5/4586	**0040₆ 章**
5/4254	5/4587	00章文虎
5/4258③	5/4596	3/2273
5/4259	5/4598	3/2364
5/4263	5/4632	章文虎妻
5/4263	5/4633	4/3465
5/4265	5/4671	章文莊
5/4271	5/4672	1/364
5/4274	5/4821	10章一山
5/4295	5/4837	5/4716
5/4305	5/4838	11章麗貞
5/4306	5/4840	3/2277
5/4308	5/4859	26章泉　見趙蕃
5/4325	5/4876	28章牧之(謙亨)
5/4332	5/4909	1/230
5/4339	5/4913	30章良謨
5/4349	5/4915②	3/2664
5/4408	5/4950	33章黼(次白)
5/4418	5/4951	3/2915
5/4420	5/4957	37章粲(質夫)
5/4431	5/4958	1/209
5/4437	5/4961	1/845
5/4444	5/4964	1/948
5/4448	5/4966	2/1173
5/4456②	5/4968	2/1553
5/4458	25辛生　見吳楷	2/1804
5/4463	47辛楣　見羊復禮	2/1846
5/4464	48辛敬之	2/1967
5/4469	3/2086	4/3082
5/4545	60辛田　見張用禧	4/3368
5/4547	77辛眉　見鄧繹	4/3704

5/4247
5/4326
5/4887
40章存元(子善)
3/2943
50章冉　見梁廷枏
91章炳麟
5/4931

0043_0　奕

02奕訢(恭忠親王)
5/4226
22奕山　見張梁
40奕喜　見祁班孫

0044_3　弈

24弈先*
1/652

0060_1　言

30言家駒(琴吾)
5/4230
34言遠　見王庭

0062_7　謫

22謫仙　見李白

0071_4　雍

40雍古　見馬祖常
67雍嗣侯
1/80

0073_2　玄

30玄之
1/704
40玄真子　見張志和
91玄悟
1/786

衣

22衣仙　見戴珊

哀

71哀長吉(壽之、叔巽)
3/2660
4/3369
4/3372

袞

53袞甫　見汪榮寶

襃

12襃碧　見陳鋭

襄

60襄男　見黄長森

0080_0　六

10六一居士　見歐陽修
27六舟
5/4559
42六橋　見三多
43六娘(湘蘋、采于)
2/1594
46六如　見唐寅
80六益　見吴懋謙

0090_6　京

32京兆　見蔣景祁
89京鏜(仲遠)
1/1000
90京少　見蔣景祈

0121_1　龍

22龍川　見陳亮
龍山　見劉仲尹
32龍洲道人　見劉過
龍泓　見丁敬
龍溪　見游子西
34龍沐勛(榆生)
4/3623
5/4319
5/4333
5/4340
5/4341
5/4382
5/4383
5/4384
5/4386
5/4767

* 程光禋字奕先，或即其人。

5/4777
38龍啓瑞(翰臣)
4/4007
40龍大淵
2/1426
44龍華　作許光治
48龍松先生
3/2114
53龍威　見張雲錦
70龍壁山人　見王拯
72龍丘子　見陳慥
80龍全潔　見錢潔
87龍舒　見阮閱
90龍光(二爲)
4/3378
龍光斗(劍庵)
2/1506
3/2764

0128_6 顔

17顔子俞(吟竹)
1/775
1/869
5/4476
27顔修來
5/4570
30顔之推
5/4931
40顔眞卿
5/4147
43顔博文
2/1492
3/2836
54顔持約
1/146

0164_6 譚

00譚廖(西屏)
4/3499
譚文勤
5/4828
17譚瑑青
5/4371
23譚獻(仲修、復堂)
3/2638
3/2710
4/3294
4/3608
4/3870
4/3873②
4/3874
4/3875④
4/3876②
4/3884
4/3964
4/4020
5/4187
5/4224
5/4226
5/4260
5/4309
5/4331
5/4629
5/4633
5/4634
5/4645
5/4665
5/4669
5/4671
5/4689
5/4729
5/4808
5/4820
5/4921
5/4950
5/4964
27譚組安
5/4828
30譚宣子
3/2802
48譚敬昭(康侯)
5/4185
60譚恩闓(祖庚)
5/4828
67譚明之
5/4128
80譚介堂
4/4001
90譚光
5/4828
99譚瑩(玉生)
3/2830
5/4883

0166_1 語

10語石詞人　見劉炳照

0180₁ 龔

10龔百藥(介眉)
　1/660
　1/869
　1/872
17龔鞏祚　見龔自珍
　龔司馬　見龔鼎孳
22龔鼎孳(孝升、芝麓、
　定山、文毅、龔司
　馬、龔中丞、龔尚
　書、龔合肥)
　1/652
　1/685
　1/725
　1/730
　1/813
　1/816
　1/867
　1/869
　1/871②
　1/873
　1/943
　1/1036②
　1/1041
　2/1592
　2/1796
　2/1928
　2/1933
　3/2111②
　3/2438②
　3/2775

4/3428
4/3455
4/3558
4/3827
4/3842
5/4038
5/4222
5/4721
26龔自珍(鞏祚、定庵、
　定公)
　4/3192
　4/3563
　4/3997
　4/3999
　4/4011
　4/4014
　5/4038
　5/4185
　5/4219
　5/4223
　5/4265
　5/4600
50龔中丞　見龔鼎孳
57龔静照
　1/821
　3/2780
77龔賢
　1/865
87龔翔麟(蘅圃)
　2/1945
　2/1946
　4/3332

4/3462
4/3464
4/3467
4/3732
5/4034
5/4180
80龔合肥　見龔鼎孳
90龔尚書　見龔鼎孳

0212₇ 端

00端方(忠敏)
　5/4368
17端己　見韋庄
26端伯　見曾慥
27端叔　見李之儀
40端木埰(子疇)
　2/1619
　2/1622
　4/4007
　5/4417
　5/4560
　5/4605
　5/4633
　5/4677
77端卿　見嚴衡

0292₁ 新

15新建　見熊文舉
25新仲　見朱翌
41新梧　見錢儀吉

0344$_0$ 斌

27斌侯　見周兼

0363$_2$ 詠

22詠川　見張宗櫺
44詠莪　見彭蘊章
50詠春　見宋志沂
90詠裳　見陶炳吉

0365$_0$ 誠

00誠庵　見徐本立
　誠齋　見丁文頫
　誠齋　見徐本立
　誠齋　見楊萬里
　誠意伯　見劉基
03誠之　見段成己

0460$_0$ 計

40計南陽
　4/3133
44計樹穀（榮村）
　4/3391
50計東（甫草）
　1/1039

謝

00謝堃（佩禾）
　4/3338
　謝庵　見錢枚

謝章鋌（枚如、江田
生）
　3/2816
　4/3309
　4/3310
　4/3389②
　4/3526
　4/4006
　4/4014
　5/4185
　5/4716
10謝五娘
　3/2281
謝元淮（默卿）
　3/2791
　3/2870
　4/3230
　4/3551
　4/3658
謝天瑞
　1/645
　2/1979
　3/2155
17謝承堃（硯馨）
　5/4917
20謝維藩（麐伯）
　4/3500
21謝處厚
　1/785
　2/1269

　3/2081
27謝翺（皋羽）
　1/458
　3/2207
　4/3613
謝絳
　2/1550
29謝秋娘
　1/114
　2/1769
　3/2297
30謝良琦
　3/2730
34謝薖（幼槃）
　1/988
　2/1197
　2/1850*
　3/2330
37謝逸（無逸、溪堂、謝
蝴蝶）
　1/83
　1/425
　1/528
　1/703
　1/835
　1/857
　1/859
　1/906
　1/910
　1/928

*　誤作謝薳。

1/988

1/992

1/1033

2/1106②

2/1197

2/1209

2/1304

2/1351

2/1458

2/1554

2/1849②

2/1850②

2/1968

2/1969

4/3055

4/3059

4/3272

4/3588

5/4127

5/4131

5/4136

38謝道承(古梅、種芋山

人)

3/2761

4/3344

謝肇淛

4/3569

謝啓昆(藴山)

4/3498

40/謝克家

1/506

1/762

2/1207

2/1857

4/3590

5/4213

謝希孟

2/1243

3/2063

3/2343

謝希深

5/4429

謝韋庵

4/4003

謝枋得(文節)

3/2654

43謝城　見汪日楨

44謝蘭生(厚庵)

3/2766

謝懋(勉仲、静寄居

士)

1/320

1/390

1/496

1/851

1/856

1/866

1/936

1/1001

2/1248

2/1882

4/3045

4/3174

5/4172

5/4438

47謝媚卿

1/24

3/2305

57謝蝴蝶　見謝逸

60謝疊山

1/293

3/2416

謝昌霖(雨亭)

3/2766

3/2767

3/2815

72謝質卿(蔚青)

4/3497

77謝學崇(椒石)

4/3498

80謝尊青(華田)

4/3331

90謝小眉

3/2684

0464₁　詩

12詩孫　見何維樸

28詩舲　見張祥河

0466₀　諸

10諸可寶(遲菊)

3/2870

4/3281

30諸宗元(真長、大至

貞壯、貞翁)

5/4346

5/4348	**0724₇ 毅**	4/3476
5/4349		4/3533
5/4351	50毅夫　見張千載	4/3635
5/4352	毅夫　見吳潛	4/3636
5/4766	毅夫　見鄭獬	4/3738
40諸九鼎（駿男）	53毅甫　見吳潛	4/3868
3/2254	毅甫　見孔平仲	4/3869
44諸世器（竹莊）		4/3900
2/1586	**0742₇ 郭**	4/3969
諸葛章妻　見蟾英	00郭應祥（遯齋）	4/3996
	5/4541	4/3998
0512₇ 靖	郭應辰（仲和）	4/3999
00靖康　見趙桓	3/2592	4/4008
30靖之　見張寧	郭麐（祥伯、頻伽、白	4/4014
88靖節　見陶潛	眉生）	4/4015
	2/1667	4/4018
0662₇ 誇	3/2444	17郭子正
00誇齋　見顧斗光	3/2453	3/2659
	3/2475	30郭寶森（玉堂）
0664₇ 諛	3/2607	4/3579
44諛苑　見高層雲	3/2627	31郭泗
60諛園　見高層雲	3/2631	1/190②
	3/2761	38郭祥正（功父）
0668₆ 韻	3/2763	1/127
17韻珊　見黃憲清	3/2788	2/1184
20韻香　見王嶽蓮	3/2808	2/1193
韻香　見楊法齡	3/2841	3/2014
韻香　見金繩武	4/3112	40郭士璟
45韻樓　見江鳳笙	4/3273	1/1048
48韻梅　見張景祁	4/3277	44郭茂倩
50韻書　見梁蓉函	4/3295	1/744
53韻甫　見黃燮清	4/3449	2/1084

3/2172

53郭輔堯

3/2797

60郭畀

3/2077

郭果

3/2343

62郭則澐(蟄雲、嘯麓)

5/4790

5/4792②

77郭鳳梁(秀虎、菊齡)

3/2960

3/2962

郭熙

5/4462

80郭夔(堯卿)

3/2963

86郭知元

4/3256

90郭小娘

3/2340

0761₇ 記

55記曲娘子　見張紅紅

0762₀ 詞

72詞隱　見万俟詠

詞隱　見沈璟

詞隱　見秦復恩

訒

00訒庵　見汪啓淑

訒庵　見袁積戀

訒庵　見葉方藹

0821₂ 施

17施翠岀

5/4166

20施乘之(楓溪)

1/512

1/879

3/2658

22施嶽　見施岳

27施紹莘(子野、浪仙、

閬仙)

4/3823

4/3923

4/3969

5/4144

5/4610

31施酒監

1/44

3/2262

3/2367

施源

3/2474

44施燕辰(夢玉)

3/2940

5/4559②

施荻君(太平)

2/1523

57施邦鎮(怡巖)

4/3571

72施岳(施嶽、仲山、梅

川)

1/228

1/267

1/278

1/284

1/307③

2/1257

2/1367

2/1482

2/1571

2/1888

3/2599

3/2745

4/3176

5/4634

77施閏章(尚白、愚山)

1/583

2/1935

3/2137

3/2254

3/2578

4/3558

5/4179

0824₀ 放

80放翁　見陸游

0884₀ 敦

10敦五

1/652

35敦禮　見陸藻

50敦夫　見石同福

敦夫　見秦恩復

0863₇ 謙

00謙亨　見章牧之
　謙齋　見王尚辰
80謙父　見宋自遜

0864₀ 許

00許庭珠(林風)
　　2/1522
　許廣嶧(克舉、秋史、
　　許子規)
　　3/2695
　　3/2726
　　4/3324
　　4/3363
　　4/3404
　　5/4176
10許三
　　2/1504
　許正詩(棠詩)
　　4/3751
　　4/3978
　許玉瑑(鶴巢)
　　4/4007*
　　5/4633
　　5/4677
11許棐(梅屋)
　　3/2245
　　3/2745

　　4/3474
17許乃賡(藕舲)
　　3/2482
　許乃嘉(頌年)
　　3/2482
　許乃毅(玉年)
　　3/2894
　許承欽(漱石)
　　1/656
　　3/2612
　許子規　見許廣嶧
20許香濱
　　3/2925
21許顥(彥周)
　　1/195
　　1/992
　　2/1209
　　2/1857
　許衡(魯齋)
　　1/1018
　　2/1280
　　2/1897
　　4/3194
　　4/3949②
　　5/4467
　　5/4961
22許崇熙(季純)
　　5/4823
27許將
　　1/36

許峎
　　5/4133
28許牧生
　　4/3906
30許永新
　　2/1761
　許之衡(守白)
　　5/4827
　許守之
　　4/3749
　許寶善(穆堂)
　　2/1585
　　4/3642
　　4/3643②
　許宗彥(周生、積卿)
　　2/1538
　　3/2388
　　3/2487
　　4/3264
　　5/4098
　　5/4185
　許宗衡(海秋)
　　4/3565
　　4/3996
　　4/3998
　　4/4000
　　4/4012②
　　5/4223
　　5/4686
　　5/4687

---

* 誤作許子瑑。

32許兆桂

　2/1701

35許冲元

　3/2658

37許初

　1/1020

　2/1908

38許道真

　3/2082

　5/4462

　許肇篪(壩友、塤友)

　3/2148

　3/2462

40許有壬(圭塘、文忠)

　4/3445

　5/4482

　許有孚(可行)

　4/3445

　許友(有介)

　1/656

　4/3321

　4/3429

　許古

　5/4462

41許槙(元幹)

　4/3445

43許械

　4/3136

44許桂林(月南)

　3/2764

48許增(邁孫)

　4/4016

　5/4633

　許敬宗

　5/4932

60許田(莘野)

　3/2459

　4/3120

　4/3732

　許昂霄(蒿廬)

　2/1579

　3/2407

　3/2453

　3/2460

　4/3073

　5/4038

　5/4930

　許景樊

　5/4608

90許光治(龍華)

　5/4186

　許尚質(右文　又文)

　2/1585

　2/1596

0925₉ 麟

25麟生　見潘鍾瑞

32麟洲　見王世懋

0968₉ 談

10談雲西

　4/3159

1000₀ 一

40一壺居士　見曹杓

50一東

　3/2329

1010₀ 二

10二雲　見邵晉涵

20二爲　見龍光

26二白　見董國華

30二窗　見周岸登

34二波　見王嘉福

40二樵　見黎簡

46二娛　見尤維熊

50二分明月　見陳素素

1010₁ 三

21三紅秀才　見應子和

22三變　見柳永

24三休居士　見嚴參

27三多(六橋)

　4/4020

　5/4730

　三綠詞人　見王士禛

32三溪冰雪翁　見李南
　金

67三野先生

　3/2450

77三風太守　見吳綺

86三錫　見林天齡

90三省　見薛文介

正

00正言　見孫和仲
10正平　見祖可
17正己　見李端
25正傳　見吳師道
　正傳　見蒲宗孟
26正伯　見程垓
27正叔　見沈可勖
30正之　見王特起
50正中　見馮延巳
　正夫　見張端義
53正甫　見蔡珪
60正峁（藹堂、谿堂）
　　2/1439
　　4/3111
　　5/4175
62正則　見葉適

1010₃ 玉

00玉立　見梁清標
00玉京　見卜寨
10玉霄　見滕賓
　玉霞　見沈静筠
12玉延　見夏寶晉
17玉珊　見張鳴珂
18玉珍　見葛秀英
20玉停　見顧陳墀
　玉爰　見錢瑗
22玉川叟
　　1/892
　玉巖　見林麟焜
　玉峯　見汪森
25玉生　見譚瑩

26玉泉　見汪琭
27玉叔　見宋琬
　玉叔　見劉觀藻
31玉瀋　見唐珏
32玉淵　見趙必璘
34玉汝　見韓鎮
35玉津　見胡薇元
37玉澗道人　見玉昇
　玉澗道人　見崔閑
　玉初　見勞乃宣
40玉樵　見翁宗琳
44玉林　見黃昇
48玉梅後
　　5/4422
　　5/4580
50玉素
　　2/1589
53玉甫　見葉恭綽
60玉田　見張炎
71玉陸　見李荃
　玉階　見黃基
77玉几　見陳撰
　玉卿　見汪淑娟
　玉卿　見金婉
80玉年　見許乃穀
　玉曾　見羅璸
88玉筍　見王沂孫
90玉堂　見郭寶森
91玉煙
　　1/586
97玉輝　見單元輔

1010₄ 王

00王彦章
　　3/2778
　王彦齡（齊曳）
　　1/84
　　1/91
　　2/1197
　　3/2216
　　3/2326
　　3/2545
　王彦泓（次回）
　　1/713
　　1/714②
　　1/715③
　　1/877
　　2/1317
　　2/1513
　　2/1923
　　4/3886
　　5/4446
　王彦起（硯香）
　　3/2975
　王方言
　　2/1759
　王應奎（東漵）
　　2/1602
　王庭（言遠）
　　1/655
　　1/1032
　　1/3039
　王庭珪（民瞻）

1/997

2/1228

2/1229

2/1419

2/1864②

王庭筠（子端）

1/787

1/788

1/946

1/1017

2/1273②

2/1895

王度（香山）

4/3521

王慶勳（叔彝、菽畦、
椒畦）

2/1667

3/2733

3/2920

4/3657

4/3661

王慶瀾（菱江）

2/1666

2/1683

2/1688

王文誥

1/11

王文治（夢樓）

3/2975

4/3643

王文雄（叔師）

3/2400

王文甫

2/1578

王章　見王星誠

王奕

3/2058

4/3325

王奕清

5/4204

5/4929

5/4963

王玄佐

5/4505

王襄（子深）

1/423

1/743

王六　見王士祿

02王詒壽（眉叔）

3/2986

4/4003

02王新城　見王士禎

04王詵（晉卿）

1/151

1/433

1/835

1/912

1/943

1/988

2/1192②

2/1846

3/2024

3/2025

5/4153

5/4428

08王效（子臣）

4/3539

10王一元（宛先、豌仙）

3/2470

3/2720

王玉

2/1270

王至淳

3/2796

王亘

3/2453

王元衷

3/2340

王元禎

3/2253

王元景

1/858

王雱（元澤）

1/390

1/478

1/654

1/909

1/980

2/1156

2/1554

2/1839

4/3038

4/3070

4/3777

王平

1/98	14王琪（君玉）	2/1577
王西御	1/148	2/1617
4/4010	1/195	2/1758
5/4558	1/865	2/1810
5/4559	1/872	3/2179
王雷夏	1/878	3/2301
4/3978	1/979	4/3222
王可竹	2/1146③	4/3903
1/331②	2/1550	5/4079
1/339	2/1833②	5/4092
4/3175	2/2000	5/4130
4/3176	4/3027	5/4132
王雲軒妻　見孫氏	4/3904	王聘三
11王北山	5/4154	5/4742
2/1943	15王璉（汝器）	16王理得（易簡、天柱）
王頊齡（螺舟　文恭）	3/2677	2/1567
3/2770	3/2743	3/2210
4/3270	王建（仲初）	4/3325
王麗貞　見王麗真	1/96	5/4454
王麗真	1/102	17王珉
1/450	1/543	1/425
1/861	1/743	王瓊奴
1/888	1/745	3/2109
1/892	1/747	3/2684
5/4177	1/858	王予可（南雲）
12王廷鼎（夢薇）	1/863	1/521
4/4020	1/888	1/863
王廷瀛（筠舲）	1/892	1/1016
4/3579	1/939	2/1274②
王廷相（子衡）	1/969	2/1896②
5/4512	2/1082	王子揚
王廷筠　見王庭筠	2/1103②	4/3906

人

王安禮（和甫）
1/793
1/980
2/1156
2/1839
3/2611
4/3086

王安中（履道、初寮）
1/83
1/477
1/766
1/985
2/1423
2/1492
2/1968
2/1969
3/2327
3/2734
4/3587
5/4137
5/4164
5/4492

王安國（平甫）
1/132
1/980
2/1156
2/1178
2/1403
2/1553
3/2241②
3/2611

王容溪
4/3111

王寶甫
1/915
5/4419

王宗炎
4/3751

王寀（輔道）
1/83
1/144
1/509
2/1575
2/1855
2/1968

王寂（元老、拙軒）
3/2656
3/2803
5/4456
5/4538

31王澫（勝時）
4/3431

王顧亭
2/1944

32王沂孫（聖與、碧山、
中仙、玉笥）
1/332②
1/333③
1/338
1/709
1/880
1/1011②
2/1355

2/1365
2/1377
2/1414
2/1454
2/1493
2/1564
2/1577
2/1616
2/1617
2/1620
2/1629②
2/1635
2/1637
2/1643
2/1644
2/1647
2/1656
2/1785
2/1885
2/1945
2/1946
2/1955
3/2068
3/2210
3/2417
3/2419
3/2436
3/2467
3/2532
3/2735
3/2737
3/2759

3/2853	4/3811②	4/3992
3/2856②	4/3812④	4/3995
3/2875	4/3813②	4/3999
3/2933	4/3814④	4/4008
3/2936	4/3815②	5/4058
4/3109	4/3816②	5/4059
4/3175	4/3817②	5/4079
4/3222	4/3818	5/4080
4/3227	4/3822	5/4123
4/3273	4/3825	5/4128
4/3282	4/3853	5/4132
4/3357	4/3867②	5/4141
4/3358	4/3877②	5/4162
4/3510	4/3879	5/4168②
4/3549	4/3900	5/4206
4/3599	4/3917	5/4212
4/3608	4/3932	5/4290
4/3613	4/3933	5/4310
4/3672	4/3937	5/4313
4/3673	4/3946②	5/4444
4/3675	4/3953	5/4448
4/3696	4/3959	5/4547
4/3724	4/3962②	5/4586
4/3750	4/3963	5/4838
4/3776	4/3964	5/4902
4/3797	4/3965	5/4913
4/3800	4/3966	5/4957
4/3802	4/3967②	5/4958
4/3805	4/3968②	5/4959
4/3808⑤	4/3973	5/4961
4/3809③	4/3977	5/4964
4/3810	4/3988	5/4966②

3/1931
2/1957②
4/3151
40王十朋(梅溪)
　2/1231
　2/1873
　3/2587
40王十八娘
　3/2281
　王九思(渼陂)
　1/684
　2/1310
　王太倉　見王世貞
　王士正　見王士禎
　王士禎(眙上、阮亭、
　　漁洋山人、文簡、
　　王桐花、三緑詞
　　人、王新城)
　1/552
　1/604
　1/634
　1/645
　1/649
　1/651②
　1/652②
　1/653②
　1/654
　1/656
　1/657②
　1/659③
　1/660②
　1/661②

1/725
1/813
1/816
1/817
1/818③
1/837
1/847②
1/851
1/855
1/856
1/858②
2/865
1/867
1/872
1/910
1/923
1/1035
1/1038
1/1039
1/1041②
1/1043
1/1044
2/1435③
2/1439
2/1451
2/1454
2/1457②
2/1458
2/1465
2/1466
2/1473
2/1494

2/1576
2/1590
2/1593
2/1595
2/1601
2/1602
2/1782
2/1787
2/1790
2/1791
2/1795
2/1798
2/1804
2/1805
2/1806
2/1927②
2/1928
2/1930②
2/1931③
2/1932
2/1933
2/1935
2/1939
2/1942
2/1944②
2/1966
2/1980
2/1981
3/2116
3/2117
3/2118②
3/2119

3/2120	4/3327②	5/4256
3/2127	4/3340	5/4508
3/2129	4/3363	5/4510
3/2130	4/3415	5/4518
3/2137	4/3420	5/4519
3/2139	4/3426	5/4545
3/2162	4/3428	5/4557
3/2186	4/3481	5/4560
3/2227	4/3525	5/4561
3/2229	4/3530	5/4570
3/2409	4/3607	5/4584
3/2434	4/3608	5/4683
3/2438	4/3624	王士源
3/2444	4/3729②	2/1094
3/2448	4/3732	2/1766
3/2459	4/3740	王士禄（西樵、王六）
3/2468	4/3827③	1/552
3/2541	4/3831	1/661
3/2547	4/3836	1/684
3/2611	4/3887	1/818②
3/2622	4/3928	1/860
3/2630	4/3960	1/864
3/2637	4/3964	1/948
3/2774	4/3969	1/1040
3/2904	4/3975	2/1435
4/3104	4/3998	2/1783
4/3134	4/4000	2/1801
4/3262	4/4004	2/1929
4/3285	5/4076	2/1932
4/3304	5/4176②	2/1957
4/3322	5/4222	3/2113
4/3323	5/4241	3/2122

3/2228

3/2611

3/2774

4/3427

4/3887

5/4180

5/4584

5/4654

王士祐(子側、叔子)

1/684

1/818*

3/2774

王士禧(禮吉)

1/818

3/2774

王直(抑庵)

5/4174

王埒(友山)

4/3324

王有齡(雪軒)

4/3658

王存善(子展)

5/4805

王志修(竹吾)

5/4498

王志周

2/1439

王友光(海客)

3/2604

王嘉福(二波)

3/2833

王嘉禄(井叔)

2/1667

4/3651

4/3654

5/4224

王壽庭(養初)

3/2636②

3/2919

3/2950

3/2960

4/3657

41王柘薌

4/3649

4/3653

42王嬌娘

1/782

1/941

3/2267

3/2668

王韜(子久、子九、紫詮、淞北玉魷生)

4/3627

4/3633

4/3638

4/3662

4/3678

43王婉

3/2346

王朴

5/4100

5/4103

王式通(書衡)

5/4716

44王埜(子文、澹齋)

1/216

1/875

4/3797

4/3914

王考功

1/817

王蘭仙

4/3566

王蔭祐(鞠龕)

4/3906

王蒙(黃鶴山樵)

3/2437

王蓬(心宸)

5/4570

王恭

4/3385

王蕊仙

5/4687

王芰舫

3/3115

王芑孫(惕甫)

5/4618

王世貞(元美、弇州、鳳洲、王太倉)

1/594

1/607
1/623
1/646
1/656
1/673
1/684
1/709
1/801
1/802
1/804
1/851
1/925
1/950
1/1027
2/1225
2/1260
2/1309
2/1310
2/1312②
2/1377
2/1425
2/1432
2/1452
2/1454
2/1455
2/1465
2/1783
2/1785
2/1797
2/1843
2/1868
2/1891

2/1921②
2/1941
2/1979
3/2100
3/2177
3/2418②
3/2425
3/2437
3/2461
3/2861②
4/3223
4/3282
4/3426
4/3433
4/3442
4/3536
4/3605②
4/3606
5/4037
5/4059
5/4146
5/4512
5/4631

王世懋（敬美、麟洲、
小美）
1/1027
2/1312
2/1922
4/3705

王黄華
5/4460

王梻（勉夫）

2/1247
4/3372
5/4871

46王覯顔
4/3645

王觀（通叟、逐客、冠
柳）
1/83
1/128
1/143
1/165
1/179
1/206
1/209
1/307
1/443
1/701
1/768
1/851
1/856
1/988
2/1195④
2/1359
2/1553
2/1790
2/1847
2/1848③
2/1967
3/2023
3/2024
3/2208
3/2319

3/2419

3/2516

3/2662

4/3046

4/3073

4/3606

4/3924

5/4127

5/4131

5/4204

王柏心（子壽）

　3/2617②

　3/2648

47王朝雲

　3/2007

　3/2008

　3/2312

　3/2313

王都尉

　2/1200

王翃（价人）

　1/1034

　3/2427

　4/3378

　5/4222

王桐花　見王士禛

18王翰

　1/446

王敬叔

　1/361

王敬之

　4/3597

　5/4927

　5/4929

50王夫之（船山、薑齋）

　5/4175

　5/4291

　5/4510

　5/4512

王夫人蘇軾妻

　3/2010

　3/2309

　5/4445

王夫人趙德麟妻

　3/2670

王夫人

　1/229

王肅

　5/4077

王泰際（内三、硯存
老人、貞憲）

　5/4512

王貴英

　1/324

王素音

　3/2118

51王振　見王拯

王軒（霞舉）

　4/3500

53王輔

1/878

王感化

　1/169

　1/752

　1/910

　2/1119

　3/2298

55王耕心（道農）

　4/3749

　4/3905

　4/3906

王規夫

　5/4320

56王螺洲

　4/3130

57王拯（定甫、少鶴、龍
壁山人）

　3/2911

　3/2935

　3/2977

　3/2991

　4/3563

　4/3998

　4/4007

　4/4012

　4/4018

　5/4224

　5/4539

　5/4674*

　5/4675*

---

*　二處誤題作"馬拯"。

1/686
1/950
1/1018
2/1281
2/1899
5/4548

王灼(晦叔、覃思齋)
1/67
3/2456
4/3219
4/3617
5/4036
5/4095
5/4108
5/4109
5/4145
99王瑩卿
3/2667

1010₇ 五

22五峯 見燕公南
　五峯 見翁挺
48五松 見李居仁

亞

17亞子 見李存勗
21亞虞 見汪道孫

1010₈ 靈

10靈石山人蔣敦復妻
4/3657
87靈舒 見翁卷

1014₁ 聶

10聶晉人
1/1050
24聶先
5/4510
37聶冠卿
1/125
1/173
1/205
1/876
1/953
1/987
2/1147②
2/1834
3/2003
3/2497
3/2705
40聶大年(壽卿)
1/533
1/1025②
2/1306
50聶夷中
1/745
2/1085
3/2173
79聶勝瓊
1/43
2/1569
3/2274
3/2337
5/4541

1016₄ 露

44露蕭 見薩龍光

1017₇ 雪

00雪亭 見仲恆
　雪廬 見徐熊飛
20雪舫 見高桐
　雪舫 見秦耀曾
　雪香
3/2353
27雪舟 見黃孝邁
30雪客 見周在浚
　雪窗 見陸淞
32雪溪 見陸淞
37雪初 見姚翠淵
40雪帷 見孫錫
　雪樵 見符兆綸
44雪坡 見蘇汝謙
舟雪莊 見繆謨
45雪樓 見程鉅夫
51雪軒 見王有齡
90雪堂 見熊文舉

1020₀ 丁

00丁立鈞(叔衡)
5/4673
　丁鹿壽(苹野)
3/2788
　丁彥和(暢之)
3/2634
3/2635

3/2645
丁度
4/3256
5/4121
丁廙(敬禮)
4/3501
丁文頫(誠齋)
3/2431
06丁謂
1/760
2/1832
07丁誦孫
4/3152
10丁至德(毓生)
3/2929
丁至龢(保庵、萍綠)
3/2911
3/2927
3/2929
3/2930
3/2931
3/2933②
3/2934
3/2951
4/3137
4/4013
22丁仙現
1/190
3/2812
4/3075
5/4493
5/4556
27丁叔媛
3/2647
丁紹儀(杏舲)
3/2561
3/2840
4/3487
4/3493
4/3573
4/3995
4/4002
丁紹基(汀鷺)
4/3154
30丁瀛(步洲)
4/3658
丁宥(基仲)
1/333
1/334
3/2356
3/2745
4/3175
丁宏庵
1/305
1/307
1/333
32丁澎(飛濤、藥園)
1/552
1/814
1/819
1/841
1/1040
2/1783
2/1932
2/1934
2/1936
3/2120②
3/2122②
3/2123②
3/2441
4/3270
4/3417
4/3427
4/3511
4/3829
4/3915
4/3969
5/4179
37丁湖南
1/311
4/3176
38丁瀚(西公)
3/2582
43丁榕(雙梧)
3/2594
3/2818
44丁夢庵
4/3176
丁蘊琛(月娟)
3/2784

② 記丁煒事，題作"丁澎"，誤。

46丁如琦（菊圃）
　3/2581
47丁楹（覺生）
　3/2808
48丁敬（敬身、龍泓）
　3/2460
　5/4428
50丁景呂
　1/660
　1/818
77丁履恆（若士）
　3/2836
　4/3483
　5/4223
80丁善儀（芝仙）
　3/2711
84丁鑱（元量、曼叟）
　4/3345
　4/3571
90丁少瞻
　3/2361
94丁煒（澹汝　雁水）
　3/2120②*
　4/3321
　4/3332
　4/3403
97丁熀（韜汝）
　4/3321
　4/3332

99丁榮（子初）
　3/2594

1020₇ 零

77零門　見趙鉞

1021₁ 元

00元亮　見周亮工
　元文宗　見圖帖睦尔
　元章　見姜藻
　元章　見米芾
12元瑞　見胡應麟
14元功　見侯蒙
17元子**
　1/878
22元任　見胡仔
23元獻　見晏殊
24元結
　1/894
　2/1098
　2/1766
　3/2209
　元積（微之）
　1/77
　1/78
　1/88
　1/94
　1/100②
　1/107

1/111
1/133
1/189
1/442
1/748
1/939
2/1083
2/1102②
2/1105
2/1763
2/1764
2/1767
3/2180
3/2208
3/2545
5/4076
5/4092
5/4113
5/4130②
5/4131
27元絳（厚之）
　1/202
　2/1450
　2/1971
　3/2658
　3/2803
30元之　見王禹偁
　元之　見陳彬華
　元寵　見曹組

* 　題誤作"丁澎"。
** 　似指元好問。

元鎮　見趙鼎

91元悟玉禪師

　2/1268

92元愷　見李勣

1021₄　霍

10霍霞　見崔世召

1022₃　霽

22霽山　見林景熙

50霽青　見黃安濤

1022₇　万

23万俟詠(雅言、大梁

　詞隱、詞隱)

　1/60

　1/61②

　1/83

　1/87

　1/390

　1/485

　1/501

　1/645

　1/899

　1/986

　1/989

　2/1199

　2/1430②

　2/1458

　2/1471

　2/1853②

　2/1970

　4/3025

　4/3047

　4/3124

　4/3219

　4/3268

　4/3273

　4/3327

　4/3622

　4/3790

　5/4153

雨

00雨亭　見謝昌霖

　雨亭　見馮申之

17雨珊　見張祖同

20雨香　見金憙恩

25雨生　見王家亮

　雨生　見湯貽汾

38雨滄　見程霖壽

44雨村　見李調元

80雨人　見況澍

兩

22兩山　見莫崟

　兩峯　見羅聘

爾

11爾斐　見錢繼章

1023₂　震

22震川　見歸有光

26震伯　見朱鉉

27震修　見劉雷恒

80震父　見葛一龍

1024₇　夏

00夏文鼎

　5/4142

夏言(公謹、桂洲、曲

　子相公、文愍、夏

　貴溪)

　1/393

　1/658

　1/80z

　1/803②

　1/879

　1/1026

　2/1308②

　2/1309

　2/1323

　2/1454

　2/1921

　2/1976

　3/2100

　3/2454

　4/3442

　5/4080*

　5/4144

*　誤作"夏吉"。

5/4272

05夏竦(英公)

　　1/293

　　1/468

　　1/622

　　1/760

　　1/830

　　1/908

　　2/1345

　　2/1832

　　5/4262

11夏孺人莊述妻

　　5/4221

12夏廷樾(憇亭)

　　3/2788

　　3/3000

　　夏孫桐(閨枝)

　　4/3155

　　5/4690

　　5/4740

17夏承燾(瞿禪)

　　5/4382③

　　5/4383②

　　5/4384

　　5/4770

20夏秉衡

　　4/3888

22夏幾道

　　1/86

27夏倪(均父)

　　1/143

　　1/1205

3/2029

3/2734

30夏之禹

　　1/1046

夏完淳(存古、節愍、
　　黄門舍人)

　　1/661

　　1/1035

　　2/1319

　　2/1323

　　3/2689

　　4/3430

　　5/4510

　　5/4513②

夏寶晉(玉延)

　　4/3533

　　4/4015

37夏次谷

　　1/656

40夏壽田(午詒)

　　5/4798

44夏荻軒

　　5/4798

50夏貴溪　見夏言

48夏敬觀

　　5/4585

　　5/4946

夏敬觀妻　見陳淑人

71夏原吉(忠靖)

　　3/2253

82夏劍丞(映盦)

　　5/4198

5/4341

5/4352

5/4354

5/4355

90夏少師

　　3/2544

霞

77霞舉　見王軒

1040₉　于

00于立

　　4/3325

　　5/4172

于庭　見宋翔鳳

10于一　見王獻定

21于儒穎

　　5/4514

26于皇　見杜濬

29于鱗　見李攀龍

31于源(悍伯)

　　4/3667

37于湖　見張孝祥

60于國寶　見俞國寶

76于陽　見王初桐

77于岡　見趙起

1040₆　覃

32覃溪　見翁方綱

40覃九　見沈岸登

60覃思齋　見王灼

1040₉ 平

00平齋　見吳雲
　平齋　見洪咨夔
14平珪　見毛文錫
17平子　見王星誠
　平子　見張衡
25平仲　見毛幵
　平仲　見寇準
27平叔　孫爾準
31平江妓
　　3/2367
　　3/2669
53平甫　見王安國
　平甫　見張茂則
　平甫　見汪鈞
60平園　見周必大

1041₀ 无

23无咎　見白賁
　无咎　見韓元吉
　无咎　見晁補之
42无垢　見陳契

1043₀ 天

00天章　見吳雯
10天石　見吳孔嘉
17天羽　見沈際飛
　天羽　見趙吉士
25天生　見李因篤
30天寒　見葉紹袁
34天池道人　見徐渭
38天游　見詹玉
　天游生　見陸季衡
　天遊　見詹玉
40天友　見林鼎復
　天柱　見王理得
60天目中峯禪師　見明
本
86天錫　見薩都剌
88天篆　見吳梅鼎

1044₇ 再

02再彰　見閻修齡

1060₀ 西

00西齋　見李堂
10西雯　見李葵生
20西雕　見沈濤
22西崖　見徐允哲
　西巖　見黃贊
　西山　見真德秀
25西仲　見林雲銘
30西瀛　見吳壽濳
31西河　見毛奇齡
32西溪　見姚寬
33西浦　見樓儼
34西池　見游次公
37西湖倅
　　3/2260
　西湖老僧
　　4/3944
　西溟　見姜宸英
38西泠酒民
　　4/3863
40西士　見曹廮
　西樵　見王士祿
　西樵　見楊炎正
41西垣　見劉鴻庚
44西麓　見陳允平
　西莊　見王鳴盛
　西村　見湯恢
　西村　見楊恢
　西林　見吳穎芳
　西林春　見顧春
45西樓　見王磐
61西顥　見汪沆
71西厓　見徐允哲
　西原　見蔣恭棐
77西閒　見李葵生
　西屏　見譚廔
80西鑫　見周鎜
　西公　見丁瀚
　西余師子禪師
　　5/4572
87西銘　見姜宸英
90西堂　見尤侗

酉

25酉生　見朱綬

石

00石齋　見黃道周
10石工　見壽鐍
12石延年（曼卿）
　　1/21

1/42

1/98

1/148

1/440

1/604

1/977

2/1140

2/1154③

2/1181

2/1397

2/1828

2/1835②

3/2186

5/4154

17石帚　見姜夔

　石君　見朱珏

24石德芳(星巢)

　　5/4807

28石牧　見黄之雋

30石濂　見大汕

31石渠　見張嘉胤

　石渠　見吳炳

32石洲　見張穆

35石遺　見陳衍

37石湖居士　見范成大

40石幢　見鄭方城

　石塘　見曾銑

41石坪　見戴鑑

44石莊　見余焜

　石蘭　見裘鯤鳴

　石芝　見鮑臺

　石孝友(次仲、金谷)

1/461

1/654

1/929

1/953

1/987

2/1262

2/1284

2/1408②

2/1409

2/1493

2/1890

3/2859

3/2862

3/2899

4/3171

4/3594

4/3971

5/4086

5/4129

5/4139

5/4151

　石華　見吳蘭修

　石耆翁

　　1/83

　　1/92

　　3/2197

　石林居士　見葉夢得

46石韞玉(琢堂)

　　3/2703

50石末

　　1/800

51石耘　見張國璪

53石甫　見姚瑩

　石甫　見曹毓秀

　石甫　見易順鼎

77石同福(敦夫)

　　4/3376

　石屏　見戴復古

　石民瞻

　　3/2341

80石介(廉夫)

　　4/3579

1060₁　吾

10吾吾子(祁陽山人)

　　4/3562

晉

14晉琦　見周曾錦

20晉壬　見吳唐林

22晉仙　見周文璞

40晉士明

　　4/3609

77晉卿　見王詵

　晉卿　見董士錫

　晉卿　見黃濤

　晉賢　見汪森

1060₃　雷

00雷應春(春伯、北湖)

　　5/4504

32雷溪

　　3/2211

　　3/2212

40雷大使　見雷中慶
44雷葆廉(介生)
　4/3531
50雷中慶(雷大使)
　4/3609

1062_0 可

21可行　見許有孚
27可久　見連久道
31可遷　見馮去非

1064_4 醇

00醇庵　見惲毓珂
40醇士　見戴熙

1064_8 醉

00醉六　見俞經
60醉園　見蔣荨
80醉翁　見歐陽修

1071_6 電

12電發　見徐釚

1071_7 瓦

80瓦全　見王澡

1073_1 雲

00雲鬟娘
　3/2726
10雲西　見陸叡
12雲孫　見黃永
22雲川　見杜詔
　雲崧　見趙翼
26雲伯　見馮登府
　雲伯　見陳文述
　雲和　見楊卯君
27雲塈　見汪如洋
30雲客　見高兆
　雲窗　見張樞
31雲汀　見徐一鶚
33雲心　見温啓封
34雲漢
　1/819
37雲湄　見黃體正
40雲士　見陸次雲
　雲友　見成岫
44雲林　見倪瓚
60雲圖　見劉紹綱
71雲階　見賈履上
77雲兒
　3/2133
　雲月　見馮偉壽
　雲門　見王履基
　雲門　見孫朝慶
　雲門　見沈沂曾
　雲門　見樊增祥
　雲閈　見劉天迪
　雲間　見陳子龍
　雲叟　見鄭遨
87雲翎　見馬珦

1080_6 賈

10賈雲華
　3/2265
　3/2488
　3/2668
29賈秋壑
　4/3492
34賈逵
　1/450
51賈耘老
　3/2415
60賈昌朝(子明、文元)
　1/654
　1/760
　2/1145
　2/1832②
　4/3256
　5/4121
　5/4157
　5/4546
77賈履上(雲階)
　3/2798
80賈益謙(芸樵)
　3/2917

貢

40貢木　見柳肇嘉
80貢父　見梁曾

1090_0 不

23不伐　見田爲
48不櫛書生　見嚴少藍

1090_4 栗

50栗夫　見趙寬

60栗里翁　見楊木然
71栗長　見胡穎之

粟

20粟香　見金武祥

1110₁ 韭

22韭山　見倪象占

1110₀ 北

30北窗　見周岸登
31北江　見洪亮吉
37北湖　見雷應春
44北夢　見周道援
77北居　見曹錫辰

1111₄ 班

00班彥功
　　3/2263

1111₇ 甄

07甄毅庵
　　4/3497
10甄雲卿
　　5/4127

1112₀ 珂

10珂雪　見曹貞吉
77珂月　見卓人月

1113₂ 琢

50琢春　見江炳炎

77琢卿　見董國琛
90琢堂　見石韞玉

1113₆ 蚩

77蚩卿　見吳規

1118₆ 項

10項平齋
　　5/4347
37項鴻祚（廷紀、蓮生、
　　憶雲）
　　3/2615
　　3/2916
　　4/3131
　　4/3519
　　4/3995
　　4/3996
　　4/3998
　　4/4011
　　4/4013
　　5/4186
　　5/4223
　　5/4229
　　5/4259
　　5/4276
　　5/4560
　　5/4584
65項映薇（朱樹）
　　3/2835

1120₇ 琴

10琴吾　見言家駒

21琴虞　見董平章
22琴川　見黃溎祥
　　琴山　見黃德峻
40琴南　見孔昭薰
　　琴南　見董國華
　　琴南　見林紓
56琴操
　　1/138
　　2/1170
　　3/2260
　　3/2336
72琴隱老人　見湯貽汾
77琴隝　見屠倬
95琴精
　　3/2272

1121₁ 麗

10麗玉
　　1/190
25麗生　見金澍
31麗江　見儲憲良

1121₆ 彊

44彊村　見朱祖謀

1123₂ 張

00張齊望
　　1/67
　　張商英
　　1/354
　　張應蘭（佩之）
　　4/3154

3/2165

3/2167

3/2202

3/2205

3/2348②

3/2462

4/3066

4/3083

4/3325

4/3368

4/3372

4/3375

4/3387

4/3591

4/3709

4/3913

4/3953

4/3964

5/4079

5/4139

5/4152

5/4161

5/4478

張丙炎（午橋）

5/4556

張雨（天雨、伯雨、貞居、句曲外史、茅山外史）

1/796

1/1021

2/1288

2/1571

2/1901

2/1910

2/1911

2/1917

3/2089

3/2251

3/2738

4/3331

4/3490

4/4001

5/4089

5/4098

5/4127

5/4131

5/4143

5/4961

張爾田（孟劬）

5/4332

5/4775

5/4909

張爾公

3/2209

5/4101

張百熙（冶秋）

4/3196

張可久（小山）

1/442

2/1307

2/1496

3/2803

4/3346

4/3473

4/3618

5/4173

張雲璈（仲雅）

3/2648

3/2834

4/3336

4/3373

張雲容

2/1763

張雲錦（錦雲、龍威）

3/2142

3/2476

4/3326

4/3735

4/3857

張震（東父、無隱居士）

1/513

1/999

12張弘範（仲疇、忠武）

1/794

2/1279

2/1897*

4/3955

14張琦（張翊、輿權、翰風、宛鄰）

2/1618

---

* 誤作“宏範”。

2/1637

3/2824

4/3483

4/3633

4/3863

4/3865②

4/3964

4/3996

4/3998②

4/4009

4/4013

5/4185

5/4223

5/4224

5/4578

張璹（秉道）

1/173

1/471

1/928

3/2012

16張琨

3/2674

17張孟浩

2/1259

2/1889

張羽

5/4035

5/4036

張瑤英

3/2411

張瓊瑛

1/359

1/380

張承渠（軒叔、癡張）

4/3388②

4/3391

張子安

3/2348

張子實

3/2340

18張珍奴

3/2258

20張舜民（芸叟）

3/2204

4/3117

5/4311

張千載（毅夫）

1/953

張采

1/574

張維屏（子樹、南山）

3/2830

3/2944

4/3516

4/3652

5/4185*

21張上龢（汕尊）

5/4229

5/4367

張仁恬（任如）

4/3396

4/3406

4/3443

張虛靖

4/3234

張行信（信甫）

5/4461

5/4505

張衡（平子）

3/2541

張紅紅（記曲娘子）

1/116

2/1106

2/1986

張紅橋

1/807

2/1305

3/2099

3/2419

3/2671

3/2707

3/3384

22張任國

1/537

張山人宋兗州人

1/84

張崇闌（猗谷）

4/3904

張繼

1/745

---

* 　誤作“張雅屏”。

2/1456	3/2457	4/3599
2/1458	3/2468	4/3605
2/1503②	3/2497	4/3638
2/1509	3/2544	4/3689
2/1524	3/2633	4/3697
2/1551	3/2734	4/3709
2/1575	3/2736	4/3722
2/1617	3/2740	4/3740
2/1643	3/2759	4/3748
2/1776	3/2792	4/3776
2/1792②	3/2795	4/3782
2/1837	3/2856	4/3821
2/1838②	3/2863	4/3890
2/1845	3/2899	4/3902
2/1851	3/2913	4/3909
2/1879	3/2924	4/3921
2/1881	4/3013	4/3928
2/1962	4/3025	4/3929
2/1971	4/3028	4/3953
2/1999	4/3030	4/3959
3/2005②	4/3039	4/3962
3/2011	4/3043	4/3964
3/2012	4/3047	4/3968
3/2188③	4/3057	4/3977
3/2207	4/3106	5/4027
3/2295	4/3151	5/4055
3/2302	4/3222	5/4082
3/2305	4/3227	5/4096
3/2324	4/3269	5/4126
3/2381	4/3272	5/4136
3/2420	4/3348	5/4153
3/2452	4/3513	5/4245

5/4319	張仲炘(次珊)	27張凱(次柳)
5/4320	5/4198	3/2871
5/4423	5/4633	4/3675
5/4427	5/4754	張佩綸(幼樵)
5/4429	5/4771	5/4811
5/4632	5/4772	張倔佺
5/4637	5/4824	5/4325
5/4646	5/4826	張綱孫(祖望)
5/4941	張倩倩	1/605
5/4949	2/1321	4/3285
5/4969	2/1926	4/3428
張紈英(若綺)	3/2107	4/3588
3/2825	3/2671	5/4179
25張生(宋饒州人)	張朱梅(培山)	張恪府(東墅)
1/40	3/2834	3/2938
3/2330	張穋(芸女)	3/2991
張仲遠(曜孫)	1/782	3/2993
3/2825	2/1225*	4/3677
3/2883	3/2049*	張叔和
4/3158	3/2339	5/4574
4/3523	5/4500	張姍英(緯青)
4/4009	26張伯淳	3/2825
4/4019	4/3325	28張以甯(志道)
張仲遠	張伯壽	4/3321
3/2058	5/4156	4/3491
3/2351	張侃(直夫)	5/4173
張仲素	1/226	張綸英(婉紃)
1/747	5/4151	3/2825
2/1087	張穆(石洲)	30張甯(靖之)
2/1765	5/4960	1/378

---

*　二處作"張濃"。

1/742
1/745
1/747
1/893
1/896
2/1084
2/1087
2/1185
2/1409
2/1758
2/1759
2/1765
2/1769
3/2197
張遠（超然）
　4/3570
35張濃　見張穟
37張湟
　1/227
張潮（山來）
　1/659
　2/1086
　2/1771
張鴻（璚隱）
　5/4708
　5/4709
張鴻卓（嘯峯、筱峯、
　簫峯）
　3/2826
　3/2924
　3/2925
　4/3664③

4/3665
4/3667
張鴻基（研孫、儀祖）
　3/2971
張鴻妻　見曹夫人
張祿漁
　1/656
張淑芳
　1/783
　2/1265
　3/2072
　3/2362
張洛如
　3/2943
張次臯（寬夫）
　3/2016
張祖同（雨珊）
　4/3129
　4/3130
　4/3162
　4/3164
　5/4199
　5/4706
張褶英（孟緹）
　3/2825
38張祥齡（子苾、子苂、
　叔問）
　5/4368
　5/4579
　5/4614
　5/4705
張祥河（詩舲）

5/4546
5/4574
張道（少南）
　4/3121
　4/3134
40張九成（子韶）
　2/1231
　2/1962
　5/4435
張才翁
　1/38
　1/139
　3/2031
　3/2745
張希復（善繼）
　1/748
　5/4148
張南卓
　5/4147
張南史
　5/4077
張赤
　1/817
張志和（子同、玄真子、
　元真子、烟波釣徒）
　1/129
　1/152
　1/181
　1/845
　1/967
　2/1096④
　2/1097②

2/1329

2/1389

2/1547

2/1766

2/1809

2/1906

2/1985

3/2137

3/2179

3/2498

4/3023

4/3042

4/3218

4/3688②

4/3719

5/4079

5/4096

5/4147②

5/4148

5/4581

5/4954

張嘉昺(石渠)

3/2683

41張樞(斗南、雲窗、
寄閒翁、寄閒老人)

1/224

1/256

1/270

1/310②

1/328

1/329②

1/340

3/2058

3/2744

4/3133

4/3620②

4/3702②

5/4093

5/4530

5/4928

張楷

4/3412

43張式(荔門)

3/2917

張載華

2/1579

張栻(南軒)

2/1238

3/2434

4/3053

44張埜(埜夫)

1/1022

2/1570

2/1579

5/4143

5/4483

5/4484②

張燾(仲舉、蛻庵、
蛻巖)

1/462②

1/480

1/855

1/917

1/954

1/1021②

2/1287③

2/1288

2/1361

2/1454

2/1569

2/1579

2/1686

2/1785

2/1890

2/1901②

2/1904③

2/1955

3/2090③

3/2250

3/2380②

3/2436③

3/2738

3/2742

3/2865

3/2911

4/3110

4/3227

4/3325

4/3331

4/3471

4/3510

4/3697

4/3727

4/3728②

4/3822③

4/3823

4/3861	1/292	3/2443
4/3945	1/318②	3/2502
4/3963	1/353	4/3033
4/3964	1/464	4/3066
4/3969	1/489②	4/3174
5/4035	1/490	4/3273
5/4036	1/539	4/3325
5/4081	1/569②	4/3473
5/4082	1/677	4/3493
5/4098	1/699	4/3591
5/4110	1/846	4/3709
5/4132	1/887	4/3795
5/4143	1/935	4/3912
5/4171②	1/938	4/3913
5/4336	1/940	4/3962②
5/4471	1/997	4/3964
5/4483	2/1226	5/4097
5/4838	2/1232	5/4125
5/4961	2/1333②	5/4128
5/4966	2/1417	5/4140
5/4970	2/1458	5/4152
張芬(紫蘩、月樓)	2/1482	5/4153
5/4551	2/1483	5/4161
張茂則(平甫)	2/1556	5/4163
2/1244	2/1872②	5/4164
2/1877	3/2046②	5/4263
3/2055	3/2047②	5/4273
3/2056	3/2168②	5/4294
3/2353	3/2201	5/4339
張薇　見張怡	3/2202	5/4358
張孝祥(安國、于湖)	3/2348	5/4419
1/155	3/2373	5/4530

*　誤作"張皐閭"。

* 作“張蘊梅”。

4/3396
4/3400
4/3543
4/3566
5/4687
張閣(臺卿)
3/2661
張熙(子和、籽荷)
3/2905
3/2930
3/2931
3/2962
4/3666
張熙純(少華、策時)
2/1952
2/1955
3/2147
張學典(羽仙)
3/2820
張丹林
3/2908
張卽之(樗寥)
1/517
張興鏞(金冶)
3/2732
4/3537
80張八重頭
4/3893
張金鏞(海門)
3/2911
3/2935
3/2991
3/2992
張介祉
5/4811
張義方
2/1120
2/1991
張含(愈光)
1/427
4/3373
張舍人 見張泌
張公庠
1/38
1/139
3/2031
張公俊
3/2408
張養重
5/4519
張養蒙(師通)
5/4548
81張榘(方叔、芸窗)
2/1429
2/1430
2/1533
4/3595
4/3914
5/4123
5/4140
5/4154
85張鈇(子威)
3/2683
86張錫懌(弘軒、宏軒)
1/576
1/586
2/1934
張錦雲 見張雲錦
87張欽夫
1/539
88張鎡(功甫)
1/495②
1/601
1/704
1/847
1/952
1/999
2/1231
2/1245
2/1557
2/1803
2/1879
3/2075②
3/2421
3/2945
4/3267
4/3488
5/4033
5/4076
5/4164
5/4633
張簡
3/2254
張籍
1/137
2/1451

5/4182	1/721	2/1252
5/4545	1/825	2/1254②
90張憶孃	1/836	2/1255③
3/2147	1/837	2/1278
張少渠	1/838②	2/1329
3/2891	1/841	2/1348
張光州　見張綖	1/845	2/1354②
張半湖	1/846	2/1355
3/2743	1/847	2/1356
張炎（叔夏、玉田、	1/848	2/1358
樂笑翁、張春水）	1/849	2/1361
1/268	1/850	2/1362
1/269②	1/852	2/1363
1/270②	1/854	2/1366③
1/271	1/855	2/1367
1/297	1/863	2/1368
1/301	1/868	2/1369
1/302	1/873	2/1371
1/303	1/877	2/1414
1/311	1/898	2/1415
1/334②	1/973	2/1454
1/335⑨	1/994	2/1456
1/336③	1/1004②	2/1460
1/340	1/1005	2/1461
1/342	1/1011	2/1464
1/519	1/1012	2/1469②
1/593	2/1133	2/1494②
1/595	2/1173	2/1495
1/618	2/1176	2/1555
1/652	2/1223	2/1565
1/682	2/1247	2/1569
1/709	2/1250	2/1573

2/1577	3/2425	3/2947
2/1617	3/2426	3/2952
2/1621②	3/2431	3/2955
2/1629	3/2436	4/3011
2/1635②	3/2461	4/3013②
2/1637	3/2467	4/3089
2/1644	3/2475	4/3104
2/1780	3/2498	4/3109
2/1785	3/2500	4/3117
2/1806	3/2515	4/3118
2/1821	3/2532	4/3123
2/1841②	3/2599	4/3129
2/1863	3/2639	4/3144
2/1884②	3/2649	4/3153
2/1885⑤	3/2702	4/3169
2/1886③	3/2736	4/3175
2/1903	3/2737	4/3176
2/1945②	3/2738	4/3177
2/1946	3/2741	4/3219
2/1948②	3/2789	4/3222
2/1950②	3/2790	4/3227
2/1953③	3/2836	4/3228
2/1974②	3/2851	4/3242
3/2068②	3/2854②	4/3244
3/2069③	3/2856	4/3245
3/2211	3/2859	4/3249
3/2247	3/2862	4/3265
3/2371②	3/2871	4/3266
3/2372②	3/2903	4/3267
3/2381	3/2908	4/3268②
3/2407	3/2927	4/3270②
3/2417	3/2931	4/3271

4/3272	4/3671	4/3933
4/3273③	4/3673	4/3951
4/3275	4/3693	4/3959
4/3276	4/3696②	4/3961
4/3277	4/3697	4/3962
4/3278	4/3700	4/3963
4/3281	4/3702②	4/3964
4/3283	4/3708	4/3968②
4/3288	4/3724	4/3969
4/3324	4/3727	4/3970
4/3348	4/3728	4/3973
4/3357	4/3730③	4/3977
4/3358	4/3750	4/3991
4/3462	4/3776②	4/3992②
4/3465	4/3797	4/3995
4/3479	4/3800	4/3999②
4/3488	4/3802	4/4008
4/3510②	4/3804	5/4032
4/3511	4/3808	5/4033
4/3513	4/3812	5/4056
4/3525	4/3814	5/4057
4/3549	4/3815④	5/4058
4/3558	4/3816	5/4059
4/3594	4/3817④	5/4060
4/3595	4/3818	5/4078
4/3599	4/3825	5/4079
4/3608	4/3834	5/4080
4/3613	4/3835②	5/4095
4/3618	4/3854	5/4096
4/3620	4/3867	5/4105
4/3622	4/3870	5/4113
4/3636	4/3871	5/4123

5/4142

5/4146

5/4147

5/4151

5/4162

5/4165

5/4168②

5/4171

5/4193

5/4197

5/4198

5/4200

5/4211

5/4212

5/4250

5/4251

5/4261

5/4262③

5/4263

5/4271

5/4273

5/4274

5/4275

5/4276

5/4307

5/4314

5/4328

5/4329

5/4440

5/4448

5/4547

5/4586

5/4587

5/4590

5/4592

5/4594

5/4606

5/4632

5/4633③

5/4634

5/4635

5/4636

5/4651

5/4668

5/4672

5/4679

5/4838

5/4839

5/4841

5/4844

5/4856

5/4899

5/4902

5/4913

5/4921

5/4925

5/4927

5/4933

5/4934

5/4945

5/4950

5/4957

5/4958②

5/4961

5/4962

5/4964

5/4966②

5/4968

5/4970

91張炳塾（庵仙）

3/2870

3/2937

3/2938

4/3493

93張怡（張薇、瑤星）

3/2726

張怡雲

3/2087

96張煌言（蒼水、忠烈）

3/2596

3/2681

4/3412

4/4002

1140₀ 斐

67斐瞻　見顧敬恂

1142₇ 孺

43孺博　見麥孟華

1164₀ 研

11研北　見黃仁

12研孫　見張鴻基

　研孫　見胡延

40研南　見汪炳炎

1168₆ 碩

80碩人　見金大鏞

1173₂ 裴

00裴慶餘
　　1/446
03裴誠
　　1/751
　　1/888
　　2/1102
　　3/2214
09裴談
　　3/2469
10裴玉娥
　　1/890
　　2/1990
　　3/2298
56裴暢之
　　2/1762
　　2/1778
　　2/1785
　　2/1799
　　2/1810
　　2/1811
　　2/1812
　　2/1813
　　2/1814②
　　2/1816
　　2/1822
　　2/1825②
　　2/1828

　　2/1834
　　2/1853
　　2/1860
　　2/1864
　　2/1872
　　2/1883
　　2/1884
　　2/1887②
　　2/1911
　　2/1930
　　2/1972
　　3/2024
　　3/2030
　　3/2047
　　3/2049
　　3/2194
　　3/2200
　　3/2206
　　3/2211
　　3/2215
　　3/2218
　　3/2219
　　3/2273
60裴冕
　　2/1088

1180₁ 冀

67冀野　見盧前

1212₇ 瑞

44瑞芳　見張素

琇

77琇卿　見陸韻梅

1213₄ 璞

²2璞函　見趙文哲

1221 卍

10卍雲　見周學濬

1223₀ 水

10水雲　見汪元量
40水南　見程嗣立
　　水南　見陳霆

弘

44弘基　見趙崇祚
51弘軒　見張錫懌

1224₇ 發

27發叔　見江湜
53發甫　見周騰虎

1240₁ 廷

20廷秀　見楊萬里
27廷紀　見項鴻祚
30廷之　見朱瑞朝
　　廷實　見邊貢
80廷美　見黃瑜

延

28延徽　見徐哲

36延之　見尤袤

　延安夫人　見蘇氏

1241₀ 孔

00孔方平(魯逸仲、澄臯
　　漁父)

　1/83

　1/87

　2/1970

　4/3084

　孔廣森

　5/4931

　5/4937

10孔三傳

　1/84

10孔平仲(毅甫)

　1/142

　2/1183

　2/1233

　3/2200

　3/2470

　3/2611

13孔武仲(常父)

　3/2611

21孔處度

　1/83

　1/87

21孔穎達(沖遠)

　4/3472

24孔緯

　1/98

25孔傳鐸(牖民)

　4/3531

30孔憲彝(繡山)

　3/2911

　3/2917

40孔大娘

　3/2259

67孔昭薰(琴南)

　2/1682

90孔尚任(季重)

　4/3928

1241₃ 飛

21飛紅

　1/782

　2/2267

　2/2335

　2/2668

34飛濤　見丁澎

77飛卿　見温庭筠

1249₃ 孫

00孫競

　1/1006

　孫應鼇(山甫)

　1/1012

　2/1241

　2/1876

　5/4105

　孫應時(季和)

　3/2343

03孫詒讓(瞻園)

　5/4949

08孫敦立

　2/1163

　2/1961

09孫麟趾(清瑞、月坡、孫
　　桃花)

　2/1665

　2/1666

　2/1668

　3/2558

　3/2642

　3/2771

　3/2857

　3/2949

　3/2950

　3/2965

　4/3531

　4/3650

　4/3665②

　4/3666

　4/3668

　4/3998

　4/4006

　4/4017

　5/4281

10孫露香

　2/1668

　孫爾準(平叔、文靖)

　3/2477

　3/2623

　3/2720

　3/2775

　3/2801

4/3280
4/3331
5/4184
孫雲鶴(仙品、蘭友)
3/2486
3/2822
孫雲鳳(碧梧)
2/1538
3/2486
3/2822
孫雲鵬(閑鷳)
2/1538
孫雲鶚(嫻卿)
3/2487
孫霖(羨門)
4/3386
11孫麗融(蕙纕)*
2/1507
12孫廷璋(蓮士)
5/4735
5/4738
孫廷璩(樹儀、竹庲)
4/3531
4/3640
13孫琮(執升)
1/807
1/852
18孫致彌(愷似、松坪)
2/1934
2/1946
4/3732
5/4187
5/4523
5/4572
5/4608
21孫處秀
2/1087
2/1782
22孫鼎臣(子餘、芝房)
4/3128
5/4186
孫鼎烜(耀乾)
4/4009
24孫德清
3/2987
25孫使君
3/2415
26孫自式(風山)
1/660
孫和仲(正言)
1/165
3/2202
3/2203
孫繹武(武經)
1/869
27孫叔敏
3/2016
28孫艤(濟師)
1/168
2/1554
30孫家穀(曙舟)
4/3359
5/4186
孫宗禮(定夫)
4/3544
33孫治
5/4179
34孫浩然
1/483
35孫灦(次公)
3/2919
4/3649
4/3658
4/3667
4/3677
孫洙(巨源)
1/163
1/479
1/676
1/970
1/980
2/1135
2/1152
2/1153
2/1824
3/2003
3/2303
36孫湘雲(宗樸)
2/1668
2/1670

* 誤作"蕙孫纕"。

38孫滋沅(辰溪)
　　4/3377
　　4/3384
　　4/3482
　孫道絢　見孫夫人
40孫雄禾(稚均)
　　3/2589
　孫森(凱卿)
　　3/2784
41孫姬
　　3/2339
42孫荆臺
　　5/4147
　　5/4150
　孫桃花　見孫麟趾
43孫式熊
　　5/4516
44孫茂林(吟秋)
　　2/1668
　　2/1672
　　2/1673
　　2/1677
　　2/1679
　　2/1680
　孫蓀意(荈玉)
　　2/1538
　　3/2487②
　孫若霖(伯雨)
　　4/3531

　孫枝蔚(豹人、溉堂)
　　1/817
　　1/1046
46孫覿(仲益)
　　1/195
　　1/479
　　3/2328
　孫相何
　　3/2307
47孫朝慶(雲門)
　　3/2619
48孫梅
　　3/2841
50孫夫人(孫道絢*、孫
　　氏、冲虛居士、鄭
　　文妻**)
　　1/361
　　1/389
　　1/457
　　1/537
　　1/610
　　1/702
　　1/851
　　1/855
　　1/866
　　1/867
　　1/877
　　1/906
　　1/993

　　2/1091
　　2/1227
　　2/1763
　　2/1891
　　3/2203
　　3/2273
　　3/2363
　　3/2759
　　4/3371
　　4/3372
　　4/3465
　　5/4127
51孫振豪(汝西)
　　4/3381
60孫曼青
　　5/4281
　孫星衍(淵如)
　　3/2602
　　3/2727
　孫星華(子宜)
　　5/4739
61孫顥元(華海)
　　2/1513
　　3/2481
63孫默(無言)
　　3/2119
66孫暘(蔗庵)
　　2/1934②
71孫原湘(子瀟)

*　孫道絢是否孫夫人不確,故作參見條。
**　孫夫人是否鄭文之妻亦不確,亦作參見條。

4/3870
5/4613
72孫氏　見孫夫人
孫氏王雲軒妻
3/2667
77孫覺(莘老)
1/206
孫同元
5/4177
孫熙元(邵庵)
3/2482
83孫鉥(古喤)
1/657
3/2613
86孫錫(雪帷)
4/3539
87孫鏘鳴(蕖田)
3/2778
90孫小平(慧惇)
2/1668
孫惟信(季蕃、花翁)
1/223
1/232
1/278
1/309
1/322
1/879
1/1008
1/1009
2/1251
2/1480
2/1483
3/2065
3/2356
3/2416
4/3174
5/4090
孫光憲(孟文、葆光)
1/108
1/116
1/456
1/569
1/700
1/708
1/716
1/746
1/851
1/852
1/856
1/862
1/895
1/899
1/906
1/970
2/1086
2/1135③
2/1247
2/1333
2/1388②
2/1463
2/1769
2/1771
2/1788
2/1824②
2/1825
3/2168
3/2577
3/2997
4/3606
4/3780
4/3964
5/4128
5/4129
5/4133②
5/4270
5/4286
5/4557
5/4953
5/4954
5/4955
5/4966
孫炎
3/2863
孫粹然
3/2408
91孫恤
3/2157
3/2158
3/2161
3/3256
3/3260②
5/4121

1264_0　砥

50砥中　見張星耀

1311_2 琬

43琬娘

  3/2678

1314_0 武

10武元衡

  2/1764

17武子　見張良臣

  武子　見錢德震

21武經　見孫緯武

26武穆　見岳飛

40武才人

  1/154

  2/1141

  2/1760

44武林老僧

  2/1486

74武陵主人　見陸大猷

80武曾　見李良年

1323_6 强

00强廣廷

  5/4331

17强俎

  3/2254

97强煥

  1/933

  1/990

  2/1199

  2/1851

  4/3268

  5/4339

  5/4346

1364_7 酸

00酸齋　見貫雲石

1411_4 瑾

27瑾叔　見惲毓珂

1412_7 功

53功甫　見張鎡

  功甫　見潘曾沂

61功顯　見曹勛

80功父　見郭祥正

1413_1 聽

00聽庵　見張樹荄

71聽臚　見楊傳第

1415_6 璋

80璋公　見張英

1418_6 璜

32璜溪　見何渭珍

1419_4 璨

88璨符　見吳儀

1420_0 耐

25耐生　見鄭喬遷

51耐軒　見王達善

71耐辱居士　見司圖空

1519_0 珠

88珠簾秀

  1/540

  1/1018

  2/1293

  3/2088

  3/2382

1523_6 融

00融齋　見劉熙載

1540_0 建

00建文帝　見朱允炆

10建霞　見江標

1610_4 聖

00聖言　見江立

28聖徵　見吳錫麒

43聖求　見呂渭老

47聖歈　見金采

64聖跂　見程哲

77聖與　見王沂孫

80聖俞　見梅堯臣

1611_4 理

37理初　見俞正爕

1613_2 環

30環之　見朱綬

1660₁ 碧

22碧岑　見江珠
　碧山　見王沂孫
　碧巢　見汪森
37碧湄　見高心夔
41碧梧　見孫雲鳳
42碧桃
　1/32

1661₀ 硯

20硯香　見王彦起
40硯存老人　見王泰際
47硯馨　見謝承塈
87硯銘　見張淵懿

1661₃ 醜

00醜齋　見盧炳
88醜簃　見吳萬

1661₄ 醒

00醒齋　見何采

1710₇ 孟

00孟彦深
　2/1986
　孟文　見孫光憲
10孟雲卿
　2/1986
11孟棐　見吳翌寅
12孟水清
　4/3609

21孟緶南
　3/2207
22孟彪　見張文虎
34孟劬　見張爾田
26孟緹　見禇英
31孟迺普
　3/2548
34孟浩然
　2/1094
　2/1766
35孟清　見黃潤玉
36孟昶
　1/5
　1/19
　1/82
　1/134
　1/449
　1/741
　1/757②
　1/936
　2/1082
　2/1122③
　2/1123
　2/1390
　2/1548
　2/1617
　2/1757
　2/1817
　2/1818
　2/1995②
　3/2183
　3/2232

　3/2300
　3/2301
　3/2419
　3/2455
　3/2495
　3/2496
　3/2527
　4/3777
　5/4080
　5/4150
37孟淑卿
　3/2684
38孟棨
　3/2295
40孟才人
　1/108
43孟載　見楊基
47孟超然（瓶庵）
　3/2802
　4/3385
　4/3494
67孟昭　見馬晉
90孟裳　見汪云任

1712₀ 刁

40刁去瑕
　2/1952

羽

22羽仙　見張學典
50羽素　見顧翎

1712_7 瑯

17瑯琊
    1/661 ②
    2/1322

璠

72璠隱 見張鴻

鄧

00鄧文原
    1/443
    1/857
    3/2208
鄧言公
    3/2527
    3/2530
02鄧端友
    3/2349
10鄧爾咸(子京)
    2/1690
12鄧廷楨(嶰筠)
    2/1680
    2/1688
    2/1690
    2/1695
    4/3495
    4/4003
    4/4005
17鄧承脩(鐵香)

5/4811
20鄧千江
    1/521
    1/788
    2/1274
    2/1279
    2/1894
    2/1897
    4/3566
    4/3821
    5/4505
鄧雙蓮
    3/2076
26鄧繹(辛眉*)
    5/4281
28鄧牧(牧心)
    1/272
    4/3488
30鄧濂
    4/3150
34鄧漢儀(孝威)
    2/1587
    3/2112
38鄧祥麟(樵香)
    3/2777
40鄧有兒
    3/2635
鄧南秀
    2/1239
    3/2342

鄧嘉純(笏臣)
    4/4005
    5/4185
42鄧析子
    5/4149
50鄧肅(志宏)
    1/180
    1/508
    4/3368
92鄧剡(光薦、中齋)
    1/230
    1/375
    1/702
    1/775
    1/938
    2/1259②
    2/1889
    5/4290

耶

25耶律楚材(文正)
    5/4469
耶律鑄
    5/4143

1714_0 珊

40珊士 見陳壽祺

1714_7 瓊

00瓊章 見葉小鸞

* "眉"當作"楣"。

13瓊琯　見葛長庚
22瓊仙　見歐瓏
44瓊芳
　　3/2310

17717₂ 瑤

17瑤翠　見唐藝孫
44瑤華　見林麟焻
60瑤星　見張怡

1720₇ 了

00了庵　見王岱
　　了宗
　　3/2033

1721₄ 翟

65翟晴江
　　3/2459

1722₇ 乃

00乃文　見賀字

胥

00胥庭　見王熙

喬

90喬堂　見程麟德

務

46務觀　見陸游

1723₂ 聚

21聚紅生　見高應焱
　　聚紅生　見謝章鋌

承

28承齡(子久)
　　2/1638
　　4/3114
　　4/3120
　　4/3137
30承之　見趙鼎臣
　　承憲　見楊夔生

豫

00豫章　見黃庭堅

1734₆ 尋

31尋源　見葉硯孫

1740₇ 子

00子彥　見范槙
　　子雍　見陳睦
　　子方　見張樹義
　　子方　見陸文奎
　　子高　見陳克
　　子庚　見劉毓盤
　　子文　見王埜
　　子章　見姚文奐
　　子京　見宋祁
　　子京　見鄧爾咸
02子端　見王庭筠

07子翊　見馬凌霄
　　子韶　見張九成
10子正　見蔡挺
　　子玉　見陳山壽
　　子更　見陳增新
　　子石　見金德輝
　　子晉　見毛晉
　　子雲　見蔣元龍
11子琴　見趙貽琜
17子羽　見林鴻
　　子召　見李洤
18子瑜　見完顏璹
　　子政　見陶邵學
20子僑　見吳觀禮
21子虛　見李福謙
　　子衡　見王廷相
　　子衡　見程應權
　　子貞　見何紹基
22子側　見王士祐
　　子仙　見李福
　　子山　見程敦厚
　　子山　見顧文彬
　　子山　見沈邈
　　子山　見蕭掄
　　子山　見莫崙
24子稹　見陶方琦
25子律　見吳衡照
　　子純　見閻爾德
　　子繡　見潘遵瓅
26子和　見張熙
　　子和　見吳禮之
27子佩　見沈昌宇

子久	見王韜	40子大	見程頌萬	53子威	見張鈇
子久	見承齡	子大	見李洪	子冄	見費開榮
子魚	見林直	子九	見王韜	55子耕	見韓膠
子舟	見王彝	子直	見趙汝愚	60子思	見黃孝先
子魯	見黃師參	子培	見沈曾植	子固	見趙孟堅
28子復	見徐來	子有	見林葆恆	子固	見曾鞏
子儀	見劉筠	子存	見魏學渠	子昂	見趙孟頫
30子宣	見楊炳	子奇	見皇甫松	子畏	見唐寅
子宣	見陳慶藩	子奇	見呂承嬌	64子嶹	見端木埰
子宣	見曾布	子奇	見錢國珍	65子駢	見韓膠
子宜	見孫星華	子壽	見王柏心	67子明	見賈昌朝
子永	見李泳	子壽	見黃彭年	子明	見游次公
子安	見吳應和	子壽	見林其年	子野	見施紹莘
子客	見俞弁	子真	見趙孟淳	子野	見張先
子容	見徐繽	43子城	見宗景藩	子瞻	見蘇軾
子容	見嚴适	44子芾	見張祥齡	71子厚	見黃銖
子寬	見周容	子萬	見陳宗石	子臣	見王效成
子安	見魏秀仁	子藏	見金煜	77子同	見張志和
31子顓	見曹爾堪	子蒼	見韓駒	子展	見王存善
32子澄	見張泌	子蓮	見韓純玉	子居	見惲敬
33子述	見吳承勳	子芯	見張祥龢	子駒	見陳逢祺
34子瀟	見孫原湘	子薪	見李慎傳	子開	見曾肇
子遠	見董毅	子樹	見張維屏	80子兌	見呂承娩
子遠	見羅椅	子樹	見劉淮年	子尊	見車持謙
35子清	見李漳	47子鶴	見朱和羲	子美	見蘇舜卿
36子湘	見黃文涵	子鶴	見趙錫璜	子美	見杜甫
子遇	見毛鴻順	48子敬	見姚式	子谷	見宗彭年
37子初	見丁榮	子敬	見陸友仁	子善	見章存元
子鴻	見黃儀	50子中	見林希	87子翔	見何應龍
子淑	見陳嘉	子青	見張之萬	88子筠	見周元瑞
子深	見王褒	子由	見蘇轍	子籛	見姚輝第
子逸	見陸淞	子東	見闞注	子餘	見孫鼎臣

子餘　見黃錫慶
92子恬　見呂成思

1740₈ 翠

17翠君　見陳筠
22翠巖　見陸大猷
28翠微
　3/2280

1742₇ 邢

23邢俊臣
　1/392
　1/877
90邢少連
　1/539

1750₁ 鞏

10鞏玉　見廖瑩中

1750₇ 尹

23尹參卿　見尹鶚
24尹先之
　2/1227
　2/1865
30尹濟翁（磵民）
　1/543
　1/775
　3/2742
35尹洙（師魯）
　3/2305
36尹溫儀
　3/2337

44尹恭保（仲衡）
　5/4187
67尹鶚（參卿）
　1/108
　1/600
　1/696
　1/849
　1/900
　1/973
　2/1133③
　2/1801
　2/1821③
　2/1825
　2/1960
　3/2166
　3/2181
　4/3612
　5/4133
　5/4151
　5/4954
77尹覺
　5/4030
80尹無忌
　1/787
　2/1272
97尹焕（惟曉、梅津）
　1/500
　1/1008
　2/1246
　2/1561
　2/1633
　2/1880

　3/2072
　3/2296
　3/2364
　3/2735
　4/3594
　4/3802
　5/4132
　5/4446
　5/4838

1752₇ 那

00那彦成（文毅）
　4/3115

1760₂ 習

30習之　見劉學箕

1760₇ 君

00君亮　見樓采
　君庸　見沈自徵
04君謨　見蔡襄
10君玉　見王琪
　君平　見韓翃
21君衡　見陳允平
24君特　見吳文英
27君佩　見蕭道管
28君復　見林逋
30君宣　見俞琬綸
　君實　見李日華
40君直　見曹元忠
　君木　見馮幵
44君蘭　見趙我佩

46君坦　見黃孝平
77君舉　見趙子發

1762₀ 司

30司空圖(表聖、耐辱居
　士)
　1/916
　2/1109
　2/1548
　2/1617
　2/1988
　4/3222
　4/3286
　4/3708
　5/4132
　5/4133
71司馬櫨(才仲)
　1/391
　1/926
　3/2261
　3/2324
　3/2431
司馬械女鬼
　3/2419
司馬夢素
　3/2917
司馬光(溫公)
　1/22
　1/375
　1/448
　1/468
　1/680

　1/723
　1/769
　2/1156
　2/1831
　2/1835
　3/2234
　3/2448
　3/2546
　3/2819
　4/3741
　5/4153

碉

67碉盟　見萬釗
77碉民　見尹濟翁

1762₇ 邵

00邵亨貞(清溪)
　1/1022
　2/1294
　2/1570
　2/1905
　3/2379
　5/4142
　5/4482
　5/4961
邵庵　見孫熙元
邵庵　見虞集
邵廣銓(蘭風)
　2/1532
　2/1677
　3/2696

　3/2698
　3/2829
邵章(伯棻)
　5/4370
　5/4820
10邵晉涵(二雲)
　3/2399
12邵瑞彭(次公)
　5/4371
　5/4789
　5/4937
15邵建詩(叶辰)
　4/3524
22邵豐城(嬾漁)
　3/2722
26邵緝(公序)
　1/360
27邵叔齋
　3/2658
28邵復齋
　1/794
　2/1900
38邵啓賢(蓮士)
　5/4822
40邵大業(厚庵)
　2/1589
43邵博
　1/477
　2/1185
　3/2197
44邵葆祺(壽民)
　3/2640

5/4717
7₁邵長蘅（子湘、青門）
　　3/2725
74邵陵（湘綸、青門）
　　2/1602
　　3/2448
　　3/2725
80邵曾鑑（心炯）
　　5/4729
88邵笠（澹庵）
　　5/4345
　　5/4578

1771₀　乙

22乙山　見黄鑄

1771₇　已

27已舟　見宋謙

1780₁　翼

04翼謀　見鄭永詒
50翼素　見黄志輔

1790₄　柔

21柔些
　　3/2116
47柔奴　見宇文氏

1812₁　瑜

50瑜素　見錢潔

1812₂　珍

43珍娘
　　3/2275
　　3/2669

1814₀　致

17致君　見劉仲尹
21致能　見范成大
40致堯　見韓偓
90致堂　見胡寅
　致光　見韓偓

1832₇　鷟

80鷟翁　見王鵬運

1874₀　改

14改琦（七薌）
　　3/2715
30改之　見劉過
　改之　見金泰

1918₀　耿

10耿玉真（白衣婦人）
　　1/371
　　2/1997
　　3/2299

1918₉　琭

50琭青　見吳秉鈞

2002₇　牖

77牖民　見孔傳鐸

2010₄　壬

29壬秋　見王闓運
44壬老　見王闓運

重

26重伯　見曾廣鈞
90重光　見李煜

2021₈　位

40位存　見史承謙

2022₇　喬

25喬生　見陳子升
40喬大壯
　　5/4937
　　5/4947
　喬吉（夢符）
　　1/534
　　1/1020
　　2/1294
　　2/1902
　　3/2091
　　4/3346
　　4/3725
　　4/3943
　　5/4157
　　5/4173
　　5/4181

48喬松年(鶴儔、鶴儕)
　　3/2904
　　4/3201
80喬年　見周梓
88喬笙巢
　　4/3909
　　4/3959

秀

21秀虎　見郭鳳梁
30秀實　見陶穀
44秀尊　見李英華
　秀蘭
　　3/2196
　　3/2308
　秀老　見俞紫芝

2024_7 愛

00愛廬　見錢官俊
22愛山　見徐塨

2025_2 舜

77舜舉　見錢選
　舜卿　見李洽
　舜民　見董元愷
80舜俞　見洪咨夔

2026_1 信

38信道　見舒亶
60信國　見文天祥
71信辰　見吳鎮
80信公　見文天祥

2033_1 焦

04焦竑(里堂、焦修撰)
　　1/654
　　2/1314
　　4/3999
27焦修撰　見焦竑
28焦徵君
　　2/1948
38焦遂
　　2/1986

2040_0 千

60千里　見方回
　千里　見顧廣圻
77千門　見趙鑰

2040_4 妥

43妥娘　見鄭如英

2040_7 孚

44孚若　見方信孺

季

10季玉　見潘曾瑋
11季瑑　見俞士彪
　季碩　見曾彥
17季瓊　見李敬婉
20季重　見孔尚任
　季秉　見李持正
21季衡　見陸祖廣
　季貞　見丘象隨

25季生　見白讓卿
　季純　見許崇熙
26季和　見孫應時
35季迪　見高啓
36季況　見周星詒
38季滄葦
　　2/1534
　　3/2453
　季道　見陸行直
40季直　見張審
　季克　見呂勝己
　季真　見賀知章
44季藩　見孫惟信
46季旭　見王曦
50季中　見曹杓
　季青　見汪文柏
66季睨　見周星詒
72季剛　見黃之馴
77季皋　見蔡俁
90季常　見陳慥

受

00受齋　見游九功

雙

32雙溪　見顧奎光
　雙溪　見黃廷璿
　雙溪翁　見馮取洽
37雙湖夫人湯貽汾妻
　　4/3650
　雙湖夫人　見董琬貞
41雙梧　見丁榕

77雙卿

2/1507

3/2144

3/2145

4/3895

4/3896

4/3897

4/3944

2042₇ 禹

10禹平　見魏坤

22禹峯　見彭而述

2043₀ 奚

21奚倬然

3/2740

27奚疑（榆樓）

3/2585

29奚秋崖

1/267

5/4123

33奚瀫

4/3234

77奚岡（鐵生）

3/2715

2060₉ 香

10香雪　見王策

　香石　見黃培芳

22香巖　見李鴻裔

香嶺*

4/3530

　香山　見王度

　香山　見白居易

36香禪　見潘鍾瑞

80香谷　見范兆芝

90香光　見董其昌

　香光　見秦耀曾

2064₈ 皎

23皎然

1/903

1/934

2/1809

2071₄ 毛

00毛序始

3/2229②

毛文錫（平珪）

1/101

1/457

1/675

1/707

1/856

1/867

1/903

1/907

1/975

1/1038

2/1134②

2/1386

2/1387

2/1821②

2/1822②

5/4078

5/4090

5/4133

5/4269③

5/4270

5/4935

10毛三瘦　見毛先舒

毛吾竹

5/4172

毛晉（子晉）

4/3450

4/3456

4/3586

4/3588

4/3592②

4/3595

4/3596

4/3598②

5/4032

5/4145

5/4256

5/4492

5/4500

5/4505

5/4532

5/4954

---

　* 據文意，似指龔鼎孳，然龔集名香巖，疑有訛誤。

5/4957

5/4970

17毛羽宸(公阮)

　1/653

　1/660*

　2/1782

20毛重倬(卓人)

　1/660

　1/844

21毛弅(平仲、樵隱)

　1/516

　1/950

　1/987

　2/1355

　2/1410

　2/1531

　4/3588

　5/4082

　5/4130

　5/4138**

　5/4164

　5/4543

22毛循齋

　4/3658

24毛先舒(毛騤、稚黃、

　馳黃、草薦先生、

　毛三瘦)

　1/252

1/568

1/607

1/657

1/665

1/666②

1/769

1/834②

1/850

1/851

1/1039

2/1332

2/1440

2/1595

2/1785

2/1788

2/1933

3/2152

3/2155②

3/2156②

3/2157②

3/2164

3/2165②

3/2167

3/2175

3/2425

3/2457

3/2468

3/2472

3/2514

3/2543

3/2547

4/3224②

4/3233②

4/3238

4/3252

4/3254

4/3257

4/3258

4/3259

4/3263

4/3266

4/3350

4/3417

4/3420

4/3422

4/3588

5/4093

5/4179

5/4342

5/4611

5/4930

25毛甡　見毛奇齡

毛健(今培、鶴汀)

　3/2474***

　4/3458

　4/3886

*　誤作"卓山"。

**　誤作"毛井"。

***　誤作"毛張健"。

30手滂（澤民）

1/62
1/83
1/428
1/649
1/697
1/827
1/858
1/862
1/871
1/878
1/913
1/984
1/1033
2/1189②
2/1344
2/1395
2/1493
2/1553
2/1575
2/1691
2/1845
2/1946
3/2008
3/2156
3/2310
3/2326
3/2415
3/2434
3/2541
3/2752
4/3348

4/3430
4/3587
4/3786
4/3790
4/3962
4/3964
5/4031
5/4079
5/4088
5/4123
5/4127
5/4136
5/4152
5/4157

毛扆（斧季）
4/3456

37毛鴻順（子遇）
3/2788

毛遂安　見毛際可
40毛友（達可）
1/192

毛奇齡（毛甡、大可、
西河、河右、小毛
子）
1/730
1/870
1/1047
2/1331
2/1334
2/1373
2/1437
2/1492

2/1939
3/2136③
3/2139
3/2169
3/2387
3/2401
3/2457
3/2830
3/2841
4/3286
4/3292
4/3364
4/3420
4/3439
4/3459
4/3555
4/3558
4/3559
4/3670
4/3775
4/3833②
4/3969
5/4084②
5/4087
5/4119
5/4121
5/4178②
5/4179

50毛東澤
1/862

72毛䮛　見毛先舒
77毛鳳韶

5/4050

毛際可（會侯、鶴舫、
　毛遂安）

1/1044

2/1601

2/1933

2/1935

2/1943

3/2457

4/3420

4/3829

4/3869

5/4182

毛熙震（祕監）

1/116

1/443

1/895

1/974

2/1133

2/1134

2/1548

2/1823

2/1824

2/1825

4/3606

4/3885

5/4133

5/4270

5/4334

5/4355

5/4536

88毛敏中

1/255

2090₄ 采

22采巖　見周瓚

27采侯　見宋祁

44采芝翁　見陸友仁

集

25集生　見陳大成

2090₇ 秉

38秉道　見張璹

2091₄ 稚

10稚雲
　　　2/1665

20稚香　見姚輝第

40稚圭　見韓琦

　稚存　見洪亮吉

44稚黃　見毛先舒

47稚均　見孫雄禾

48稚松　見汪根蘭

53稚威　見胡天游

維

47維極
　　　3/2123

2108₆ 順

00順庵　見康與之

20順受　見吳禮之

30順之　見潘遵祁

77順卿　見戈載

2110₀ 上

11上彊村民　見朱祖謀

30上之　見顧榮達

止

00止庵　見周濟

25止仲　見王行

30止濟　見楊炎正

40止存　見陳子純

2120₁ 步

22步仙　見蔡捷

32步洲　見丁瀛

2121₀ 仁

25仁先　見陳曾壽

30仁寶　見郞瑛

32仁近　見仇遠

53仁甫　見白樸

　仁甫　見吳昊

61仁趾　見吳廛

2121₁ 能

77能印
　　　3/2796

2121₇ 虎

71虎臣　見柴紹炳

　虎臣　見吳曾

虛

00 虛齋　見趙以夫
27 虛舟　見程埈
　虛舟　見賴學海
80 虛谷　見方回

盧

15 盧建曾（雅兩）
　3/2904
　4/3726
22 盧龕
　5/4801
27 盧絳
　1/457
　1/905
　2/1997
　3/2299
32 盧溪　見王庭珪
37 盧祖皋（申之、蒲江）
　1/214
　1/492
　1/991
　1/1006
　2/1194
　2/1234
　2/1365
　2/1366
　2/1560
　2/1576
　2/1635
　2/1644

　2/1854
　2/1885
　3/2077
　4/3118
　4/3357
　4/3510
　4/3595
　4/3597
　4/3674
　5/4141
　5/4166
　5/4295
　5/4312
　5/4440
40 盧貢
　5/4102
44　盧摯（疎齋）
　1/541
　1/941
　1/952
　2/1297
　2/1909
　3/2085
　3/2377
　5/4962
　盧蘊貞（倩雲）
　3/2832
67 盧照鄰
　1/446
72 盧氏
　3/2259
　3/2333

80 盧前（冀野）
　5/4801
　5/4826
91 盧炳（叔陽、醜齋）
　2/1417②
　2/1577
　3/2862
　4/3590
　4/3599
　5/4143
　5/4183

伍

17 伍君定
　1/566

2122₀ 何

00 何應龍（子翔）
　3/2076
10 何元朗
　1/386
　1/805
　2/1312
　3/2213
　3/2437
17 何胥
　1/115
　何承燕（春巢）
　3/2472
20 何采（醒齋）
　1/552
　何采臣

3/2127

何維樸（詩孫）

　5/4705

21何㮚（文縝）

　1/91

　1/779

　1/844

　2/1207

　3/2030

　3/2330

　3/2340

　4/3466

　5/4097

　5/4420

27何紹基（子貞）

　3/2911

28何作善（自明*）

　2/1219

　3/2042

　3/2339

30何永紹（令遠）

　1/572

32何兆瀛（青耜）

　3/2983

　4/4000

　4/4012②

　5/4186

　5/4688

34何滿子

　1/107

36何渭珍（璜溪）

　3/2596

　3/2788

40何大圭（摺之）

　1/442

　1/865

　2/1204

　2/1855

　5/4429

何嘉延

　2/1949

50何春元（乾生）

　4/3347

51何軒舉（南霞）

　4/3571

60何景福（介夫）

　3/2745

　3/4085

何景明（大復）

　1/661

71何長詔（金門）

　4/3373

72何剛燦（容生）

　3/2613

何氏（月兒、瑤宮花史）

　3/2282②

83何鐵（阿黑）

　4/3843

88何籓

1/233

3/2734

4/3025

5/4939

90何光大

　2/1571

2122₁ 行

30行之　見陳恕可

50行中　見朱服

77行屋　見薛所蘊

88行簡　見劉一止

衍

40衍存　見史承豫

衡

00衡齋　見胡鑑

22衡山　見文徵明

衛

00衛立中

　5/4181

44衛芳華

　1/702

　1/798

　2/1266

　3/2087

衛萬

　1/827

---

*　據《夷堅志》當作"伯明"。

3/2541
80衛公　見李德裕

21234 虞

00虞彦恭
　5/4272
20虞集(伯生、道園、邵
　庵)
　1/393
　1/793
　1/870
　1/1021
　2/1256
　2/1286
　2/1289
　2/1352
　2/1432
　2/1901
　3/2380
　3/2436
　4/3118
　4/3473
　4/3697
　4/3727
　4/3823
　5/4143
　5/4170②
　5/4183
　5/4336
　5/4481
22虞山　見錢謙益
32虞兆淑(蓉城)

4/3471
5/4523
44虞堪
　1/794
　2/1900
虞世基
　1/446
虞黄昊
　5/4179
80虞尊　見高宇泰
88虞策
　1/42

21241 處

00處度　見秦湛
57處静　見翁元龍

21286 須

32須溪　見劉辰翁

頻

26頻伽　見郭麐

潁

22潁山　見王嵩
27潁叔　見林壽圖

21331 熊

00熊商珍(滄仙、茹雪山
　人)
　5/4615
　5/4617

5/4652
熊文舉(雪堂、新建、
　熊侍郎)
　1/656
　1/725
　1/820
　1/1035
　1/1036
　2/1796
24熊侍郎　見熊文舉
27熊象慧(芝霞)
　3/2704
30熊進德
　3/2060
熊寶泰(藕頤)
　3/2703
44熊若水
　3/2272
77熊朋来(與可)
　5/4113
80熊會玹
　3/2807

21406 卓

28卓從之
　3/2512
30卓永瞻
　3/2137
35卓津
　1/372
42卓媛(縈素)
　5/4221

60卓田（稼翁）

1/537

1/909

4/3369

4/3371

80卓人　見毛重倬

　卓人　見黄漢章

　卓人月（珂月、蕊淵）

1/602

1/655

1/674

1/685

1/710②

1/765

1/841

1/953②

1/955

1/1032

2/1260

2/1287

2/1315

2/1316

2/1889

2/1904

2/1931

2/1977

3/2174

3/2224

3/2466

5/4134

5/4145

5/4962

2155₀　拜

20拜住　見帖木耳拜住

2160₀　卣

21卣香　見黄體立

2160₁　旨

00旨庵　見沈宗塽

2172₇　師

00師文　見陳篆

22師川　見徐俯

26師伯　見楊敬傅

27師魯　見尹洙

30師憲　見黄公度

37師通　見張養蒙

60師愚　見蔡寶善

　師呂　見李居仁

80師曾　見陳衡恪

2180₆　貞

24貞壯　見諸宗元

26貞白　見危復之

　貞伯　見呂傳元

30貞憲　見王泰際

40貞吉　見沈貞

72貞隱　見沈林

77貞居　見張雨

78貞愍　見湯胎汾

80貞翁　見諸宗元

2190₃　紫

00紫度　見陸宏定

08紫詮　見王韜

10紫霞翁　見楊纘

　紫雲　見呂同老

　紫雲

　　3/2227

17紫珊　見徐逢吉

　紫珊　見汪世泰

22紫岑　見朱研

　紫巖　見潘枋

　紫仙　見徐雲芝

　紫山　見徐逢吉

　紫山　見胡祗遹

28紫綸　見杜詔

35紫清明道真人　見葛

　　長庚

44紫荃　見曹毓英

　紫薇　見呂本中

　紫姑神

　　1/89

　　3/2271

　　3/2278

　紫檗　見張芬

47紫鶴　見朱和羲

67紫曜　見錢琨

77紫卿　見袁綬

88紫竺

　　4/3465

　紫筍　見陳汝枚

　紫竹（方喬妻）

1/903

3/2264

3/2334

3/2671

紫箐氏　見徐燦

2190₄ 柴

27柴紹炳（虎臣）

1/608

1/651

1/665

1/830

2/1464

2/1785

3/2158

4/3240

4/3293

4/3304

5/4179

40柴才（次山）

3/2826

2191₀ 紅

10紅豆詞人　見吳綺

紅于葉　見隨春

25紅生　見吳葆晉

27紅兒

3/2115

32紅冰

5/4368

40紅友　見萬樹

紅杏秀才　見陳謀道

44紅荃　見徐誦芬

45紅薇

4/3678

48紅梅

3/2304

2198₆ 穎

22穎山　見王嵩

24穎生　見姜筠

45穎樓　見高第

80穎人　見關賡麟

2210₈ 豈

00豈塵　見林外

豐

30豐之　見向鎬

2220₀ 制

17制軍　見陳小石

2220₇ 岑

23岑參

1/674

2/1087

2/1765

2221₄ 任

10任玉厄

3/2487

21任熊（渭長）

5/4670

27任繩槐（青際）

3/2612

37任潮（淑圃）

2/1508

38任道鎔（篠沅）

4/3158

40任士林（叔寔、松鄉）

5/4505

44任世德

1/16

1/177

46任如　見張仁恬

60任昉（少明）

1/40

80任曾貽（淡存、淡岑）

2/1954

4/3857

5/4223

崔

20崔愛

3/2381

21崔紅葉

4/3740

4/3929

27崔魯

1/166

1/853

28崔徽

1/932

30崔液

1/426

1/894
36崔湜
1/130
38崔塗
2/1565
44崔蒼雨
4/3645
崔世召（秋谷、霞霞`
4/3353
崔黄葉
4/3740
4/3929
52崔挺新（松門）
4/3353
77崔閑（玉澗道人）
5/4089
崔與之（菊坡、清獻）
2/1576
5/4080
5/4082
5/4311
5/4883
5/4884
5/4885
5/4891
80崔令欽
1/742
崔念四
1/145
1/844
崔公達
1/747

90崔懷寶
2/1114
5/4151

2222₁ 鼎

10鼎玉　見劉鉉
71鼎臣　見徐鉉

2223₄ 僕

48僕散汝弼（良弼）
5/4506

2224₁ 岸

20岸舫　見宋俊
37岸初
1/655

2224₇ 後

00後唐莊宗　見李存勖
22後山　見陳師道
32後溪　見劉光祖
37後湖　見蘇庠
44後村　見劉克莊
47後朝元
1/745

2227₀ 仙

00仙庚　見陳世昌
22仙仙
3/2107
仙嶠　見周祖翼
30仙客　見潘瀛選

31仙源居士　見趙長卿
60仙品　見孫雲鶴

2232₇ 鷟

88鷟箕
1/454

2245₃ 幾

25幾仲　見黄機
38幾道　見嚴復

2261₀ 乩

22乩仙
1/846

2271₁ 崑

10崑石山人　見林煐

2277₀ 山

00山庭　見吳元可
27山舟　見梁同書
40山來　見張潮
山樵　見王從叔
44山村　見仇遠
50山史　見袁成
53山甫　見孫應龍
71山長　見王岱
76山陽道人　見瞿佑
77山民　見徐照
78山陰鐵丐
4/3187
80山人　見徐白

山尊　見吴蕭
山谷　見黄庭堅

幽

45幽棲居士　見朱淑貞

齒

32齮析　見沈蓉年

2290₀　利

12利登（履道）
　3/2746

2290₄　梨

32梨洲　見黄宗羲
44梨莊　見周在浚

樂

00樂齋　見向鎬
10樂天　見白居易
　樂天　見秦保寅
30樂宛　見樂婉
43樂婉（樂宛）
　1/44
　3/2262
　3/2367
　4/3669
60樂園閬茶客
　4/3185
87樂鈞（元淑、蓮裳、宫

譜）
　3/2579
　4/3449
　4/3546
88樂笑翁　見張炎

巢

77巢民　見冒襄

2291₃　繼

80繼翁　見楊纘

2291₄　種

12種水　見曹言純
44種芋山人　見謝道承
60種園　見陸震

2294₇　綬

71綬階　見袁廷檮

2300₂　卜

71卜臣　見魏允枚

2320₀　參

30參寥
　1/992
　2/1209
　2/1857
68參晦　見趙汝茪

2323₄　伏

86伏知道
　1/426

2324₂　傳

20傳爰　見顧敱憲
22傳岩隱
　3/2354
　傳彩雲
　5/4371
40傳大訥（公謀）
　1/460
　3/2746
47傳桐
　4/3540
48傳幹*
　5/4097
53傳按察
　1/357
　1/528
　2/1909

2324₇　俊

67俊明　見李昴英

2325₀　臧

34臧祐（佛根）
　5/4917

---

*　"幹"下原注:"一作洪。"

2333₁ 黛

44黛華　見袁青

2344₀ 弁

76弁陽　見周密
　弁陽嘯翁　見周密
　弁陽翁　見周密

2350₀ 牟

02牟端明
　5/4443
　5/4464
23牟巘
　3/2745

2360₀ 台

40台柱　見張星耀

2393₂ 稼

22稼山　見曹璘
51稼軒　見辛棄疾
　稼軒　見洪貫
77稼門　見汪志伊
80稼翁　見卓田

2394₄ 絞

00絞庭　見潘曾綬

2397₂ 稽

27稽叔子(宗孟)
　1/656

　2/1437
30稽永仁(留山)
　3/2620

2420₀ 射

44射村　見胡舜陟

2421₁ 先

44先著(遷甫)
　2/1373
　3/2169
　4/3244
　4/3511
88先簹　見先著

2421₂ 他

22他山　見李進珺

2421₄ 佳

22佳繼　見李昌

2421₇ 仇

10仇元吉
　3/2139
33仇述盦
　5/4950
34仇遠(仁近、山村)
　1/831
　1/973
　1/1011
　1/1021
　2/1135

　2/1288
　2/1824
　2/1884
　2/1901
　2/1910
　2/1945
　3/2211
　3/2250②
　3/2457
　3/2601
　3/2759
　3/2803
　3/2899
　3/2913
　4/3234
　4/3277
　4/3331
　4/3348
　4/3423
　4/3171
　4/3510
　4/3644
　4/3675
　4/3814
　5/4035
　5/4036
　5/4142
　5/4471
　5/4838
　5/4899
　5/4958
　5/4961

2422₁ 倚

10倚平　見顧衡文

2423₁ 德

09德麟　見趙令時
11德孺　見范純粹
12德水　見余金
25德生　見陳亮疇
27德修　見劉光祖
34德祐太學生
　　1/774
　　1/783
　　2/1265
　　3/2072
　　3/2838
　　3/3917
37德潤　見李珣
40德壽　見完顏宗敘
43德媗　見周翼枏
14德莊　見趙彥端
47德嫻　見闞壽坤
53德甫　見王昶
　德甫　見趙明誠
77德卿　見周昂
87德鈞　見錢仲鼎

2425₆ 偉

67偉明　見劉牟

2426₀ 佑

37佑遐　見王鵬運

儲

30儲憲良（麗江）
　　3/2785
31儲福觀（耀遠）
　　3/2613
33儲泳（華谷）
　　3/2248
　儲祕書（玉函）
　　4/3534
44儲懋端
　　3/2673
55儲慧（嘯鳳）
　　5/4610
60儲國鈞（長源）
　　2/1954②
　　4/3528

2426₁ 牆

50牆東叟　見陸文圭

2429₀ 休

00休文　見沈約

2440₀ 升

00升庵　見楊慎
　升六　見曹貞吉
48升枚　見蔣業鼎

2441₂ 勉

00勉齋　見鄭滿
25勉仲　見謝懋

50勉夫　見王橚

2462₇ 劬

00劬庵　見李念慈

2472₇ 幼

10幼霞　見王鵬運
12幼聯　見左又宜
27幼槃　見謝邁
28幼齡　見呂景端
30幼安　見辛棄疾
　幼安　見王國維
40幼樵　見張佩綸
42幼嬌
　　3/2359
44幼芳　見嚴蕊
71幼臣　見薛禧年
74幼陵　見嚴復
77幼卿　見吳澄
　幼卿
　　1/134
　　1/916
　　2/1211
　　3/2035
　　3/2334

2480₆ 贊

26贊皇　見李嶠
51贊軒　見劉勳

2492₇ 納

44納蘭侍衛　見納蘭

性德

納蘭明珠

　3/2775

　3/2793

納蘭性德（成德、容

　若、成容若、飲水詞

　人、納蘭侍衛）

　2/1536

　2/1937④

　2/1938

　3/2132②

　3/2137

　3/2139

　3/2793

　3/2865

　4/3114

　4/3167

　4/3270

　4/3340

　4/3346

　4/3415②

　4/3472

　4/3493

　4/3530

　4/3672

　4/3732

　4/3828

　4/3929

　4/3996

　4/3997

　4/3998②

　4/4000

　4/4012

　5/4038

　5/4181②

　5/4184

　5/4201

　5/4222

　5/4251②

　5/4259

　5/4260

　5/4276

　5/4373

　5/4412

　5/4450

　5/4520②

　5/4521②

　5/4522

　5/4537

　5/4543

　5/4547

　5/4561

　5/4567

　5/4588

　5/4591

　5/4672

　5/4904

　5/4913

2495₆　繡

10緯雲　見陳維岳

40緯真　見屠隆

50緯青　見張綖英

2498₆　續

64續曉泉

　4/3164

2500₀　牛

22牛嶠（松卿、牛給事）

　1/456②

　1/599

　1/601

　1/618

　1/674

　1/697

　1/707

　1/723

　1/840

　1/849

　1/852

　1/857

　1/858

　1/860

　1/868

　1/869

　1/871

　1/919

　1/971

　2/1130④

　2/1386

　2/1549

　2/1612

　2/1794

　2/1819

2/1820④
2/1825
3/2185
4/3227
4/3779
4/3835
4/3886
4/3962
4/3964
4/3968
5/4150
5/4257
5/4269③
5/4334
28牛僧孺
1/80
牛給事　見牛嶠
40牛希濟
1/707
1/830
1/899
1/973
2/1135②
2/1549
2/1554
2/1824②
2/1825
3/2166
3/2514
4/3886
5/4953

2510₀　生

20生香女士　見李佩金
33生補道人
　2/1674
53生甫
　4/3671

2520₆　仲

00仲言　見王明清
　仲言　見吴錫永
04仲謀　見王惲
　仲謀　見張詢
07仲韶　見葉紹袁
10仲璋
　3/2664
　仲平　見徐準宜
　仲可　見徐珂
　仲醇　見陳繼儒
12仲弢　見黄紹箕
14仲環　見朱綬
15仲殊(僧揮、蜜殊)
　1/30
　1/83
　1/366
　1/460
　1/497
　1/763②
　1/846
　1/875
　1/880
　1/946

1/992②
2/1171
2/1209②
2/1458
2/1857②
3/2026
3/2204
3/2215
3/2262
3/2311
3/2338
3/2440
4/3030
4/3061
4/3078
4/3118
4/3272
4/4001
5/4097
17仲子　見凌廷堪
　仲子　見姜夔
21仲虎　見蘇符
22仲任　見胡仔
　仲山　見施岳
　仲山　見徐咸清
　仲山　見李振祖
　仲山　見鍾將之
26仲白　見莊棫
　仲穆　見趙雍
　仲和　見郭應辰
27仲修　見譚獻
　仲魚　見陳鱣

28仲復　見沈秉成	62仲則　見黃景仁	**25240 健**
30仲宣　見吳棠	63仲胎	00健庵　見徐乾學
仲濂　見鄭守廉	4/3671	**25243 傳**
仲騫　見李福培	64仲疇　見張弘範	10傳正　見蒲宗孟
仲安　見汪元治	67仲昀　見吳振棫	**2590₀ 朱**
仲宗　見張元幹	70仲雅　見張雲璈	00朱主簿　見朱景文
34仲遠　見京鏜	77仲閭　見范文光	朱方（良矩）
仲達　見董頴	仲丹　見杜貴墀	1/467
36仲溫　見宋克	仲舉　見張耒	2/1832*
37仲深　見邱濬	80仲益　見孫覿	朱方藹（吉人）
仲初　見王建	仲父　見王明之	2/1952
38仲海　見姚正鏞	仲并（彌性）	2/1955
40仲圭　見吳鎮	4/3325	朱高熾（明仁宗）
41仲姬　見管道昇	5/4434	1/799
仲桓　見萬同倫	仲公　見徐咸清	2/1299
44仲芳　見劉潛	90仲常　見高憲	2/1914
44仲韓　見關鳳樓	91仲恆（雪亭）	朱意園
仲英　見王朗	1/610	2/1692
仲英　見陸元鼎	5/4146	朱文理
47仲超　見潘耒	5/4930	1/535
50仲車　見徐積	**伸**	02朱端朝（廷之）
仲夫　見陸鈺	38伸道　見蔡伸	3/2222**
51仲振履（柘原、柘庵、覽岱庵、木石老人）	**25227 俏**	3/2440
4/3337	10俏玉　見楊琇	5/4542
53仲甫　見王明之	俏雲　見盧蘊貞	08朱敦儒（希真）
仲蕃　見張應昌	55俏扶	1/83
仲甫　見左輔	1/576	
60仲思　見李齊賢		

＊　誤作"良規"。
＊＊　誤作"延之"。

1/88	4/3078	17朱翌（新仲、灊山）
1/146	4/3254	2/1226
1/175	4/3613	2/1572
1/207	4/3777	2/1865
1/214	4/3790	3/2202
1/233	4/3913	3/2443
1/488	4/3964	朱璵（葆瑛）
1/569	5/4032	5/4610
1/697	5/4122	朱承爵
1/770	5/4137	1/603
1/832	5/4153	1/650
1/856	5/4162	4/3323
1/867	5/4290	朱子　見朱熹
1/870	5/4307	20朱秀水　見朱彝尊
1/892	5/4676	朱依真（小岑）
1/946	5/4929	3/2730
1/996	5/4956	4/3280
2/1223②	10朱一是（近修）	5/4611
2/1332	1/814	22朱崖　見李嶠
2/1866	朱百韓	22朱绶（酉生、仲環、
2/1867	3/2730	環之）
3/2168	朱雲翔（遂佺）	2/1667
3/2202	2/1954	3/2651
3/2402	4/3857	3/2651
3/2442	11朱研（紫岑）	3/2880
3/2527	2/1952	3/2945
3/2685	14朱珪（石君、文正）	3/2954
3/2737	3/2591	3/2973
4/3041	3/2635	4/3129
4/3064	4/3386	4/3651
4/3074	15朱建卿	4/3654
4/3077	3/2889	4/3655

4/3222	4/3467	4/3830
4/3224	4/3472②	4/3834
4/3227	4/3474	4/3835③
4/3266	4/3478	4/3836
4/3273	4/3481	4/3837
4/3280	4/3501	4/3845③
4/3321②	4/3511	4/3847②
4/3332	4/3520	4/3850
4/3340	4/3530	4/3855
4/3342	4/3536	4/3857
4/3343	4/3537	4/3859
4/3345	4/3546	4/3860
4/3346	4/3570	4/3861
4/3363	4/3636	4/3862②
4/3380	4/3638	4/3864
4/3403	4/3720②	4/3868
4/3409	4/3728	4/3869
4/3411	4/3729	4/3870
4/3413	4/3730④	4/3878
4/3415	4/3731	4/3879
4/3421	4/3732	4/3887
4/3428	4/3733	4/3891
4/3433	4/3734	4/3919
4/3442	4/3735	4/3926
4/3443	4/3736	4/3927
4/3445	4/3737②	4/3929③
4/3449	4/3738③	4/3930
4/3451	4/3775	4/3937
4/3452	4/3776	4/3938
4/3455	4/3777	4/3942
4/3462	4/3780	4/3945
4/3464	4/3825	4/3960

4/3961	5/4263	4/3737
4/3963	5/4266	4/3863
4/3964	5/4276	37朱淑貞　見朱淑眞
4/3965②	5/4281	朱淑眞(幽棲居士)
4/3969	5/4330	1/361
4/3971	5/4522②	1/451
4/3972	5/4523	1/868
4/3974	5/4538	1/892
4/3996	5/4584	1/900
4/3998	5/4585	1/993
4/3999②	5/4633	2/1568
4/4000	5/4637	2/1972
4/4002	5/4667	3/2256
4/4008②	5/4672	3/2283
4/4009	5/4683	3/2423
4/4013	5/4711	3/2470
5/4028	5/4838	3/2660
5/4038②	5/4908	3/2669
5/4061	5/4928	4/3094
5/4084	5/4943	4/3132
5/4086	5/4954	4/3479
5/4095	5/5961	4/3727②
5/4096	5/4962	4/3820
5/4119	28朱復古	4/3821
5/4179②	5/4840	4/3895
5/4180④	31朱灝(宗遠)	4/3903
5/4181	1/656	4/3910
5/4184	3/2462	5/4036
5/4200	3/2674	5/4137
5/4222	34朱湛盧	5/4161
5/4224	1/1006	5/4494
5/4259	36朱澤生(芝田)	5/4496

5/4497②

朱祖謀（孝臧、古微、
　　漚尹、漚公、彊村、
　　上彊村民）

4/3018

4/3612

4/4020

5/4198

5/4224

5/4226

5/4227②

5/4228

5/4229

5/4268②

5/4320

5/4338

5/4342②

5/4343

5/4344

5/4345

5/4346

5/4347

5/4348

5/4349

5/4351

5/4370②

5/4371②

5/4372②

5/4379

5/4380

5/4384

5/4467

5/4526

5/4538

5/4595

5/4619

5/4625

5/4633

5/4655

5/4690

5/4692

5/4724

5/4752

5/4756

5/4767②

5/4772

5/4775

5/4777

5/4784

5/4799

5/4824

5/4827

5/4899

5/4901

5/4907

5/4908

5/4909

5/4914

5/4936

5/4943

5/4950

5/4954②

5/4958

5/4962

5/4967

5/4971

朱郎　　見朱蓮芬

38朱冷于

3/2142

朱啓連（棣垞）

5/4805

40朱十*

3/2438

朱克生

5/4519

朱有燉（周憲王）

1/789

1/790

1/799

2/1299

2/1914

朱希真（秋娘）

3/2274

3/2363

3/2669

朱希真（徐必用妻）

1/770

朱存理

1/297

朱彝（伯康、杏孫）

---

* 疑指朱彝尊。

4/3736

4/3857

朱景文(主簿)

　3/2661

62朱别宥

　5/4813

64朱晞顏

　3/2747

67朱瞻基(明宣宗)

　2/1299

　2/1914

　5/4173

72朱氏林鴻妻

　1/807

　2/1305

77朱服(行中)

　2/1190

　2/1553

　2/1846

　4/3924

　5/4450

83朱鋐(震伯)

　3/2982

84朱鎮(静媛)

　5/4611

86朱錫綬(小筠)

　3/2987

　3/2990

88朱筠(竹君)

　4/3386

90朱懷新(苗生)

　4/3150

2591₇ 純

27純叔　見吳子孝

53純甫　見曾覿

2592₇ 繡

22繡山　見孔憲彝

80繡谷　見蔣深

　繡谷　見吳焯

2598₆ 積

77積卿　見許宗彦

80積翁　見留元崇

88積餘　見徐乃昌

2600₀ 白

00白亭　見趙振盈

　白讓卿(季生)

　　5/4299

　白衣婦人　見耿玉真

10白玉蟾　見葛長庚

　白石　見黄巖老

　白石　見姜夔

11白珏(璧雙)

　　3/2134

17白乃貞(蕊淵)

　　2/1521

20白舫　見范鍇

22白川　見周用

23白傅　見白居易

33白浣月(蓮舫)

　　3/2125

3/2629

39白沙　見陳獻章

40白太傅　見白居易

　白賁(无咎)

　　4/3473

42白樸(仁甫、太素、蘭
　谷)

　　1/362

　　1/376

　　1/377

　　1/393

　　3/2747

　　5/414?

　　5/425?

　　5/4258

　　5/4420

43白朴　見白樸

44白也　見汪度

45白樓　見李方湛

47白狗

　　4/3343

76白陽　見陳道復

77白居易(樂天、香山、
　白太傅、白傅)

　　1/77

　　1/88

　　1/94

　　1/100②

　　1/102

　　1/105

　　1/107

　　1/114

1/117	1/939	3/2204
1/189	1/968	3/2257
1/223	2/1083	3/2295
1/386	2/1102③	3/2297②
1/427	2/1103②	3/2456
1/430	2/1104	3/2501
1/438	2/1105	3/2543
1/443	2/1387	3/2545
1/448	2/1393	4/3024
1/465	2/1402	4/3222
1/480	2/1451	4/3229
1/554	2/1547	4/3719
1/555	2/1551	4/3903
1/570	2/1566	4/3949
1/584	2/1572	5/4082
1/659	2/1579	5/4092
1/730	2/1617	5/4129
1/745	2/1764	5/4131
1/747	2/1765	5/4253
1/750	2/1767	5/4269
1/827	2/1768	5/4502
1/833	2/1770	5/4545
1/857	2/1778	白眉生　見郭麟
1/860	2/1791	
1/864	2/1810	**自**
1/889	2/1811②	00自庵　見周壽昌
1/890	2/1986	20自爲　見韓雲
1/891	3/2166②	67自明　見何作善
1/896	3/2177	
1/898	3/2179	**2610₄ 皇**
1/916	3/2180	53皇甫松(子奇)
1/937	3/2181	1/743

1/746	伯可　見康與之	64伯時　見沈義父
1/830	12伯㲄　見陳銳	伯時　見李公麟
1/869	伯璣　見鮮于樞	66伯嚴　見陳三立
1/973	伯璣　見陳允衡	67伯明　見吳昶
2/1082	17伯子　見魏際亮	71伯厚　見黃載
2/1086	19伯裘　見邵章	伯長　見袁桷
2/1137②	21伯熊　見鄭景望	77伯堅　見蔡松年
2/1385	22伯山　見趙子崧	伯陶　見余德勳
2/1617*	25伯生　見虞集	伯熙　見盛昱
4/3222	伯生　見蔣因培	伯眉　見沈世良
4/3778	26伯憇　見吳棠楨	80伯夔　見楊夔生
4/3945	27伯魯　見徐師曾	84伯鏌　見吳國俊
4/3962	伯紀　見李綱	87伯舒　見萬廷琬
4/3964	28伯齡　見徐柏齡	90伯懷　見姚紹書
4/3970	30伯寵　見劉襄	伯常　見郝經
5/4079	伯宛　見吳昌綬	
5/4268	伯宏　見徐其志	26213 鬼
5/4953	伯寅　見潘祖蔭	22鬼仙
	36伯溫　見劉基	3/2258
26200 伯	40伯希　見盛昱	
00伯高　見杜旟	伯壽　見劉几	26227 偶
伯商　見陳鼎	44伯恭　見向子諲	28偶僧　見沈雄
伯康　見朱熹	伯恭　見呂祖謙	
伯言　見梅曾亮	伯華　見桂念祖	26241 得
10伯玉　見張轂	伯葵　見查揆	31得源　見果心
伯玉　見汪道昆	伯茗	88得坐隱先生　見陳鐸
伯元　見李寶嘉	5/4653	
伯雨　見張雨	50伯夫　見陳經國	26248 儌
伯雨　見孫若霖	53伯成　見吳興祥	00儌齋　見王鴻緖
伯平　見陳啓泰	60伯固　見蘇堅	22儌山　見陸深

＊　誤作"皇甫淞"。

＊　甫當作"輔"。

2/1788

2/1858

2/1859

3/2670

4/3465

4/3819

4/3910

5/4497

魏泰

3/2241

77**魏鹏**

3/2265

77**魏际亮**(伯子)

5/4646

魏学濂

1/810

魏学渠(子存)

1/657

2/1533

80**魏公**　見韓琦

2671₀　岷

22**岷山**　見李珽

2690₀　和

00**和文**　見李遵勗

05**和靖**　見林逋

37**和凝**(成績、魯公、曲
子相公)

1/117

1/118

1/452②

1/599

1/618

1/700

1/852

1/854

1/889

1/896②

1/898

1/907

1/969

1/970

2/1109

2/1129②

2/1387

2/1548

2/1553

2/1770

2/1814②

2/1815

2/1959②

3/2182

3/2215

3/2408

3/2409

3/2514

4/3227

4/3606

4/3820

5/4080

5/4129

5/4147

5/4262

5/4333

5/4455

5/4529

5/4953

53**和甫**　見王安禮

80**和父**　見呂同老

2691₀　緄

00**緄庵**　見沈恆

2691₄　程

00**程應權**(子衡)

2/1688

程庭鷺(序伯)

3/2972

4/3669

4/3670

4/3673

4/3674

4/3677

5/4700

程康莊(昆侖)

1/655

08**程敦厚**(子山)

3/2193

09**程麟德**(喬堂)

3/2614

10**程爵**(甘園)

5/4729

程霖壽(雨滄)

5/4819

12**程瑤田**

3/2437

3/2592

3/2676

3/2690

3/2803

4/3147

4/3823

5/4035

5/4484

5/4549②

22倪偶

4/3622

5/4140

倪稻孫（米樓）

2/1526

2/1540

3/2480

3/2631

3/2640

3/2789②

4/3738

27倪象占（韭山、倪杜
鵑）

4/3414

31倪迂　見倪瓚

34倪濤（巨濟）

3/2340

37倪次郊

5/4559

38倪海遠（秋槎）

5/4185

44倪杜鵑　見倪象占

60倪田（墨耕）

5/4697

兒

00兒亭　見陶元藻

27兒鄉　見陶梁

44兒蘿　見陶樑

2722₀ 向

17向子諲（伯恭、薌林居
士）

1/88

1/363

1/708

1/863

1/989

2/1205

2/1206

2/1390

2/1407

2/1531

2/1856②

3/2028

3/2340

4/3590②

4/3953

5/4029

5/4126

5/4132

5/4137

5/4152

5/4171

5/4431

5/4916

38向擂（巨源）

5/4324

80向滈（豐之、樂齋）

1/516

5/4137*

仰

21仰衡　見尹恭保

48仰松　見方成垟

御

23御卜　見黃甌

56御蟬　見沈宛

豹

80豹人　見孫枝蔚

鉤

00鉤庵　見黃孝紓

2722₂ 修

21修能　見嚴元照

28修微　見王微

修齡　見吳喬

＊　誤作"向鎬"。

48修嫩　見王微

2723₂　象

22象山　見陸九淵

衆

60衆異　見梁鴻志

2723₃　佟

44佟世南（東白）
　2/1936
　4/3828
　佟世思（恩令）
　3/2578
60佟國器
　4/3133

2723₄　侯

00侯方域（朝宗）
　3/2109
　4/3729
　侯文燦
　5/4971
10侯雲松（青甫）
　4/3649
　4/3653
30侯寅（彦周、懶窟）
　2/1425
　3/2359
　3/2899

　5/4138
　5/4156
　5/4531
40侯士驤（春塘）
　3/2709
42侯彭老
　3/2428
44侯蒙（元功）
　1/167
　2/1207
　3/2217
50侯夫人
　2/1759

27252　解

01解語花
　1/941
　2/1283
　3/2085
　3/2377
21解縉
　2/1303
　3/2098
44解林居士　見趙善扛

27257　伊

14伊璜　見查繼佐
17伊孟昌
　1/445
20伊秉綬（墨卿）

　4/3393
25伊仲　見吴翌鳳
77伊風子　見伊用昌
　伊用昌（伊風子）
　3/2215
80伊人思
　1/811
　1/812
　2/1321

2726₁　詹

10詹玉（天游、天遊）
　1/520
　1/570
　1/794
　1/865
　2/1284②
　2/1975
　3/2065
　3/2168
　3/2251*
　3/2296
　3/2359
　3/2370
　3/2687
　3/2688
　4/3325*
　5/4468
　5/4470
　5/4475

---

*　二處誤作"詹正"。

2730₃ 冬

22冬巢　見汪潮生
33冬心　見金農
37冬郎　見韓偓

27312 鮑

23鮑俊(逸卿)
　　5/4186
26鮑皋(海門)
　　5/4698
30鮑守妻(清庵□氏)
　　2/1264
34鮑浩然
　　1/128
　　1/179
40鮑臺(石芝)
　　4/3497
44鮑桂星(覺生)
　　3/2527
67鮑照
　　1/570
　　4/3229

27320 銅

76銅陽居士
　　1/678
　　1/777
　　2/1614
　　4/3486

27327 烏

22烏絲　見陳維崧

郞

26郞程村　見鄒祇謨
60郞景超
　　4/3431
67郞昭明
　　4/3412

27336 魚

22魚山　見馮敏昌

27413 兔

24兔牀　見吳騫

27427 鄒

30鄒宏志(具區、念尊)
　　2/1936
32鄒祇謨(程村、定齋、
　　遠志齋)
　　1/603
　　1/634
　　1/635
　　1/673
　　1/682
　　1/683
　　1/684
　　1/685
　　1/725
　　1/817③

1/833
1/843
1/847
1/1031
1/1038②
1/1039
1/1040
1/1043
2/1319
2/1435
2/1438
2/1453
2/1459
2/1462②
2/1464②
2/1466②
2/1473②
2/1514
2/1534
2/1595
2/1596
2/1792
2/1804
2/1930
2/1931②
2/1932②
2/1938
2/1939②
3/2118
3/2119
3/2130③
3/2163

3/2253
3/2254
3/2438
3/2468
4/3237
4/3262
4/3322
4/3323②
4/3420
4/3421
4/3670
4/3836
4/3887
5/4510*
34鄒浩(志完)
1/178**
1/507
41鄒樞(貫衡)
5/4514
61鄒顯吉(黎眉)
1/659

27449 彝
00彝齋　見趙孟堅

27461 船
17船子和尚
2/1964
5/4572

22船山　見王夫之

27601 磐
22磐山　見莊燾

27603 魯
00魯庵　見徐師曾
07魯望　見陳維岱
　魯望　見陸龜蒙
10魯于　見吳兗
22魯川　見馮志沂
37魯逸仲　見孔方平
40魯直　見黃庭堅
77魯卿　見葛勝仲
80魯公　見和凝

27620 句
55句曲外史　見張雨

27627 郶
00郶六　見郶懿
17郶懿(郶六)
3/2303
3/2433

27712 包
10包爾庚(長明)
3/2678
44包世臣(慎伯)

3/2555
3/2632
3/2699
4/3283
99包榮翰
4/3751
4/3978

27717 妃
90妃懷　見費念慈

27720 勾
44勾花庵
2/1948

幻
44幻花老人　見張梁

27732 餐
10餐霞　見錢斐文

27747 岷
47岷帆　見周學源

27752 嶰
80嶰谷　見馬曰琯
88嶰筠　見鄧廷楨

27754 峰

＊　誤作"鄔程村"。

＊＊　此則作"鄒志全"。

10峰石
　5/4653

2790₄ 彙

08彙旃　見高世泰

粲

44粲花　見吳炳

2791₇ 紀

26紀伯紫
　3/2124
64紀映淮(阿男)
　3/2127
67紀昀(曉嵐、文達)
　4/3252
　4/3807
　4/3887
　5/4034

繩

30繩之　見史念祖

2792₀ 約

30約之　見沈端節

糿

29糿秋　見林滋秀
44糿蘭　見李佩金

2792₂ 繆

04繆謨(雪莊)
　4/3224
26繆侃
　3/2254
44繆荃孫(筱珊)
　4/3155
　4/3156
　5/4556
　5/4569
　5/4584
　5/4740②
　5/4741

2793₂ 緣

25緣仲
　3/2930

2794₀ 叔

00叔雍　見趙尊嶽
10叔夏　見張炎
　叔夏　見韓璜
　叔雲　見周星譽
12叔延　見華章慶
17叔子　見王士祐
21叔衡　見丁立鈞
　叔師　見王文雄
22叔嶠　見楊銳
27叔伊　見陳衍
　叔凝　見劉仙倫
　叔彝　見王慶彝
　叔嶼　見洪璆
30叔永　見吳泳

叔安　見劉鎮
叔安　見陳宇
叔宸　見任士林
37叔鴻　見徐樹鈞
叔通　見宇文虛中
55叔耕　見汪莘
57叔擬　見劉仙倫
66叔暘　見黃昇
70叔雅　見湯正中
71叔原　見晏幾道
76叔陽　見盧炳
77叔用　見晁冲之
叔問　見張祥齡
叔問　見鄭文焯
叔巽　見哀長吉
80叔美　見錢榆
81叔頌　見黃紹第
90叔黨　見蘇過

2795₃ 稱

01稱顏　見高望曾
26稱泉　見汪承慶
35稱清　見李慎溶
40稱圭　見周之琦
88稱筠　見柯劭慧

2795₄ 絳

80絳人　見汪初

2796₂ 紹

77紹周　見徐楨立

27964　絡

72絡隱　見周炤

28100　以

35以冲　見沈宗墭
37以凝　見王周士
38以道　見晁説之

28200　似

30似之　見李彌遜

28220　价

80价人　見王翃

28227　倫

22倫鸞(靈飛)
　　5/4618
　　5/4619
　　5/4620

28240　微

30微之　見元稹
　微之　見周玄

微

17微君　見陳亮
60微男　見楊光輔

28247　復

11復孺　見邵亨貞
30復之　見段克己
90復堂　見譚獻

28253　儀

37儀祖　見張鴻基
40儀克中(墨農)
　　3/2809
　　3/2830
　　5/4186
44儀姞　見趙棻
77儀卿　見嚴羽

28266　僧

20僧皎　見如晦
57僧揮　見仲殊
77僧兒
　　3/2263

28294　徐

00徐夜(東痴)
　　1/660
　徐庚(罔懷)
　　3/2474
　　4/3458
　　4/3461
07徐調孚
　　5/4254
　　5/4260
　　5/4261

5/4270
5/4272③
5/4273
徐誦芬(紅荃)
　　3/2786
10徐一初
　　1/366
　　1/525
　　4/3325
徐一夔(雲汀)
　　3/2817
　　4/3573
徐雪江
　　1/267
徐平野
　　3/2068
徐石麒
　　1/809
徐雲芝(紫仙)
　　5/4226
徐雲路(懶雲)
　　2/1674
徐霖(髯仙)
　　5/4511
　　5/4580
11徐珂(仲可)
　　4/3988
　　4/4020
　　5/4226
　　5/4808
12徐延壽(存永)
　　4/3384

14徐琪（花農）
5/4734
17徐乃昌（積餘）
5/4319
5/4372
5/4794
徐君寶妻
1/527
1/941
3/2059*
3/2370
4/3466
5/4097
5/4291
徐君猷
5/4325
20徐俯（師川）
1/83
1/129
1/153
1/165
1/167
1/632
1/871
1/982
1/992
2/1462
2/1805
3/2201
3/2203

3/2443
3/2498
4/3031②
4/3036
5/4124
5/4147
徐季雅
3/2648
徐雙雅
4/3090
21徐倬（萍村）
1/873
1/936
徐熊飛（雪廬）
4/3664
徐師曾（魯庵、伯魯）
1/597
1/645
1/730
1/806
1/826
徐縉（子容）
3/2906
22徐崧（朣庵）
1/1040
23徐允哲（西崖）
1/573
1/586
2/1946
24徐勉

1/421
1/571
1/744
2/1757
4/3229
25徐仲玉
4/4006
徐仲山夫人　見商氏
徐仲雅
2/1564
徐伸（幹臣）
1/167
1/193
1/318②
1/443
1/781
1/857
2/1203
2/1555
2/1852
3/2025
3/2201
3/2296
3/2325
4/3087
4/3174
5/4289
5/4533
5/4534
徐積（仲車）

＊　誤作“岳君寶妻”。

徐鉉（鼎臣）
1/457
1/753
2/1120
2/1124
2/1125
2/1387
2/1991
2/1993
5/4424
徐介軒
3/2660
84徐釚（電發、菊莊、虹
亭）
1/566
1/1036
1/1045
1/1048
2/1377
2/1702
2/1940⑤
2/1941②
3/2139
3/2256
3/2387
3/2409
3/2439
3/2440
3/2441
4/3225
4/3321
4/3345

4/3346
4/3403
4/3459
4/3511
4/3775
4/3833
4/3834
4/3868
4/3964
4/3969
5/4096
5/4122
5/4908
徐鑄（巨卿）
5/4806
88徐範（蹇媛）
5/4497
90徐光溥
2/1122
2/1123
94徐炪（興公）
4/3383②
4/3408
97徐熥
4/3383
徐燦（湘蘋、紫䇹氏）
1/819
2/1439
2/1513
2/1956②
3/2127
3/2256②

3/2467
4/3895
5/4188

28351 鮮

10鮮于樞（伯璣、困學
民、困學翁）
1/524
1/569
1/795
2/1288
2/1333
2/1900
3/2168
3/2251

28540 牧

00牧齋　見錢謙益
　牧庵　見姚燧
25牧仲　見宋犖
30牧之　見杜牧
33牧心　見鄧牧

28917 䋙

10䋙石烈子仁
1/523
5/4097

28927 繪

22繪山　見陸宏定

29212 倦

47倦鶴　見陳世宜
60倦圃　見曹溶
80倦翁　見岳珂

2998_0 秋

10秋玉　見馬曰琯
11秋琴
　　2/1683
12秋水　見嚴繩孫
17秋珊　見江順詒
22秋岑
　　4/3176
　秋崖　見方岳
　秋崖　見李萊老
28秋舲　見趙慶熺
　秋舲　見車持謙
30秋室　見余集
31秋潭　見朱昂
37秋澗　見王惲
40秋士　見姚斌桐
　秋士　見金望欣
　秋塘　見陳善
43秋娘　見朱希真
44秋夢庵　見葉衍蘭
　秋芙　見關瑛
47秋帆　見張泰清
　秋穀　見陳長孺
48秋槎　見倪海遠
　秋槎　見嚴廷中
50秋史　見許廣鄆
　　3/2081
　　5/4096

55秋農　見吳毅祥
58秋撰　見嚴廷中
60秋田　見陳矗恆
64秋曉　見趙必豫
72秋岳　見華嵒
　秋岳　見黃濬
　秋岳　見曹溶
77秋屏　見楊大鯤
　秋卿　見沈星煒
80秋谷　見崔世召
　秋谷　見趙執信
86秋錦　見李良年
　秋錦山房　見李良年
88秋竹　見蔣知節
90秋堂　見李演

3010_1 空

50空青先生　見曾紆
77空同　見李夢陽
　空同詞客　見洪璨

3010_6 宣

17宣子　見王佐
77宣閣　見劉麟生
　宣卿　見袁去華

3010_7 宜

22宜仙　見曹景芝
26宜泉（興廉）
　　3/2591
　　3/2592
　　4/3230

29宜秋　見汪玉珍
30宜之　見趙元

3011_4 淮

38淮海　見秦觀

3012_3 濟

11濟北詞人　見晁補之
21濟師　見孫艤
80濟翁　見楊炎正

3013_6 蜜

15蜜殊　見仲殊

3014_7 淳

53淳甫　見姜夔

3016_1 涪

80涪翁　見黃庭堅

3020_2 寠

40寠士　見陳道量

3021_1 完

01完顏亮（金主亮、海陵王）
　　1/370
　　1/785
　　2/1269
　　2/1892

5/4170

完顏雍（金世宗）

1/786

2/1268

完顏宗敍（德壽）

3/2052

完顏璹（子瑜、密國公）

1/1015

2/1269

2/1893

3/2082

3/2743

5/4147

5/4456

完顏璟（金章宗）

1/786

2/1268②

2/1892②

3/2443

3021₂ 宛

17宛君　見沈宜修

20宛委　見陳恕可

24宛先　見王一元

42宛斯　見馬驌

74宛陵　見梅堯臣

97宛鄰　見張琦、張惠

　言

3021₃ 寬

50寬夫　見張次㟭

3021₄ 寇

17寇司戶　見寇準

30寇準（平仲、司戶）

1/723

1/760

1/766

1/853

1/893

1/977

2/1141

2/1142

2/1145

2/1193

2/1261

2/1343

2/1466

2/1550

2/1828

2/1829

2/1832

4/3048

4/3585

4/3700

4/3741

4/3886

4/3954

5/4081

5/4154

37寇湄

5/4518

3022₇ 肩

10肩吾　見李從周

窮

30窮塞主　見范仲淹

房

22房山　見李裕

26房自然

3/2381

3023₂ 永

25永仲　見陸維之

27永叔　見歐陽修

3029₄ 瘵

77瘵叟　見沈曾植

3030₁ 進

38進道　見姚述堯

3030₃ 寒

22寒岩　見游次公

41寒坪　見張宗楠

3030₄ 避

28避俗翁　見淩雲翰

50避秦人　見顧文琬

3030₇ 之

38之道　見劉煇

66之器　見吳賜如

3034₂ 守

00守齋　見楊纘
26守白　見許之衡

3040₁ 宇

00宇文元質
　　1/205
　宇文虛中(叔通)
　　1/90
　　1/787
　　1/912
　　1/1015
　　2/1270
　　2/1273
　　2/1975
　　3/2083
　　3/2242
　　3/2803
　　4/3821
　宇文氏(柔奴)
　　1/30
　　1/538
　　1/928
　　3/2010
　　3/2312

3040₄ 安

00安童孫
　　2/1292
10安石

　　1/652
　　2/1459
18安致遠(靜子)
　　4/3550
22安樂山樵　見余集
30安定郡王　見趙令畤
42安墥第
　　4/3203
47安期　見周永年
50安中　見閣蒼舒
53安甫　見張泰初
60安國　見張孝祥
74安陸　見張先
77安熙(敬仲)
　　5/4508

3042₇ 寓

43寓娘
　　1/30
47寓匏　見柯崇樸
60寓園　見林企忠

3043₂ 宏

26宏智(藥庵)
　　3/2795
28宏倫
　　3/2796
51宏軒　見張錫懌
80宏父　見曾惇

3060₆ 宮

08宮譜　見樂鈞

24宮升　見林企俊
　宮贊　見趙執信
26宮保　見劉金門
40宮大用
　　2/1454

3060₈ 容

00容齋　見李天馥
25容生　見何剛燦
32容洲　見戴叔倫
44容若　見納蘭性德
90容光　見楊奎曙

3060₉ 審

00審齋　見王千秋

3062₁ 寄

00寄塵　見徐自華
26寄泉　見高繼珩
77寄閒老人　見張樞
　寄閒翁　見張樞

3073₂ 良

21良矩　見朱方
30良定　見李端懿
56良規　見朱方
77良卿
　　2/1632②

3077₂ 密

20密香先生*
　　3/2145

60密國公　見完顏璹

3080₁ 定

00定庵　見龔自珍
　定齋　見鄒祗謨
22定山　見龔鼎孳
34定遠　見馮班
40定九　見宗元鼎
50定夫　見孫宗禮
　定夫　見陳經國
53定甫　見王拯
　定甫　見吳恩熙
60定國　見王翬
　定圃　見陸以湉
80定盦　見龔自珍
　定公　見李端懿

竄

42竄媛　見徐範

3080₆ 寔

00寔庵　見曹貞吉
　寔庵　見陳元鼎
30寔之　見王邁
53寔甫　見曹毓秀
　寔甫　見易順鼎
80寔父　見易順鼎

寶

10寶王　見高觀國

30寶之　見李東陽
　寶客　見劉禹錫
40寶老　見張康國
66寶賜　見翁孟寅
80寶谷　見江昱
　寶谷　見曾煥

寶

22寶崖　見吳陳琬
30寶甯勇禪師
　2/1396
　3/2238
38寶汾　見錢芳標
40寶士　見戈載
82寶鐙　見周焲
88寶竹坡
　5/4811

寶

30寶宏餘
　5/4079
　5/4087

3090₁ 宗

10宗元鼎(定九、梅岑、
　小香居士)
　1/658
　1/817
　1/863
　1/917

　1/1042
　1/1044
　2/1459
　2/1807
　3/2124②
　3/2130
　5/4179
12宗瑞　見張輯
17宗丞　見宋徵輿
　宗孟　見嵇叔子
22宗山(嘯梧、小梧)
　4/3208
　4/3238
　4/3251
　4/3274
　4/3303
　4/4005
30宗之　見陳起
31宗源瀚(湘文)
　3/2905
　3/2922
　3/2940
　4/3534
　5/4367
34宗遠　見朱灝
37宗滌甫
　3/2911
40宗吉　見瞿佑
42宗彭年(子谷)
　4/3160

＊　疑"密"作"蜜"，沈修齡號蜜香。

宗樸　見孫湘雲
60宗景藩(子城)
　　3/2870

3090₄ 宋

00宋齊愈(退翁)
　　1/909
　　2/1204
　　2/1555
　　2/1855
　　5/4153
　宋高宗　見趙構
　宋育仁(芸子)
　　4/3195
　　5/4198
　宋六嫂　見張同壽
08宋謙(巳舟)
　　3/2783
10宋元範
　　3/2503
12宋瑤
　　3/2330
13宋琬(玉叔、荔裳)
　　1/552
　　1/1038
　　2/1535
　　2/1588
　　2/1928②
　　2/1929
　　3/2111
　　3/2113
　　3/2114

　　3/2133
　　3/2226
　　3/2578
　　3/2630
　　4/3287
　　4/3340
　　4/3429
　　5/4179
　宋武帝　見劉裕
16宋理堂
　　2/1589
　宋璟
　　2/1088
17宋丞
　　1/724
19宋褧(顯夫)
　　2/1975
　　3/2743
　　5/4171
　　5/4481
20宋采侯　見宋祁
21宋仁宗　見趙禎
23宋俊(岸舫)
　　1/576
26宋自遜(謙甫、謙父、
　　壺山)
　　1/699
　　1/855
　　1/865
　　1/935
　　1/1006
　　4/3093

　　4/3111
　宋伯序
　　2/1562
　宋伯仁
　　5/4142
28宋徵輿(轅文、直方、
　　宗丞)
　　1/817
　　1/1037
　　4/3455
　　4/3998
　　3/2121
　　5/4222
　　5/4260
　宋徵璧(尚木)
　　1/849
　　1/850
　　1/852
　　1/1045
　　2/1458
　　4/3272
　宋徽宗　見趙佶
30宋沆
　　2/1088
　宋濂(景濂、金華)
　　1/799
　　2/1301
　　2/1916
　　3/2158
　　4/3491
　宋寧宗　見趙擴
　宋永(筠洲)

* 　此條所述宋徵輿(轅文)事，題宋犖誤。

5/4158

3092₇ 竊

41竊杯女子

2/1208

3/2267

3/2334

3111₀ 江

00江立(聖言)

4/3736

10江夏夫人　見黃淑人

15江珠(碧岑)

3/2821

16江聖言

4/3857

18江致和

1/35

3/269

5/4451

20江采

5/4814

江采蘋(梅妃)

2/1761

21江順詒(秋珊、顧爲明鏡生)

3/2985

4/3207

4/3299

4/3532

4/3997

江衍

1/931

3/2662

22江山風月福人　見楊維楨

26江皋

1/1046

30江寧　見王昌齡

江永(愼修)

4/3240

5/4931

5/4934

34江淹(文通)

1/827

3/2541

江漢

3/2747

36江湜(弢叔)

3/2618

40江士式(梅墩)

1/870

41江標(建霞)

5/4355

5/4698②

5/4700②

5/4726

5/4971

44江藩(鄭堂、竹西詞客)

1/270②

2/1516

2/1518

4/3249

4/3423

江蘭坡

2/1886

47江聲(艮庭)

4/3999

江柳

3/2360

50江東　見羅隱

60江昉(旭東、橙里)

2/1953②

4/3735

4/3854②

4/3855

4/3932

江昱(賓谷、松泉、梅鶴)

2/1952②

2/1953

4/3733

4/3853

4/3854

5/4097

江田生　見謝章鋌

77江閶(辰六)

4/3441

江鳳笙(韻樓)

3/2785

4/3662

江開(開之、月湖)

1/328

4/3175

4/3949

4/4003*

汪适孫（亞虞）

　4/3545

34汪遠孫

　5/4176

37汪潮生（飲泉、冬巢）

　2/1518

　3/2982

　4/4010

汪淑娟（玉卿）

　4/3555

汪初（絳人）

　3/2478

　5/4186

38汪道昆（伯玉）

　1/1027

　2/1312②

　2/1921②

汪肇麟

　4/3167

汪啓淑（訒庵）

　2/1507

40汪存

　2/1578

　3/2737

汪志伊（稼門）

　4/3393

　4/3396

汪嘉禧（選樓）

2/1540

汪森（晉賢、玉峯、碧巢）

　1/880

　1/1030

　1/1045

　1/1047

　1/1050

　3/2140

　3/2461

　3/2743

　4/3217②

　4/3371

　4/3474

　4/3475

　4/3732

　4/3962

　4/3969

44汪荃臺

　5/4809

汪藻（彥章、鑑齋、簫册）

　1/17

　1/136

　1/168

　1/178

　1/234

　1/473

　1/712

1/901

1/923

1/991

2/1197

3/2063

3/2204②

3/2329

3/2888

3/2974

3/2975

3/2997

4/3026

4/3049

汪懋麟（蛟門、錦瑟）

　1/816

　1/817

　1/1045

　2/1938

　3/2116

　3/2125

　3/2411**

　4/3836

　5/4184

汪懋琨

　4/3747

汪莘（叔耕、方壺居士）

　1/1012

　2/1241②

＊　誤作“汪時甫”。

＊＊　誤以蛟門屬汪楫。

2/1876②

4/3074

4/3613

4/3969

5/4144

5/4441

汪韓門

3/2459

汪世泰（紫珊）

3/2645

3/2724

3/2763

4/3561

5/4185

45汪棣（對琴）

2/1955②

4/3736

4/3858

4/3859

46汪如洋（雲壑）

2/1527

汪楫　見汪懋麟

47汪根蘭（稚松）

4/3250

4/3273

48汪枚

1/817

1/1046

50汪東寶（旭初）

5/4809

60汪日槙（謝城）

5/4186

61汪晫

5/4443

67汪鳴瓊（静君）

5/4700

80汪全德（小竹）

3/2724

4/3998

4/4018

5/4185

汪全泰（竹海）

4/3542

85汪鈍翁

1/858

3/2116

87汪鈞（平甫）

2/1680

2/1687

汪銅士

3/2974

96汪焜

4/3120

97汪焕

2/1534

99汪榮寶（袞甫）

5/4809

漑

90漑堂　見孫枝蔚

3111₆　溫

17溫尹　見朱祖謀

80溫公　見朱祖謀

3112₀　汀

77汀鷺　見丁紹基

河

40河右　見毛奇齡

3112₇　灂

22灂山　見朱翌

馮

00馮應瑞（祥父、竹友）

2/1578

3/2210

4/3510

10馮吾園

4/3554

馮雲鵬（晏海）

5/4184

5/4546

11馮班（定遠）

4/3464

12馮登府（雲伯、柳東）

2/1521

3/2615

3/2701

3/2752

3/2796

3/2860

3/2911

4/3327

4/3346

1/865	1/645	67馮煦（夢華）
1/878	1/714	4/3889
1/1008	1/1008	4/4000
2/1883	2/1251	5/4200
4/3254	2/1883	5/4224
4/3325	4/3080	5/4245
4/3370	4/3370	5/4256
5/4122	4/3372	5/4349
5/4138	30馮永年（恩江）	5/4722
5/4929	5/4547	5/4910
馮子振（海粟）	5/4564	5/4921
1/540	馮定	5/4955
1/1018*	2/1105	5/4967
2/1293②	31馮福貞（海媛）	80馮全真
2/1297	5/4711	3/2662
2/1902	33馮溥（馮相國）	馮金伯
2/1909	3/2137	2/1373
2/1910	37馮深居	2/1701
3/2088	5/4444	3/1702
3/2383	40馮士美	3/1969
馮子駿	5/4458	88馮敏昌（魚山）
1/788	馮志沂（魯川）	3/2830
2/1276	4/4014	4/3499
2/1903	馮壽常（静志、風懷）	91馮憩章（竹相）
20馮絃	5/4711	3/2683
1/567	馮去非（可遷）	
21馮弇（君木）	3/2245	**3116₁ 潘**
5/4812	46馮相國　見馮溥	00潘庵　見湯斌
24馮偉壽（艾子、雲月）	50馮申之（雨亭）	潘齋　見王埜
1/499	3/2629	⁵0潘夫　見劉克莊

＊　誤作"馮子翼"。

3116₈ 濬

30濬之　見劉遵燮

3121₀ 祉

46祉如　見莊永言

3126₆ 福

48福增格(松巖)
4/3543

3128₆ 顧

00顧庵　見曹爾堪
顧庵叔
2/1592
顧卞
5/4489
顧廣圻(千里、澗蘋)
3/2632
4/3560
5/4185
顧文彬(子山、艮齋)
1/651
3/2894
3/2895
3/2907
3/2945
3/2953
3/2954
3/2978
3/2979
3/2994

3/2996
顧文婉(避秦人)
2/1513
2/1957
顧文英
2/1315
3/2104
09顧麟瑞(芷山)
2/1519
顧麟士(鶴逸)
5/4697
5/4698
5/4707
10顧西麓
3/2144
16顧璟芳(宋梅)
1/602
1/807
2/1467
2/1793②
2/1794②
2/1918
17顧子汝
5/4960
19顧璘(華玉、東橋先生)
1/1026
3/2213
20顧信芳(湘英)
3/2821
21顧衡文(倚平)
3/2140

3/2774
4/3151
顧貞觀(梁汾、華峯)
1/659
1/1048
2/1536
2/1935
2/1937②
2/1948
3/2131
3/2132
3/2139
3/2439
3/2585
3/2774
3/2775
3/2823
3/2865
4/3120
4/3151
4/3270
4/3398
4/3412
4/3414
4/3415
4/3419
4/3530
4/3732
4/3832②
4/3998
5/4177
5/4178

5/4181

5/4184

5/4221

5/4222

5/4225

5/4228

5/4520

5/4521

5/4522

5/4542

5/4543

5/4561

5/4571

顧貞觀姊

2/1537

24顧德輝(仲瑛、顧阿
瑛)

1/1022

2/1291

3/2092

4/3608

5/4035

5/4170

5/4172

5/4484

27顧復(顧太尉)

1/101

1/433

1/443

1/674

1/675

1/860

1/865

1/899

1/900

1/919

1/971

2/1131②

2/1387

2/1549

2/1822

2/1825

2/1960

3/2166

3/2208

3/2423

4/3453

4/3886

5/4084

5/4257

5/4269

5/4286

5/4334

5/4935

5/4953

28顧徵君

5/4077

顧從敬(汝所)

2/1457

5/4509

34顧斗光(謁齋)

3/2641

3/2644

36顧況

1/129

2/1809

40顧太尉、見顧復

顧士林(文叔)

3/2673

顧奎光(雙溪)

3/2641

3/2644

顧有孝(茂倫)

1/1048

3/2210

顧壽楨(祖香)

4/3518

41顧樞(庸庵)

1/660

顧梧芳

4/3889

5/4145

5/4954

44顧蕙生(竹碕)

3/2642

顧若璞(知和)

3/2488

顧若波

3/3004

47顧愨(存誠)

3/2683

顧翃(蘭崖)

3/2642

48顧翰(蒹塘、簡塘)

3/2642

3/2643

3/2724

3/2814

4/3157

4/4014

5/4184

5/4187

顧敬恂(斐瞻)

3/2641

50顧春(太清、西林春)

3/2424

5/4219

5/4567

5/4607

5/4676

53顧成順(澹園)

4/3644

4/3645

60顧景文(景行)

1/659

3/2774

4/3151

顧景星(黃公)

3/2628*

4/3461

63顧畹君

2/1683

67顧嗣立

1/298

1/343

3/2401

5/4333

68顧敔憲(傅爱)

3/2641

71顧阿瑛　見顧德輝

顧敦愉(學和)

3/2641

75顧陳垿(玉亭)

3/2474

4/3458

77顧眉(眉生、橫波)

3/2111

4/3455

4/3542

4/3565

86顧錫疇

1/571

87顧翎(羽素)

3/2643

88顧筠溪

3/2773

顧敏恆(笠舫)

3/2622

3/2641

90顧炎武(亭林)

4/3472

5/4160

99顧榮達(上之)

3/2786

3130₁ 遷

53遷甫　見先著

3130₃ 逐

30逐客　見王觀

遯

00遯庵　見段克己

遯齋　見郭應祥

3130₄ 迁

80迁公　見張杞

逛

77迂陶　見徐寶謙

3210₀ 淵

1⁷淵子　見徐以道

46淵如　見孫星衍

3211₃ 兆

10兆元　見陳彬華

27兆侯　見蔣垓

3212₁ 沂

27沂叔　見薛泳

3213₀ 冰

27冰修　見陸嘉淑

＊　誤題"黃景星"。

33冰心　見李素
54冰持　見周穉廉
62冰影　見李朓

3213₄ 沃

60沃田　見沈大成

溪

40溪南　見黃永
90溪堂　見謝逸

濮

10濮王　見趙仲御

3213₆ 溎

26溎皋漁父　見孔方平

3216₉ 潘

00潘奕雋（榕皋）
　5/4683
03潘誠貴（時軒）
　3/2920
07潘譜（少白）
　3/2611
10潘雪豔
　5/4371
12潘飛聲（蘭史、老蘭）
　4/3114
　4/3120
　5/4372②

5/4373
5/4678
5/4726②
5/4793
17潘子真
　1/853
　2/1193
20潘牥（庭堅、紫巖）
　1/515
　3/2074
　3/2362
　4/3046
　4/3369
　5/4533
24潘德輿（四農）
　4/4000
　4/4009
　4/4010
　5/4223
　5/4259
30潘瀛選（仙客）
　5/4551
　5/4577
潘之博（若海）
　5/4802
潘良貴
　3/2743
34潘祐
　1/457
　1/753
　2/1124
　2/1126

2/1993
3/2420
5/4053
5/4096
5/4174
36潘湘雲
　3/2479
37潘鴻（鳳洲）
　4/4018
潘祖蔭（伯寅、文勤）
　2/1658
　3/2818
　3/2918
　5/4681
　5/4703
　5/4736
38潘汾（元質）
　1/336
　1/705
　2/1554
　3/2701
　3/2802
　4/3127
　4/3176
　5/4089
　5/4538
潘遵璈（子繡）
　3/2700
　3/2971
潘遵祁（順之）
　3/2885
40潘大臨（邠老）

1/135

1/138

2/1167②

3/2013

3/2499

潘希白（懷古、漁莊）

2/1485

潘希甫（補之）

3/2882

3/2885

3/2886

3/2897

44潘世恩（芝軒）

3/2818

50潘耒（次耕）

3/2590

4/3462

67潘明叔

3/2496

5/4150

77潘閬（逍遙）

1/21

1/475

1/915

2/1140

2/1141

2/1550

2/1828②

3/2186

5/4079

5/4096

5/4135

5/4154

潘眉（蕁庵）

1/1044

3/2614*

80潘介繁（椒坡）

3/2887

潘曾瑋（季玉）

2/1638

3/2818

3/2882

3/2888

3/2893

3/2894

3/2896

3/2954

3/2975

3/2991②

4/3648

4/3998

潘曾綬（紱庭、黻庭）

3/2818

3/2881

4/3648

潘曾沂（功甫）

3/2818

3/2878

3/2885

4/3288

4/3648

潘曾瑩（星齋）

3/2818

3/2880

3/2885

3/2941

4/3482

4/3648

82潘鍾瑞（麟生、瘦羊、香禪）

3/2700

3/2786

3/2788

3/2853

3/2854②

3/2855

3/2857

3/2858

3/2860

3/2868

3/2869

3/2870

3/2890

3/2892

3/2906

3/2908

3/2918

3/2920②

3/2921

3/2925

* 誤作"潘蕁潘"。

3/2931

3/2942

3/2955

3/2959

3/2960

3/2961

3/2962

3/2965

3/2968

3/2971

3/2976

3/2979

3/2988

3/2997

3/3005

99潘舉（仲超）

　3/2972

3230₂　近

27近修　見朱一是

3230₉　遯

46遯如　見蔣國華

3300₀　心

00心庵　見錢官俊

　心齋　見李麟

20心香　見劉士棻

26心泉　見陳慶溥

28心微　見陳謀道

32心淵　見楊祖學

44心蘭　見柯紉秋

　心蘭　見金彣

　心葦　見徐之垣

47心穀　見查爲仁

80心畬　見溥儒

97心炯　見邵曾鑑

33111₁　浣

00浣衣

　1/972

　3/2299

10浣雲　見黃鶴齡

44浣花　見宋志沂

　浣薌　見楊夑生

50浣青　見錢孟鈿

33127　浦

30浦安（静來）

　3/2821

40浦來　見沈方珠

44浦夢珠（合雙）

　3/2717

80浦合仙

　5/4615

33132　浪

22浪仙　見施紹莘

33142　溥

21溥儒（心畬）

　5/4796

77溥卿　見蔣玉棱

33147　浚

28浚儀可温・馬雍古祖常

　1/790

　2/1296

　2/1909

33160　冶

29冶秋　見張百熙

37冶湄　見梁允植

33186　濱

44濱老　見李呂

　濱老　見呂渭老

33200　祕

78祕監　見毛熙震

33227　補

30補之　見潘希甫

　補之　見姚華佐

　補之　見楊无咎

　補之　見劉延仲

33247　黻

00黻庭　見潘曾綬

3330₉ 述

00述庵　見王昶
27述叔　見陳洵

3390₄ 梁

00梁庚辰(少皋)
　4/3576
　梁意娘
　3/2685
10梁元帝　見蕭繹
　梁天植(中溪子)
　3/2138
　梁雲構
　3/2675
12梁廷枏(章冉)
　4/3440
　4/3475
13梁武帝　見蕭衍
21梁肯堂(構亭)
　3/2807
23梁允植(冶湄)
　1/816
　1/1037
　3/2138
24梁德繩(楚生)
　3/2822
27梁佩瓊
　5/4373
　5/4727

梁佩蘭
　5/4177
梁紹壬(應來)
　4/?144
　4/3191
　4/3199
　4/3335
　4/3934
　5/4225
30梁寅　見梁曾
32梁溪　見尤表
35梁清標(玉立、蒼巖、
　棠村、梁尚書)
　1/577
　1/583
　1/730
　1/816
　1/869
　1/870
　1/1037
　2/1438
　2/1801
　3/2112②
　3/2113②
　3/2439
　4/3428
　4/3732
　4/3827
　4/3886
　5/4038

　5/4184
　5/4222
37梁鴻志(衆異)
　5/4773
　5/4779
38梁汾　見顧貞觀
　梁啓超
　1/10
44梁蓉函(韻書)
　3/2832
　梁葰(公約)
　5/4816
60梁鼎芬(節庵)
　5/4805
67梁鳴謙(禮堂)
　3/2769
　4/3576②
77梁月波
　3/2730
　5/4612
　梁同書(山舟)
　2/1591
　梁履將(洛觀)
　3/2816
　4/3576
80梁曾(貢父)
　1/535
　1/850
　2/1282*
　2/1899

---

* 誤作"梁寅"。

3/2419

88梁簡文帝　見蕭綱

90梁尚書　見梁清標

3400₀　斗

40斗南　見張樞

斗南　見黃正色

3410₀　對

11對琴　見汪楳

22對巖　見秦松齡

77對鷗　見陳皋

3411₂　沈

00沈彥實

2/1906

沈彥增（蘭如）

3/2772

沈方珠（浦來）

3/2121

沈廉叔

1/85

沈唐（公述）

1/83

1/90

1/202

1/521

1/783

2/1274

2/1450

2/1894

2/1970

4/3075

沈文人*

2/1934

02沈端節（約之、克齋）

1/193

2/1429

2/1533

3/2453

4/3593

5/4133

5/4447

07沈韶

1/807

2/1322

3/2280

08沈謙（去衿、東江）

1/568

1/604

1/656

1/755

1/816

1/834

1/1041

1/1042

1/1044

2/1332

2/1439

2/1460③

2/1461④

2/1462③

2/1463

2/1788

2/1789

2/1792

2/1793

2/1795

2/1797

2/1800

2/1805

2/1806

2/1807

2/1869

2/1933

3/2152

3/2155②

3/2156②

3/2157

3/2158

3/2163

3/2167

3/2401

3/2425

3/2438

3/2543

3/2547

4/3252

4/3253

4/3254

*　疑卽沈永令（聞人）₂

4/3259
4/3284
4/3423
4/3425
4/3836
4/3998
5/4122
5/4146
5/4179
5/4182
5/4222
5/4930
10沈亞之
1/93
1/102
2/1084
2/1764
沈爾爆
1/1049
沈可勳(正叔)
1/14
沈雲英
3/2609
沈栗孃
5/4670
5/4697
11沈珩(昭子)
2/1935
12沈延年
3/2271
沈廷炤(芷橋)
2/1680
3/2652
15沈融谷(皞日、柘西)
2/1934
2/1941
2/1945
4/3462
16沈璟(詞隱)
1/830
1/933
1/1027
1/1028
4/3254
5/4061
17沈尹默
5/4822
沈君服
1/1032
20沈秉成(仲復)
3/2941
3/2953
21沈貞(貞吉、南齋、陶庵、陶然道人)
4/3382
22沈豐垣(遹聲)
1/1049
2/1944
3/2126
3/2441
3/2625
4/3997
4/3998
4/4008
5/4222
沈岸登(南渟、覃九)
2/1946
4/3120
4/3462
4/3463
4/3511
4/3732
沈昆
4/3144
沈彩(虹屏)
4/3203
23沈允慎(湘濤)
3/2823
24沈德宣(庠彦)
3/2224
沈德潛(歸愚、文慤)
3/2428
3/2628
3/2635
5/4270
沈紘(昕伯)
5/4263
25沈傳桂(閏生、隱之、沈夕陽)
3/2651
3/2652
3/2954
3/2973
4/3651
4/3655
4/4012

*　誤作"沈君徵"。

3/2371	沈長卿（文伯）	2/1977
50沈中翰	3/2415	2/1979
1/808	77沈周（啓南、石田）	3/2163
52沈括（存中）	3/2101	3/2164③
1/98	4/3382	3/2165②
2/1105	沈際飛（天羽）	3/2174
3/2413	1/597	3/2176
4/3617	1/645	3/2690
5/4105	1/646	4/3023
5/4113	1/649	4/3024③
5/4147	1/656	4/3026
57沈静筠（玉霞）	1/663	4/3027
3/2282	1/771	4/3028③
60沈星煒（吉暉、秋卿）	1/806	4/3031
2/1519	1/828	4/3032②
3/2624	1/829	4/3033
3/2648	1/830	4/3034②
3/2763	1/833	4/3035②
3/2772	1/835	4/3036
4/3738	1/837	4/3037
5/4186	1/841	4/3039
沈昌宇（子佩）	1/845	4/3040②
4/4019	2/1116	4/3041
沈景高	2/1197	4/3043
4/3923	2/1318	4/3044
64沈時棟	2/1413	4/3045
3/2627	2/1465	4/3046③
3/2650	2/1554	4/3047
4/3271	2/1773	4/3048
67沈野雲	2/1850	4/3049②
3/2382	2/1851	4/3050
71沈阿翹　見沈翹翹	2/1969	4/3051③

4/3383

95沈性之*

3/2254

3411₄　湜

25湜生　見金武祥

3412₇　瀟

16瀟碧　見周作鎔

3413₁　法

10法雲

1/422

1/742

2/1083

2/1757

　法雲秀老　見法秀

20法秀（法雲秀老）

3/2034

4/3740

90法常

5/4572

3413₄　漢

28漢儀　見沈家恒

44漢老　見李邲

48漢槎　見吳兆騫

87漢舒　見王策

3414₀　汝

16汝西　見孫振豪

22汝所　見顧從敬

44汝執　見洪希文

66汝器　見王璉

71汝長　見姜浚

3414₇　凌

10凌雲翰（彥翀、避俗翁）

1/528

1/529

1/928

1/945

1/1023

2/1304②

2/1919

5/4142

12凌廷堪（次仲、仲子）

2/1508

3/2475②

4/3510

4/3569

4/3616

4/3738

5/4089

5/4098

5/4099

5/4118

5/4193

5/4329

5/4693

5/4908

5/4927

31凌祉（萐沅）

3/2823

44凌其楨（蔭周）

3/2786

3/2972

3416₁　浩

00浩齋　見楊子謨

37浩瀾　見馬洪

3418₁　洪

00洪亮吉（稚存、北江）

3/2727

4/3353

4/3354

4/3433

4/3501

4/3870

4/3960

5/4038

5/4183②

5/4184

14洪璨（叔璵、空同詞客）

1/498

1/569	27洪刍(駒父)	4/3367
1/705	3/2210	4/3371
1/708	32洪适(景伯、文惠)	5/4932
1/714	1/987	41洪梧(桐生)
1/715	3/2611	2/1541
1/851	5/4088	50洪惠英
1/857	5/4141	3/2440
1/1009	5/4434	60洪昪(昉思、稗畦)
2/1247	34洪汝沖(未聃)*	1/1049
2/1317	5/4198	2/1509
2/1332	洪汝闓(澤丞)	3/2404
2/1426	5/4759	3/2459
2/1561	洪邁(景盧、文敏)	3/2702
2/1796	2/1213	4/3329
3/2168	2/1219	5/4177
3/2653	2/1270	77洪覺範　見惠洪
3/2735	3/2037	洪貫(稼軒)
4/3174	3/2042	3/2680
4/3325	3/2339	87洪銀屏
4/3595	3/2367	5/4372
4/3623	3/2440	
5/4123	4/3450	**3426o 褚**
5/4141	37洪咨夔(舜俞、平齋)	72褚氏
洪璪　見洪璨	1/320	5/4674
24洪皓(忠宣)	2/1425	74褚附鳳(梧岡)
2/1231	4/3593**	3/2674
2/1866	5/4127	
4/3465	5/4139	**3430₂ 遷**
5/4082	40洪希文(汝執)	12遷孫　見許增

---

* 　"璪"不見字書,當係形訛。

** 　此條誤題洪璪。

3430₃ 遠

22遠山　見朱中楣
　遠山夫人
　　1/820
40遠志齋　見鄒祗謨

3430₄ 達

10達可　見毛友
60達園鉏菜叟　見吳肅

3430₉ 遠

10遠天祐帝后　見蕭后

3510₆ 冲

21冲虛居士　見孫夫人
34冲遠　見孔穎達
46冲如*
　　3/2105

3512₇ 沛

00沛玄
　　1/659
23沛然　見劉霖恒

清

00清庵□氏　見鮑守妻
12清瑞　見孫麟趾
23清獻　見崔與之
　清獻　見趙抃
30清容　見袁桷
32清溪　見邵亨貞
　清溪　見陸昂
35清素居士
　　4/3635
40清真　見周邦彦
44清老　見俞澹
46清如　見吳嘉洤
50清夫　見吳賢湘
　清夷長者　見楊无咎

3519₆ 涷

80涷人　見周星謇

3521₈ 禮

40禮吉　見王士禧
77禮卿　見醑光典
90禮堂　見梁鳴謙

3526₀ 袖

10袖石　見邊浴禮
88袖竹
　　5/4667

3530₄ 遽

27遽久道（可久）
　　2/1426
　　3/2078
　　3/2658

3530₈ 遺

22遺山　見元好問

3610₀ 湘

00湘文　見宗源瀚
10湘雲　見康鄲
　湘雲　見過春山
11湘瑟　見錢芳標
24湘綺　見王闓運
27湘佩　見沈善寶
28湘繃　見邵陵
31湘江妓　見丘氏
34湘濤　見沈允慎
37湘湄　見袁棠
40湘真　見陳子龍
44湘芷　見李勳
　湘蘋　見徐燦
　湘英　見顧信芳
48湘槎　見楊汝雙

3611₀ 況

34況澍（雨人）
　　5/4574
44況桂桂（月芬）
　　4/3017
77況周儀　見況周頤
　況周頤（況周儀、夔
　笙、葵笙、葵生、蕙
　風）

---

* 明王應遇賤冲如，疑指其人。

4/3018	5/4921	1/751②
4/4001	5/4925	1/842
4/4007	5/4943	1/855
4/4018	5/4936	1/857②
4/4020	況眉吾	1/862
5/4198	5/4579	1/864②
5/4224		1/866③
5/4226	**36117 温**	1/869
5/4227	00温庭筠(飛卿、温岐、	1/877
5/4228	方城、温八叉)	1/878
5/4268③	1/30	1/888
5/4337	1/88	1/904
5/4368	1/113	1/906
5/4370③	1/189	1/919
5/4371④	1/259	1/938
5/4372	1/265	1/969
5/4585	1/279	2/1102
5/4606	1/292	2/1110
5/4614	1/370	2/1111④
5/4625	1/385	2/1377
5/4633	1/386	2/1385②
5/4674	1/389	2/1451
5/4676	1/401	2/1457
5/4677	1/402	2/1547
5/4790	1/444	2/1549
5/4813	1/446②	2/1554
5/4899	1/489	2/1556
5/4901	1/595	2/1565
5/4907	1/673②	2/1567
5/4908	1/674	2/1594
5/4909	1/709	2/1609
5/4914	1/713	2/1617

2/1629	4/3421	4/3953
2/1630	4/3453	4/3959②
2/1633	4/3458	4/3962②
2/1636	4/3473	4/3964
2/1637	4/3519	4/3965
2/1769	4/3605	4/3968
2/1793	4/3689	4/3973
2/1797	4/3719②	4/3975
2/1806	4/3721	4/3977
2/1811	4/3750	4/3988
2/1812②	4/3777③	4/3989
2/1989②	4/3785	5/4049
3/2165	4/3778④	5/4079
3/2178	4/3779②	5/4094
3/2214	4/3780②	5/4129
3/2232	4/3781	5/4133
3/2233	4/3782	5/4147
3/2400	4/3783	5/4222
3/2401③	4/3788	5/4228
3/2509	4/3790	5/4241②
3/2840	4/3793	5/4242
3/2856	4/3795	5/4269
3/2861	4/3877②	5/4272
3/2997	4/3880	5/4273
4/3043	4/3890	5/4276
4/3222	4/3902	5/4306
4/3223	4/3939	5/4328
4/3269	4/3940	5/4333
4/3278	4/3942②	5/4545
4/3323	4/3945	5/4637
4/3358	4/3946	5/4837
4/3408	4/3952	5/4841

5/4900	3/2694	1/653
5/4904	4/3194	1/843
5/4909	10温正仲（叔雅）	1/1029
5/4910	3/2248	2/1314
5/4915	3/2660	2/1331
5/4936	21温衡	2/1364
5/4949	1/489	2/1373
5/4952	2/1226	2/1464
5/4953	2/1483	2/1509
5/4954②	5/4157	2/1764
5/4964	22温胤績（公讓）	2/1782
5/4966	5/4514	2/1783
5/4969	24温儲璠（茗孫）	2/1785
24温岐　見温庭筠	3/2619	2/1922
38温啓封（雲心）	25温仲友	3/2425
4/3541	3/2077	3/2461
47温超超	温傳楹（卿謀）	4/3305
1/902	1/1034	4/3440
53温甫　見韓玉	37温淑英（畹生）	4/3886
72温氏	2/1513	5/4175
3/2313	2/1957	5/4335
77温卿　見張玉姐	44温攀龍（漁村）	5/4510
80温八叉　見温庭筠	3/2605	63温貽汾（雨生、琴隱、貞
温公　見司馬光	53温成烈（果卿）	愍）
	3/2733	3/2604
3612₇　渭	3/2800	3/2605
40渭南老人　見陸游	4/3522	3/2905
71渭長　見任熊	60温思孝（次曾）	3/2919
	3/2614	3/2962
湯	61温顯祖（義仍、若士、	4/3531
03湯斌（潛庵、文正）	臨川）	4/3648
1/1039	1/609	4/3649

4/3650②
4/3652③
4/3658②
5/4514
湯貽汾妻　見雙湖夫
　人
94湯恢　見楊恢
98湯悦
　1/457
　1/753
　2/1124
　2/1993

3614₁ 澤

17澤丞　見洪汝闓
77澤民　見毛滂

3614₇ 漫

37漫郎　見游大琛
40漫塘　見劉宰
80漫翁　見李仲仁

3621₀ 祝

23祝允明(希哲、枝山)
　1/803
　1/804
　2/1311②
　3/2101②
　3/2690
　5/4510
26祝和父
　3/2662

3630₀ 迦

74迦陵　見陳維崧

3630₂ 邊

10邊貢(廷實、庭實)
　1/805
　2/1976
　3/2418
26邊保樞　見邊葆樞
38邊浴禮(袖石)
　3/2777
　4/3524
　4/4014
　5/4185
44邊葆淳(橫川)
　2/1681
　邊葆樞(竺潭、竹潭)
　4/3238
　4/4005
　5/4186
47邊朝華
　3/2432

3712₀ 洞

26洞泉　見榮漣

洞

30洞賓　見呂嵒

泖

25泖生　見劉履芬

澗

11澗琴　見劉春霖

澗

44澗蘋　見顧廣圻
80澗谷　見羅椅

湖

10湖天居士　見陸行道
47湖帆　見吳萬

3712₇ 鴻

32鴻漸　見陸羽

3713₂ 漾

77漾卿　見張翽

3713₆ 漁

22漁川　見張四科
32漁衫　見李懿曾
38漁洋山人　見王士禛
44漁莊　見潘希白
　漁村　見湯攀龍

3714₀ 淑

37淑潮　見任潮

3716₀ 洺

12洺水　見程珌

3716_1 澹

00澹庵 見邵笠
澹庵 見胡銓
澹廬 見徐崟
08澹於 見馬汾
17澹子 見董守正
22澹仙 見熊商珍
25澹生居士 見秦恩復
27澹歸
1/819
30澹客 見王秋英
33澹心 見余懷
34澹汝 見丁煒
46澹如 見秦緗業
60澹園 見顧成順
64澹畦 見李紹城
80澹翁
5/4855
90澹懷 見蔣志凝

3716_4 洛

46洛觀 見梁履將

3717_2 涵

00涵享 見李堉
21涵虛子 見滕賓

3718_1 凝

80凝父 見吳鼎芳

3718_2 次

00次膺 見晁端禮
10次玉 見李宗褘
次賈 見陳策
17次珊 見張仲炘
22次山 見柴才
次山 見嚴仁
25次仲 見石孝友
次仲 見凌廷堪
26次白 見李貽德
次白 見章黼
37次郎 見薛行屋
38次游 見秦光第
47次柳 見張凱
48次梅 見趙彥俞
55次耕 見潘耒
60次回 見王彥泓
72次岳 見曹岳
80次曾 見湯思孝
次公 見孫瀜
次公 見邵瑞彭
次公 見曾念聖
次谷 見王曜升

3718_2 漱

10漱玉 見李清照
漱石 見許承欽
44漱蘭 見黃體芳

3719_3 潔

27潔躬 見曹溶

3719_4 深

53深甫 見高濂

3721_0 祖

00祖庚 見譚恩闓
07祖望 見張綱孫
10祖可(正平)
1/146
1/763
1/992
2/1209
2/1858②
3/2204
4/3118
20祖香 見顧壽楨
44祖孝孫
5/4103
5/4104
99祖瑩
5/4077

3721_4 冠

40冠九 見如山
47冠柳 見王觀

3722_0 初

00初文 見林章
10初平 見周銖
17初子 見黃京
26初白 見查慎行
30初寮 見王履道

3722₇ 祁

11祁班孫（奕禧）
　　3/2254
25祁生　見陸繼輅

3730₁ 逸

77逸卿　見鮑俊

3730₂ 通

53通甫　見袁易
77通叟　見王觀
80通父　見陳起書

遹

47遹聲　見沈豐垣

過

50過春山（湘雲）
　　2/1955
　　4/3736②
　　4/3737
　　4/3857②
　　4/3858④
　　4/3859
　　4/3886
　　4/3964
　　4/3969
　　5/4223

3730₃ 退

00退庵　見陸鈺

22退山　見錢廱圖
33退補齋　　見胡鳳丹
45退樓　見吳雲
80退翁　見宋齊愈
　退翁　見陳晐
　退谷　見鍾惺

3730₄ 逢

40逢吉　見危稹

運

30運之　見楊權

退

00退庵　見葉恭綽
77退周　見董斯張

遲

44遲菊　見諸可寶

3730₈ 選

26選伯　見周權

3772₀ 朗

53朗甫　見金式玉

3772₇ 郎

14郎瑛（仁寶）
　　1/603
　　1/644
　　3/2225
　　3/2274

3792₇ 鄔

45鄔樓　見汪度

3812₇ 汾

37汾湖居士　見陸行直

3813₂ 淞

11淞北玉魷生　見王韜

滋

26滋伯　見魏謙升

3813₄ 漢

74漢陂　見王九思

3814₀ 澈

38澈道人　見戴氏

3814₇ 游

17游子西（龍溪）
　　1/217
37游次公（子明、西池、
　　寒巖）
　　1/217
　　1/878
　　1/998
　　3/2052
　　4/3369
　　4/3371
40游九功（受齋）
　　2/1253

游大琛(漫郎)
4/3507

3815₇　海

10海雲　見關達源
　海栗　見馮子振
17海瑤子　見葛長庚
29海秋　見許宗衡
30海客　見王友光
42海媛　見馮福貞
67海野　見曾覿
74海陵庶人
　3/2746
　海陵王　見完顏亮
77海月
　5/4608
　海門　見張金鏞
　海門　見鮑皐

3816₇　滄

33滄浪逋客　見嚴羽

3825₁　祥

26祥伯　見郭麐
80祥父　見馮應瑞

3826₈　裕

30裕之　見元好問
50裕泰(莊毅)
　3/2999
74裕陵　見趙頊

3830₃　遂

28遂佺　見朱雲翔

3830₄　遵

22遵巖　見王慎中

3830₆　道

10道元
　3/2254
17道君　見趙佶
28道復　見陳淳
30道安　見蕭道管
40道希　見文廷式
44道華　見席佩蘭
52道援　見周岸登
55道農　見王耕心
60道園　見虞集
　道園　見趙孟頫
　道思　見王慎中
71道原　見舒頔
77道卿　見葉清臣

3860₄　啓

40啓南　見沈周

3866₈　豁

90豁堂　見正嵒

3918₉　淡

100淡庵　見胡銓
　淡齋　見楊朝英

40淡存　見任曾貽
44淡茹　見林芳

3930₂　逍

32逍遥　見潘閬

4001₁　左

27左紹佐(笏青)
　4/3163
30左宗棠(文襄)
　5/4780
36左湘娥
　5/4781
53左輔(仲甫,杏莊)
　3/2727
　4/3483
　4/3865
　4/3934
　5/4223
57左靜齋
　5/4781
77左又宜(幼聯)
　5/4780
　左譽(與言)
　1/782
　2/1225
　3/2048
　3/2339
　4/3740
　4/3922
　4/3928
　5/4500

86左錫璇(芙江)
　　3/2728
　　4/3116
90左少華
　　5/4781
94左慎娟
　　5/4781

4001₇ 九

53九成　見陶宗儀
64九疇　見楊範
91九煙　見黄周星

4003₀ 大

00大癡道人　見黄公望
10大至　見諸宗元
　大可　見毛奇齡
　大可　見朱奇
13大璥
　　3/2796
28大復　見何景明
32大汕(石濂)
　　3/2404
　　4/3329
33大梁詞隱　見万俟雅
　言
37大通禪師
　　3/2311
40大有　見汪元量
　大木　見張梁
47大鶴山人　見鄭文焯
　大聲　見陳鐸

48大樽　見陳子龍
60大易　見黄易
　大晟　見周邦彦
70大防　見樓鑰
71大厂　見易孺
80大年　見楊億
　大年　見吳億

太

10太平　見施狄君
21太虛　見秦觀
26太白　見李白
　太白　見葉李
35太清　見顧春
37太鴻　見厲鶚
50太素　見白樸
74太尉夫人
　　3/2302
80太倉　見吳偉業
97太輝　見陳朗

4004₇ 友

22友山　見王塮
40友古　見蔡伸
88友竹　見馮應瑞

4010₀ 士

08士謙　見舒遜
10士可　見陳毅

4010₄ 圭

00圭齋　見歐陽玄

40圭塘　見許有壬

臺

77臺卿　見張閎

4010₆ 查

20查爲仁(心穀、蓮坡)
　　2/1951②
　　4/3467
　　5/4097
　查香山
　　1/611
22查繼佐(伊璜、東山)
　　3/2116
　　3/2410
30查容(韜荒)
　　3/2626
　　4/3462
44查莖
　　1/484
　　1/708
　　1/851
　　2/1247
　　2/1881
　　3/2587
52查揆(伯葵、梅史)
　　2/1518
　　4/3455
77查又山
　　3/2882
80查義(堯卿)
　　3/2480

94查慎行（初白）

2/1587

3/2460

4010₇ 直

00直方　見宋徵輿

50直夫　見張侃

　直夫　見楊政

壼

10壼天　見陸行直

22壼山　見宋自遜

29壼秋　見羅志仁

50壼中天　見陸行直

4011₄ 堆

46堆絮園

4/3348

4016₁ 培

22培山　見張朱梅

44培老　見沈曾植

4020₀ 才

25才仲　見司馬櫨

26才伯　見黃佐

27才叔　見張庭堅

4020₇ 麥

17麥孟華（孺博）

5/4311③

5/4312⑥

5/4313④

5/4314④

5/4802

夸

43夸娥齋主人

2/1265

4021₁ 堯

00堯章　見姜夔

25堯生　見趙熙

77堯卿　見郭夔

　堯卿　見查義

4021₆ 克

00克齋　見沈端節

12克延　見周世緒

17克柔　見鄭燮

80克學　見許廣暐

4022₇ 内

10内三　見王泰際

有

11有斐　見戴澳

79有隣　見鄭天錦

80有介　見許友

希

00希文　見范仲淹

01希顏　見黃鑄

16希聖　見錢惟演

26希白　見錢易

37希祖　見莊械

40希真　見朱敦儒

47希聲　見錢肅樂

52希哲　見祝允明

南

00南齋　見沈貞

　南唐後主　見李煜

　南唐大周后　見昭惠后

　南唐中主　見李璟

10南雪　見葉衍蘭

　南霞　見何軒舉

　南雲　見王予可

20南香　見陸培

22南山　見張維屏

　南山　見楊復初

30南淳　見沈岸登

32南溪　見曹爾堪

34南池　見林兆鯤

37南湖　見張綖

　南澗　見韓元吉

38南海　見康有爲

40南士　見張衫

　南塘

2/1526

　南樵　見符葆森

44南薌　見陸培

　南村　見陶宗儀

51南軒　見張栻

55南耕　見曹亮武

57南邨　見黃銓
60南田　見惲格
72南岳　見劉克莊

4024₇ 皮

01皮襲美
　　5/4132
　　5/4183
86皮錫瑞（鹿門）
　　5/4754
　　5/4781

存

00存誠　見顧愨
26存伯　見周閌
30存永　見徐延壽
40存古　見夏完淳
50存中　見沈括
　存素　見王愫
77存熙　見陳逢辰

4025₃ 藏

90藏堂　見正嵒

4033₁ 赤

43赤城韓夫人
　　1/895
　　2/1781
　　3/2269
　　4/3955
　　5/4030

志

27志伊　見吳任臣
30志完　見鄒浩
　志宏　見鄭霖
38志道　見張以甯
　志道　見史正志
80志全　見鄒浩

4040₀ 女

24女牀山人　見蔣仁
60女羅　見蔡含

4040₇ 李

00李彦章（蘭卿）
　　4/3495
　李齊賢（仲思）
　　5/4478②
　　5/4479
　　5/4572
　李方湛（白樓）
　　2/1526
　　3/2480
　李廌（方叔）
　　1/79
　　1/83
　　1/87
　　5/4427
　李商隱（義山）
　　1/92
　　1/195
　　1/279

1/475
1/596
1/609
1/745
1/751
2/1085
2/1111
2/1556
2/1564
2/1989
3/2173
3/2240
5/4130
李鄘
　　1/543
李應庚（星村）
　　3/2817
　　4/3325
　　4/3573
李庭
　　5/4433
李文靖
　　4/3412
李文石
　　5/4683
李文續（韶武）
　　3/2682
李文媛
　　4/3151
李章丘
　　2/1266
02李端（正己）

---

* 誤作"李之膺"。

** 誤作"李似"。

5/4147	4/3076	2/1201
5/4333	4/3168	2/1776
5/4424	4/3924	3/2019
5/4954	5/4499	3/2027
5/4955	李子馥（月樓）	3/2266
5/4966	3/2780	3/2321
李珣妹　見李昭儀	李子遷	3/2323
李邴（漢老、文敏）	1/1016	3/2420
1/62	2/1896	3/2441
1/83	李子光	3/2795
1/147	3/2014	5/4096
1/165	李司馬　見李元鼎	李師明
1/192	20李重元	2/1205*
1/390	1/943	2/1856**
1/463	李喬（蒼官）	李貞儷
1/853	4/3364	3/2466
1/878	李億	22李鑾揚（少石）
1/936	3/2746	4/3526
1/942	李香	李鼎元（墨莊）
1/947	3/2109	3/2720
1/994	21李虞　見李良年	李後主　見李煜
2/1206②	李師師	李嶠（贊皇、朱崖、李
2/1555	1/232	太尉）
2/1856	1/539	1/105
2/1968	1/697	1/890
3/2024	1/719	1/896
3/2203②	1/914	2/1088
4/3049	1/933	2/1760
4/3071	1/954	3/2181

* 　“明”字原校：“原誤作周。”

** 　作“李師周”，未校改。

3/2297	1/77	2/1090③
5/4087	1/112	2/1091②
5/4488	1/128	2/1092
李崧（巘仙）	1/137	2/1117
3/2832	1/144	2/1330
23李獻能（欽叔）	1/165	2/1377
2/1578	1/189	2/1385
3/2086	1/203	2/1388
3/2758	1/347	2/1390
5/4462	1/385②	2/1451
李俊民（用章、莊靖）	1/386②	2/1455
5/4125	1/426	2/1494
5/4456	1/429	2/1547
5/4537②	1/503	2/1559
24李德裕（衛公）	1/584	2/1566
1/890	1/595	2/1570
2/1091	1/597	2/1573
2/1769	1/605	2/1600
3/2176	1/730	2/1617
3/2178	1/746	2/1763
3/2654	1/748	2/1764②
李勣（元懿、湘芷）	1/826	2/1771
2/1674	1/827	2/1773
李勉村	1/890	2/1784
5/4698	1/893	2/1785
25李仲仁（漫翁）	1/906②	2/1808③
3/2089	1/927	2/1931
李紳	1/931	2/1982②
2/1451	1/967	3/2166
5/4545	2/1083	3/2177
26李白（太白、謫仙、青	2/1086	3/2178③
蓮居士）	2/1089②	3/2179

3/2295
3/2400②
3/2431
3/2500
3/2501
3/2509
3/2533
3/2541
3/2759
4/3029
4/3033
4/3170
4/3217
4/3218
4/3222②
4/3223
4/3251
4/3269
4/3271
4/3273
4/3358
4/3373
4/3474
4/3688③
4/3690
4/3719
4/3778
4/3783
4/3902
4/3940②
4/3941②
4/3987

4/3988
5/4049
5/4079
5/4080
5/4127
5/4130
5/4147
5/4182
5/4241
5/4277
5/4489
5/4545
5/4837
5/4900
5/4904
5/4954

李皋
2/1088

27李龜年
2/1105
2/1762②

李佩金(紉蘭、生香女士)
3/1521
3/2483
3/2710
3/2822
4/3895

李久善
1/155

李繩遠(斯曾)
4/3462

5/4182

李綱(伯紀、忠定)
3/2348
3/2676
3/2694
4/3368
4/3371
5/4156

李紹城(澹畦)
3/2150

28李從周(肩吾)
1/326
4/3175

29李秋田
4/3797

30李宜龔(拔可)
5/4758
5/4780
5/4795
5/4802

李宜倜(釋戡)
5/4780

李濟翁
5/4088

李濂
1/1000

李漳(子清)
1/818
3/2583
3/2774

李涪
5/4934

李進珩（他山）
5/4648
李適
1/130
李之儀（端叔、姑溪居
士）
1/153
1/654
1/980
1/981
1/982
2/1151
2/1158
2/1162
2/1404③
2/1405
2/1834
2/1961
3/2193
3/2327②
3/2406
4/3437
4/3588
5/4098
5/4124
5/4136
李之問
3/2275
5/4541
李憲
3/2299
李富孫

4/3467
李審言
5/4368
李良年（李虞、兆潢、
武曾、符曾、秋錦）
2/1945
3/2427②
4/3270
4/3343
4/3461
4/3462
4/3511
4/3530
4/3732
4/3825
4/3845
4/3846
4/3887
4/3964
5/4184
5/4222
5/4182
5/4584
李宸妃
2/1268
2/1892
李宏模
3/2803
李寶嘉（伯元）
5/4751
李宗樟（次玉）
5/4780

李宗昉（芝齡）
4/3151
31李福（子仙）
5/4556
李福謙（子虛）
3/2674
李福培（仲蕎）
3/2603
李楨（昌祺）
2/1454
4/3728
32李兆洛（申耆）
4/3483
4/3866
4/3964
5/4184②
5/4223
5/4733
李澄中
5/4498
李渭
1/818
33李心傳
5/4035
李泳（子永）
1/818
3/2774
李冶（李治、仁卿）
1/789
2/1277
2/1282
3/2084

3/2086	1/361	1/873
3/2376	1/385	1/895
5/4466	1/389②	1/924
李治　見李治	1/402	1/925
李演(廣翁、秋堂)	1/439	1/943
1/231	1/450②	1/951
2/1571	1/595	1/993
3/2593	1/600	1/994
4/3914	1/605	1/1042
李濱	1/607	2/1094
3/2593	1/609	2/1109
3/2863	1/610	2/1210④
34李汝珍(松石)	1/622	2/1211
5/4552	1/631	2/1224
李洪(子大)	1/652	2/1231
1/818	1/659	2/1232
3/2774	1/660	2/1264
李祐	1/673	2/1314
1/94②	1/679	2/1431
李祺(竹湖)	1/682	2/1450
3/2064	1/685	2/1451
35李澧(篔園)	1/696	2/1458
3/2912	1/716	2/1459
李清宇	1/721	2/1463
5/4550	1/767②	2/1568②
李清照(易安居士、漱	1/847	2/1578
玉)	1/851②	2/1613
1/62	1/853	2/1636
1/88	1/854	2/1787
1/201	1/858	2/1788
1/263	1/862	2/1798
1/337②	1/866	2/1799

2/1800	4/3122	5/4121
2/1801②	4/3167	5/4136
2/1833	4/3170	5/4152
2/1859③	4/3176	5/4157
2/1860③	4/3227	5/4163
2/1868	4/3259	5/4182
2/1931	4/3272	5/4225
2/1942	4/3358	5/4290②
2/1962	4/3408	5/4306
2/1971②	4/3471	5/4308
2/1983	4/3605	5/4343
3/2091	4/3608	5/4612②
3/2213	4/3724	5/4619
3/2256	4/3725②	5/4430
3/2262	4/3726	5/4498②
3/2320	4/3727	5/4510
3/2321	4/3780	5/4545
3/2335	4/3818②	5/4612②
3/2422②	4/3819④	5/4619
3/2423②	4/3820	5/4904
3/2431	4/3895	5/4907
3/2488	4/3897	5/4913
3/2534	4/3909	5/4944
3/2545	4/3910	李清臣(邦直)
3/2546	4/3922	1/473
3/2670	4/3943	37李洞
3/2917	4/3944	1/431
4/3024	4/3969	李鸿裔(眉生、香岩、
4/3040	4/3992	香巖)
4/3075	5/4035	3/2893
4/3110	5/4058	3/2894
4/3116	5/4059	3/3004

3/2210
4/3175
4/3176
4/3510
4/3818
5/4453
5/4471
李彭年
2/1105
2/1762
43李式玉（東琪）
1/606
李戩
1/88
44李荃（玉陸）
3/2649
李夢陽（空同）
1/661
1/673
2/1920
李夢符
1/746
2/1086
3/2173
李茂貞
1/82
李蓮
3/2360
李孝壽
3/2325
李孝光
3/2747

李葵生（西雯、西聞）
2/1795
2/1916
3/2614
李攀龍（于鱗、歷下）
1/573
1/661
1/805
1/1026
1/1027
2/1312②
2/1313
2/1921
2/1922
2/1976
5/4256
李英華（秀萼）
3/2352
李菩薩
3/2084
李芸子（耘叟、芳洲）
4/3370
李萊老（周隱、秋厓）
1/225
1/331
1/339②
1/1010
2/1252
2/1479
2/1574
3/2076
5/4128

5/4453②
李桂官
4/3401
李模　見李慈銘
46李坦
2/1997
李覯
5/4571
李如轂
3/2133
李如轂
3/2662
李如篪
1/129
2/1964
4/3042
李賀（長吉、昌谷）
1/77
1/137
1/259
1/279
1/301
1/448
1/855
2/1084
2/1566
2/1764
2/1797
2/1819
2/1835
2/1874
5/4130

　●　疑指李天馥。

2/1424

4/3595

4/3598

5/4138

5/4884②

5/4885②

李景　見李璟*

李景伯

　3/2469

63李貽德(次白)

　4/3540

64李曄(唐昭宗)

　1/82

　1/751

　1/905

　2/1112②

　2/1990

　3/2183

　3/2232

　3/2409

　5/4147

66李嬰

　1/164

　1/457

　3/2031

　3/2658

67李昭玘

　1/463

李昭儀(李珣妹)

1/457

2/1134

李郢

1/432

1/743

2/1084

2/1758

李嗣主　見李璟

李鄂

　3/2675

71李頎

　3/2239

李長沙**

　1/652

72李朓(冰影)

　3/2820

李彤伯

　3/2949

74李駙馬　見李遵勖

77李隆基(唐明皇)

　1/109

　1/110

　1/113

　1/749

　1/750

　2/1092②

　2/1093②

　2/1094②

　2/1104

2/1760②

2/1761②

3/2180

4/3889

李月田

　4/3393

李居仁(師呂、五松)

　2/1260

　2/1891

　3/2211

　5/4121

80李八郎

　1/201

　2/1093

　2/1982

李益

　1/77

　1/695

　2/1106

　2/1547

　2/1764

　2/1792

　2/1810

李念慈(劬庵)

　3/2137

李慈銘(李模、星鬶、
蒓客)

　5/4735

　5/4736

---

* 李璟原名李景通,作李景誤。

** 疑指李琳(長沙人)。

5/4737

李善蘭（壬叔）

3/2939

李曾伯

3/2074

李曾裕（小瀛）

4/3659

李公麟（伯時）

3/2034

李養恬

2/1592

88李笠湖*

3/2690

李符（分虎、耕客）

2/1941

2/1945

2/1946

3/2427②

4/3462

4/3463

4/3511

4/3825

4/3845

4/3846

4/3887

4/3964

5/4180

5/4182

5/4222

5/4585

李節

1/805

3/2213

李敏軒

5/4098

90李堂（時升、西齋）

2/1519

2/1520

2/1540

3/2482

2/2640

2/2680

李少棠

4/3340

李光

3/2802

李光瑚（亦珊）

4/3337

李常（公擇）

1/172②

1/471

2/1160

3/2011

3/2012

5/4321

94李忱（唐宣宗）

1/905

2/1112

3/2257

5/4087

李慎傳（子薪、植庵）

4/3878

4/3905

4/3906

李慎溶（稺清）

5/4780**

96李煜（重光、鍾隱、李後主、南唐後主、蓮峯居士、鰥夫煜）

1/16

1/19

1/82

1/96

1/130

1/161

1/162③

1/169②

1/170

1/177

1/387

1/388

1/433

1/447

1/449

1/551

1/600②

1/605②

---

*　疑當作李笠翁（漁）。

**　誤作"李稺清"。

4/3779	5/4549	1/475
4/3835	5/4581	1/596
4/3952	5/4588	1/888
4/3962	5/4637	1/968
4/3964	5/4410	2/1099③
4/3968	5/4418	2/1617
4/3993	5/4902	2/1766
4/3997	5/4904	2/1809②
5/4053	5/4910	2/1985
5/4079	5/4954	4/3222
5/4081	5/4955	21韋能謙（壽隆）
5/4096	5/4964	1/193
5/4131	5/4966	44韋莊（端己）
5/4149	5/4969	1/20
5/4150	99李瑩	1/265
5/4155	3/2348	1/385
5/4182		1/443
5/4201	**字**	1/447
5/4212	22孛儿只斤文卿	1/456
5/4242③	5/4505	1/595
5/4243②		1/601
5/4264	**4042₁　婷**	1/673
5/4265	40婷婷公主	1/696
5/4269	5/4608	1/697
5/4274		1/849
5/4275	**4046₅　嘉**	1/866②
5/4277	80嘉父　見樊增祥	1/867②
5/4285	90嘉炎　見徐華隱	1/896
5/4305		1/906②
5/4511	**4050₆　韋**	1/907
5/4543	00韋齋　見朱松	1/919
5/4545	韋應物	1/923

4060₀　古

右

4060₁　吉

3/2717	3/2680	4/3219
袁桷(伯長、清客)	4/3410	46真如　見陸鈺
1/270	90袁棠(湘湄)	71真長　見諸宗元
3/2425	2/1505	真長　見黃尊素
4/3410	2/1506	77真卿　見趙汝鈉
5/4170	2/1509	
48袁枚(簡齋)	2/1510	**4090₀　木**
4/3487	2/1514	00木庵　見俞訥
4/3960③	3/2606	木齋　見王德楷
50袁青(黛華)	3/2632	17木君　見周青
3/2717	4/4004	
55袁井夫		**4090₈　來**
4/3659	**4080₁　真**	37來初　見張一如
57袁靜春	10真西　見真德秀	
5/4483	24真德秀(景元、西山)	**4091₇　杭**
60袁國傳	2/1230	44杭堇甫
5/4356	2/1241	3/2443
袁易(通甫)	2/1257	3/2480
5/4143	2/1491	5/4883
5/4170	2/1873	
袁景輅(樸村)	2/1876*	**4093₁　櫹**
3/2627	2/1888	00櫹庵　見劉静修
67袁路浦	4/3369	10櫹雲　見楊陰
3/2927	4/3466	20櫹香　見鄧祥麟
80袁毓麐(文藪)	4/3695**	72櫹隱　見毛弅
5/4821	4/3927	77櫹風　見鄭文焯
87袁鈞(陶軒)	5/4151	櫹風逸民　見鄭文焯
3/2638	40真希元	櫹風園客　見鄭文焯

*　誤作"真山西"。

**　作"真西"，脫"山"字。

4126₀ 帖

40帖木耳拜住（拜住）

　1/795

　2/1292

　3/2088

　3/2378

　3/2745

4141₆ 姬

25姬傳　見姚鼐

4191₆ 桓

37桓次　見林蒲封

榅

00榅言　見張說

4192₀ 柯

14柯勍慧（釋筠）

　5/4622

22柯崇樸（寓匏）

　1/984

　3/2718

27柯紉秋（心蘭）

　3/2653

40柯九思（敬仲）

　1/934

　2/1286

　2/1901

　3/2091

　3/2380

柯古　見段成式

4192₇ 樗

00樗亭　見董俞

30樗寮　見張卽之

　樗寮　見姚椿

4194₇ 板

42板橋　見鄭燮

4196₀ 柘

00柘庵　見仲振履

10柘西　見沈融谷

71柘原　見仲振履

4196₁ 梧

77梧岡　見褚附鳳

　梧岡　見史震林

4212₁ 圻

80圻父　見劉子寰

4212₂ 彭

10彭元瑞（文勤）

　5/4116

　彭元遜（巽吾）

　1/775

　3/2738

　3/2742

　4/3950

　4/3951

　4/3964

　5/4474

　5/4507

　5/4962

　彭而述（禹峯）

　3/2628

　4/3915

　彭醇士（尊思）

　5/4823

12彭孫遹（駿孫、羨門、

　彭十、金粟）

　1/552

　1/602

　1/603

　1/634

　1/635

　1/649

　1/652

　1/653

　1/657

　1/658

　1/659

　1/662

　1/682②

　1/684

　1/685

　1/730

　1/816

　1/817

　1/851

　1/860

5/4481

90彭小山

3/2949

4213₁　壎

40壎友　見許肇篯

4220₀　觏

90觏光典（禮卿）

5/4368

5/4783

4240₀　荆

22荆川　見唐順之

30荆安人（莊定嘉妻）

5/4221

80荆慈衛

4/3493

荆公　見王安石

4241₃　姚

00姚文燮（子章）

1/1021

2/1901

03姚斌桐（秋士）

4/3114

4/3149

4/3542

08姚肇蕤（景之）

5/4761

5/4767

10姚正鏞（仲海）

4/4013

姚西農

5/4665

姚雲文

2/1579

3/2738

4/3325

4/3950

5/4962

11姚濬夫

2/1949

17姚鼐（姬傳、惜抱）

3/2648

3/2768

4/3412

姚翠濤（雪初）

4/3482

姚尹憲

5/4177

18姚敔

4/3134

23姚岱（瘦吟）

3/2627

24姚勉（成一）

2/1256

3/2075

3/2409

5/4450

27姚紹書（伯懷）

5/4678

5/4726

30姚寬（令威、西溪）

1/1000

2/1249

2/1343

2/1556

2/1883

5/4529

33姚述堯（進道）

1/165

3/2453

4/3622

5/4142

5/4435

40姚士粦

3/2411

姚培謙

4/3951

姚古芬

3/2908

43姚式（子敬）

1/293

1/468

44姚孝寧

1/946

4/3076

姚華佐（補之）

3/3001

45姚棲霞

3/2627

姚椿（春木、樗寮）

2/1522

3/2635

3/2648

3/2800
4/3536
4/3658
60姚思勤(春漪)
3/2148
3/2149
71姚階(芷汀、茝汀)
3/2650
4/3271
4/3429
77姚月華
1/431
1/892
2/1771
3/2278
姚鵷圖(柳屏)
5/4725
80姚鉉
1/601
1/704
1/847
97姚輝第(子簐、稚香)
3/2871
3/2904
3/2977
3/2995
3/2996
98姚燧(牧庵)
1/522
1/1020
2/1285
2/1902

3/2087
3/2745
3/2747
5/4475
99姚瑩(石甫)
4/3658
姚燮(梅伯、野橋)
3/2819
3/2860
3/2880
3/2941
4/3195
4/3290②
4/3291
4/3292
4/3351
4/3359
4/3378
4/3647
4/3648
4/3679
4/3998
5/4186
5/4224

4257₇ 韜

44韜荒　見查容
60韜園　見屈爲章

4282₁ 斯

80斯曾　見李繩遠

4291₈ 橙

60橙里　見江昉

4293₄ 樸

00樸庵　見楊長年
22樸川　見邊葆淳
40樸存　見黃承勳
44樸村　見袁景輅

4299₄ 櫟

60櫟園　見周亮工

4301₀ 尤

00尤袤(延之、文簡、梁
　溪、尤尚書)
1/212
1/772
2/1230
2/1570
2/1873
3/2676
5/4030
20尤維熊(二娛)
2/1511
2/1514
2/1517
3/2730
27尤侗(展成、悔庵、西
　堂)
1/552
1/652

1/656	4/3836	08戴敦元(金溪、簡恪)
1/814	4/3887	2/1540
1/1040②	4/3919	3/2640
1/1046	4/3927	10戴正誠
2/1436	4/3964	5/4351
2/1438	4/3969	戴震(東原)
2/1533	5/4176	3/2402
2/1593	30尤賽娘	4/3413
2/1594	3/2357	5/4931
2/1702	90尤尚書　見尤袤	5/4934
2/1929		5/4944
2/1936	**4304₂ 博**	17戴珊(衣仙)
2/1939②	67博明(晰齋)	3/2822
2/1940②	3/2148	戴己山
2/1942		2/1668
2/1980	**4310₀ 式**	27戴叔倫(容州)
3/2124	30式之　見戴復古	2/1099
3/2134		2/1574
3/2226	**4341₂ 婉**	2/1809
3/2227②	22婉川　見張綸英	5/4088
3/2436		28戴復古(式之、石屏)
3/2730	**4355₀ 戩**	1/216
4/3227	44戩萬　見黃大興	1/512
4/3345	46戩如　見嚴昌堉	1/523
4/3409		1/603
4/3461	**4373₂ 裘**	1/724
4/3472	26裘鯤鳴(石蘭)	1/743
4/3729	3/2999	1/782
4/3732	60裘日修(文達)	1/947
4/3830③	4/3488	1/1005
4/3831		2/1084
4/3832	**4385₀ 戴**	2/1405②

2/1416

2/1758

3/2095

3/2670

3/2830

4/3590

4/3706

5/4082

戴復古妻

3/2095

3/2355

3/2419

4/3466

37戴澳（有斐）

3/2684

44戴花劉使　見劉几

45戴坤元（芝山）

3/2731

72戴氏（澈道人）

4/3554

77戴熙（醇士、文節）

3/2603

3/2880

3/2884

4/3153

86戴錫祺（蘭卿）

4/3524

87戴銘金（銅士）

3/2730

3/2731

3/2939

88戴鑑（石坪）

3/2797

4/3545

4390₀　朴

77朴闇

5/4523

5/4572

4396₈　榕

26榕皋　見潘奕雋

4398₅　槌

00槌亭　見林喬蔭

4399₁　棕

00棕亭　見金兆燕

4410₀　封

20封舜臣

1/118

2/1769

40封大夫

3/2547

4410₁　芷

17芷君　見馬閑卿

22芷山　見顧麟瑞

25芷生　見沈清瑞

31芷汀　見姚階

42芷橋　見沈廷焰

44芷鄉　見沈藜

4410₄　莖

80莖翁　見張端義

堃

50堃夫　見張堃

基

25基仲　見丁宥

董

00董慶瀾（少白）

4/3388

4/3391

07董毅（子遠）

4/3802

5/4266

5/4964

5/4965

10董元愷（舜民）

1/869

1/1044

4/3121

4/3136

董平章（琴虞）

4/3329

董雲舫

2/1944

13董琬貞（雙湖夫人）

3/2605

董武子

1/1045

2/1437

2/1928

2/1935

4/3287

4/3887

4/3969

82董劍鍔（曉山）

　3/2682

4410₆ 薑

00薑齋　見王夫之

4410₇ 藎

03藎誼　見陸鈺

60藎思　見陸進

藍

22藍鼎元（鹿洲）

　3/2581

4411₂ 范

00范文光（仲闇）

　1/1031

　3/2253

　3/2689

范音　見范鍇

02范端臣（元卿）

　1/194

10范元實

　1/477

　1/941

1/983

2/1187②

3/2023

3/2320

3/2497

17范承謨（忠貞）

　3/2620

25范仲胤妻　見范仲允

　妻

范仲允

　3/2261

　3/2331

范仲允妻

　1/897

　3/2261

　3/2331

　3/2747

　3/2862

范仲淹（希文、文正、

　窮塞主）

　1/6

　1/389

　1/467

　1/468

　1/528

　1/630

　1/680②

　1/707

　1/723

　1/760

　1/761

　1/773

1/834

1/842

1/863

1/864

1/927②

1/978

2/1144③

2/1145②

2/1304

2/1349

2/1461

2/1550

2/1568

2/1613

2/1622

2/1644

2/1795

2/1831③

2/1832②

2/1960

3/2001

3/2002

3/2155

3/2156

3/2213

3/2415

3/2499

3/2596

3/2620

3/2694

3/2819

3/2853

4/3053

4/3054

4/3106

4/3285

4/3366

4/3451

4/3741

4/3886

4/3954

4/3988

4/3993

5/4096

5/4151

5/4164

5/4197

5/4241

5/4266

5/4286

范仲温

3/2411

范純粹（德孺）

1/128

3/2178

30范宗尹（覺民）

3/2219

32范淵

1/373

范兆芝（香谷）

3/2684

37范湖居士　見周閑

41范楨（子彦）

3/2948

44范荀鶴

1/799

53范成大（致能、石湖居

士、石湖老人、文

穆）

1/212

1/217

1/319④

1/464

1/766

1/998

1/1004

2/1233

2/1234

2/1235

2/1556

2/1615

2/1778

2/1877

2/1948

3/2051②

3/2052②

3/2055②

3/2200

3/2350

3/2352

3/2420

3/2501

3/2599

4/3174

4/3268

4/3356

4/3599

4/3613

4/3675

5/4140

5/4263

5/4294

5/4432

60范日新

3/2303

范蜀公

3/2020

4/3585

80范善溱

1/662

3/2158

3/2162

4/3257

4/3261

4/3262

81范錯（范音、聲山、白

舫）

3/2838

3/2948

◆　作范尚書。

90范尚寶
　1/654
　2/1314*

4412₇ 蒲

30蒲宗孟（傳正）
　1/207
　1/771
　2/1142
　3/2186
　3/2657
31蒲江　見盧祖臯
40蒲大受
　1/83

勸

97勸恪　見陳鵬年

4413₂ 菓

60菓園　見華漪

4413₆ 蟄

10蟄雲　見郭則澐

4414₀ 薱

60薱田
　2/1953

4414₇ 坡

80坡翁　見蘇軾

4414₉ 萍

11萍矼　見錢寶青
27萍緑　見丁至和
44萍村　見徐倬

4420₂ 蓼

60蓼園先生　見黃氏

4420₇ 考

80考父　見樓槃

夢

10夢玉　見施燕長
　夢雲
　　3/2358
17夢弼　見陳三聘
18夢敔　見黃傅
20夢鯨　見錢振鍠
26夢得　見劉禹錫
　夢覘　見唐樹義
28夢復　見鄭符
30夢窗　見吳文英
36夢湘　見王以慜
　夢湘　見沈芳
　夢禪居士　見葉英華
40夢塘　見沈學淵
44夢薇　見王廷鼎
　夢華　見馮煦
45夢樓　見王文治
60夢星　見劉開第

88夢符　見喬吉

4421₁ 蕘

60蕘圃　見黃丕烈

4421₄ 花

00花庵詞客　見黃昇
28花綸
　1/535
　2/1306
44花蕊夫人（慧妃）
　1/134
　1/450
　1/578
　1/712
　1/757②
　1/904
　1/936
　2/1122②
　2/1123
　2/1134
　2/1995②
　3/2183②
　3/2301
　3/2419
　3/2495
　3/2496
　3/2527
　5/4150
　5/4323
　5/4490

51花耘　見黄本驥
55花農　見徐琪
60花日新
　　3/2432
72花隱　屬鶚
80花翁　見孫惟信
90花光仁老
　　3/2034

莊

00莊高駟妻　見李孺人
05莊靖　見李俊民
07莊翊昆妻　見楊孺人
　莊毅　見裕泰
10莊玉珍
　　5/4221
　莊玉芝
　　5/4221
　莊西霞
　　2/1950
16莊環瑛
　　5/4221
21莊綰度（眉叔）
　　4/3157
24莊德芬
　　5/4221
25莊仲求
　　4/4015
27莊盤珠（蓮佩、蓮珮）
　　3/2633
　　4/3122
　　4/3136

　　5/4221
30莊永言（祉如）
　　3/2880
　莊定嘉妻　見荆安人
33莊述妻　見夏孺人
36莊昶
　　5/4174
40莊齋（盤山）
　　3/2821
43莊婉嫻
　　5/4221
　莊械（中白、希祖、蒿
　　庵、莊忠械）
　　4/3809
　　4/3865
　　4/3870
　　4/3873
　　4/3876②
　　4/3877③
　　4/3878②
　　4/3879②
　　4/3881③
　　4/3882③
　　4/3883④
　　4/3884④
　　4/3885
　　4/3891
　　4/3900
　　4/3904
　　4/3906
　　4/3939
　　4/3940

　　4/3942
　　4/3959
　　4/3961
　　4/3964
　　4/3965
　　4/3967②
　　4/4020
　　5/4224
　　5/4671
44莊芬秀
　　5/4221
　莊若韞
　　5/4221
　莊蕡孫
　　5/4221
46莊如珠
　　5/4221
50莊申甫
　　2/1670
　莊忠械　見莊械
　莊素馨
　　5/4221
53莊甫　見馬子嚴
57莊静芬
　　5/4221
60莊回生妻　見沈恭人
64莊暎之
　　5/4221
80莊父　見馬子嚴
88莊敏　見韓縝
　莊敏　見吳淵

薩

01薩龍光（露蕭）

4/3506

47薩都剌（天錫、雁門）

2/1289

2/1569

2/1574

2/1579

2/1901

3/2252

3/2744

4/3132

4/3506

4/3697

5/4170②

4421₇ 蘆

22蘆川　見張元幹

4422₁ 荷

77荷屋　見吳榮光

猗

80猗谷　見張崇闌

衡

60衡圃　見龔翔麟

4422₂ 茅

00茅鹿鳴（雅初）

4/3503

10茅一楨

5/4355

茅元儀

2/1331

2/1373

20茅維（孝若）

1/1030

1/1031

22茅山外史　見張雨

45茅坤（鹿門）

1/684

65茅映

5/4962

4422₇ 芳

32芳洲　見李芸子

蕒

00蕒庵　見莊械

蕒廬　見許昂霄

蒓

12蒓延　見蔡鴻燮

26蒓泉　見黃士珣

44蒓林居士　見向子諲

蕭

00蕭齋　見周晉

11蕭琴石

5/4198

12蕭列

3/2742

20蕭秀

3/2345

蕭統（昭明太子）

5/4246

蕭維斗

3/2747

21蕭衍（梁武帝）

1/421

1/570

1/741

1/743

2/1082

2/1083

2/1756

2/1757

3/2541

4/3225

4/3229

4/3688

5/4255

23蕭允之（竹屋）

1/775

3/2403

26蕭繹（梁元帝）

1/827

3/2541

27蕭綱（梁簡文帝）

1/424

1/448

1/571

3/2541

4/3229

5/4182

30蕭淳
　1/424
　1/897
34蕭漢傑（吟所）
　1/775
　5/4480②
　蕭遠　見李祁
37蕭淑蘭
　1/716
　1/851
　2/1463
　2/1788
　3/2380
　3/2432
　3/2670
　5/4419
38蕭道管（君佩、道安）
　5/4727
　5/4787
40蕭士贇
　3/2400
　蕭真卿
　1/786
　1/787
　2/1272
50蕭泰來（則陽、小山）
　1/325
　2/1480
　4/3175
　4/3921
　5/4162

蕭東父
　1/856
　1/859
　1/1004
　2/1244
　4/3325
　5/4485
58蕭參
　1/537
　蕭掄（子山）
　5/4186
60蕭回
　3/2662
71蕭后（遼天祐帝后、觀
　　音、懿德后）
　3/2373
　5/4455
77蕭閒　見蔡松年
　蕭閒　見韓翭
　蕭閒老人　見蔡松年
91蕭恒貞（月樓）
　5/4608
99蕭塋
　3/2346

蘭

10蘭雪　見吳嵩梁
　蘭石　見董祐誠
22蘭崖　見顧翃
26蘭泉　見王昶
　蘭皋　見鄭澐
31蘭汀　見吳元潤

35蘭甫　見陳澧
40蘭臺　見葉衍蘭
　蘭臺　見秦承霑
　蘭支
　3/2107
　蘭友　見孫雲鶴
41蘭姬
　4/3338
42蘭坻　見方薰
44蘭村　見袁通
46蘭如　見沈彦曾
50蘭史　見潘飛聲
57蘭邨　見袁通
60蘭園　見吳自求
76蘭陽
　1/656
77蘭風　見邵廣銓
　蘭卿　見李彦章
　蘭卿　見戴錫祺
80蘭谷　見白樸

4422₈ 芥

90芥堂　見周岱齡

4423₁ 蔭

40蔭嘉　見張玉穀
53蔭甫　見俞樾
77蔭周　見凌其楨

4423₂ 蒙

00蒙庵　見陳運彰
　蒙亦

4/3171

4423₇ 蔗

00蔗庵　見孫暘
27蔗鄉
　　3/2554

蓆

40蓆塘　見顧翰

4424₀ 苻

43苻載
　　1/747

蔚

50蔚青　見謝質卿

4424₇ 蔣

00蔣文鴻(次香)
　　5/4198
01蔣龍圖
　　3/2337
08蔣敦復(劍人、妙喜)
　　3/2607
　　3/2790
　　3/2852
　　4/3627
　　4/3998
　　5/4223

5/4634
5/4701
10蔣一葵
　　1/769
　　1/795
　　1/875
　　1/876
　　1/934
蔣玉棱(溥卿)
　　4/3156
　　5/4665
蔣元龍(子雲*)
　　4/3032
　　4/3049
蔣元龍(春雨)
　　2/1539
　　3/2764
17蔣子宣
　　4/3410
　　4/3428
　　4/3476
20蔣重光
　　3/2650
　　4/3271
21蔣仁(女妝山人)
　　4/3184
24蔣德垓(錞庵)
　　3/2794
蔣德盛

5/4571
27蔣紉蘭
　　2/1508
30蔣永修(慎齋)
　　3/2577
32蔣兆蘭
　　5/4625
蔣業鼎(升枚)
　　3/2147
36蔣遇龍(德水)
　　4/3341
37蔣次湘**
　　5/4705
蔣深(繡谷)
　　3/2147
40蔣士銓(心餘、苕生、
　　藏園、蔣鉛山、黃鶯
　　探花)
　　3/2404
　　3/2411
　　3/2621
　　3/2830
　　4/3197
　　4/3305
　　4/3321
　　4/3329
　　4/3341
　　4/3346
　　4/3404

*　　原作"子云"，誤。
**　疑卽蔣文鴻(次香)。

4/3434	50蔣春霖(鹿潭)	3/2147
4/3501	3/2905	55蔣捷(勝欲、竹山)
4/3732	3/2911	1/437
4/3736④	3/2922	1/447
4/3737③	3/2924	1/463
4/3795	3/2934	1/464②
4/3839	3/2963	1/505
4/3841	3/2995	1/565
4/3852②	4/3121	1/579
4/3860②	4/3131	1/603
4/3895	4/3156	1/645
4/3945	4/3534	1/650
4/3957	4/3870③	1/659
4/3960②	4/3871②	1/701
4/3962	4/3872②	1/714
4/3969	4/3873	1/722
5/4161	4/3964	1/775
5/4180	4/3969	1/832
5/4183	4/3996	1/837
5/4223	4/3998	1/845
5/4584	4/4013②	1/851
蔣垓(兆侯)	5/4223	1/855
3/2794	5/4229	1/858
蔣志凝(澹懷)	5/4259	1/862
3/2955	5/4276	1/864
41蔣楷(夢華)	5/4367②	1/920
2/1511	5/4560	1/925
4/3645	5/4645	1/936
44蔣萼(醉園)	5/4665	1/947
4/3121	5/4666	1/949
蔣恭棐(西原)	5/4672	1/950
2/1955	52蔣蟠猗	1/1012

1/1036	3/2209	4/3594
2/1253	3/2353	4/3596
2/1362	3/2354②	4/3597
2/1366	3/2414	4/3599
2/1367②	3/2516	4/3638
2/1368	3/2544	4/3695
2/1377	3/2688	4/3724
2/1387	3/2735	4/3794②
2/1411②	3/2737	4/3795
2/1412	3/2829	4/3800
2/1413	3/2837	4/3801
2/1435	3/2863	4/3818
2/1454	3/2913	4/3894
2/1458	4/3127	4/3899
2/1467	4/3137	4/3911
2/1492②	4/3172	4/3931②
2/1533	4/3227	4/3962③
2/1562	4/3252	4/3964
2/1565	4/3270	4/3995②
2/1577	4/3271	5/4035
2/1634	4/3273	5/4082
2/1635	4/3325	5/4093
2/1637	4/3348	5/4126
2/1644	4/3357	5/4129
2/1785	4/3364	5/4130
2/1880	4/3379	5/4133
2/1945	4/3408	5/4141
3/2139	4/3470	5/4155
3/2156	4/3507	5/4161
3/2170	4/3510	5/4162
3/2206	4/3528	5/4213
3/2208	4/3528	5/4262

5/4294

5/4420

5/4438

5/4529

5/4530

5/4966

5/4968

60蔣國華（遜如）

3/2805

蔣因培（伯生）

3/2584

4/3565

蔣景祁（京少）

1/814

1/1047

1/1050

2/1946

3/2612

4/3271

4/3997*

5/4584

71蔣階

5/4519

77蔣興祖女

3/2059

3/2336

5/4531

86蔣知節（秋竹）

3/2803

87蔣鉛山　見蔣士銓

4425₃ 茂

27茂叔　見樓扶

31茂潛　見留元剛

藏

10藏一　見陳郁

50藏春　見劉秉忠

60藏園　見蔣士銓

4428₆ 蘋

17蘋珊

5/4380

20蘋香　見吳藻

4429₄ 葆

14葆瑛　見朱璵

15葆珠

3/2579

28葆谿　見錢芳標

44葆芬　見錢芳標

90蓓光　見孫光憲

4430₃ 邁

00邁庵　見史可程

4430₄ 蓮

17蓮珮　見莊盤珠

20蓮舫　見白浣月

22蓮峯居士　見李煜

25蓮生　見項鴻祚

27蓮佩　見莊盤珠

38蓮洋　見吳雯

蓮海

2/1510

40蓮士　見孫廷璋

蓮士　見邵啓賢

43蓮垞　見朱奇

44蓮坡　見查爲仁

64蓮唯　見李昌

90蓮裳　見樂鈞

蓮裳　見葉英華

遙

27蓬舟　見王濟

38蓬海　見楊恩壽

4430₇ 芝

00芝庵

4/3618

4/3619

10芝霞　見熊象慧

22芝仙　見丁善儀

芝山　見戴坤元

28芝僧　見嚴辰

芝齡　見李宗昉

30芝房　見孫鼎臣

44芝麓　見龔鼎孳

51芝軒　見潘世恩

60芝圃　見劉逢升

* 　誤作"蔣京兆"。

芝田　見朱澤生
77芝門　見錢恩榮

苓

26苓泉　見楊壽柟

4433₁ 燕

10燕不花
　1/791
　2/1296
　2/1909
80燕公楠（五峯）
　2/1280
　2/1898*

蕭

50蕭來　見韓聞南

4433₃ 蕊

32蕊淵　見卓人月
　蕊淵　見楊芸
　蕊淵女士　見白乃貞

蕙

20蕙纕　見孫麗融
27蕙綢　見葉小紈
44蕙蘭芳
　1/869
77蕙風　見況周頤
　蕙卿　見翁時犥

慕

00慕廬　見韓炎
16慕碧雲
　3/2769
30慕容嵩卿妻
　3/2272
　3/2373

4433₉ 戀

90戀堂　見段玉裁

4434₃ 尊

28尊僧　見單恂
60尊思　見彭醇士

4439₄ 蘇

00蘇庠（養直、後湖）
　1/83
　1/88
　1/472**
　1/601
　1/705
　1/770**
　1/928
　1/982**
　1/992
　2/1204**
　2/1837**

4/3031
4/3035
08蘇謙　見蘇汝謙
10蘇元老
　1/142
　蘇石
　5/4167
17蘇瓊
　1/132
　2/1202
　3/2035
　3/2337
　蘇子卿
　1/423
20蘇舜卿（子美）
　3/2006
　3/2744
　5/4337
24蘇俠
　4/3191
27蘇紹叟***
　5/4161
30蘇完瓜爾佳（蘇垣、蘇完竹樵）
　3/2876
　蘇完竹樵　見蘇完瓜爾佳
32蘇溪　見羅繞典
　蘇祇婆

* 　誤作“燕公南”。
** 　諸處皆將蘇養直與蘇伯固混爲一人。
*** 　疑卽蘇洞（召叟）。

* 誤作"蘇謙"。

2/1393	2/1575	2/1855
2/1394②	2/1578	2/1856
2/1397	2/1602	2/1862②
2/1403	2/1614	2/1865
2/1406	2/1617	2/1873
2/1411	2/1623	2/1874
2/1413	2/1629	2/1876
2/1416	2/1633③	2/1881
2/1423	2/1663	2/1891
2/1429②	2/1673	2/1894
2/1440	2/1690	2/1897
2/1450③	2/1695	2/1901
2/1451	2/1776	2/1902
2/1456	2/1782	2/1917
2/1458	2/1783	2/1929
2/1464	2/1799	2/1930②
2/1491	2/1800	2/1934
2/1492	2/1804②	2/1938
2/1503	2/1805	2/1940
2/1548	2/1828	2/1942
2/1552	2/1834	2/1962
2/1556	2/1836	2/1963⑤
2/1559	2/1837	2/1964③
2/1561②	2/1838	2/1966②
2/1564	2/1839③	2/1967
2/1565	2/1840⑥	2/1968
2/1566	2/1841③	2/1971
2/1567	2/1842②	2/1973
2/1569	2/1843	2/1980②
2/1572②	2/1846③	3/2007②
2/1573	2/1850	3/2008③
2/1574	2/1854	3/2009②

3/2010③	3/2255	3/2496
3/2011④	3/2260	3/2497
3/2012②	3/2261	3/2498②
3/2013③	3/2278	3/2499
3/2016	3/2281	3/2515
3/2018②	3/2308	3/2516
3/2031	3/2309③	3/2527③
3/2033	3/2310②	3/2528
3/2034	3/2311②	3/2529
3/2120	3/2312③	3/2543
3/2168	3/2313②	3/2544②
3/2170	3/2314②	3/2547
3/2187	3/2315	3/2597
3/2188②	3/2324	3/2611
3/2190	3/2326	3/2620
3/2191②	3/2329	3/2706
3/2193②	3/2336	3/2712
3/2194③	3/2342	3/2734
3/2195②	3/2402	3/2741
3/2196	3/2409②	3/2814
3/2198	3/2412②	3/2816
3/2202	3/2415	3/2853
3/2205	3/2418	3/2862
3/2206	3/2419	3/2870
3/2208	3/2431	3/2878
3/2215	3/2433	3/2899
3/2216②	3/2434②	3/2933
3/2218	3/2442②	4/3013
3/2233	3/2456	4/3027
3/2236②	3/2467	4/3028
3/2237②	3/2468	4/3031
3/2240②	3/2495	4/3032

4/3036	4/3267	4/3561
4/3038	4/3269	4/3585
4/3039	4/3272②	4/3586
4/3040	4/3273②	4/3587③
4/3044	4/3276	4/3590
4/3045	4/3279	4/3593
4/3046	4/3287	4/3609
4/3048	4/3288	4/3612
4/3050	4/3323	4/3613
4/3053	4/3325	4/3688
4/3056	4/3332	4/3690⑤
4/3058	4/3343	4/3691②
4/3062	4/3358	4/3693
4/3068	4/3372	4/3697③
4/3069②	4/3374	4/3704②
4/3072	4/3385	4/3705②
4/3077	4/3387	4/3707
4/3081	4/3408	4/3708
4/3092	4/3423	4/3721③
4/3106	4/3433	4/3724
4/3122	4/3440	4/3731
4/3124	4/3465	4/3776
4/3143	4/3470	4/3777
4/3144	4/3472	4/3783③
4/3170	4/3486	4/3784②
4/3171	4/3510	4/3785
4/3172	4/3513	4/3787
4/3173	4/3516	4/3794
4/3177	4/3517	4/3796
4/3222	4/3530	4/3800
4/3223	4/3544	4/3802②
4/3227	4/3549	4/3821

4/3822	5/4031	5/4197
4/3825	5/4034	5/4199
4/3826	5/4049②	5/4212
4/3888	5/4051	5/4222
4/3890	5/4053②	5/4245
4/3892	5/4055	5/4246
4/3909	5/4056	5/4247②
4/3912②	5/4058②	5/4248②
4/3917②	5/4079	5/4250②
4/3925②	5/4080	5/4258
4/3926	5/4082	5/4265
4/3930②	5/4083	5/4266
4/3937	5/4086	5/4271
4/3944	5/4089	5/4274
4/3946	5/4096	5/4275
4/3953	5/4097	5/4287
4/3957②	5/4126	5/4293
4/3959②	5/4129	5/4294
4/3961	5/4130	5/4299
4/3962②	5/4135	5/4319
4/3964	5/4147	5/4332
4/3965②	5/4150	5/4348
4/3969	5/4152②	5/4353
4/3975	5/4153	5/4358
4/3977	5/4154	5/4420
4/3988	5/4157	5/4426②
4/3993	5/4158④	5/4443
4/3994	5/4159②	5/4444
4/4003	5/4161	5/4464
5/4027	5/4164	5/4469
5/4028	5/4168	5/4472
5/4030	5/4184	5/4474

5/4500

5/4545

5/4582

5/4583

5/4587

5/4598

5/4632

5/4633

5/4837

5/4902

5/4907

5/4910

5/4913

5/4914

5/4915

5/4935

5/4946

5/4950

5/4951②

5/4956

5/4961

5/4965

5/4966

5/4967

5/4969

5/4970

58蘇轍（子由、文定）

2/1816

3/2611

3/2654

5/4823

60蘇易簡

1/467

1/760

2/1146

2/1829

3/2235

3/2620

67蘇鶚

5/4489

68蘇盼奴

3/2085

71蘇長公　見蘇軾

72蘇氏延安夫人、蘇頌妹

2/1264

2/1858

4/3371

77蘇堅（伯固）*

1/173

1/471

3/2012

3/2442

5/4327

81蘇頌妹　見蘇氏

88蘇符（仲虎）

3/2193

90蘇小孃

3/2668

蘇小娟

3/2085

蘇小小

3/2261

3/2324

4/2821

4440₀　艾

00艾庵　見黃永

17艾子　見馮偉壽

4440₁　莘

26莘伯　見汪兆銓

44莘老　見孫覺

67莘野　見許田

　莘野　見黃田

4440₆　草

00草廬　見吳澄

　草衣道人　見王微

30草窗　見周密

44草薦先生　見毛先舒

4440₇　孝

24孝升　見龔鼎孳

23孝臧　見朱祖謀

26孝穆　見徐陵

27孝叔　見劉述

44孝若　見茅維

53孝威　見鄧漢儀

　孝求　見單昭儒

71孝長　見劉淳

　＊　參見蘇庫。

4440₉ 苹

67苹野　見丁鹿壽

4441₇ 埶

24埶升　見孫琮
44埶權　見康與之

蓻

20蓻香　見吳綺

4442₇ 荔

00荔庵　見徐漢蒼
27荔鄉　見鄭方坤
77荔門　見張式
90荔裳　見宋琬
　荔裳　見楊揆

萬

12萬廷瑰（伯舒）
　4/3499
30萬寶常
　5/4104
40萬喜愚
　3/2092
　萬壽祺（年少）
　3/2110
44萬芷儂
　4/3567
　萬樹（紅友）
　1/730
　1/1049

2/1398
2/1658
2/1781
2/1834
2/1852
2/1904
2/1969
3/2177
3/2208
3/2210
3/2399
3/2403
3/2447②
3/2450
3/2575
3/2587
3/2620
3/2852②
3/2862
3/2912
3/2914
3/2942
3/2955
3/2986
4/3011
4/3104
4/3219
4/3220
4/3228
4/3233
4/3236
4/3238

4/3244
4/3245
4/3248
4/3280
4/3424
4/3476
4/3775
4/3846
5/4090
5/4091
5/4122
5/4182
5/4194
5/4327
5/4349
5/4354
5/4448
5/4547
5/4556
5/4908
5/4927
5/4933
5/4934
5/4939
5/4940
5/4942
5/4943
5/4944
5/4945
5/4946
5/4964
77萬同倫（仲桓）

1/432

1/478

1/766

1/866

1/899

1/900

2/1114

2/1790

2/1800

4/3077

韓熙載

1/753

1/897

2/1136②

2/1992

2/1996

3/2298

3/2299

5/4174

韓聞南（薫來）

3/2918

80韓愈

1/477

2/1561②

2/1553

2/1566

84韓鑄（亦顔）

1/303

1/315

2/1806

87韓欽（螺山）

3/2708

3/2799

88韓竹閒

1/316

4446₀ 姑

32姑溪居士　見李之儀

44姑蘇女子

3/2120

茹

10茹雪山人　見熊商珍

47茹馨　見周詒蘩

4449₃ 蔴

40蔴友　見嚴繩孫

4450₃ 奉

71奉階　見陳慶森

4450₄ 華

00華章慶（叔延）

3/2578

10華玉　見顧璘

22華峯　見顧貞觀

25華使君

1/801

2/1306

2/1922

34華漪（蓉園）

4/3497

38華海　見孫顯元

60華田　見謝尊青

華岳（秋岳）

2/1949

72華長發（商原）

3/2589

華岳

3/2416

80華父　見魏了翁

華谷　見儲泳

88華竹樓

5/4157

4450₆ 葦

77葦閒居士　見姜宸英

4452₁ 蘄

10蘄王　見韓世忠

4452₇ 勒

00勒方錡（少仲、悟九、

人璧）

3/2709

3/2733

3/2900

3/2935

3/2957

3/2997

4/3121

4/3563

5/4647

22勒山　見周銘

4453₀ 芺

25芺生　見汪琭

31芙江　見左錫璇
37芙初　見劉嗣綰
77芙卿　見陸巢睫
90芙裳　見楊芳燦

英

12英發　見唐藝孫
80英公　見夏竦
88英斂之
　4/3196

4460_0 苗

25苗生　見朱懷新

蘭

37蘭次　見吳綺

4460_1 耆

77耆卿　見柳永

薔

20薔香
　4/3197

4460_2 苕

00苕文　見汪琬
10苕玉　見孫蕖意
25苕生　見蔣士銓
28苕谿　見劉九成
32苕溪漁隱　見胡仔

4460_4 若

21若虛　見王從之
22若山　見莫崇
24若綺　見張紈英
32若洲　見徐鴻謨
38若海　見潘之博
40若士　見丁履恆
　若士　見湯顯祖
48若梅　見彭鶴儔
50若青（八小兒）
　2/1598

4460_7 茗

00茗齋　見彭孫貽
12茗孫　見湯儲璠
20茗香　見宋大樽
41茗柯　見張惠言

蒼

12蒼水　見張煌言
　蒼水　見董俞
22蒼巖　見梁清標
　蒼巖　見葉映榴
　蒼山　見曾原一
30蒼官　見李喬

4460_8 蓉

10蓉石　見黃玉階
30蓉渡　見董以寧
32蓉洲　見王憲成
43蓉城　見虞兆淑

90蓉裳　見楊芳燦

4462_7 荀

27荀叔　見吳烺

薾

90薾堂　見王景珣

4471_1 老

44老蘭　見潘飛聲
46老楊　見楊維楨

4471_6 茝

24茝儔　見程蕙英
31茝沅　見凌祉
　茝汀　見姚階

4471_7 世

00世文　見張綖
16世琨　見陳廷焯
44世英　見李冠

苣

22苣川　見劉家謀

4471_8 薑

71薑原　見冒春榮

4472_7 葛

00葛立方（常之）
　2/1232
　2/1423

2/1556

2/1576

2/1798

5/4139

5/4157

10葛一龍(震父、葛理
問)

1/655

葛亞卿

1/128

1/180

20葛秀英(玉珍)

3/2821

28葛微奇

3/2465

36葛邏禄迺賢(易之)

4/3410

40葛大姊

1/115

44葛莊 見劉廷璣

50葛書山

3/2951

71葛長庚(如晦、瓊琯、
白玉蟾、紫清明道
人、明道真人、海瓊
子)

1/453

1/763

1/946

1/1013

2/1263③

2/1891

3/2078

3/2079

3/2516

3/2744

4/3325

4/3371

4/3387

4/3818

4/3909

4/3910

4/3955

5/4885

5/4891

5/4892②

5/4893②

5/4894②

79葛勝仲(魯卿)

1/448

1/517

1/860

1/861

1/935

2/1253

2/1424

2/1425

2/1575

3/2204

3/2207

5/4138

97葛鄴

4/3325

5/4535

4473₁ 芸

17芸子 見宋育仁

30芸窗 見張絜

40芸士 見楊文蓀

芸臺 見阮元

芸女 見張穆

芸樵 見賈益謙

77芸叟 見張舜民

芸閣 見文廷式

藝

20藝香 見吳綺

4474₁ 薛

00薛文介(三省)

3/2684

17薛瓊(素儀)

3/2832

20薛信辰(國符)

3/2592

薛維翰

1/942

21薛能

1/891

2/1811

薛師石

3/2745

22薛所蘊(行屋)

1/657

1/818

33薛泳(沂叔)

3/2032

3/2663

34薛濤

　3/2222

　薛禧年（幼臣）

　4/3391②

37薛漁思

　5/4087

　薛逢

　1/107

　1/745

　2/1085

　3/2172

　3/2181

40薛九

　1/758

　2/1128

　2/1816

44薛夢桂（梯飇）

　1/230

　2/1483

　3/2741

　5/4450

50薛素素

　3/2804

60薛田

　1/448

64薛時雨（慰農）

　3/2919

　4/3660

67薛昭緯

　2/1112

　2/1989

薛昭蘊

　1/868

　1/901

　1/902

　1/907

　1/937

　2/1386

　2/1825

　3/2166

　5/4133

　5/4269②

　5/4490

　5/4953

88薛筠

　2/1589

90薛懷（小鳳）

　3/2230

4477₀　甘

00甘亭　見彭兆蓀

10甘露圓禪師

　1/763

60甘園　見程爵

4480₁　其

80其年　見陳維崧

楚

10楚雲　見岳七

25楚生　見梁德繩

31楚江

　3/2282

37楚鴻　見宋思玉

40楚南楓江釣師

　4/3344

44楚芳

　3/2380

　楚楚

　1/26

　3/2307

4480₆　黃

00黃庭堅（魯直、涪翁、
　山谷、豫章、黃九）

　1/16

　1/31

　1/50

　1/83

　1/86

　1/92

　1/125

　1/126

　1/127

　1/129

　1/141②

　1/142

　1/145

　1/147

　1/148

　1/152

　1/153

　1/162

　1/164

　1/172

2/1187	2/1558	3/2014③
2/1188	2/1560	3/2015②
2/1189	2/1567	3/2016③
2/1192	2/1617	3/2017
2/1193②	2/1645	3/2034②
2/1195	2/1785	3/2146
2/1196	2/1798	3/2189
2/1210	2/1800	3/2194
2/1273	2/1804	3/2197②
2/1305	2/1815	3/2199②
2/1350	2/1819	3/2200②
2/1351	2/1836	3/2204
2/1352	2/1840	3/2209
2/1377	2/1842②	3/2219
2/1394	2/1844	3/2238②
2/1396②	2/1845	3/2239②
2/1397	2/1846	3/2316③
2/1399	2/1848	3/2317②
2/1400④	2/1859	3/2327
2/1401③	2/1895	3/2406
2/1402	2/1903	3/2412
2/1420	2/1941	3/2419
2/1431	2/1960	3/2423
2/1450	2/1962	3/2424
2/1451	2/1963	3/2443
2/1453	2/1964②	3/2463
2/1455	2/1965③	3/2468
2/1458②	2/1966③	3/2497
2/1467	2/1967	3/2499
2/1493	2/1972	3/2534
2/1516	3/2004	3/2597
2/1547	3/2010	3/2611

5/4300

黄丕烈（蕘圃）

5/4956

黄天濤

2/1587

12黄廷璐（雙溪）

1/307

17黄瓊

3/2348

黄承聖（奉倩）

1/1030

黄承勳（樸存）

4/3873

黄子香

3/2905

黄子行

2/1579

黄子常

1/534②

2/1294

2/1902

18黄瑜（廷美）

4/3372

20黄位清（春帆）

5/4185

黄季重

3/2727

黄季岑

1/136

21黄仁（研北）

3/2800

黄師參（子魯）

3/2658

4/3369

4/3372

黄經（笛樓）

3/2781②

4/3574

22黄巖老（白石）

5/4166

黄山　見錢季重

黄山　見趙漚

黄山詞客（黄山逸客）

1/810

2/1319

2/1924

黄山逸客　見黄山詞
客

黄梨莊

2/1870

2/1921

23黄傅（夢弨）

5/4082

黄俊熙（籲卿）

5/4581

24黄佐（才伯、泰泉）

1/656

3/2400

3/2454

黄德貞（月輝）

5/4605

黄德峻（琴山、景崧）

3/2830

5/4186

黄德夫

3/2421

25黄仲昭

5/4174

27黄鵠山人　見林壽圖

黄紹第（叔頌）

5/4673

5/4715

黄紹箕（仲弢）

5/4716

28黄儀（子鴻）

2/1691

3/2449

3/2576

30黄永（雲孫、溪南、艾
庵）

1/652

1/659

1/1042

2/1590

2/1596

4/3887

黄之雋（石牧、唐堂）

2/1937

2/1952

2/1955

4/3287

4/3954

4/3964

4/3972

黄之馴（季剛、景碧山
人）

1/996②	2/1253	2/1875
1/997	2/1329	2/1882
1/999②	2/1359	2/1883
1/1001	2/1424	2/1884
1/1002	2/1430	3/2003
1/1003	2/1458	3/2184
1/1004	2/1494	3/2243
1/1006③	2/1550	3/2339
1/1007②	2/1561	3/2415
1/1008②	2/1572	3/2500
1/1009	2/1579	3/2542
2/1103②	2/1810	3/2737
2/1135	2/1811	4/3025
2/1137	2/1812②	4/3030
2/1143	2/1821	4/3031
2/1147	2/1825	4/3033
2/1152	2/1829	4/3046
2/1177	2/1832	4/3074
2/1195	2/1834	4/3075
2/1199	2/1848	4/3082
2/1201	2/1852*②	4/3086
2/1203	2/1853	4/3091
2/1204	2/1855	4/3094
2/1209	2/1857	4/3175
2/1210	2/1859	4/3267
2/1222	2/1860②	4/3268
2/1223②	2/1866	4/3273
2/1224	2/1867	4/3358
2/1231	2/1868	4/3373
2/1241	2/1872	4/3481

＊　其一誤作"黃敍暘"。

4/3536

88黃銓（南邨）

4/3497

黃簡（元易、東浦）

4/3358

4/3370

4/3371

5/4131

5/4432

5/4450

90黃裳（冕仲）

3/2737

4/3368

5/4932

97黃熥　見黃宗彝

99黃鶯探花　見蔣士銓

黃燮清（黃憲清、韻

甫、韻珊）

3/2650

3/2870

3/2935

3/2937

4/3120

4/3272

4/3287

4/3288

4/3493

4/3550

4/3995

5/4186

5/4204

5/4720

薲

20薲香　見吳藻

37薲漁　見沈起鳳

4490₀ 材

53材甫　見張掄

樹

00樹齋　見陸豫

10樹三　見趙植庭

28樹儀　見孫廷璩

4490₁ 蔡

00蔡襄（君謨）

1/126

1/173

2/1147

3/2004

3/2654

3/2705

4/3367

4/3371

4/3740

4/3929

蔡京（元長）

1/132

1/134

1/232

1/504

1/761

1/878

1/986

2/1188

2/1189

2/1202

3/2032

3/2035

3/2337

10蔡元定（季通）

5/4113

5/4927

蔡可權（公懺）

5/4755

14蔡珪（正甫）

1/786

1/787②

1/1015

2/1272②

2/1273

2/1975

3/2083

3/2666

15蔡聘珍（笛橡）

3/2618

3/2648

3/2788

22蔡偁（季羋、黃樓）

3/2616

蔡巖

1/183

蔡邕

2/1767

24蔡幼學

3/2664

25蔡仲常

3/2359

蔡伸(伸道、友古)

1/654

1/887

1/899

2/1206

2/1372

2/1410

3/2028

3/2201

3/2328③

3/2347

3/2734

3/2737

3/2913

3/2943

4/3325

4/3348

4/3368

4/3590

4/3638

5/4029

5/4138

5/4155

26蔡伯世

1/766

2/1161

2/1843

4/3068

4/3267

4/3784

28蔡攸

1/761

30蔡寶善(師愚)

5/4822

蔡宗茂(小石)

4/3272

4/3293

37蔡鴻燮(薌延)

2/1669

38蔡啓傳

2/1603

40蔡真君

3/2269

蔡真人

2/1208

3/2269

48蔡松年(伯堅、蕭閒老

人、蕭閒)

1/445

1/786②

1/787

1/870

1/1016②

2/1271②

2/1272②

2/1273

2/1279

2/1895②

2/1897

2/1975②

2/1976

3/2211③

3/2374②

4/3566

4/3821②

5/4083

5/4142

5/4419

5/4456

5/4536

5/4961

蔡梅魁(如珍)

4/3337

52蔡挺(子正)

1/776

1/950

3/2020

55蔡捷(步仙)

3/2608

4/3329

67蔡明紳(笏山)

4/3353

72蔡氏(徐寶謙妻)

5/4221

80蔡含(女蘿)

5/4683

90蔡光

1/503

1/1000

2/1869

4490₄ 某

48某教授

5/4966

01杜龍沙

3/2803

07杜詔(紫綸、雲川)

2/1937

2/1942

2/1948

3/2140

3/2141

3/2585

4/3224

4/3732

08杜斿(叔高)

1/818

1/998

2/1240

2/1875

杜旃(仲高)

1/818

1/995

1/998

2/1240

2/1875

杜旞(伯高)

1/524

1/818

1/935

1/947

1/995

1/998

2/1240

2/1557

2/1576

2/1875

3/2243*

4/3325

4/3927

5/4161

20杜季高

1/818

1/998

2/1240

2/1875

21杜衍

1/445

1/766

1/847

杜紫微

4/3358

24杜幼高

1/818

1/998

2/1240

2/1875

28杜牧(牧之)

1/95

1/109

1/112

1/443

1/444

1/706

2/1492

2/1563

2/1551②

2/1563

2/1565

3/2208

3/2420

3/2759

4/3449

5/4131

5/4132

5/4148

5/4954

29杜秋娘

1/749

2/1103

2/1986

30杜安世(壽域)

1/147

1/462

1/923

1/927

2/1407

2/1492

2/1574

3/2198

3/2827

3/2961

4/3123

---

* 文中稱"仲高",誤。

4/3589

4/3962

5/4126

5/4127

5/4133

5/4137

杜良臣

3/2803

31杜濬（于皇、茶村）

2/1930

2/1934

3/2117

3/2118

3/2690

5/4519

5/4654

37杜祁公

1/431

3/2654

40杜大中妾

3/2260

杜有山

3/2943

44杜荀鶴（彦之）

5/4133

49杜妙隆

1/541

50杜貴墀（仲丹）

4/3130

5/4187

5/4199

杜東（月渚）

1/1003

53杜甫（子美、少陵）

1/137

1/191

1/442

1/619

1/827②

2/1451

2/1553

2/1554

2/1560②

2/1563

2/1564

3/2208

3/2239

4/3940

4/3941③

4/3942

5/4129

5/4130

5/4132

5/4545

85杜鈍叟

4/3162

88杜範（成之）

2/1887

4/3292

4491₄　桂

32桂洲　見夏言

72桂隱　見劉詵

80桂念祖（伯華）

5/4754

蘁

90蘁裘　見楊英燦

權

47權妃

5/4608

4491₇　植

00植庵　見李慎傳

萐

30萐客　見李慈銘

蕴

22蕴山　見謝啓昆

48蕴梅　見張景祁

4492₇　菊

22菊山　見唐珏

　菊山　見鄭起

25菊生　見張元濟

28菊舲　見郭鳳梁

44菊坡　見崔與之

　菊莊　見魏慶之

　菊莊　見徐釚

　菊莊　見劉泰

51菊軒　見段成己

60菊圃　見丁如琦

80菊人　見黄曾

藕

28藕舲　見許乃廣
37藕漁　見嚴繩孫
44藕村　見趙福雲
71藕頤　見熊寶泰

4493₂ 棣

43棣垞　見朱啓連
71棣原　見馬功儀

4494₇ 枝

22枝山　見祝允明

蔽

64蔽畦　見王慶勳

4498₆ 橫

34橫波夫人　見顧眉

4499₀ 林

00林章（初文）
　1/808
　1/910
　2/1314
　3/2104
　3/2465
　4/3321
　4/3331
09林麟焻（瑶華、玉巖）
　3/2623
　4/3487

10林正大
　4/3474
　5/4142
10林靈素
　5/4156
林天齡（錫三）
　3/2781
　3/2782
　3/2783
　4/3573
　4/3577
林雲銘（西仲）
　4/3321
　4/3328
　4/3420
14林瑛珮
　3/2609
　4/3329
17林丞英（書甫）
　4/3571
20林喬蔭（樾亭）
　4/3344
22林鼎復（天友）
　4/3381
23林外（豈塵、嫦窟）
　1/16
　1/42
　1/481②
　1/570
　1/666
　1/773
　2/1334

　2/1413
　3/2165
　3/2169
　3/2424
　4/3127
　4/3263
　4/3368
　4/3371
　4/3590
　5/4932
24林佶（吉人）
　4/3403
27林紓（琴南）
　5/4697
　5/4704
　5/4731
　5/4732
　5/4733
30林賓王
　3/2241
32林兆鯤（南池）
　4/3508
33林逋（君復、和靖）
　1/6
　1/149
　1/192
　1/207
　1/468
　1/469
　1/723
　1/761
　1/901

1/914

2/1148②

2/1149

2/1343

2/1550

2/1830②

2/1833

2/1835

2/1867

2/1973

2/2000

3/2527

3/2895

4/3026

4/3741

4/3885

4/3929

5/4162

5/4244

34林洪

1/469

37林鴻(子羽)

1/807

2/1305

3/2099

3/2671

3/2673

4/3383

4/3384

4/3401

林鴻妻　見朱氏

38林滋秀(紉秋)

4/3497

林海如

3/2941

40林直(子魚)

4/3377

4/3574

林希(子中)

3/2216

3/2311

林壽圖(潁叔、黄鵠山
人)

4/3500

4/3563

5/4716

44林蒲封(桓次)

3/2830

林芳(淡茹)

4/3344

林葆恆(子有)

5/4773

5/4778

林蕃鍾(蠡槎)

4/3737

4/3863②

4/3998

4/4018

林其年(子壽)

4/3492

57林邦翰

5/4507

60林四娘

4/3505

林曼英

4/3509

林景熙(霽山)

2/1260

2/1890

4/3613

62林則徐(少穆、文忠)

2/1688

2/1692

3/2879

4/3495

67林鵾翔(鐵錚)

5/4784

77林風　見許庭珠

林用霖(亨甫)

3/2778

80林企俊(宫升)

3/2776

林企佩(鶴招)

3/2776

林企忠(寓園)

3/2776

94林熿(崑石山人)

4/3490

4594₄　樓

20樓采(君亮)

1/228

1/305②

1/306

1/339

1/1010

4/3176

26樓儼（敬思、西浦）

　2/1552

　2/1946

　3/2421

　3/2441

　3/2471

　3/2473

　4/3219

　4/3224

　4/3255

　5/4105

27樓槃（考父）

　3/2745

　5/4162

44樓芸皋

　4/3151

50樓忠簡

　5/4272

55樓扶（叔茂、梅麓）

　1/226

　2/1484

　5/4127

88樓鑰（大防）

　3/2660

　4/3355

4594₇　樽

00樽亭　見梁肯堂

4601₀　旭

00旭庭　見沈梧

37旭初　見汪東寶

50旭東　見汪昉

4611₀　坦

00坦庵　見方拱乾

　坦庵　見趙師俠

60坦園　見李爵

4621₀　覩

23覩我　見楊舜舉

37覩過　見程過

4625₀　狎

77狎鷗　見吳白涵

4640₀　如

18如珍　見蔡梅魁

22如山（冠九）

　3/2948

　4/3294

68如晦（僧皎）

　1/371

　3/2204

　3/2661

　4/3032

　如晦　見葛長庚

　如晦　見楊景

4643₄　娛

35娛清　見鄭蘭孫

4651₇　輼

00輼齋　見王汝玉

4680₆　賀

20賀雙卿

　3/2773

　5/4204

30賀宇（乃文）

　3/2228

44賀若弼

　3/2235

48賀梅子　見賀鑄

80賀全真

　2/1531

　3/2340

84賀鑄（方回、東山、賀

　梅子）

　1/16

　1/83

　1/84

　1/86

　1/90

　1/126

　1/139

　1/167

　1/177

　1/202

　1/206②

　1/234

　1/259

　1/265

1/301	2/1371	3/2865
1/429	2/1377	3/2926
1/442	2/1409	4/3026
1/483	2/1420	4/3050
1/620	2/1451	4/3057
1/632	2/1455	4/3088
1/676	2/1458	4/3117
1/695	2/1461	4/3268
1/700	2/1467	4/3272
1/713	2/1481	4/3278
1/722	2/1503	4/3358
1/742	2/1572	4/3437
1/765	2/1643	4/3453
1/778	2/1653	4/3513
1/842	2/1758	4/3599
1/847	2/1776	4/3622
1/853	2/1797	4/3692
1/855	2/1844②	4/3700
1/899	2/1845②	4/3720②
1/924	2/1946	4/3722②
1/930	2/1961	4/3732
1/933	2/1967	4/3740
1/985	2/1972	4/3776
1/1004	3/2023	4/3786②
2/1084	3/2202	4/3800
2/1183	3/2211	4/3802
2/1192	3/2239②	4/3825
2/1193④	3/2320	4/3886
2/1194②	3/2406	4/3890
2/1245	3/2414②	4/3910
2/1344	3/2620	4/3921
2/1350	3/2739	4/3924

4/3928	5/4949	4/3607
4/3929	5/4950	4/3623
4/3944	5/4952	5/4059
4/3953	5/4966	5/4261
4/3962	5/4969	
4/3964	5/4970	**4690₀ 相**
4/3968	86賀知章(季真)	60相圃　見黃模
4/3971	1/751	
4/4008	2/1101	**4690₃ 絮**
5/4059	4/3410	83絮鐵
5/4083	90賀裳(黃公、拓庵)	3/2226
5/4094	1/600	
5/4126	1/653	**4691₃ 槐**
5/4130	1/654	00槐亭　見陳鍾英
5/4136	1/655	77槐卿　見黃鑄
5/4171	1/664	
5/4222	1/843	**4692₇ 楊**
5/4245	1/845	00楊立齋
5/4256	1/847	1/540
5/4260	1/851②	3/2279
5/4271	1/877	楊齊賢
5/4288	1/923	3/2400
5/4297	1/1038	楊度汪(楊大令)
5/4379	2/1463③	3/2599
5/4426	2/1467	楊廣(隋煬帝)
5/4571	2/1470	1/105②
5/4581	2/1792	1/385
5/4632	2/1842	1/386
5/4634	4/3275	1/387
5/4637	4/3428	1/422②
5/4899	4/3605	1/426
5/4916	4/3606	1/570

1/741

1/742

1/744

1/853

1/890

1/917

1/940

2/1082

2/1083

2/1092

2/1455

2/1756

2/1757②

2/1773

3/2176

3/2177②

3/2297

4/3229

5/4077

5/4087

5/4424

楊文蓀（芸士）

4/3289

楊六

3/2330

02楊端臣

1/37

楊新都　見楊慎

06楊韻卿

3/2381

07楊韶父

4/3111

10楊玉衡（鐵夫）

2/1507

5/4784

楊玉娥

1/540

楊无咎（補之、清夷長者）

1/986

2/1225

2/1388

2/1427

2/1576

2/1868

3/2248

3/2348

3/2349②

3/2660

3/2758

3/2862

3/2995

4/3173

4/3590

4/3598

5/4031

5/4086

5/4129

5/4139

5/4164

5/4349

楊震

2/1284

3/2359

5/4097

11楊孺人莊翊昆妻

5/4221

12楊琇（倩玉、楊大姑）

2/1440

3/2625

楊璠

1/744

2/1084

3/2172

13楊琬（佩貞）

3/2711

16楊聰父

3/2348

17楊子謨（浩齋）

2/1901

18楊政（直夫）

2/1255

2/2075

20楊億（大年、文公）

1/653

3/2654

4/3367

4/3371

楊舜舉（觀我）

3/2076

3/2249

3/2660

楊皎

1/38

1/139

楊乘

4/3442	3/2248	20鶴俦　見喬松年
4/3595	3/2607	鶴舫　見毛際可
4/3596	4/3175***	22鶴山　見魏了翁
4/3728	99楊槃	鶴山　見錢之鼎
4/3823	2/1307	鶴巢　見許玉瑑
4/3941		24鶴俦　見喬松年
4/3969	**楞**	30鶴窗　見馬洪
5/4030	22楞仙　見錢成	31鶴汀　見毛張健
5/4037		37鶴逸　見顏麟士
5/4081	**47120　均**	41鶴坪　見沈宗約
5/4088	80均父　見夏倪	57鶴招　見林企佩
5/4119		
5/4145	**47138　懿**	**47327　郝**
5/4151	24懿德后　見蕭后	10郝天挺
5/4174	47懿懿	1/1017
5/4481	3/2314	2/1276
5/4489	77懿卿	21郝經（伯常、文忠）
5/4494	3/2310	3/2952
5/4511		5/4170
5/4631	**47212　匏**	5/4961
5/4962	00匏庵　見吳寬	30郝宗文
楊慎妻　見黃氏	匏廬　見沈濤	1/89
楊恢（西村）		36郝湘娥
1/329	**47227　郁**	3/2625
1/330③	44郁葆青	
1/338	5/4795	**47401　聲**
1/339		22聲山　見范鍇
2/1566*	**鶴**	26聲伯　見陳霆
2/1573**	00鶴亭　見冒廣生	80聲令　見沈士銳

4742₀ 朝

10朝霞　見李天馥
　朝雲
　　1/34
　　1/872
　　1/926
28朝鮮忠臣
　　4/3201
30朝宗　見侯方域
76朝陽　見王飲鶴

嫺

77嫺卿　見孫雲鵬

4744₇ 報

60報恩和尚
　　1/455

4746₇ 媚

44媚蘭
　　4/3344
70媚雅
　　5/4373

4748₆ 嬾

22嬾仙　見李崧
37嬾漁　見邵豐城

4752₀ 鞠

07鞠部頭　見鞠夫人
43鞠坨　見張之京
50鞠夫人（鞠部頭）
　　3/2268
80鞠人　見黃曾
　鞠龕　見王蔭祐

4762₀ 胡

00胡應麟（元瑞）
　　1/647
　　1/648
　　1/649
　　1/770
　　1/827
　　1/835
　　1/854
　　1/904
　　1/906
　　1/939
　　2/1309
　　3/2100
　　3/2434
　　4/3238
　　4/3350
　　4/3373
　　4/3916

　　5/4489
　胡文煥
　　1/663
　　3/2155
　　3/2163
　　4/3255
10胡二子
　　2/1983
　胡元儀
　　1/297
　　1/298
　　1/344
　胡平仲
　　1/357
　胡天游（稚威）
　　5/4038
11胡琴
　　5/4320
12胡延（長木、研孫）
　　5/4198
　　5/4614
　　5/4785
20胡舜陟（射村）
　　1/163
　　1/171②
21胡穎璦＊
　　1/808
　胡穎之（栗長）
　　5/4776

＊　清康熙間有胡胤璦，或卽其人。

* 作"胡德芳"。

3/2009

3/2012②

3/2013

3/2016

3/2022

3/2024

3/2025

3/2031

3/2033②

3/2034

3/2060

3/2178

3/2188

3/2191

3/2193

3/2196

3/2197②

3/2198

3/2199

3/2200

3/2201

3/2203②

3/2206

3/2216

3/2217

3/2233

3/2236

3/2237②

3/2238

3/2258

3/2262

3/2263

3/2273

3/2435

3/2497

4/3024

4/3043

4/3050

4/3055

4/3056

4/3058

4/3063

4/3067

4/3071

4/3072

4/3076

4/3421

4/3778

5/4134

5/4154

5/4871

5/4925

30胡宿

3/2188

胡寅（明仲、致堂）

1/357

1/982

1/989

2/1174

2/1206

2/1839

2/1856

3/2244

3/2660

4/3705

4/4076

32胡祗遹（紫山）

1/540

3/2088

3/2382

34胡浩然

1/459

1/847

1/880

1/951

1/991

2/1208

2/1857

3/2662

3/2664

4/4000

4/4001

44胡薇元（玉津、跛翁）

5/4023

5/4034

5/4038

胡楚

3/2005

47胡壻　見余鑑

48胡敬

5/4177

67胡嗣福（杏蓀）

3/2985

77胡鳳丹（月樵、退補齋）

3/2389

3/2870

胡殿臣*

　2/1794

　2/1918

胡奐可（惠齋居士、黃

　由妻）

　3/2342

　3/2488

　3/2546

　5/4582

80胡金題（瘦山）

　3/2476

88胡銓（邦衡、澹庵、

　忠簡）

　1/211

　2/1213

　2/1228③

　2/1229

　2/1231

　2/1419

　2/1558

　2/1863②

　2/1864

　2/1873

　3/2038

　3/2048

　3/2348

　3/2744

　4/3590

　5/4137

胡鑑（衡齋）

　3/2841

90胡光瑩（畫溪）

　3/2818

4762₇　都

26都穆（元敬）

　1/827

　1/828

　3/2174

　3/2175

4780₁　起

31起潜　見劉壎

4780₆　超

10超正（方竹）

　3/2795

23超然　見張遠

4791₀　楓

32楓溪　見施乘之

80楓人先生　見鄭澐

4792₀　桐

10桐雲　見吳大廷

25桐生　見洪梧

柳

10柳三變　見柳永

柳三復

　3/2307

柳三接

　3/2307

27柳卓之

　3/2341

30柳永（柳三變、耆卿、

　景莊、柳七、柳屯

　田、柳郎中）

　1/25②

　1/26②

　1/83

　1/84

　1/85

　1/125

　1/135

　1/163

　1/171

　1/201

　1/202

　1/208

　1/266

　1/267

　1/278

　1/282

　1/291

　1/342

━

*　清康熙間胡胤璦字殿陳，或卽其人。

4/3272②	4/3623	5/4029
4/3273	4/3638	5/4035
4/3282	4/3689②	5/4039
4/3283	4/3692	5/4049②
4/3286	4/3696	5/4053
4/3321	4/3697	5/4055
4/3323	4/3705	5/4058
4/3327	4/3711	5/4085
4/3348	4/3721③	5/4086
4/3358	4/3740	5/4096
4/3360	4/3741	5/4120
4/3368	4/3783	5/4123
4/3388	4/3784②	5/4132
4/3433	4/3794	5/4136
4/3440	4/3802	5/4153
4/3464	4/3821	5/4156
4/3465	4/3888	5/4164
4/3470	4/3890	5/4170
4/3507	4/3904	5/4184
4/3510	4/3924②	5/4194
4/3513	4/3928	5/4196
4/3516	4/3957	5/4197②
4/3517	4/3959	5/4198②
4/3561	4/3962	5/4199
4/3585	4/3964	5/4202④
4/3586	4/3968	5/4203
4/3588	4/3990	5/4212
4/3589	4/3995	5/4213
4/3590	4/4000	5/4222
4/3594	4/4001	5/4258
4/3607	4/4020	5/4265②
4/3618	5/4027	5/4271

5/4273	5/4912	4/3454
5/4293	5/4915	4/3542
5/4306	5/4916	48柳敬亭
5/4307	5/4917	2/1592
5/4327	5/4934	3/2114
5/4330	5/4936	50柳屯田　見柳永
5/4332	5/4938	柳東　見馮登府
5/4343	5/4941	72柳氏
5/4344	5/4942	1/889
5/4345	5/4944	2/1987
5/4346	5/4945	77柳門　見楊後
5/4348	5/4946	柳屏　見姚鵬圖
5/4349	5/4949	80柳含春
5/4350	5/4950	1/798
5/4353	5/4964	2/1296
5/4354	5/4969	97柳惲
5/4380	5/4970	1/827
5/4455	柳富	
5/4459	1/769	**4794₀ 椒**
5/4510	柳宗元(柳州)	
5/4545	1/827	10椒石　見謝學崇
5/4556	2/1098	22椒峯　見陳玉璿
5/4632	3/2182	44椒唯　見王慶勳
5/4637	5/4147	椒坡　見潘介繁
5/4648	32柳州　見柳宗元	
5/4837	37柳郎中　見柳永	**4794₇ 穀**
5/4886	38柳肇嘉(貢木)	
5/4899	5/4917	00穀庵　見汪璐
5/4900	40柳七　見柳永	43穀城翁　見黃銖
5/4902	柳塘　見沈雄	80穀人　見吳錫麒
5/4909	46柳如是	
5/4911②	4/3352	**4795₁ 櫸**
		35櫸清　見李慎溶

4796₂ 榴

44榴花
　　3/2313

4824₀ 散

40散木　見陳世祥

4841₇ 乾

25乾生　見何春元

4842₇ 翰

71翰臣　見龍啓瑞
77翰風　見張琦

4843₁ 嫵

77嫵卿
　　3/2314

4844₁ 幹

71幹臣　見朱桂楨
　幹臣　見徐伸

4864₀ 敬

25敬仲　見安熙
　敬仲　見柯九思
27敬身　見丁敬
35敬禮　見丁廙
60敬思　見樓儼
77敬叟　見陳以莊
80敬美　見王世懋

4871₇ 籠

10籠石　見劉坊

4891₁ 槎

30槎客　見高騫
　槎客　見吳騫

4892₁ 榆

25榆生　見龍沐勛
45榆樓　見奚疑

4892₇ 梯

47梯颿　見薛夢桂

4893₂ 松

10松雪道人　見趙孟頫
　松石　見李汝珍
　松靄　見周春
　松雲子
　　3/2090
22松巌　見福增格
　松山　見曹邃
26松泉　見江昱
27松鄉　見任士林
30松窗　見鄭域
32松溪　見張泰初
40松壺　見錢榆
　松壺小隱　見錢榆
41松坪　見孫致彌
77松門　見崔挺新
　松卿　見牛嶠

4894₀ 枚

00枚庵　見吳翊鳳
46枚如　見謝章鋌

4895₇ 梅

00梅庵　見鐵保
20梅禹金
　　5/4954②
22梅川　見施岳
　梅岑　見宗元鼎
26梅伯　見姚燮
27梅嶼　見田寶發
32梅溪　見王十朋
　梅溪　見李琳
　梅溪　見史達祖
33梅心　見鍾過
　梅浣華
　　5/4656
35梅津　見尹煥
36梅禪道人　見張也僧
38梅道人　見吳鎮
40梅堯臣（聖俞、宛陵）
　　1/114
　　1/148
　　1/149
　　1/768②
　　2/1149
　　2/1155③
　　2/1551
　　2/1833②
　　2/1835

3/2260

3/2305

3/2308

4/3691

5/408?

5/4091

5/4155

5/4244②

5/4430

44梅麓　見樓扶

梅蘭芳(畹華)

5/4370②

5/4371

梅村　見吴偉業

47梅鶴　見江昱

梅妃　見江采蘋

48梅墩　見江士式

50梅史　見查燡

55梅扶

3/2664

77梅屋　見許棐

梅卿　見王倩

80梅盦　見李瑞清

梅曾亮(伯言)

3/2911

4/3565

梅谷　見陸烜

松公　見李元鼎

4942₀　妙

20妙香

1/888

2/1114

3/2259

40妙喜　見蔣敦復

49妙妙道人　見關瑛

50妙惠

3/2357

4980₂　趙

00趙彦端(德莊、介庵)

1/319

1/496

1/709

1/76C

1/864

2/1227

2/1425

2/1869

3/2212

3/2345

3/2743

4/3118

4/3589

5/4086

5/4097

5/4139

5/4152

趙彦衛

5/4035

趙彦肅

4/3615

趙彦俞(次梅)

3/2924

4/3904

4/4013

趙慶熺(秋舲)

4/3112

4/3120

4/3289

4/3738

4/4011

5/4157

5/4186

趙文(青山)

1/775

3/2998

5/4475

趙文瑞

3/2742

趙文升

1/336

趙文叔*

1/315

趙文素

3/2127

趙文哲(璞函)

2/1955

3/2474

4/3737②

❋　疑指趙友焕。

*　誤作"趙雲崧"。
*　*　誤作"趙師使"

---

*　誤作"趙以芜"。

3/2694

4/3741

趙擴(宋寧宗)

1/712

51趙振盈(白亭)

3/2150

60趙國賢

1/83

趙昂

5/4436

趙炅(宋太宗)

4/3219

63趙貽珩(子琴)

3/2814

67趙明誠(德甫)

2/1210

2/1859

3/2320

3/2321

3/2670

71趙長卿(仙源居士、惜
香)

1/760

1/947

2/1389

2/1390

2/1400

2/1408②

3/2358③

3/2424

3/2759

4/3127

4/3348

4/3589

4/3964

5/4032

5/4083

5/4095

5/4139

5/4156

77趙閱禮(立之、釣月)

1/228

1/328

1/339

1/709

1/1010

3/2735

4/3175

4/3410

4/3948

4/4002

5/4095

5/4144

5/4297

5/4491

5/4577

5/4957

趙熙(堯生)

5/4786

趙與仁(元父、元甫)

1/333

1/913

1/1011

5/4292

80趙令時(德麟、安定郡
王)

1/83

1/167

1/582

1/676

1/708

1/760

1/850

2/1191②

2/1192

2/1344

2/1349

2/1553

2/1847②

3/2024

3/2201

3/2331

3/2670

4/3037

5/4166

5/4419

趙令時妾

2/1192

趙尊嶽(叔雍)

4/3018

4/4001

5/4774

趙善扛(文鼎、解林居
士)

1/319

1/496

4/3269

4/3271

4/3273②

4/3279

4/3282

4/3433

4/3444

4/3458

4/3465

4/3470②

4/3501

4/3325

4/3343

4/3357

4/3358

4/3364

4/3387

4/3415

4/3423

4/3510

4/3513

4/3530

4/3587

4/3588

4/3595

4/3613

4/3623

4/3692

4/3695

4/3704

4/3724

4/3728

4/3750

4/3776

4/3787

4/3800④

4/3801③

4/3802

4/3808

4/3822②

4/3825

4/3847

4/3894②

4/3909

4/3930

4/3946

4/3951

4/3959②

4/3962③

4/3964

4/3968②

4/3973

4/4020

5/4032

5/4033

5/4081

5/4089

5/4123

5/4128

5/4140

5/4184

5/4198

5/4248②

5/4250

5/4261

5/4262

5/4263

5/4268

5/4296

5/4312

5/4329

5/4353

5/4440

5/4456

5/4529

5/4545

5/4547

5/4633②

5/4645

5/4790

5/4899

5/4902

5/4926

5/4937

5/4942

5/4944

5/4957

5/4959

5/4966

5/4968

53史輔之

3/2349

80史念祖（繩之）

5/4713

88史鑑（明古）

1/1025

車

20車秀卿
　3/2069
　3/2371
54車持謙（子尊、秋舲）
　3/2717
　3/2833

5003₂ 夷

27夷叔　見劉望之

5010₆ 畫

32畫溪　見胡光璧

5013₂ 泰

26泰泉　見黃佐

5014₈ 蛟

77蛟門　見汪懋麟

5022₇ 青

10青霞　見陸寶
22青山　見趙文
23青然　見吳繁
34青蓮　見董白
　青蓮居士　見李白
40青士　見周篔
44青若　見冒丹書
53青甫　見侯雲松
57青粗　見何兆瀛
77青見

　3/2135
青邱　見高啓
青門　見邵陵
青際　見任繩槐
88青箱
　3/2361

5022₇ 肅

30肅之　見岳珂

5033₃ 惠

00惠齋居士　見胡與可
17惠柔
　1/91
　1/844
　3/2330
　5/4420
25惠生　見金汝梅
30惠定宇
　4/3999
34惠洪（洪覺範）
　1/16
　1/83
　1/126
　1/156
　1/165
　1/177
　1/210
　1/460
　1/463
　1/509②
　1/763

　1/769
　1/932
　1/992
　2/1184
　2/1185
　2/1209
　2/1842
　2/1857
　2/1970
　3/2034
　3/2202
　3/2203
　3/2204
　3/2263
　3/2338
44惠英
　3/2367

5033₆ 忠

02忠端　見黃道周
07忠毅　見趙南星
12忠烈　見張煌言
13忠武　見張弘苑
　忠武　見韓世忠
21忠貞　見范承謨
23忠獻　見韓琦
30忠宣　見洪皓
　忠定　見李綱
38忠裕　見陳子龍
50忠惠　見蔡襄
80忠介　見錢肅樂
88忠簡　見李昂英

忠簡　見胡銓
忠簡　見趙鼎

5040₄　蔞

43蔞婉（東玉）
　　1/844
　　3/2315
　　4/2432
50蔞東　見吳偉業

5050₃　奉

25奉倩　見黃承聖

5060₀　由

53由甫　見易順豫

5060₁　書

21書衡　見王式通
27書舟　見程垓
40書樵　見錢黮
43書城　見葉宏緗
53書甫　見林丞英

5060₃　春

00春廬　見程同文
10春雨　見蔣元龍
　春霖　見劉殿撰
22春巢　見何承燕
26春伯　見雷應春

32春沂　見趙鉞
34春漪　見姚思勤
　春波　見鄭澐
40春塘　見侯士驤
　春木　見姚椿
42春橋　見朱芳藹
44春夢婆
　　3/2314
47春帆　見黃位清
77春卿　見劉褒

50732₂　表

16表聖　見司空圖

5080₆　貴

50貴貴
　　2/1283
　　3/2376

5090₀　未

15未聘　見洪汝沖
51未軒　見張龍輔

5090₃　素

00素庵　見陳之遴
　素庵　見余德勛
28素儀　見薛瓊
29素秋　見錢綠雲
31素江　見吳景潮

40素嘉　見沈樹榮
43素娘
　　3/2315
53素威　見王輅

5090₄　秦

08秦敦復*
　　3/2546
10秦玉生**
　　5/4558
　　5/4559
17秦弱蘭
　　1/897
　　2/1136
　　3/2185
　　3/2299
　　5/4155
　秦承霈（蘭臺）
　　3/2710
24秦幼蘅
　　5/4692
26秦保寅（秦鴻、樂天）
　　1/659
　秦緗業（澹如、應華）
　　3/2917
30秦淮漁隱　見丁文頫
　秦良玉
　　3/2726
32秦兆蘭（少圍）

---

*　疑卽秦恩復（敦夫）。
**　疑指秦纘（玉笙）。

4/3561	4/3853	5/4058
4/3585	4/3877②	5/4080
4/3586②	4/3879	5/4097
4/3587	4/3885	5/4129
4/3588	4/3888	5/4136
4/3593	4/3890	5/4153
4/3608	4/3892	5/4157
4/3613	4/3909③	5/4184
4/3623	4/3928	5/4193
4/3624	4/3929	5/4222
4/3639	4/3930	5/4244
4/3671	4/3937	5/4245②
4/3691②	4/3946	5/4246②
4/3692②	4/3953	5/4247
4/3696	4/3958②	5/4254
4/3697	4/3959	5/4256
4/3721③	4/3962②	5/4264
4/3740	4/3963	5/4265
4/3750	4/3964	5/4271
4/3776	4/3965	5/4273
4/3784③	4/3990	5/4274
4/3785④	4/3994	5/4275
4/3787	4/3999	5/4277
4/3794	4/4008	5/4288
4/3800	4/4020	5/4306
4/3801②	5/4028	5/4322
4/3802	5/4029	5/4332
4/3808	5/4031	5/4423
4/3814	5/4033	5/4426
4/3822	5/4049	5/4429
4/3825	5/4051	5/4545
4/3834	5/4053②	5/4547

5/4632

5/4637

5/4768

5/4837

5/4904

5/4911

5/4914

5/4942

5/4949

5/4950

5/4956

5/4966

5/4969

5/4970

秦觀女

3/2411

48秦松齡（對巖）

1/659

1/1043

3/2599

3/2770

56秦覯（少章）

1/926

2/1553

3/2611

60秦恩復（敦夫、詞隱老人）

1/271

2/1495

3/2854

4/3254

4/3280

4/3515

5/4038

5/4095

5/4128

5/4477

5/4733

5/4930

5/4956

5/4957

5/4961

60秦恩普

3/2711

77秦學士　見秦觀

秦鑾（西巖）

5/4558

90秦光第（次游）

3/2918

3/2920

4/3660

97秦耀曾（香光、雪舫）

4/3531

4/3650

4/3665

5090₆　東

00東癡　見徐夜

東亭　見董潮

04東塾　見陳澧

07東畝　見曹廞

10東玉　見婁婉

東亞傷心人

4/3193

14東琪　見李式玉

20東維子　見楊維楨

22東仙　見張輯

東山　見查繼佐

東山　見賀鑄

東山廓道人

4/3536

26東白　見佟世南

31東江　見沈謙

33東浦　見黃簡

36東澤　見張輯

37東淑　見王應奎

42東橋先生　見顧璘

44京萊先生　見呂本中

東村　見陳烺

67東墅　見張脩府

71東原　見戴震

東臣　見劉琛

80東父　見張震

88東籬　見馬致遠

90東堂　見毛滂

東堂　見朱彝尊

5101₁　輕

51輕輕

2/1531

3/2340

5104₀　軒

27軒叔　見張承渠

5106₀　拓

00拓庵　見賀裳

5106₁ 摺

30摺之　見何大圭

5111₀ 虹

00虹亭　見徐釚
77虹屏　見沈彩

5178₆ 頓

21頓仁
　　1/805
　　3/2213

5193₁ 耘

77耘叟　見李芸子

5202₁ 折

10折元澧
　　5/4505

5203₄ 揆

37揆初　見錢勗

5204₁ 挺

00挺齋　見周德清

5207₂ 拙

51拙軒　見王寂

5260₂ 哲

40哲士　見張四科

5300₀ 戈

43戈載（順卿、寶士）
　　2/1667
　　3/2651②
　　3/2722
　　3/2857
　　3/2858
　　3/2868
　　3/2880
　　3/2909
　　3/2914
　　3/2925
　　3/2939
　　3/2945
　　3/2996
　　4/3123
　　4/3131
　　4/3244②
　　4/3245②
　　4/3250
　　4/3254
　　4/3256
　　4/3257
　　4/3258
　　4/3261
　　4/3265
　　4/3272
　　4/3514

4/3531
4/3558
4/3613
4/3638
4/3651
4/3654②
4/3656②
4/3888
4/4011
5/4038
5/4224
5/4335
5/4422
5/4617
5/4633
5/4636
5/4908
5/4927
5/4929②
5/4933
5/4934
5/4965
5/4968
90戈小蓮
　　5/4930

5302₇ 輔

30輔之　見陸行直
38輔道　見王寀

5304₇ 拔

10拔可　見李宣龔

5310₇ 盛

24盛幼蘭

　3/2915

60盛昱（伯熙、伯希）

　4/3164

　5/4546

90盛小叢

　1/431

　1/889

　1/893

5320₀ 成

10成一　見姚勉

24成幼文

　1/5

　2/1120

　2/1550

　5/4095

25成岫（雲友）

　5/4579

　成績　見和凝

30成之　見杜範

　成之　見余一鼇

　成容若　見納蘭性德

38成肇麐

　5/4955

戚

28戚綸

　4/3256

40戚士元

　4/3014

5322₇ 甫

44甫草　見計東

5403₂ 轅

00轅文　見宋徵輿

5404₁ 持

10持正　見鄭楷

60持國　見韓維

5408₁ 拱

26拱伯　見金紹城

27拱侯　見嚴垣

5419₄ 蝶

22蝶仙　見陳壽嵩

5500₀ 井

27井叔　見王嘉禄

5503₄ 扶

77扶風少君吳綺妻

　3/2121

5533₇ 慧

47慧妃　見花蕊夫人

90慧惇　見孫小平

5560₀ 曲

17曲子張觀察　見張衮

臣

　曲子相公　見夏言

　曲子相公　見和凝

60曲園　見俞樾

77曲周　見劉榮嗣

5560₆ 曹

00曹亮武（南耕）

　3/2401

　3/2450

　4/3253

　4/3255

　5/4038

　曹言純（種水）

　2/1511

　4/3635

　4/3636

　曹言純妻　見清素居

士

10曹玉雨

　3/2484

　曹瑢（稼山）

　4/3288

　曹元忠（君直）

　5/4381

　5/4670

　5/4710

　5/4711

　5/4954

　5/4959

　曹爾堪（子顧、顧庵、

南溪、曹學士）

1/552

1/655

1/657

1/680

1/804

1/810

1/873

1/1034

1/1035

1/1038

1/1039

1/1042

2/1437

2/1533

2/1929②

2/1939

3/2113

3/2114

3/2115

3/2120

3/2122

4/3732

4/3836

5/4182

20曹禾（頌嘉）

2/1592

5/4570

21曹仁虎

4/3438

曹貞秀（墨琴）

3/2712

5/4618

曹貞吉（實庵、升六、珂雪）

1/1046

2/1473

2/1592

2/1593

2/1935②

2/1945

4/3270

4/3511

4/3732

4/3828②

4/3843

4/3964

4/3969

5/4184

5/4228

5/4520

5/4672

5/4908

22曹齮（西士、東畝）

1/714

1/875

2/1249

3/2218*

3/2219

4/3797

4/3914

24曹緯（彥文）

3/2028

27曹仰山

4/3117

曹組（元寵、彥章）

1/34

1/74

1/84

1/85

1/88

1/175

1/463②

1/481

1/508

1/603

1/676

1/724

1/776

1/856②

1/869

1/870

1/911

1/990

2/1203②

2/1555

2/1853②

3/2028

3/2205

3/2737

4/3062

---

*　裴暢芝按語將曹齮與曹組（元寵）混淆。

3/2785

3/2972

3/2973

曹毓英（紫荃）

3/2785

3/2972

86曹錫辰（北居）

2/1596②

88曹鑑平（掌公）

1/1038

2/1941

3/2137

4/3345

92曹愷堂

3/2905

5580₆ 費

10費元禄

3/2677

25費生

2/1591

71費原

4/3234

77費開榮（子專）

2/1684

2/1688

80費念孫

3/3005

費念慈（屺懷）

5/4673

5/4696

5/4698

55900 耕

30耕客　見李符

77耕隖　見唐允甲

56027 暢

30暢之　見丁彦和

56041 擇

10擇可　見曹遠

56193 螺

22螺山　韓欽

27螺舟　見王頊齡

50螺青　見金吳瀾

56210 靚

56靚靚

3/2005

57012 抱

17抱翼　見王時翔

57020 抑

00抑庵　見王直

57027 邦

21邦衡　見胡銓

40邦直　見李清臣

77邦卿　見史達祖

57062 招

22招山　見劉仙倫

47招奴

3/2318

57081 撰

44撰芳　見劉琬懷

57161 蟾

44蟾英諸葛章妻

3/2667

57257 静

00静庵　見王國維

静庵居士　見陳愷

17静子　見安致遠

静君　見汪鳴瓊

22静山　見趙德轍

27静御　見黃鴻

30静安　見王國維

静寄居士　見謝懋

40静志　見馮壽常

静來　見浦安

42静媛　見朱鎮

静機　見陳軾

53静甫　見劉清夫

67静照（月上）

5/4578

80静翁　見翁元龍

5794₇　籽

44籽荷　見張熙

5798₆　賴

77賴學海（虚舟）
　5/4373

5810₁　鳌

58鳌鳌
　3/2220

5811₆　蜕

00蜕庵　見張燾
22蜕巖　見張燾

6002₇　昉

60昉思　見洪昇

6010₀　日

20日千　見吳騏
37日湖　見陳允平

6010₄　里

10里西瑛
　5/4181
90里堂　見焦竑

星

00星齋　見潘曾瑩
22星巢　見石德芬
37星湖　見錢儀吉

41星垣　見陳玉宇
43星娘
　3/2357
44星薈　見李慈銘
　星村　見李應庚
53星甫　見劉恩黼
77星叟　見吳農祥

墨

11墨琴　見曹貞秀
22墨仙　見程鷟
　墨仙　見吳栻
44墨莊　見李鼎元
55墨農　見儀克中
　墨耕　見倪田
77墨卿　見伊秉綬

6011₃　晁

02晁端禮（次膺）
　1/17
　1/83
　1/134
　1/174
　1/177
　1/192
　1/202
　1/472
　1/504
　1/645
　1/945
　1/953
　1/986②

1/989
2/1188
2/1450
2/1970
2/1971
3/2021
3/2812
4/3034
4/3219
4/3234
5/4031
5/4084
5/4136
5/4153
5/4499
5/4612
5/4956
08晁説之（以道）
　1/147
　1/981
　2/1174
　2/1176
　2/1841
　3/2198
　晁謙之
　5/4335
10晁无咎（補之、歸來
　子、濟北詞人）
　1/16
　1/34
　1/83
　1/125

35晃冲之〈叔用〉

1/166

1/209

1/437

1/878

1/942

1/986

3/1188

2/1352

2/1553

2/1804

2/1967

3/2021

3/2203

4/3071

4/3962

4/3964

5/4293

6015₃ 國

66國器　見王德璉

88國符　見薛信辰

國箕　見朱耆壽

6021₀ 四

12四水潛夫　見周密

20四香　見嚴冠

34四遠

3/2840

55四農　見潘德輿

88四窐　見王潤

見

81見鑪　見陳在田

6022₇ 易

00易彦祥妻　見易被妻

10易震吉(月槎)

1/1034

11易孺(大厂)

5/4825

21易順豫(由甫)

5/4702

5/4704

5/4705

易順鼎(實甫、實父)

4/3134

5/4198

5/4229

5/4334

5/4370

5/4670

5/4683

5/4702

5/4703

5/4772

5/4806

30易之　見葛邏禄廼賢

易安　見李清照

易安居士　見李清照

33易被(彦祥)

1/497

1/935

3/2670

5/4536

易被妻易彦祥妻

1/538

2/1264

3/2078

3/2670

4/3465

57易静

5/4570

88易簡　見王理得

6023₂ 圍

37圍次　見吳綺

44圍茨　見吳綺

6033₀ 思

22思岩　見張棕櫚

28思復　見錢惟善

30思憲　見黃公度

80思公　見錢惟演

恩

31恩江　見馮永年

80恩令　見佟世思

86恩錫(竹樵)

3/2892

3/2903

3/2926

6033₂ 愚

22愚山　見施閏章

6040₀　田	77田際雲	2/1146
	5/4732	2/1158
02田端		2/1302
2/1637	**6040₄　晏**	2/1322
20田鼊(不伐)		2/1345
1/84	15晏殊(同叔、元獻)	2/1388
1/87	1/21	2/1406
1/303	1/23	2/1450
2/1620	1/83	2/1503
4/3176	1/125	2/1550
4/3607	1/131	2/1575
27田叔　見屠本畯	1/201	2/1613
30田實發(梅嶼)	1/202	2/1643
4/3521	1/207	2/1829
36田況(元均)	1/385	2/1832
4/3481	1/439	2/1881
44田茂遇(羃淵)	1/595	2/1917
1/818	1/603	2/1943
田世輔	1/661	2/1971
3/2030	1/673	2/1999
田藝蘅	1/760	2/2000
1/674	1/771	3/2186
1/891	1/804	3/2241
2/1315	1/859	3/2259
3/2252	1/864	3/2302
50田中行	1/872	3/2544
1/74	1/878	3/2685
1/84	1/931	3/2853
2/1970	1/934	4/3027
3/2192	1/978	4/3043
64田畸	1/979	4/3048
2/1778	2/1142②	4/3051
	2/1145	

2/1333	2/1960	4/3671
2/1344	2/1962	4/3691
2/1347	2/1972	4/3692
2/1349	3/2003	4/3722
2/1350	3/2186	4/3724
2/1371	3/2188	4/3782②
2/1377	3/2234	4/3821
2/1390	3/2235	4/3885
2/1420	3/2323	4/3890
2/1451	3/2450	4/3925
2/1453	3/2591	4/3938
2/1455	3/2862	4/3952②
2/1458	3/2865	4/3962
2/1462	4/3025	4/3964
2/1481	4/3042	4/3968
2/1529	4/3044	4/3990
2/1530	4/3052	5/4027
2/1551	4/3117	5/4039
2/1643	4/3123	5/4051
2/1651	4/3267	5/4127
2/1790	4/3269	5/4130
2/1796	4/3272	5/4133
2/1836②	4/3408	5/4136
2/1837③	4/3433	5/4155
2/1845	4/3458	5/4187
2/1854	4/3470	5/4212
2/1870	4/3513	5/4222
2/1881	4/3530	5/4245
2/1897	4/3587	5/4305
2/1943	4/3591	5/4331
2/1946	4/3606	5/4338
2/1948	4/3623	5/4419

5/4425

5/4426

5/4433

5/4543

5/4547

5/4561

5/4637

5/4837

5/4902

5/4914

5/4941

5/4949

5/4966

5/4969

38晏海　見馮雲鵬

51晏振之

　1/449

6040₇ 曼

15曼殊

　4/3555

25曼生　見陳鴻壽

　曼倩　見楊湜

77曼叟　見丁鑄

　曼卿　見石延年

6041₆ 冕

25冕仲　見黃裳

6043₀ 吳

00吳充(魯于)

　1/667

2/1318

2/1922

吳應和(子安)

　3/2401

　4/3253

　4/3397

　4/3474

　4/3559

吳廖(仁趾)

　2/1590

吳唐林(晉壬)

　4/4016

吳奕

　3/2659

吳文柔(昭質)

　2/1536

吳文英(君特、覺翁、夢窗)

　1/228

　1/255

　1/258

　1/259②

　1/265

　1/277

　1/278

　1/301

　1/302

　1/305②

　1/310②

　1/326②

　1/327⑥

　1/333

1/337

1/339

1/500

1/603

1/608

1/645

1/650

1/651

1/659

1/682

1/683

1/721

1/722

1/837

1/849

1/852

1/855②

1/856

1/871

1/947

1/1008②

1/1036

2/1246③

2/1255

2/1354

2/1360

2/1361

2/1367②

2/1368

2/1377

2/1412

2/1415

4/3470	4/3961	5/4228
4/3510	4/3962②	5/4247
4/3511	4/3964	5/4248
4/3513	4/3968	5/4249
4/3519	4/3991	5/4250②
4/3525	4/3999	5/4251
4/3559	4/4000	5/4260
4/3562	4/4006	5/4261
4/3594	4/4008	5/4263
4/3595	5/4031	5/4274
4/3613	5/4079	5/4275
4/3671	5/4113	5/4276
4/3672	5/4125	5/4313
4/3695	5/4127	5/4330
4/3696	5/4128	5/4331
4/3697	5/4134	5/4344
4/3706	5/4141	5/4346
4/3724	5/4165②	5/4353
4/3730②	5/4172	5/4361
4/3776	5/4187	5/4379②
4/3777	5/4193②	5/4382
4/3786	5/4194	5/4384
4/3797	5/4195②	5/4408
4/3800②	5/4196	5/4414
4/3802③	5/4197	5/4418
4/3803②	5/4200	5/4444
4/3804	5/4201	5/4447③
4/3805	5/4202	5/4448
4/3808	5/4203	5/4456
4/3825	5/4205	5/4503
4/3835	5/4211	5/4556
4/3920	5/4212②	5/4838

5/4586	5/4944	3/2297
5/4587②	5/4945	吴玉
5/4591	5/4946	3/2346
5/4592	5/4950	吴元可（山庭）
5/4596	5/4951②	1/775
5/4598②	5/4957	4/3923
5/4633	5/4958	吴元潤（蘭汀）
5/4634	5/4963	3/2805
5/4635	5/4964②	吴元祥
5/4651	5/4965	1/148
5/4653	5/4966	2/1397
5/4672	5/4968	吴雯（天章、蓮洋）
5/4679	5/4970	2/1597
5/4690	吴文璧	3/2588
5/4768	4/3373	3/2631
5/4790	04吴訥	吴雯炯（笙山）
5/4837	5/4954	2/1947
5/4840	07吴翊鳳（枚庵）	吴更生
5/4841②	3/2474	3/2744
5/4842	4/3497	吴百朋
5/4899	4/3996	5/4179
5/4901	4/3998	吴西逸
5/4902	4/3999	5/4181
5/4907	4/4009	吴雲（平齋、退樓、愉庭）
5/4909	4/4018	
5/4911	10吴一鵬（文端）	3/2893
5/4912	1/654	3/2894
5/4914	1/1027	3/2896
5/4916	2/1314	3/2905
5/4932	吴二娘	3/2930
5/4936	2/1770	3/2938
5/4938	3/2257	3/2941

---

*　“益”疑當作“孟”。

2/1796

2/1927③

3/2110②

3/2119

3/2134

3/2417

3/2474

3/2578

3/2797

4/3194

4/3428

4/3456

4/3458

4/3530

4/3729②

4/3734

4/3826③

4/3827

4/3836

4/3886

4/3964

5/4038

5/4176

5/4222

5/4224

5/4253

5/4291

5/4310

5/4687

吴綺（園次、園茨、蘭

次、藝香、藪香、紅

豆詞人、三風太守）

1/552

1/658

1/730

1/814

1/817

1/821

1/863

1/870

1/1041

2/1373

2/1433

2/1534

2/1936②

3/2121②

3/2122②

3/2585

3/2732

4/3332

4/3379

4/3417

4/3732

4/3830②

4/3831

4/3836

4/3868

4/3886

4/3928

4/3969

5/4176

5/4683

5/4908

吴綺妻　見黄淑人

25吴仲方

3/2745

26吴白涵（狎鷗）

3/2613

吴自求（蘭園）

3/2698

3/2716

吴伯鈞

3/2591

3/2698

27吴祭酒　見吴偉業

28吴儀一（蘂符、舒鳧、

吴山）

2/1944

3/2459＊

30吴宛之

4/3159

吴寬（原博、匏庵、吴

禮部）

1/1025

2/1308

2/1921

4/3198

5/4498

5/4954

吴永汝（小法）

＊　　此條標點誤斷在"儀"下。

2/1514**

3/2129

吴骞(槎客、兔牀)

3/2480

3/2487

5/4622

吴宗達(文端)

3/2677

31吴潛(毅甫、毅夫、履
齋)

1/358

1/515

1/516

1/698

1/1007

1/1008

2/1257

2/1261②

3/2064

3/2071

3/2361

4/3348

4/3465

4/3474

4/3804

5/4141

5/4852

32吴淵(莊敏)

3/2746

5/4441

吴澄(幼卿、草廬、文
正)

1/899

2/1286

2/1901

3/2863

5/4037

5/4579

吴兆骞(漢槎)

2/1536

3/2139

3/2439

3/2775

4/3381

4/3412

4/3414

4/3416

5/4224

5/4521

33吴泳(叔永)

1/304

5/4540③

34吴遠(介彦)

3/2254

35吴清蕙(佩湘)

5/4187

吴禮部   見吴寬

吴禮之(子和、順受)

1/495

1/830

1/950

1/1000

2/1249

2/1415

2/1882

3/2735

5/4084

36吴昶(伯明)

1/496

2/1248

2/1882

37吴淑姬

1/851

1/923

1/994

2/1860

3/2335

38吴激(彦高)

1/291

1/474

1/630

1/787

1/788

1/855

1/912

1/947

1/1015

1/1016

1/1018

2/1270③

---

*   誤作吴永法。

46吳坦
　1/1001
吳觀禮（子儁）
　4/3500
47吳穀祥（秋農）
　5/4697
48吳榮（青然）
　3/2471
吳槎仙
　3/2871
吳梅（瞿安）
　5/4625
　5/4639
　5/4810
　5/4935
　5/4937
吳梅鼎（天篆）
　3/2450
吳梅梁
　3/2881
50吳泰來（企晉）
　2/1955
　3/2147
　3/2474
51吳振（竹嶼）
　2/1952
　2/1955②
　3/2805
　4/3737②
　4/3857
　4/3859
　4/3860②

　4/3964
　4/3969
吳振棫（仲昀）
　4/3153
53吳感（應之）
　1/462
　3/2002
　3/2304
　3/2961
55吳農祥（星叟）
　3/2438
　4/3487
　5/4222
56吳扣扣
　5/4675
吳規（蜚卿）
　3/2823
60吳國俊（伯鍈）
　3/2716
　3/2717
吳國夫人王安石妻
　3/2420
吳易（惕庵、節愍）
　1/809
　1/866
　1/925
　1/1033
　3/2689
吳恩熙（定甫）
　3/2786
吳昊（仁甫）
　2/1291

吳昌碩
　5/4371
吳昌綬（伯宛）
　5/4229
　5/4337
　5/4355
　5/4356
　5/4359
　5/4361
　5/4381②
　5/4971②
吳景伯
　3/2665
吳景潮（素江）
　4/3516
62吳則禮
　3/2744
　3/2802
64吳曉帆
　3/2894
　3/2896
66吳賜如（之器）
　3/2122
72吳氏
　3/2281
吳氏女
　3/2668
74吳騏（日千）
　1/1042
75吳陳琬（寶崖）
　3/2458
吳陳琰

2/1951	5/4648	4/3540
77吴用威(董卿)	84吴鎮(信辰)	90吴尚熹(小荷)
5/4802	5/4524	5/4609②
吴興(浮眉詞仙客)	吴鎮(仲圭、梅道人)	吴省蘭(稷堂)
2/1520	1/1021	3/2455
吴興祥(伯成、留村)	2/1290②	吴棠(仲宜)
1/576	2/1906②	3/2779
4/3441	86吴錫麒(穀人、聖徵)	吴棠楨(伯憩)
吴賢湘(清夫)	2/1528	1/576
4/3393	2/1586	1/579
80吴金鳳	3/2149	91吴焯(尺鳬、繡谷)
4/3337	3/2477	2/1787
吴介軒	3/3144	2/1951
4/3906	3/3281	3/2437
吴曾(虎臣)	4/3290	4/3443
1/890	4/3433	吴炳(石渠、粲花)
1/979	4/3537	2/1509
1/982	4/3668②	4/3425
1/993	4/3738③	4/3440
2/1091	4/3867	92吴炘
2/1144	4/3918②	3/2487
2/1149	4/3919	93吴烺(荀叔)
2/1167	4/3960	3/2401
2/1209	4/3969	3/2471
2/1385	4/3998	3/2547
2/1833	4/4008	4/3253
2/1858	4/4018	4/3255
3/2013	5/4038	4/3736
3/2014	5/4180	4/3857
3/2179	吴錫永(仲言)	5/4038
3/2200	5/4824	5/4930
吴毓沈(少山)	88吴筠(畹芬)	98吴谦庵

1/1041

99吳榮光（荷屋）

5/4185

6044₀ 昇

10昇元　見李昇

6050₀ 甲

10甲三　見葉鼎全

6050₄ 畢

25畢仲修

5/4718

42畢韜文

3/2609

6060₀ 呂

00呂鹿笙

5/4763

10呂正己女

3/2341

呂玉繩

2/1332

呂元洲

3/2282

呂弦績

1/565

1/576

17呂承嬌（子奇）

4/3523

呂承娧（子兌）

4/3523

20呂采芝（壽華）

5/4612

22呂仙　見呂喦

25呂倩倩

3/2349

呂傅元（貞伯）

5/4763

31呂福生

3/2466

36呂渭老（濱老、聖求）

1/437

1/440

1/462

1/507

1/833

1/944

1/990

2/1203

2/1204

2/1369

2/1406②

2/1407

2/1416

2/1493

2/1854

2/1855

3/2170

3/2360

3/2517

3/2544

3/2734

3/2737

4/3124

4/3325

4/3589

4/3597

5/4005

5/4139

5/4289

5/4582

37呂祖謙（伯恭）

1/189

50呂本中（居仁、東萊先

生、紫薇）

1/83

1/461

1/840

1/84

1/995

2/1174

2/1213

2/1230

2/1575

2/1866②

3/2037

4/3066

4/4530

50呂惠卿

3/2241

53呂成思（子恬）

2/1692

60呂喦（洞賓、呂仙）

1/372

1/452②

1/887

1/889

1/895

2/1108②

2/1109②

2/1813

2/1988

3/2182②

3/2258②

3/2543

3/2622

5/4148

吕景端（幼龄）

5/4741

77吕同老（和父、紫雲）

3/2210

吕鵬

2/1111

5/4954

79吕勝己（季克）

3/2656

4/3369

4/3371

5/4138

昌

34昌祺 見李禎

80昌谷 見李賀

冒

00冒廣生（鶴亭、疚齋）

5/4219

5/4767

5/4805

冒襄

3/2722

冒襄（巢民）

5/4654

5/4683

5/4698

5/4700

50冒春榮（葚原）

5/4698

52冒哲齋

5/4683

65冒晴石

5/4733

77冒丹書（青若）

3/2722

60604 圖

41圖帖睦爾（元文宗）

2/1901

固

77固卿 見徐紹楨

60711 昆

80昆侖 見程康莊

60800 貝

17貝瓊

1/448

35貝清江

1/356

60801 是

00是庵 見李因

60904 果

33果心（得源）

3/2796

77果卿 見湯成烈

困

77困學民 見鮮于樞

困學翁 見鮮于樞

杲

67杲明

5/4382

60906 景

0景文 見王質

景文 見宋祁

10景元 見李甲

景元 見真德秀

景元 見陳紀

景覃

5/4460

16景碧山人 見黃之馴

21景盧 見洪邁

景行 見顧景文

22景崧 見黃德峻

26景伯 見洪适

28景倫 見羅大經

30景濂　見宋濂
　景之　見姚肇菘
　景安　見嚴恭
44景莊　見柳永

6091₄ 羅

09羅談東
　　5/4827
15羅聘（兩峰）
　　4/3561
17羅子衎
　　3/2662
18羅璸（曾玉）
　　2/1509
　　3/2765
20羅愛愛
　　3/2096
　　3/2672
21羅紅
　　3/2148
24羅繞典（蘇溪）
　　4/3153
33羅泌（長源）
　　1/976
　　2/1149
　　3/2499
　　4/3610
　　5/4337
　　5/4954②
37羅裙草
　　2/1947
　　3/2140

40羅大經（景倫）
　　1/785
　　2/1237
　　2/1567
　羅希聲
　　1/223
　羅志仁（壺秋）
　　1/775
　　3/2277
　　3/2377
　　4/3235
　　5/4474
44羅椅（子遠、澗谷）
　　1/324
　　2/1571
　　3/2245
　　4/3174
　　5/4152
　　5/4437
71羅願
　　4/3450
72羅隱（江東）
　　1/112
　　3/2135
　　3/2435

6101₀ 毗

74毗陵　見張惠言

6136₀ 點

12點酥
　　1/29

6138₆ 顯

50顯夫　見宋褧

6198₆ 顗

00顗亭　見嚴沆

6202₁ 昕

26昕伯　見沈紘

晰

00晰齋　見博明

6212₇ 蹯

80蹯公　見陳實銘

6240₀ 別

60別里沙
　　1/791
　　2/1296
　　2/1909

6280₀ 則

76則陽　見蕭泰來

6301₂ 畹

22畹仙　見王一元
25畹生　見湯淑英
44畹芬　見吳筠
　畹華　見梅蘭芳

4/3120
5/4560
17嚴羽（儀卿、滄浪逋
　　客）
　　4/3286
　　4/3370
　　4/3708
　　5/4048
　　5/4076
　　5/4182
　　5/4241
20嚴維
　　1/212
21嚴仁（次山）
　　1/477
　　1/494
　　1/514
　　1/655
　　1/716
　　1/857
　　1/923
　　1/1003
　　2/1185
　　2/1248
　　2/1253
　　2/1463
　　2/1788
　　2/1881
　　2/1882
　　3/2062

3/2197
3/2209
4/3370
5/4182
5/4439
22嚴嵩（分宜、介溪）
　　1/604
　　1/678
　　1/802
　　2/1308②
　　2/1976
23嚴參（少魯、三休居
　　士）
　　1/655
　　4/3370
　　4/3371
　　5/4182
26嚴保庸（問樵）
　　3/2920
　　3/2949
27嚴繩孫（蓀友、藕漁、
　　秋水）
　　1/659
　　1/872
　　1/1048
　　2/1938
　　2/1942
　　3/2132
　　3/2137
　　3/2585

3/2589②
3/2599
4/3412
4/3419
4/3511
4/3732②
4/3834②
4/3887
4/3964
4/3969
5/4038
5/4181
28嚴復（幾道、幼陵）
　　5/4384②
　　5/4385
　　5/4731
　　5/4756
嚴給事
　　2/1791
30嚴沆（顥亭）
　　1/658
　　5/4179
嚴永華（少藍、不櫛書
　　生）
　　3/2953
32嚴适（子容）
　　3/2764
37嚴冠（四香）
　　2/1516
　　2/1517

* 　誤作"嚴秋撻"。

40嚴克宏
　　2/1327
41嚴垣（拱侯）
　　4/3457
44嚴蘅（端卿）
　　5/4621
　嚴恭（景安）
　　3/2254
　嚴恋（幼芳）
　　1/903
　　2/1242
　　3/2061
　　3/2079
　　3/2365
　　4/3305
　　5/4096
　　5/4264
　嚴某
　　4/3281
60嚴昌堉（載如）
　　5/4820
71嚴辰（芝僧）
　　3/2986
　嚴長明
　　4/3438

6650₆　單

10單元輔（玉輝）
　　4/3537
67單昭儒（孝求）
　　3/2613
97單恂（尊僧、竹香）

　　1/656
　　1/871
　　1/1037
　　4/3735

6666₃　器

30器之　見劉安世

6701₄　曜

12曜孫　見張仲遠

6701₆　晚

22晚山　見趙功可

6702₀　明

10明霞
　　2/1599
　　2/2585
　明可　見吳苕
18明瑜（昀熙）
　　3/2796
24明德　見沈宜
25明仲　見胡寅
27明叔　見周晉
30明宣宗　見朱瞻基
37明初　見馬熙
38明道真人　見葛長庚
40明古　見史鑑
50明本（天目中峰禪師）
　　1/796
　　2/1293
　　2/1910
67明略　見廖正一

昀

77昀熙　見明瑜
80昀谷　見楊增犖

昀

27昀叔　見周星譽

6706₁　瞻

00瞻文　見沈光裕
60瞻園　見孫詒讓

6706₂　昭

00昭齊　見葉紈紈
13昭武　見李文纘
17昭子　見沈珩
28昭儀　見王清惠
35昭禮　見周煇
50昭惠后南唐大周后
　　1/754
　　2/1124
　　2/1991
　　2/1992②
72昭質　見吳文柔
76昭陽遺子　見徐淑秀

6712₂　野

17野君　見徐士俊
20野航　見趙對澂
40野樵　見姚燮

6716₄　路

17路司諫

1/787

2/1272

6722₇　鄂

10鄂西林

　4/3197

44鄂華　見陸姬

6802₇　吟

20吟香　見李堮

　吟香　見金寶樹

29吟秋　見孫茂林

72吟所　見蕭漢傑

88吟竹　見顔子俞

盼

68盼盼唐人

　3/2309

　5/4321

　盼盼北宋人

　1/31

　1/778

　1/902

　2/2015

　3/2316

　盼盼南宋陸淞妾

　3/2347

　盼盼南宋歌姬

　3/2358

6805₇　晦

00晦庵　見朱熹

27晦叔　見王灼

80晦翁　見朱熹

7010₃　璧

20璧雙　見白珏

7021₄　雅

10雅雨　見盧建曾

27雅叔　見陸大獣

37雅初　見茅鹿鳴

7121₁　阮

00阮亭　見王士禎

10阮元(雲臺、芸臺先

　生、文達、阮儀徵)

　3/2399

　3/2546

　3/2638

　4/3355

　4/3515

22阮籀審

　5/4523

　阮山　見劉可培

28阮儀徵　見阮元

37阮逸女

　4/3086

　5/4080

40阮大鋮

　2/1924

77阮閎(閎休、龍舒)

　1/143

　1/654

1/909

2/1225

2/1868

3/2339

3/2347

5/4136

5/4485

歷

10歷下　見李攀龍

7121₄　雁

12雁水　見丁煒

22雁峯劉氏

　3/2670

77雁門　見薩都剌

7122₀　阿

18阿珍

　3/2094

22阿蠻

　1/109

27阿魯温掌機沙

　1/791

　2/1296

　2/1909

40阿灰　見張曙

46阿絮

　5/4559

60阿男　見紀映淮

　阿黑　見何鐵

75阿陳

4/3472

7122₇ 厲

₆·厲鶚（太鴻、樊榭、樊
榭山民、花隱）

2/1508

2/1511

2/1540

2/1942

2/1944

2/1947②

2/1949②

2/1950③

2/1951

2/1953②

2/1955

3/2142

3/2151

3/2402

3/2420

3/2437

3/2459②

3/2460

3/2476

3/2546

3/2639

3/2649

3/2798

3/2852

4/3014

4/3116

4/3222

4/3227

4/3253

4/3254

4/3271

4/3273

4/3280

4/3367

4/3433

4/3443

4/3458

4/3467

4/3473

4/3511

4/3515

4/3530

4/3536

4/3636

4/3728

4/3731

4/3733②

4/3737②

4/3738

4/3775

4/3776

4/3843

4/3847④

4/3848④

4/3855

4/3857

4/3860

4/3918②

4/3919

4/3929③

4/3951

4/3964

4/3969

4/3996

4/3998

4/3999

4/4008

4/4009

4/4013

4/4015

4/4018

5/4097

5/4177

5/4180

5/4182

5/4184

5/4223②

5/4228

5/4330

5/4412

5/4467

5/4477

5/4591

5/4633

5/4838

5/4930

5/4943

5/4958

5/4961

厲

（見7121₄雁）

7123₂ 辰

00辰六　見江闓
32辰溪　見孫滋沅

7124₇ 厚

00厚庵　見謝蘭生
　厚庵　見邵大業
30厚之　見元絳
77厚卿　見申純

7126₁ 階

50階青　見俞陸雲

7128₀ 顧

20顧爲明鏡生　見江順
詒

7129₆ 原

43原博　見吳寬
80原父　見劉敞

7132₇ 馬

02馬端臨
　5/4102
10馬天驥
　3/2662
　馬晉（孟昭）
　1/518
　3/2677
12馬廷萱（鑑泉）

3/2828
13馬琬
　3/2254
14馬功儀（棣原）
　3/2696
　3/2697
15馬臻
　2/1480
　3/2067
　馬翀（雲翎）
　3/2613
17馬瓊瓊
　3/2222
　3/2440
　3/2685
　5/4541
馬子嚴（莊父、莊甫、
　古洲居士）
　1/213②
　1/501
　1/911
　1/1003
　2/1256
　2/1887
　3/2735
　4/3369
　4/3371
　4/3372
　5/4533
18馬致遠（東籬）
　5/4254
34馬淩霄（子翊）

3/2816
馬洪（浩瀾、鶴窗）
　1/530
　1/532
　1/533②
　1/1025②
　2/1305
　2/1306
　2/1454
　2/1465
　2/1919
　2/1920
　4/3442
　4/3480
　4/3728
　4/3740
　4/3823
　4/3923
　4/3969
馬遠
　3/2359
38馬汾（滄於）
　4/3158
44馬蘭吹
　4/3443
50馬推官
　1/178
馬青上
　3/2488
馬書城（竹漁）
　3/2928
　3/2939

53馬成（中玉）
　2/1171
　3/2008
60馬曰琯（秋玉、嶰谷）
　2/1951*
　5/4182
　馬曰璐（半槎）
　5/4182
　馬昂夫
　2/1297
　2/1910
75馬驌（宛斯）
　4/3240
77馬熙（明初）
　4/3445
　馬丹谷
　1/578
　1/586
　馬閑卿（芷君）
　3/2821
90馬尚珍（眉生）
　4/3907②

7171₇ 巨

22巨山　見方岳
30巨濟　見倪濤
　巨濟　見劉涇
31巨源　見孫洙
　巨源　見向瀜
　巨源　見徐世溥

77巨卿　見徐鑄

甌

16甌碧　見黃曾葵

7173₂ 長

00長文　見李昌垣
11長孺　見磊冠卿
12長孫訥言
　1/831
　長孫無忌
　1/426
　1/570
　1/743
　4/3229
　5/4087
31長源　見儲國鈞
　長源　見羅泌
40長吉　見李賀
　長木　見胡延
43長城公
　1/677
50長春　見邱處機
　長素　見康有爲
67長明　見包爾庚

7210₀ 劉

00劉方平
　1/746

　2/1086
　2/1771
　劉應李
　3/2437
　劉言史
　1/859
　3/2209
　5/4201
　劉褒（伯寵、春卿）
　1/215
　1/511
　1/1005
　4/3369
　5/4448
04劉詵（桂隱）
　5/4100
　5/4482
　劉勳（贊軒）
　3/2782
　4/3486
　4/3579
　4/4006
　4/4014
　5/4184
07劉望之（夷叔）
　5/4132
09劉麟生（宣閣）
　5/4771
10劉一止（行簡、劉曉
　　行）

* 標點破句，將"馬嶰谷曰琯"誤作"馬嶰谷曰：'琯……'"。

1/477

2/1185

2/1207

2/1366

2/1555

2/1856

3/2197

3/2738

劉三才（壽之）

3/2744

3/2817

劉天迪（雲閒）

1/708

1/775

1/852

3/2379

4/3325

5/4479

劉雷恆（震修）

3/2810

劉可培（阮山）

2/1683

劉雲階

2/1670

劉霖恆（沛然）

3/2810

12劉瑤

1/432

劉廷璣（葛莊）

2/1603

2/1947

劉延仲（補之）

1/712

1/754

1/924

2/1125

2/1816

2/1993

劉延禧

5/4090

13劉琬懷（撰芳）

3/2822

15劉臻

5/4931

17劉琛（東臣）

4/3338

劉承幹

1/380

劉子謙*

4/3906

劉子翬（彥沖、病翁、

屏山）

1/869

2/1222

3/2046

3/2442

3/2792

4/3368

5/4135

劉子寰（圻父、篁嶼

翁）

1/514

1/1007

2/1242

2/1876

4/3369

4/3371

4/3372

5/4140

20劉禹錫（夢得、賓客）

1/94

1/117

1/432

1/465

1/743

1/744

1/745

1/751

1/855

1/859

1/888

1/890③

1/891②

1/894

1/916

1/967

2/1084②

2/1085

2/1091

2/1100③

---

* 原標點作“劉子謙殿塤”。據下文八仙之數，當爲二人，即劉子謙、劉殿塤。

30劉淳(孝長)

3/2616

劉家謀(芑川)

3/2781②

4/3333

4/3336

4/3338

4/3345

4/3353

4/3363

4/3396

4/3405

4/3418

4/3477

4/3572

4/3579

劉之翰

3/2030

4/3325

劉之昂

1/787

2/1272

劉之昂(小劉之昂)

1/787

2/1273

3/2082

劉宰(漫塘)

1/766

3/2664

劉安世(器之)

3/2010

劉良

1/827

劉宏

1/107

劉定夫

4/3161

31劉涇(巨濟)

1/31

1/497②

1/846

3/2026

4/3035

4/3072

5/4752

劉潘(仲芳*)

1/954

劉濬

1/39

3/2368

3/2659

32劉淵

3/2401

4/3253

4/3256

33劉必欽

5/4339

5/4346

劉述(孝叔)

1/172②

1/471

2/1160

3/2011

3/2012

劉梁嵩

5/4520

34劉湤年(子樹)

5/4186

劉禧延(辰孫、翠峯)

3/2858

3/2970

35劉青夫(靜甫)

4/3369

4/3371

36劉澤

5/4032

37劉瀾(養原)

1/230

劉鴻庚(西垣)

3/2788

劉淑奴(劉潄奴)

1/150

3/2318

劉次莊(中叟)

1/137

劉潄奴　見劉淑奴

劉迎(無黨)

1/703

2/1276

2/1893

<hr/>

*　當作"仲方"。

2/1903	2/1238②	3/2435
5/4458②	2/1239②	3/2451
劉過(改之、龍洲道	2/1249	3/2500
人、龍洲)	2/1348	3/2619
1/215	2/1350	3/2759
1/223	2/1372	3/2782
1/262	2/1416	3/2955
1/267	2/1420	4/3053
1/269	2/1451	4/3093
1/293	2/1452	4/3109
1/320	2/1458	4/3127
1/374	2/1492	4/3174
1/391	2/1503	4/3222
1/493②	2/1505	4/3227
1/503	2/1535	4/3266
1/601	2/1559	4/3273
1/646	2/1617	4/3279
1/655	2/1789	4/3282
1/701	2/1872②	4/3325
1/722	2/1967	4/3343
1/846	2/1973	4/3358
1/850	2/1980	4/3372
1/853	3/2049	4/3408
1/856	3/2050	4/3423
1/878	3/2272	4/3433
1/898	3/2296	4/3470
1/929	3/2341	4/3501
1/930	3/2342②	4/3510
1/931	3/2343	4/3549
1/1000	3/2379	4/3559
1/1002	3/2416	4/3592
2/1237	3/2434	4/3599

4/3695②	劉逢升（芝圃）	1/947
4/3794②	3/2806	1/950
4/3802	劉逢禄	1/1001
4/3894	4/4015	1/1005②
4/3914	38劉遵燮（潛之）	1/1007②
4/3923	4/3523	2/1163
4/3931	39劉裕（宋武帝）	2/1236
4/3951	1/425	2/1242
4/3962②	40劉太保　見劉秉忠	2/1250③
4/3964	劉土棻（心香）	2/1251
4/3969	4/3337	2/1372②
4/3995	劉坊（鼇石）	2/1389
5/4097	3/2581	2/1420
5/4112	劉才邵	2/1421
5/4133	1/766	2/1480
5/4141	1/847	2/1481
5/4161②	劉克莊（潛夫、後村）	2/1484
5/4212	1/324	2/1494
5/4263	1/353	2/1537
5/4331	1/401	2/1557
5/4349	1/500	2/1801
5/4437	1/510	2/1805
5/4440	1/542	2/1876
5/4442	1/600	2/1883②
5/4456	1/696	2/1972
5/4545	1/714	2/1974
5/4632	1/767	3/2065*
5/4672	1/853	3/2066
5/4957	1/925②	3/2352
5/4961	1/946	3/2414

*　誤題“劉過”。

4/3092

4/3093

4/3194

4/3321

4/3325

4/3369

4/3382

4/3474

4/3510

4/3595

4/3695

4/3795

4/3913②

4/3945

4/3964

5/4082

5/4140

5/4152②

5/4161

5/4166

5/4175

5/4436

5/4452

5/4632

5/4803

5/4957

劉存仁(炯甫)

4/3310

4/3387

4/3446

4/3448

劉齋(無言)

1/128

1/890

2/1091

3/2178

3/2179

3/2745

劉去非

3/2057

3/2341

41劉頒(吉甫)

5/4491

42劉壎(起潛)

3/2802

4/3234

5/4475

44劉基（伯温、劉青田、

文成、誠意伯）

1/354

1/359

1/370

1/371

1/374

1/395

1/661

1/684

1/800②

1/803

1/856

1/920

1/925

1/1023

2/1300②

2/1301

2/1309

2/1322

2/1454

2/1915②

2/1916

2/1976

3/2454

3/2465

3/2544

4/3433

4/3728

4/3823

4/3824

5/4143

5/4262

劉燕哥(劉燕歌)

1/541

2/1297

2/1913

3/2096

3/2383

3/2672

劉孝綽

5/4255

劉世珩(恩石)

5/4885

46劉觀藻(玉叔)

3/2779

3/2966

劉勰(彦和)

5/4076

＊　標點破句，誤成二人。

1/89

1/149

1/681

1/917

2/1152

3/2001

3/2002

3/2227

99劉榮嗣(曲周)

1/656

1/1030

7210₁ 丘

10丘石常

1/877

17丘瓊山　見丘濬

丘象隨(季貞)

3/2117

4/3975

5/4519

21丘處機(長春)

1/453

1/763

1/945

2/1295

2/1912②

5/4172

5/4487

22丘崇(丘寗)

4/3622

5/4140

30丘寗　見丘崇

31丘濬(仲深、丘瓊山、

　　文莊)

1/844

2/1783

3/2462

60丘四可

3/2675

72丘氏

2/1267

3/2265

丘氏湘江妓

3/2747

72200 剛

50剛中　見陳孚

80剛父　見陳經國

72221 所

40所南　見鄭思肖

72231 隱

14隱珪　見韋蟾

27隱侯　見沈約

30隱之　見沈傳桂

77隱居　見陶弘景

72422 彤

50彤本　見吳壽潛

72447 髯

22髯仙　見徐霖

42髯蘇　見蘇軾

72527 鬍

32鬍淵　見田茂遇

72772 岳

10岳霖

1/903

11岳珂(肅之、倦翁、亦

　　齋)

1/518

1/617

1/760

1/773②

1/854

1/1008

2/1236

2/1239

2/1241

2/1875

2/1972

3/2072

3/2435

3/2501

4/3465

5/4034

5/4058

5/4096

12岳飛(岳少保)

1/856	2/1559	4/3465
1/861	2/1576	4/3511
1/862	2/1777	4/3514
1/872	2/1796	4/3593
1/900	2/1820	4/3595
1/916	2/1826	4/3613
1/918	2/1840	4/3613
1/926	2/1874②	4/3623
1/933	2/1875	4/3694
1/935	2/1972	4/3724②
1/949	3/2052	4/3796②
1/971	3/2053②	4/3922
1/981	3/2208	4/3945
1/999	3/2210	4/3948
2/1117	3/2283	4/3962②
2/1130	3/2344②	4/3964
2/1176	3/2345②	4/3974
2/1234②	3/2366	5/4032
2/1235②	3/2407	5/4078
2/1236	3/2413	5/4124
2/1251	3/2416	5/4140
2/1264	3/2420	5/4163②
2/1347	3/2440	5/4197
2/1348	3/2516	5/4251
2/1351	3/2670	5/4273
2/1410	3/2759	5/4311
2/1411	4/3079	5/4356
2/1450	4/3222	5/4509
2/1451	4/3227	5/4545
2/1452	4/3272	5/4577
2/1458	4/3374	5/4632
2/1492	4/3398	5/4954

陸游妻　見唐琬
40陸九淵(象山)
　3/2063
陸大章
　1/297
陸大聲
　1/297
陸大用
　1/297
陸大同
　1/297
陸大獻(雅叔、翠巖、
　武陵主人)
　1/297
陸培(南蘋、南香)
　2/1947
　4/3851②
　4/3853
　4/3854
　4/3932
陸友仁(子敬、采芝
　翁)
　1/298
　2/1537
陸嘉淑(冰修、辛齋)
　3/2672
　5/4516
41陸姮(鄂華)
　2/1529
42陸圻

5/4179
43陸求可
　4/3887
陸城
　3/2664
44陸藻(敦禮)
　3/2335
陸蓉佩
　4/3148
47陸楣(鐵莊)
　4/3152
53陸成矩
　5/4147
55陸費瓊(春帆)＊
　3/2777
60陸昂(清溪)
　1/532
　1/1025
　2/1305
77陸氏
　3/2343
81陸鈺(真如、藎誼、仲
　夫、退庵)
　5/4515
　5/4516
90陸小姑
　3/2708
91陸烜(梅谷)
　2/1589
94陸恢(廉夫)

5/4697
99陸鎣
　3/2537

7422₇　隋

96隋煬帝　見楊廣

7423₂　隨

32隨州　見劉長卿
46隨如子　見劉鎮
50隨春(紅于葉、元元)
　3/2108②
74隨時
　3/2796

7431₂　馳

44馳黃　見毛先舒

7433₀　慰

55慰農　見薛時雨

7529₆　陳

00陳亮(同甫、龍川)
　1/308
　1/936
　1/946
　1/998
　1/1000
　1/1001

＊　誤作"陸費春帆瓊"

2/1237②	5/4545	4/3449
2/1239	5/4950	4/3669
2/1240②	陳亮（徵君）	4/3726
2/1413	1/655	陳文卿
2/1423	陳亮疇（德生）	2/1415
2/1451	4/3153	陳章（授衣）
2/1871②	陳方海	2/1952
2/1875	4/3551	01陳襲善
3/2045	陳方恪	3/2026
3/2243	5/4817	3/2079
3/2416	陳庚煥（惕園）	3/2331
3/2517	4/3383	04陳詵
3/2758	4/3395	3/2360
4/3080	4/3396	陳謨
4/3304	陳慶溥（心泉）	1/801
4/3591	3/2771	陳詩仲
4/3694②	3/2900	4/3202
4/3710	3/2957	陳謀道（心微、紅杏秀
4/3792	4/3563	才）
4/3794②	4/3668	2/1944
4/3927	陳慶森（葦埣）	07陳毅（士可）
4/3962	4/3160	5/4683
5/4057	5/4807	5/4704
5/4059	陳慶藩（子宜）	10陳三立（伯嚴）
5/4140	3/2771	5/4799
5/4152	陳文	5/4814
5/4153	2/1410	5/4817
5/4163	3/2328	陳三聘（夢弼）
5/4198	陳文翊（彥士）	3/2744
5/4204	3/2817	5/4082
5/4213	陳文述（雲伯）	5/4140
5/4308	4/3410	5/4433

4/3364

4/3426

4/3442

4/3530

4/3588

4/3728

4/3775

4/3823

4/3824

4/3996

4/3997

5/4222

5/4251

5/4260

5/4510

陳子升(喬生)

3/2678

陳子純(止存)

5/4816

陳子宏

1/503

1/767

1/877

2/1871

3/2220

陳君龍

1/85

陳翼

5/4158

陳翼飛(元朋)

5/4177

20陳舜俞(令舉)

1/172②

1/471

2/1160

3/2011

3/2012

陳罇(仲魚)

3/2426

陳孚(剛中)

1/506

1/1019

2/1281

2/1899

4/3465

5/4170

陳季陸*

5/4158

陳維崧(其年、迦陵、

陽羨生、陳髥、陳檢

討、烏絲)

1/552

1/581

1/583

1/651

1/659

1/665

1/685

1/815③

1/1039

1/1042

1/1046

1/1047②

2/1465

2/1473

2/1504

2/1509

2/1513

2/1527

2/1534

2/1535

2/1587

2/1588②

2/1937

2/194:②

2/1944

3/2109

3/2116

3/2117

3/2118

3/2119

3/2134②

3/2135

3/2169

3/2227

3/2228

3/2404

3/2438

3/2450③

3/2611

---

*　疑“季陸”當作“季陵”。宋陳天麟字季陵。

3/2643	4/3738	4/3919②
3/2774	4/3775	4/3920②
3/2852	4/3830	4/3929③
4/3120	4/3831	4/3930
4/3270	4/3836	4/3938②
4/3327	4/3837④	4/3942
4/3331	4/3838④	4/3945
4/3363	4/3839③	4/3953
4/3375	4/3840③	4/3957②
4/3378	4/3841④	4/3958
4/3379	4/3842⑤	4/3962
4/3401	4/3843②	4/3964
4/3412	4/3844②	4/3965②
4/3419	4/3845③	4/3969
4/3421	4/3347②	4/3996
4/3442	4/3851	4/3998
4/3459	4/3854	4/4008②
4/3462	4/3855	5/4038②
4/3472	4/3859	5/4084
4/3511	4/3860	5/4096
4/3515	4/3864	5/4180
4/3528	4/3868	5/4181
4/3558	4/3872	5/4184
4/3640	4/3873	5/4222
4/3720	4/3879	5/4224
4/3728	4/3891	5/4276
4/3731④	4/3895	5/4314
4/3732②	4/3905	5/4520
4/3733②	4/3911	5/4521
4/3734	4/3915③	5/4585
4/3735	4/3916	5/4632
4/3737②	4/3917	5/4654

3/2598	3/2548	1/709
陳巢南（去病）	5/4625	1/880
1/298	5/4639	1/940
1/304	陳繼儒（仲醇、眉公、	1/1011
1/305	白石山樵）	1/1012
1/30	1/596	2/1252
1/309	1/646	2/1377
1/310	1/711	2/1413
1/311②	1/899	2/1454*
1/312③	1/934	2/1563
1/313③	1/1032	2/1635
1/314	2/1315	2/1643
1/315③	2/1316	2/1657
1/316②	2/1456	2/1691
1/317②	2/1663	2/1785
1/320	2/1979	2/1804
1/321	3/2104	2/1884
1/323	3/2105	3/2406
1/327②	3/2466	3/2414
1/328②	4/3280	3/2449
1/329	23陳參政	3/2516
1/330②	1/762	3/2686
1/331	1/858	3/2735
1/332	1/948	3/2742
1/334	3/2241	3/2758
1/335③	3/2735	3/2795
1/337	5/4097	3/2827
1/338	陳允平（西籠、日湖）	3/2856
1/339③	1/266	3/2899
1/341②	1/328②	3/2913

* 　此處作"陳允衡"。蓋因允平字君衡，致有筆誤，非清陳允衡。

3/2948

4/3124

4/3127

4/3175

4/3268

4/3325

4/3348

4/3357

4/3429

4/3471

4/3510

4/3599

4/3638

4/3724

4/3800

4/3804②

4/3805④

4/3806

4/3816

4/3817

4/3818

4/3822

4/3830

4/3894

4/3897

4/3947

4/3962②

4/3964

4/3968

5/4098

5/4123

5/4132

5/4141②

5/4162

5/4194

5/4250

5/4263

5/4310

5/4900

陳允衡(伯璣)

1/684

3/2118

5/4520

陳獻章(白沙)

5/4175

陳獻可

5/4117

24陳德武

4/3370

4/3387

5/4137

陳升(陳如升、同叔)

4/3668

4/3670

4/3669

4/3670

4/3673

5/4700

26陳皋(對鷗)

2/1951

27陳紀(景元)

2/1571

5/4885

5/4890

5/4891

陳叔寶(陳後主)

1/115

1/459

1/741

2/1082

2/1756

5/4077

5/4088

28陳微貞(竹影詞人)

3/2480

4/3740

5/4176

陳以莊(敬叟、月溪)

1/506

1/774

1/860

3/2074

3/2207

4/3370

5/4446

30陳濟翁

1/155

2/1232

2/1483

3/2047

陳淳　見陳道復

陳之遴(素庵)

1/813

1/1036

陳宇(叔安)

3/2714

3/2428	5/4921	4/3751
53陳輔之	陳長孺(秋穀)	陳鳳儀
1/979	3/2885	2/1297
2/1146	72陳所齋	2/1913
2/1833	3/2406	3/2279
陳軾(静機)	陳髥　見陳維崧	3/2336
4/3491	陳氏陸子方妻	3/2672
57陳撰(玉几)	5/4475	陳鵬年(勤恪)
2/1947	陳質齋(陳直齋)	3/2694
2/1950	1/979	4/3521
2/1952	1/982	陳與義(去非、簡齋)
4/3271②	1/988	1/83
4/3410	1/990	1/88
陳契(无垢)	1/991	1/191
3/2684	2/1154	1/265
60陳晐(退翁)	2/1163	1/441
3/2075	2/1188	1/446
陳見鏞(在田)	2/1189	1/484
3/2575	2/1195	1/485
陳思	2/1199	1/855
5/4382	2/1207	1/868
陳曼壽	2/1837	1/994
3/2965	2/1838	1/1030
陳景沂(肥遯)	2/1844	2/1223②
3/2664	2/1851	2/1555
64陳睦(子雍)	2/1854	2/1793
1/41	2/1856	2/1862
67陳明卿	2/1967	2/1863
2/1311	4/3267	4/3050
陳鳴高	4/3268	4/3117
4/3197	4/3925	4/3700
71陳眠石	77陳鳳章	4/3790

4/3955

5/4030

5/4138

5/4158

5/4956

80陳人傑（龜峯＊）

4/3914

5/4141

陳金浩（錦江）

4/3431

陳金遊

4/3193

陳金鳳

4/3372

陳合（惟善）

4/3372

陳善（秋塘）

5/4431

5/4507

陳曾壽（仁先）

5/4816

82陳鍾英（槐亭）

3/2976

83陳鐵峯

4/3978

86陳鐸（大聲、得坐隱先

生、坐隱先生）

1/353

1/364

1/365

5/4510

5/4560

5/4569

5/4580

5/4960

88陳笠帆

2/1669

陳鋭（伯弢、襄碧）

5/4324

5/4343

5/4355

5/4359

5/4705

5/4751

5/4772

5/4786

5/4825

5/4828

5/4921

5/4949

5/4961

陳筠（翠君）

3/2487

5/4622

陳第

5/4929

陳篆（師文）

3/2352

陳策（次賈）

3/2074

3/2745

90陳小石

4/3200

陳少香

3/2592

93陳娘（東村）

4/3440

94陳慥（季常、静庵居

士、龍丘子）

1/178

1/470

1/484

2/1172

3/2009

3/2312

5/4322

5/4324

97陳耀文

3/2434

3/2547

3/2810

5/4145

5/4962

99陳榮傑

2/1952

76214 瞿

00瞿庵　見王邁

瞿庵　見徐崧

瞿庵　見陳啓泰

＊　《龜峯詞》一説陳經國撰，姑繫於此。

22朦仙　見朱權

7622₇ 陽

37陽湖*
　　5/4633
42陽瀨溪
　　5/4620
80陽羨生　見張維崧

7710₄ 閏

25閏生　見沈傳桂
44閏枝　見夏孫桐

7712₇ 邱

　（見 721Ꝋ₁ 丘）

7721₀ 風

22風山　見孫自式
90風懷　見馮壽常

鳳

32鳳洲　見王世貞
　鳳洲　見潘鴻
77鳳岡　見李威

7721₆ 覺

25覺生　見丁楷
　覺生　見鮑桂星
77覺民　見范宗尹
80覺翁　見吳文英

88覺範　見惠洪

7721₇ 肥

31肥遯　見陳景沂

7722₀ 月

21月上　昇靜照
22月函
　　1/819
32月洲　見趙汝鈉
　月溪　見陳以莊
34月渚　見杜東
37月湖　見江開
40月南　見許桂林
　月樵　見胡鳳丹
44月坡　見孫麟趾
　月芬　見況桂珊
　月華　見竺月華
45月樓　見張芬
　月樓　見李子馥
　月樓　見蕭恆貞
46月娟　見丁蘊琛
48月槎　見易震吉
50月中遹客　見唐氏
97月輝　見黃德貞

用

00用章　見李俊民
27用修　見楊慎
53用甫　見趙以夫

同

00同齋　見沈恆
20同季　見曾協
27同叔　見史彌遠
　同叔　見晏殊
　同叔　見陳升
53同甫　見陳亮
80同父　見陳亮

罔

90罔懷　見徐庿

周

00周廉廷
　　4/3909
　周亮工（櫟園、元亮）
　　3/2254
　　4/3492
　周文瑛（晉仙）
　　1/460
　　1/863
　　1/998
　　2/1874
　　3/2251
　　4/3355
　周文之
　　5/4675
　周玄（微之）
　　4/3383

---

* 此處疑指張惠言。

02周端臣

　5/4450

　5/4530

03周詒端（筠心）

　5/4781

　周詒縈（茹馨）

　5/4781

04周熟仁

　2/1849

10周玉晨（晴川）

　1/458

　1/775

　1/887

　2/1292

　3/2201

　3/2252

　3/2542

　4/3472

　周元*

　4/3385

　周元瑞（子筠）

　2/1672

　周晉（明叔、嘯齋、蕭
齋）

　3/2073

　3/2077

　4/3174

　5/4297

　5/4573

14周瓚（采嚴）

3/2476

17周珊珊（小珊）

　2/1590

　周子文

　3/2079

　3/2331

　周翼杝（德媗）

　5/4781

20周孚（梅心）

　5/4479

　周季琬（文夏）

　1/655

　2/1596

21周紫芝（少隱、竹坡）

　1/834

　1/1006

　2/1193

　2/1480

　2/1493

　2/1554

　2/1844

　3/2899

　4/3359

　4/3590

　4/3598

　5/4138

22周岸登（道援、二窗、
北夢）

　5/4786

23周岱齡（芥堂）

4/4012

24周德清（挺齋）

　1/436

　1/662

　1/666

　1/787

　1/793

　1/831

　1/832②

　1/840

　1/877

　2/1272

　3/2155

　3/2158

　3/2162

　3/2165

　3/2170

　3/2401

　3/2513

　3/2861

　4/3261

　4/3263

　5/4122

　5/4929

　周德華

　1/465

　1/752

　2/1101

　周待制　見周邦彥

　周綺霞

　＊　疑卽周玄。

周密(公謹、草窗、弁	2/1414	3/2737
陽老人、蘋洲、四水	2/1454	3/2782
潛夫)	2/1479	3/2835
1/266	2/1482	3/2854
1/267	2/1494	3/2863
1/303	2/1564	3/2927
1/306	2/1577	3/2931
1/309	2/1579	3/2949
1/311	2/1634	4/3118
1/313	2/1637	4/3124
1/332③	2/1657	4/3175
1/334	2/1775	4/3227
1/339	2/1780③	4/3228
1/341③	2/1785	4/3273
1/661	2/1872	4/3325
1/684	2/1884	4/3357
1/880	2/1888	4/3452
1/975	2/1945	4/3478
1/999	2/1950	4/3479
1/1003	2/1976	4/3489
1/1008	3/2067③	4/3510
1/1011②	3/2076	4/3549
2/1135	3/2210	4/3559
2/1231	3/2246	4/3563
2/1252②	3/2248	4/3587
2/1257	3/2357	4/3599
2/1329	3/2478	4/3613
2/1358	3/2502	4/3675
2/1362	3/2503	4/3696
2/1367	3/2533	4/3724
2/1369	3/2649	4/3800
2/1377	3/2736	4/3806④

4/3807②	5/4263	3/2788
4/3814	5/4298	40周在浚(雪客、梨莊)
4/3816	5/4314	1/841
4/3817	5/4382	1/879
4/3818	5/4448	1/880
4/3822	5/4503	3/2137
4/3848	5/4573	4/3226
4/3888	5/4672	4/3304
4/3912	5/4803	周嘉仲
4/3962②	5/4841	3/2341
4/3964	5/4856	周壽昌(自庵)
4/3969②	5/4899	4/3128
4/3991	5/4937	5/4186
4/3997	5/4957	周梓(喬年)
5/4039	5/4958	5/4697
5/4092	5/4961	44周恭
5/4095	5/4966	3/2462
5/4097	5/4968	3/2673
5/4110	33周必大(平園、益公、	周世緒(克延)
5/4123	文忠)	3/2595
5/4125	1/189	4/3410
5/4126	1/193	周權(選伯)
5/4128	2/1232	3/2271
5/4133	2/1343	50周青(木君)
5/4134	3/2048	4/3634
5/4142	3/2352	周春(松靄)
5/4144	3/2420	3/2428
5/4162	4/3593	3/2436
5/4167	5/4140	5/4255
5/4197②	5/4543	57周邦彦(美成、清真、
5/4230	37周祖衡(仙嶠)	顧曲堂、周待制)
5/4262③	3/2603	1/83

3/2515	4/3084③	4/3464
3/2516	4/3086	4/3488
3/2543	4/3088	4/3510
3/2544	4/3089②	4/3511
3/2556	4/3090	4/3525
3/2686	4/3094	4/3559
3/2687	4/3095	4/3588
3/2734	4/3103	4/3589
3/2737	4/3106	4/3594
3/2742	4/3117	4/3607
3/2758②	4/3124	4/3613
3/2792	4/3127	4/3622
3/2795	4/3145	4/3623
3/2851	4/3176	4/3635
3/2853	4/3178	4/3638
3/2869	4/3219	4/3671
3/2875	4/3222	4/3692②
3/2913	4/3227	4/3720②
3/2936	4/3228	4/3721
4/3017	4/3247	4/3723③
4/3026	4/3268②	4/3731
4/3044	4/3269	4/3732
4/3052	4/3270	4/3750
4/3062	4/3271	4/3776
4/3063	4/3272	4/3782
4/3067	4/3273②	4/3783
4/3070	4/3283	4/3786②
4/3074	4/3348	4/3787
4/3075	4/3358	4/3788④
4/3081	4/3364	4/3789③
4/3082	4/3372	4/3790
4/3083	4/3388	4/3797

4/3798②	5/4029	5/4253
4/3800②	5/4035	5/4257
4/3801②	5/4055	5/4258②
4/3802	5/4058	5/4264
4/3805	5/4080	5/4265
4/3807③	5/4082	5/4268
4/3814	5/4096	5/4270
4/3822	5/4097	5/4271②
4/3825	5/4123	5/4272
4/3877②	5/4124	5/4273
4/3879	5/4125②	5/4274
4/3888	5/4130	5/4275
4/3890	5/4133	5/4276
4/3892	5/4137	5/4289
4/3902	5/4153	5/4299
4/3909②	5/4193②	5/4306②
4/3922③	5/4194	5/4308
4/3930	5/4195②	5/4309
4/3946	5/4196②	5/4328
4/3953	5/4197②	5/4330
4/3959	5/4200	5/4343
4/3962②	5/4201	5/4344
4/3963	5/4202②	5/4345
4/3964	5/4203	5/4346
4/3965	5/4211	5/4348
4/3977	5/4212②	5/4349
4/3988	5/4213	5/4350
4/3989	5/4222	5/4353
4/3990	5/4228	5/4354
4/3991	5/4246②	5/4360
4/4000	5/4247②	5/4379
4/4006	5/4250	5/4380

2/1897

2/1906

3/2092

3/2402

4/3254

4/3473

4/3492

4/3592

4/3821

5/4034

5/4122

5/4161

5/4929

5/4957

31陶潛（靖節）

1/921

33陶心兒

1/844

2/1968

3/2315

3/2432

36陶湘

5/4971

43陶樑（鳧薌、鳧香）

3/2648

3/2654

3/2722

3/2723

3/2746

3/2777

3/2789

3/2792

3/2808

4/3250

4/3272

4/3371

5/4185

5/4225

47陶毅（秀實）

1/391

1/897

2/1136②

2/1996

3/2185②

3/2299

5/4097

5/4155

5/4419

51陶軒　見袁鈞

91陶炳吉（詠裳）

5/4649

77227　閒

77閒閒　見趙秉文

　閒閒公　見趙秉文

77232　展

53展成　見尤侗

77241　屏

22屏山　見劉子翬

77247　殿

57殿撰　見劉春霖

履

00履齋　見吳潛

38履道　見王安中

　履道　見利登

77253　犀

11犀麗玉

5/4320

77264　居

21居仁　見呂本中

屠

21屠倬（琴隖）

3/2387

3/2480

3/2483

50屠本畯（田叔）

4/3410

77屠隆（緯真）

1/646

1/801

2/1313

2/1922

2/1979

4/3412

77267　眉

00眉庵　見楊基

　眉齋　見鄭楷

22眉山　見蘇軾
　眉山老尼
　5/4323
25眉生　見顧眉
　眉生　見李鴻裔
　眉生　見馬尚珍
　眉生　見金安清
27眉叔　見王詒壽
　眉叔　見莊縉度
80眉公　見陳繼儒

7727_2 屈

20屈爲章（韜園）
　3/2476
40屈大均（翁山）
　3/2776
　3/2830
　5/4177②
　5/4518
　5/4570

7732_0 駒

80駒父　見洪芻

7733_1 熙

00熙亭*
　5/4023
30熙之　見馮取洽

7736_4 駱

21駱行簡
　2/1312
　2/1921
30駱賓王
　1/446

7740_0 又

00又文　見許尚質
02又新*
　3/2058
10又西
　2/1601
30又賓　見吳其康
44又村　見袁祖惠
61又點　見王允晳
80又曾　見王受銘

閔

10閔玉井
　2/1953

7740_7 叟

77叟丹生
　1/817

學

26學和　見顧敩愉

60學圃　見黃淑琬

7743_2 閬

25閬休　見阮閱

7744_0 丹

22丹崖　見江尚質
44丹麓　見王晫
77丹問　見程洪

7744_1 開

10開元　見姜啓
26開伯　見李琪
30開之　見江開
67開明光
　1/763

7744_7 段

10段玉函
　3/2773
　段玉裁（懋堂）
　4/3560
　4/3999
　5/4117
　5/4935
　段雲輕
　3/2357
　段安節
　1/102
　3/2545

* 清高宗恩子熙亭，或卽其人。
* 疑指蔡在新（又新）。

4/3219

5/4489

5/4927

段宏章

2/1569

5/4477

40段克己（復之、遯庵）

1/1018

2/1278

2/1897

5/4092

5/4143

5/4456

5/4463

5/4961

53段成己（誠之、菊軒）

1/1018

2/1278

2/1897

5/4143

5/4456

5/4463

5/4539

5/4961

段成式（柯古）

1/748

5/4081

5/4148

5/4424

7744₈　闞

40闞壽坤（德嫻）

3/2985

77闉鳳樓（仲韓）

3/2984

7760₁　闍

77闍門先生　見徐逢吉

7760₂　留

10留元崇（積翁）

4/3370

4/3371

留元剛（茂潛）

4/3371②

22留山　見嵇永仁

44留村　見吳興祥

7760₆　閭

72閭丘曉

2/1308

77閭邱次杲

2/1415

閭邱孝終（公顯）

3/2011

3/2309

7760₇　問

29問秋　見沈鴻

40問樵　見嚴保庸

7772₀　卯

43卯娘

3/2115

卿

04卿謀　見湯傳楹

77卿卿

3/2069

3/2372

7772₇　鷗

31鷗江　見曾允元

7773₂　艮

00艮齋　見顧文彬

　　艮齋　見曹楙堅

　　艮庭　見江聲

53艮甫　見趙函

　　艮甫　見曹楙堅

閬

22閬仙　見施紹莘

77閬風　見舒岳祥

7774₇　民

67民瞻　見王庭珪

7777₂　關

00關廣麟（穎人）

5/4821

14關瑛　見關鍈

24關綺（侶瓊）

5/4607

30關注（子東）

1/221

1/782

1/914

1/995

2/1862

3/2332

4/3076

34關漢卿

1/425

1/793

2/1297

2/1454

2/1508

2/1909

5/4419

關達源（海雲）

2/1679

84關鍈（關瑛、秋芙、妙

妙道人）

4/3557

5/4606

77777₇　閻

03閻詠

1/42

10閻爾德（子純）

5/4357

27閻修齡（再彰）

3/2126

37閻選

1/457

1/865

2/1822

2/1825②

5/4270

44閻蒼舒（安中）

3/2242

5/4573

57閻静軒

3/2087

7778₂　歐

00歐慶嗣

4/3234

11歐瓏（瓊仙）

3/2821

25歐倩

3/2346

30歐良

3/2746

5/4142

歐懿

3/2346

76歐陽玄（圭齋）

1/542

歐陽功

3/2745

歐陽珣（全美）

4/3465

歐陽修（永叔、文忠、

醉翁、六一居士、廬

陵）

1/6

1/48

1/83

1/85

1/96

1/102

1/106

1/109

1/115

1/125

1/148

1/149

1/172

1/194

1/201

1/202

1/203

1/204

1/208

1/292

1/347

1/353

1/368②

1/390

1/391

1/401

1/438

1/440

1/447

1/449

1/451

1/465

1/528	1/907	2/1503
1/538	1/911	2/1545
1/542	1/919	2/1550
1/608	1/924	2/1565
1/632	1/927	2/1613
1/646	1/930	2/1631
1/651	1/939	2/1637
1/661	1/944	2/1644
1/676	1/950	2/1650
1/679	1/976	2/1776
1/680	1/978	2/1804
1/681	2/1104②	2/1805
1/700	2/1146	2/1833③
1/705	2/1148②	2/1834
1/707	2/1149③	2/1835
1/723	2/1150④	2/1930
1/761	2/1151	2/1961
1/764	2/1169	2/1962
1/765	2/1178	2/1971
1/769	2/1242	2/2000
1/775	2/1304	3/2001
1/804	2/1322	3/2002
1/834	2/1345②	3/2156
1/836	2/1347	3/2180②
1/851	2/1392	3/2186
1/857	2/1393	3/2187③
1/862	2/1410	3/2188
1/865	2/1450	3/2206
1/868	2/1451	3/2240②
1/876	2/1453	3/2244
1/899	2/1458	3/2304
1/900	2/1462	3/2305

3/2415	4/3611②	5/4135
3/2496	4/3689	5/4151
3/2499	4/3705	5/4154
3/2537	4/3721	5/4160
3/2544	4/3727	5/4164
3/2545	4/3748	5/4184
3/2546	4/3775	5/4197
3/2585	4/3777	5/4199
3/2819	4/3780	5/4223
3/2853	4/3781③	5/4243
4/3026	4/3782②	5/4244②
4/3027	4/3885	5/4245②
4/3028	4/3899②	5/4246
4/3035	4/3952	5/4248
4/3037	4/3955	5/4254
4/3038	4/3962	5/4256
4/3049	4/3964	5/4257
4/3051	4/3965	5/4260
4/3056	4/3968	5/4264
4/3122	4/3997	5/4265③
4/3123	4/3999	5/4271
4/3269	5/4028	5/4273②
4/3272	5/4031	5/4274
4/3323	5/4036	5/4275
4/3325	5/4059	5/4277
4/3366	5/4082	5/4287
4/3451	5/4089	5/4299
4/3470	5/4092	5/4305
4/3510	5/4093	5/4494
4/3513	5/4112	5/4499
4/3585	5/4129	5/4541
4/3610②	5/4133	5/4545

5/4632

5/4637

5/4837

5/4902

5/4904

5/4910

5/4911

5/4969

歐陽彬

1/900

1/972

2/1825

歐陽舍人　見歐陽炯

歐陽炯（歐陽舍人）

1/457

1/599

1/618

1/696

1/845

1/867

1/913

1/928

1/972

2/1131②

2/1135

2/1467

2/1549

2/1775

2/1822

2/1825②

2/1997

4/3227

4/3617

4/3989

5/4128

5/4129

5/4147

5/4333

5/4334

5/4355

5/4356

5/4424

5/4451

5/4953

5/4954

5/4955

歐陽炯　見歐陽炯

7780₁　具

44具茨　見晁冲之

77具區　見張軫

　　具區　見鄒宏志

奥

00奥言　見左譽

02奥端　見葉滋森

10奥可　見文同

　　奥可　見熊朋來

44奥權　見張琦

80奥善　見王重

興

26興伯　見劉昌詩

80興公　見徐燉

巽

10巽吾　見彭元遜

7780₆　貫

10貫雲石（酸齋）

2/1297

2/1307

2/1910

3/2089

3/2224

3/2666

5/4181

21貫衡　見鄒榀

64貫時　見徐柯

97貫恂　見徐鋆

7780₇　尺

27尺鳬　見吳焯

7790₄　桑

10桑雪蓭

1/1048

60桑景舒

1/921

70桑雅

3/2346

閑

77閑鵰　見孫雲鵬

7821₆ 寬

⊿覽岱庵木石老人　見
　仲振履

7823₁ 陰

64陰時夫
　3/2401
　4/3253
　4/3256

7876₆ 臨

22臨川　見湯顯祖

7922₇ 勝

30勝之　見王益柔
64勝時　見王湲
87勝欲　見蔣捷

7923₂ 滕

17滕子京
　1/136
　2/1664
　3/2827
30滕賓（玉霄、涵虛子）
　1/522
　1/541
　1/797
　1/1020

　2/1291
　2/1297
　2/1909
　2/1911
　3/2094
　3/2378
　4/3325
　5/4143
31滕潯
　1/746
　2/1086
　3/2173
40滕克恭
　1/801
60滕固
　4/3679

8000₀ 人

12人瑞　見金采
50人中　見陳子龍
70人壁　見勒方錡

8010₁ 企

10企晉　見吳泰來

8010₄ 全

04全謝山
　3/2453
　3/2459②

　4/3195
80全美　見歐陽珣

8010₇ 益

00益庵　見唐壎
30益之　見黃損
47益都　見趙進美
80益公　見周必大

8010₉ 金

00金主亮　見完顏亮
　金應珹（子彥）
　4/3483
　4/3866*
　5/4223**
　金應珪
　2/1618
　4/3280
　4/3485
　4/3933
　5/4952
　金章宗　見完顏璟
07金望欣（秋士）
　4/3527
10金震林（悟岡）
　4/3490
　金采　見彭孫遹
15金武祥（溎生、粟香）
　4/3113

　＊　誤作"金應城"。
⌒＊　誤作"金應城"。

1/579

96金煜（子藏）

3/2283

3/2468

8012₇ 翁

00翁方綱（覃溪）

3/2591

4/3499

10翁元龍（時可、處靜）

1/277

1/306

1/340

2/1574

2/1886

3/2410②

3/2661

4/3176

12翁延年（笠漁）

4/3193

17翁孟寅（賓暘）

1/232②

4/3371②

5/4292

22翁山　見屈大均

30翁宗琳（玉樵）

4/3329

40翁大年

1/285

52翁挺（五峯）

5/4161

5/4443

64翁時稺（蕙卿）

4/3496

90翁卷（靈舒）

1/492

8014₇ 鐘

00鐘庵　見蔣德埈

8018₂ 羨

77羨門　見孫霖

羨門　見彭孫遹

8020₇ 今

30今涪　見張奕樞

40今培　見毛健

8021₆ 兊

30兊之　見瞿宣穎

8022₀ 介

00介庵　見趙彦端

介彦　見吳遠

25介生　見雷葆廉

32介溪　見嚴嵩

38介遵先生　見余光耿

40介存　見周濟

50介夫　見何景福

53介甫　見王安石

介甫　見勞勳成

77介眉　見龔百藥

80介人　見王翃

8022₁ 斧

20斧季　見毛扆

俞

00俞彦（俞仲茅、俞少卿、俞光禄）

1/598

1/603

1/644②

1/646

1/653

1/654②

1/679

1/825

1/837

1/839

1/840

1/890

1/1028

2/1314②

2/1460

2/1773

2/1783

2/1803

2/1978

2/1979③

2/1980

3/2176

3/2213

4/3275

俞廉三（廙軒）

4/3167

俞文豹

2/1174

04俞訥(木庵)

3/2710

10俞正燮(理初)

3/2546

12俞廷瑛(小甫)

4/4005②

4/4016

5/4185

俞廷颺

4/3167

13俞琬綸(君宣)

2/1315

3/2104

3/2463

3/2673

19俞琰

1/452

21俞紫芝(秀老)

1/444

1/478

2/1196

3/2200

3/2749

23俞弁(子容)

5/4489

24俞德淵(陶泉)

3/2597

31俞灝(商卿)

3/2055

37俞澹(清老)

1/478

2/1196

3/2200

40俞士彪(季琜)

1/581

4/3366

俞克成

1/481

1/666

1/856

3/2165

4/2263

43俞樾(蔭甫、曲園)

3/2876

3/2877

3/2898

3/2921

3/3003

4/3146

5/4187

5/4229

5/4670

5/4815

51俞輕(醉六)

4/3414

53俞成之

4/4006

60俞國寶

1/392

1/878

1/934*

2/1219

2/1557

3/2042

4/3143

5/4096*

5/4436

5/4481**

5/4498

67俞明震(恪士)

5/4824

71俞陸雲(階青)

5/4815

90俞光禄　見俞彦

　俞少卿　見俞彦

91俞焯

4/3923

21分虎　見李符

30分宜　見嚴嵩

88夔笙　見况周頤

---

* 　誤作"于國寳"。

** 　誤作"於國寳"。

＊　誤作"姜叔明"。

1/304	1/835	2/1359③
1/308	1/837	2/1360②
1/309	1/838	2/1362
1/310	1/847②	2/1367
1/321①	1/848	2/1371
1/322②	1/849	2/1377
1/333	1/854	2/1414
1/342	1/857	2/1427
1/491②	1/858	2/1428
1/503	1/879	2/1452
1/599	1/880	2/1453
1/601	1/945	2/1454
1/603	1/947	2/1456
1/610	1/971	2/1458②
1/617	1/1003	2/1467
1/618	1/1004	2/1470
1/645	1/1011	2/1471②
1/649	1/1036	2/1492
1/650	2/1130	2/1494②
1/651	2/1231	2/1503②
1/653	2/1243	2/1509
1/659	2/1244③	2/1524
1/661	2/1245②	2/1537
1/682②	2/1246	2/1555
1/704	2/1329	2/1557
1/708	2/1330	2/1576②
1/721	2/1346	2/1587
1/722	2/1348	2/1615
1/725	2/1352	2/1617
1/767	2/1354	2/1623
1/783②	2/1355②	2/1629
1/830	2/1358②	2/1634

2/1637	2/1950③	3/2533
2/1644	2/1953	3/2599
2/1655	2/1962	3/2649
2/1656②	3/2054②	3/2714
2/1673	3/2055②	3/2735
2/1777	3/2056②	3/2737
2/1778③	3/2057②	3/2738
2/1779	3/2058	3/2758
2/1780	3/2068	3/2789
2/1784②	3/2156	3/2791
2/1786	3/2350	3/2814
2/1787②	3/2351②	3/2830
2/1795	3/2353	3/2841
2/1799	3/2399	3/2856
2/1803②	3/2400②	3/2859
2/1820	3/2417	3/2891
2/1852	3/2423	3/2899
2/1877⑤	3/2435	3/2908
2/1878④	3/2436	3/2911
2/1879③	3/2441	3/2912
2/1880	3/2457	3/2914②
2/1881	3/2463	3/2924
2/1884	3/2468	3/2927
2/1885③	3/2475②	3/2931
2/1886	3/2476	3/2938
2/1929	3/2497	3/2949
2/1930	3/2498	3/2955
2/1941	3/2500	4/3011
2/1942	3/2503	4/3103
2/1944	3/2515	4/3104
2/1946	3/2527	4/3108
2/1948	3/2530	4/3125

4/3127	4/3324	4/3561
4/3129	4/3325	4/3592
4/3130	4/3343	4/3594
4/3145	4/3348	4/3595
4/3168	4/3351	4/3607
4/3174	4/3355	4/3608
4/3176	4/3358	4/3613
4/3177	4/3360	4/3615
4/3219	4/3372	4/3619
4/3222	4/3374	4/3620
4/3227	4/3387	4/3636
4/3228	4/3415	4/3671
4/3230	4/3423	4/3675
4/3240	4/3433	4/3693②
4/3242	4/3439	4/3694②
4/3244	4/3444	4/3695
4/3245	4/3458	4/3696
4/3249	4/3465	4/3697②
4/3266	4/3470②	4/3704
4/3267	4/3471②	4/3705
4/3268③	4/3478	4/3720
4/3269	4/3488	4/3721
4/3271	4/3501	4/3723②
4/3272	4/3510	4/3724②
4/3273③	4/3511	4/3728②
4/3275	4/3513	4/3729
4/3276	4/3516	4/3731
4/3279	4/3528	4/3732
4/3282	4/3530	4/3741
4/3283	4/3544	4/3750
4/3288	4/3549	4/3776
4/3322	4/3559	4/3782

4/3783	4/3964	5/4129
4/3787	4/3966②	5/4131
4/3789	4/3968②	5/4141②
4/3797③	4/3969	5/4162②
4/3798⑤	4/3973	5/4166
4/3799④	4/3974	5/4167③
4/3800	4/3977	5/4184
4/3802	4/3994	5/4193
4/3807	4/3995	5/4196
4/3808③	4/3999②	5/4197
4/3810	4/4001	5/4198
4/3814②	4/4020	5/4200
4/3815	5/4031	5/4205
4/3822	5/4033②	5/4206
4/3825	5/4034	5/4211
4/3847	5/4039	5/4212
4/3877②	5/4051	5/4213
4/3890	5/4052②	5/4228
4/3892	5/4053	5/4246
4/3902	5/4056	5/4248③
4/3904	5/4058	5/4249②
4/3909②	5/4061	5/4250②
4/3917	5/4079	5/4253
4/3922	5/4081②	5/4255
4/3930	5/4082	5/4259
4/3937	5/4089	5/4260
4/3946	5/4096	5/4261
4/3951	5/4098	5/4266②
4/3953	5/4111	5/4273
4/3959②	5/4125	5/4274
4/3961	5/4127	5/4276
4/3962②	5/4128②	5/4296

5/4309	5/4653	2/1265
5/4312	5/4768	2/1578
5/4328	5/4788	3/2059
5/4330	5/4838	3/2335
5/4331	5/4899	53美成　見周邦彦
5/4337	5/4907	
5/4343	5/4913	**8044₆　弇**
5/4354	5/4914	32弇州山人　見王世貞
5/4380	5/4928②	72弇丘道人
5/4428	5/4932	1/704
5/4437	5/4933	
5/4444	5/4934	**8050₀　年**
5/4448	5/4936	90年少　見萬壽祺
5/4450	5/4939	**8050₁　羊**
5/4455	5/4941	
5/4456	5/4943	28羊復禮（辛楣）
5/4458	5/4944	4/4017
5/4532	5/4945	
5/4547	5/4950	**8051₃　毓**
5/4573	5/4951	25毓生　見丁至德
5/4576	5/4959	
5/4586	5/4965	**8055₃　義**
5/4587	5/4966	22義山　見李商隱
5/4590	5/4968	27義仍　見湯顯祖
5/4591	5/4970	77義門　見王景沂
5/4592	88姜筠（穎生）	
5/4632	5/4697	**8060₁　合**
5/4633		20合雙　見浦夢珠
5/4634	**8043₀　美**	
5/4635	47美奴	**8060₅　善**
5/4639	1/539	10善百　見陳世祥
5/4645	1/781	

22善繼　見張希復
26善伯　見魏祥
50善本
　　2/1983

8060₆ 曾

00曾彦（季碩）
　　5/4614
　曾廣鈞（重伯）
　　5/4704
08曾謙益
　　3/2210
10曾王孫
　　5/4510
17曾鞏（子固、文定）
　　1/202
　　2/1451
　　2/1972
　　3/2611
　　3/2654
21曾紆（公袞、空青先
　生）
　　1/486
22曾幾（茶山）
　　4/3398
23曾允元（鷗江）
　　1/775
　　2/1569
　　3/2738
　　4/3118
　　4/3477
　　5/4477

　　5/4478
38曾肇（子開）
　　3/2611
40曾布（子宣）
　　3/2670
　　5/4152
　曾布妻　見魏夫人
44曾協（同季）
　　5/4442
46曾覿（純甫、海野）
　　1/391
　　1/486②
　　1/487
　　1/645
　　1/767
　　1/908
　　1/910
　　1/945
　　1/995
　　2/1214
　　2/1217
　　2/1222
　　2/1426
　　2/1458
　　2/1575
　　2/1868
　　3/2039
　　3/2041
　　3/2340
　　3/2342
　　3/2586
　　3/2628

　　4/3036
　　4/3127
　　4/3273
　　4/3587
　　4/3592
　　4/3926
　　5/4079
　　5/4128
　　5/4139
　　5/4152
　　5/4153
　　5/4164
　　5/4165
　　5/4256
47曾起　見陳堯恆
60曾國藩（文正）
　　3/2911
　　3/2979
63曾貽　見任淡岑
71曾原一（蒼山）
　　5/4534
77曾民甫
　　3/2945
　　3/2947
80曾念聖（次公）
　　5/4792②
84曾詵（石塘）
　　2/1308
　　3/2100
　　3/2454
90曾惇（宏父）
　　2/1226

2/1869

4/3398

5/4431

94曾慥（端伯）

1/165

1/175

1/509

1/825

2/1226

2/1869

2/1948

3/2203②

3/2205

3/2836

4/3071

4/3622

5/4144

5/4158

5/4161

5/4955

5/4959

97曾燠（賓谷）

5/4546

會

17會孟　見劉辰翁

27會侯　見毛際可

30會宗　見沈蔚

80732　公

00公序　見邵緝

　公度　見黃遵憲

　公讓　見湯胤績

　公袞　見曾紆

04公謹　見夏言

　公謹　見周密

　公謀　見傅大訥

13公戫　見劉體仁

17公勇　見劉體仁

27公約　見梁葵

33公述　見沈唐

34公渚　見黃孝紓

50公束　見張鳴珂

60公昂　見李昂英

61公顯　見曹勛

71公阮　見毛羽宸

93公懺　見蔡可權

養

37養初　見王壽庭

40養直　見蘇庠

71養原　見劉瀾

80904　余

00余亦可

　　2/1540

10余一鼇（成之）

　　4/3147

20余集（秋室、安樂山樵）

　　4/3400

24余德勳（伯陶、素庵）

　　5/4800

37余淑柔　見金淑柔

44余桂英

　　5/4292

77余鵬翀（少雲）

　　2/1540

80余金（德水）

　　4/3417

86余鍔（慈柏）

　　3/2483

88余鑑（胡壻）

　　3/2783

90余小滄

　　2/1696

　余懷（無懷、澹心）

　　1/1041

　　4/3321

　　4/3327

　余光耿（介遵）

　　2/1943

　　2/1944

96余焜（石莊）

　　3/2931

81417　瓶

00瓶庵　見孟超然

81786　頌

40頌嘉　見曹禾

80頌年　見許乃嘉

82114　鐘

00鍾離權

25錢仲鼎（德鈞）

1/297

27錢俶（吳越忠懿王）

1/82

1/161

1/449

1/741

1/759

2/1082

2/1139③

2/1757

2/1996

3/2232

3/2233③

3/2420

3/2455

錢綠雲（素秋）

5/4653

28錢儀吉（新梧、星湖）

3/2792

4/3541

30錢之鼎（鶴山）

3/2732

錢寄重＊

5/4223

錢良祐（江村民）

1/269

錢官俊（心庵、愛廬）

3/2951

錢寶青（萍矼）

3/2987

錢宗伯　見錢謙益

37錢潔（瑜素）

3/2790

錢選（舜舉）

1/1021

40錢大昕（曉徵、竹汀）

3/2409

3/2427

3/2452

5/4038

錢太夫人莊柱妻

5/4221

41錢坫

4/3438

44錢芳標（葆劮、葆芬、

保劮、寶汾、湘瑟）

1/724

1/819

1/1050

2/1906

3/2131

3/2436

4/3442

4/3443

4/3829

4/3969

4/3997

4/3998

5/4180

5/4222

錢世昭（穆父）

1/769

3/2187

3/2496

錢杜　見錢榆

47錢起

1/136

1/192

48錢榆（錢杜、叔美、松

壺小隱）

3/2715

4/3669

錢枚（謝庵）

2/1526

3/2696

3/2698

3/2726

3/2804

4/4004

50錢青雨

4/3455

錢肅樂（希聲、忠介）

3/2681

4/3412

4/4002

錢肅圖（退山）

3/2682

51錢振鍠（夢鯨）

5/4712

＊　疑卽錢季重。

53錢成（楞仙）

　3/2888

57錢抱素

　3/2746

60錢晶（揆初）

　3/2798

　3/2905

　5/4665

　錢國珍（子奇）

　3/2981

　3/2982

　3/2991

　3/2993

　4/3535

　錢易（希白）

　1/21

　錢恩榮（芝門）

　4/3522

　4/3669

　4/3673

　5/4700

　錢黯（書樵）

　3/2468

　錢昆

　3/2185

80錢公輔

　3/2067

83錢錢

　2/1237

　3/220

　3/2341

88錢符祚（筱南、小南）

　3/2949

　4/3288

90錢惟演（希聖、思公、
　　文僖）

　1/175

　1/510

　1/879

　1/976

　1/977

　2/1143②

　2/1150

　2/1829

　2/2000

　3/2305

　4/3428

　錢惟善（思復）

　3/250

　錢光繡

　1/813

　4/3412

　4/3428

8511₇　鈍

80鈍翁

　2/1576

8612₇　錦

11錦瑟　見汪懋麟

31錦江　見陳金浩

錫

22錫鬯　見朱彝尊

30錫之　見劉體藩

51錫振　見王拯

8640₀　知

22知幾　見李石

23知稼翁　見黃公度

26知和　見顧若璞

8711₅　鈕

10鈕玉樵

　3/2449

　4/3478

8712₀　鈞

77鈞月　見趙聞禮

銅

40銅士　見戴銘金

8716₀　銘

30銘之　見宋志沂

8716₁　鉛

02鉛山　見蔣士銓

8718₂　欽

27欽叔　見李獻能

8722₇　邠

44邠老　見潘大臨

8742₀ 朔

00朔齋　見劉振孫

8742₇ 鄭

00鄭方城（石幢）
　　4/3404
　鄭方坤（荔鄉）
　　4/3404②
　　4/3406
　　4/3442
　鄭庠
　　5/4929
　鄭意娘（鄭義娘）
　　3/2268
　　3/2336
　　3/2516
　　4/3465
　鄭文妻　見孫夫人
　鄭文焯（叔問、小坡、
　　大鶴山人、樵風）
　　4/3114
　　4/3145
　　4/4006
　　4/4020
　　5/4195
　　5/4198
　　5/4199
　　5/4224
　　5/4226
　　5/4229②
　　5/4319

　　5/4320
　　5/4328
　　5/4332
　　5/4333
　　5/4367
　　5/4372②
　　5/4381
　　5/4594
　　5/4633
　　5/4690
　　5/4693
　　5/4696
　　5/4705
　　5/4901
　　5/4907
　　5/4908
　　5/4909
　　5/4914②
　　5/4927
　　5/4938
　　5/4943
　　5/4958
04鄭譯
　　5/4099
10鄭玉筍
　　3/2769②
　　4/3508
　鄭天錦（有隣）
　　4/3404
　鄭雲娘
　　3/2274
　　3/2668

13鄭戩
　　4/3256
14鄭璜（瘦山）
　　3/2627
17鄭子玉
　　3/2743
20鄭喬遷（耐生）
　　4/3410
22鄭繼超
　　1/888
24鄭僅（彥能）
　　5/4166
24鄭德輝
　　1/793
　　2/1454
　鄭僖
　　3/2281
26鄭嵎（鄭愚）
　　1/94
　　1/827
　　1/828
30鄭永詒（翼謀、質庵）
　　5/4816
　鄭守廉（仲濂）
　　4/3504②
　　4/3515
　　4/3567
　鄭容
　　3/2216
　　3/2311
31鄭澐（晴波、春波、楓
　　人）

2/1539

3/2473

3/2547

4/3737

4/3863

5/4038

5/4930

33鄭骰

3/2745

34鄭斗煥

2/1571

鄭滿（勉齋）

3/2683

35鄭滐（蘭皋）

3/2683

38鄭邀（雲叟）

2/1128

40鄭夾漈

5/4076

41鄭楷（持正、眉齋）

4/3370

4/3371

43鄭域（中卿、松窗）

1/495

1/789

1/899

1/1001

2/1249

2/1270

4/3369

4/3409

鄭婉娥

1/807

2/1322

3/2280

44鄭蘭孫（娛清）

5/4187

5/4220

5/4226

鄭蘭坡*

5/4693

鄭孝胥（蘇戡）

5/4817

鄭世子

4/3613

5/4101

46鄭如英（無美、妥娘）

5/4518

47鄭獬（毅夫）

1/132

鄭起（菊山）

3/2142

58鄭掄元（善長）

2/1618

4/3483**

4/3864

4/3867②

4/3934

4/3964

5/4223

60鄭國輔

2/1249

2/1882

鄭思肖（所南）

1/297

1/1011

2/1885

鄭愚　見鄭嵎

鄭景望（伯熊）

3/2453

62鄭嚼梅

5/4359

72鄭氏

1/702

77鄭興裔（光錫）

3/2075

80鄭無黨

1/36

鄭義娘　見鄭意娘

鄭公實

3/2195

88鄭符（夢復）

1/748

5/4148

90鄭堂　見江藩

99鄭燮（克柔、板橋）

2/1485

---

* 　清鄭士芳字蘭坡，或卽其人。

** 　誤作“鄭善良”。

2/1600
3/2829
3/2830
4/3188
4/3435
4/3732
4/3733
4/3734⑥
4/3735
4/3736
4/3737
4/3794
4/3795
4/3839
4/3841
4/3851
4/3852④
4/3854
4/3860
4/3895
4/3911
4/3913
4/3931②
4/3935
4/3945
4/3957
4/3962
4/3964
5/4223

8762₂ 舒

00舒亶（信道）

1/83
1/161
1/209
1/604
1/678
1/877
1/942
2/1308
2/1846
2/1968
3/2265
3/2403
3/2597
5/4127
5/4129
舒章　見李雯
10舒王
　1/675
24舒佐堯（棠陔）
　4/3148
27舒鳧　見吳儀
32舒遜（士謙）
　5/4486
40舒古廉
　3/2148
　3/2149
51舒頔（道原）
　5/4485
72舒氏王齊叟妻
　1/91
　3/2025
　3/2326

4/3465
舒氏
1/702
舒岳祥（閬風）
2/1885
5/4501

8778₂ 飲

12飲水詞人　見納蘭性
德
26飲泉　見汪潮生

8810₁ 竺

31竺潭　見邊保樞
77竺月華（僧月華）
1/798
2/1296
3/2666

8810₄ 坐

72坐隱先生　見陳鐸

笙

22笙山　見吳雯炯

篁

21篁嶼翁　見劉子寰
44篁村　見陶元藻
60篁園　見李澧

8810₈ 笠

20笠舫　見王衍梅

笠舫　見顧敏恆
34笠澤翁*
　　5/4347
37笠漁　見翁延年
80笠翁　見李漁

8811₇　鑑

00鑑齋　見汪藻
26鑑泉　見馬廷鸞

8812₇　筠

00筠庵　見王德璉
28筠舲　見王廷瀛
32筠洲　見宋永
33筠心　見周詒端
80筠翁　見李彌遜

8822₀　竹

00竹庵　見王鳳起
　竹齋　見黄機
　竹齋　見沈瀛
　竹庚　見孫廷璐
10竹西詞客　見江藩
　竹吾　見王志修
14竹磵　見顧蕙生
17竹珊
　　5/4347
　竹君　見朱筠
20竹香　見單恂

22竹山　見蔣捷
27竹嶼**
　　3/2147
28竹谿　見党懷英
31竹汀　見錢大昕
31竹潭　見邊葆樞
37竹湖　見李祺
　竹澗　見王學文
　竹漁　見馬書城
38竹海　見汪全泰
40竹樵　見恩錫
43竹垞　見朱彝尊
44竹坡　見周紫芝
　竹莊　見諸世器
46竹相　見馮愷章
62竹影詞人　見陳微貞
64竹畦　見袁起
72竹所　見王初桐
77竹屋　見高觀國
　竹屋　見蕭允之
97竹懶　見李日華

8822₇　笏

22笏山　見蔡明紳
50笏青　見左紹佐
71笏臣　見鄧嘉純

簡

00簡齋　見袁枚

　簡齋　見陳與義
40簡塘　見顧翰
97簡恪　見戴敦元

簫

17簫珊　見汪藻

8824₃　符

24符幼曾
　　2/1950
32符兆綸(雪樵)
　　3/2618
　　4/3502
43符載
　　2/1087
　　2/1765
44符葆森(南樵)
　　2/1658
　　5/4559

8824₈　筱

17筱珊　見繆荃孫
20筱舫　見杜文瀾
22筱峯　見張鴻卓
31筱沅　見任道鎔
40筱南　見錢符祚
47筱塢　見袁保恆

8828₆　籲

＊　　疑指陸游(笠澤漁隱)。

＊＊　疑爲吳泰來。

77籲卿　見黃俊熙

8829₄ 篠

22篠峯　見張鴻卓

88303 蓬

47蓬橡　見蔡聘珍

邊

8邊篠三娘
　5/4091

88327 篤

53篤甫　見周惺然

88430 笑

37笑渦兒
　2/1591

88540 敏

00敏齋　見應寶時
60敏果　見魏象樞
77敏卿　見袁子芳

88541 籥

00籥庵　見袁于令

88603 笛

45笛樓　見黃經
47笛橡　見蔡聘珍

88606 簹

80簹谷　見周賚

88727 節

00節庵　見梁鼎芬
78節愍　見夏完淳
　節愍　見吳易

88777 管

38管道昇（仲姬、管夫
　人）
　1/797
　2/1283
　2/1284
　2/1908
　2/1917
　3/2223
　3/2376
　3/2671
　3/2672
50管夫人　見管道昇
88管鑑
　5/4141

88806 箕

30箕房　見李彭老

簀

22簀山　見楊之瀕

88902 策

64策時　見張熙純

89186 鎖

44鎖戀堅
　1/535
　1/801
　2/1922

9000₀ 小

00小庚　見葉申薌
04小謝　見錢廷烺
10小王都尉
　1/134
　小石　見蔡宗茂
17小珊　見周珊珊
　小瓊
　2/1232
　3/2352
　3/2420
　5/4543
　小瓊英
　3/2377
20小舫　見杜文瀾
　小香居士　見宗元鼎
　小毛子　見毛奇齡
21小紅
　2/1244
　3/2055
　3/2351
　4/3356

22小岑　見朱依真	60小園　見周閑	少白　見董慶瀾
小山　見王時翔	小田　見黃富民	少皋　見梁廣辰
小山　見蕭泰來	小晏　見晏幾道	27少魯　見嚴參
小山　見晏幾道	71小長蘆　見朱彝尊	38少游　見秦觀
小山　見劉翰	77小鳳　見薛懟	少游　見陳孝逸
小山　見金孝柏	80小美　見王世懋	40少南　見張道
27小魯　見陳行	88小筠　見朱錫綬	44少藍　見嚴永華
30小瀛　見李曾裕	小竹　見汪全德	少華　見張熙純
小宛　見董白		少蘊　見葉夢得
32小浮山人　見潘曾沂	**9001₄ 惟**	47少鶴　見王拯
34小法　見吳永汝	64惟曉　見尹煥	60少園　見秦兆蘭
37小湖　見李聯琇	80惟善　見陳合	72少隱　見周紫芝
小淑　見徐蘊華		74少陵　見杜甫
40小南　見錢符祚	**9002₇ 慵**	
41小梧　見宗山	50慵夫　見王從之	**9021₁ 光**
42小桃		17光珊　見劉炳照
2/1531	**9003₂ 懷**	32光州　見張綖
3/2340	40懷古　見程珌	40光堯　見趙眘
44小坡　見蘇過	懷古　見潘希白	44光薦　見鄧剡
小坡　見鄭文焯		86光錫　見鄭興裔
小荷　見吳尚熹	**9003₆ 憶**	
小蘭	10憶雲　見項鴻祚	**9021₆ 党**
2/1531		17党承旨　見党懷英
3/2340	**9020₀ 少**	90党懷英(竹谿、党承
小蘋野口親	00少章　見秦覯	旨)
5/4700	10少石　見李鑾揚	1/445
46小楊　見楊孟載	少雲　見余鵬翀	1/787②
48小松　見陳彬華	21少虛　見莫將	1/978
小梅　見沈穆孫	22少山　見吳毓沈	1/1016
50小青	25少仲　見勒方錡	2/1154
3/2419	26少白　見唐煜	2/1271
53小甫　見俞延瑛	少白　見潘諮	2/1272③

2/1273
2/1895
2/1975
3/2044
3/2211
3/2416
5/4458
5/4459②

9022₇ 肖

22肖巖　見黃宗彝

尚

26尚白　見施閏章
40尚友　見劉將孫
　　尚木　見宋徵璧

常

30常之　見葛立方
53常甫　見張邦奇
80常父　見孔武仲

9050₀ 半

10半雪　見陳維崧
22半山　見王安石
40半塘　見王鵬
48半槎　見馬曰璐

9050₂ 掌

80掌公　見曹鑑平

9090₄ 米

40米友仁（元暉）
　　4/3234
　　5/4083
　　5/4123
　　5/4138
44米芾（元章）
　　2/1196
　　2/1849
45米樓　見倪稻孫

棠

04棠詩　見許正詩
28棠谿　見陳其錕
44棠村　見梁清標
70棠陔　見舒佐堯

9101₇ 恆

40恆吉　見沈恆

9104₆ 悼

90悼棠
　　5/4653

9106₁ 悟

40悟九　見勒方錡
77悟岡　見金震林

9201₈ 愷

28愷似　見孫致彌

9305₀ 懺

00懺庵　見廖恩燾

9306₀ 怡

00怡亭　見姜安
　　怡庵　見陸元龍
22怡巖　見施邦鎮

9406₁ 惜

20惜香　見趙長卿
57惜抱　見姚鼐

9408₁ 慎

00慎齋　見蔣永修
26慎伯　見包世臣
27慎修　見江永

9501₀ 性

30性容若　見納蘭性德

9601₃ 愧

00愧庵　見王復

9601₄ 惺

26惺伯　見于源
71惺厓　見歸允肅

9602₇ 惕

00惕庵　見吳易
53惕甫　見王芑孫
60惕園　見陳庚煥

9609₆ 懞

10懞吾　見汪兆鏞

9680₀ 烟

34烟波釣徒　見張志和

9705₄ 惲

20惲季庵
　4/3157
47惲格（南田）
　4/3152
48惲敬（子居）
　4/3483
　4/3866
　5/4039
　5/4184
　5/4185
　5/4223
80惲毓珂（瑾叔、醇庵）
　5/4809

9706₄ 恪

40恪士　見俞明震

9708₆ 懶

10懶雲　見徐雲路
30懶窟　見侯寘

9721₄ 耀

34耀遠　見儲福觀
48耀乾　見孫鼎烜

9725₄ 輝

12輝發那拉曉泉績廉
　4/3149

9782₀ 炯

53炯甫　見劉存仁

9782₇ 郯

40郯九成（若谿）
　2/1911

9783₄ 焕

00焕庭　見史應蘭

9789₄ 燦

80燦人　見汪紱

9802₁ 愉

00愉庭　見吳雲

9805₇ 悔

00悔庵　見尤侗

9892₇ 粉

77粉兒
　3/2359

9910₃ 瑩

50瑩中　見陳瓘

9940₇ 勞

17勞乃宣（玉初）
　5/4814
24勞勳成（介甫）
　4/3524
　5/4559

9990₃ 縈

50縈素　見卓媛

9990₄ 榮

01榮諲
　5/4431
35榮漣（洞泉）
　3/2796
40榮樵仲
　5/4132
44榮村　見計樹穀

書名索引例言

一、本索引根據中華書局一九八六年出版的《詞話叢編》編製。

二、收錄範圍包括《詞話叢編》中各詞話的正文、注文、附錄以及序跋中引用的書目。

三、本索引以詞作品集、詞學論著爲主，其他涉及作家生平事迹和詞論詞史者，也摘出收錄。

四、以完整正式的書名爲主目，簡名異稱作參見目，附於主目之後。例如：

    詞律(萬律)

    橫經堂詩餘(花影吹笙譜)

五、同名之書，注明作者，以示區別。如：

    雙溪詞王炎

    雙溪詞馮取洽

六、同一頁中同一書多次出現，如果都在同一則詞話中，只作一條；如果分別出現在幾則詞話中，則在該條後標示出現次數。

七、主目下所列數碼，表示本條見於《詞話叢編》的第幾册、第幾頁，以及出現幾次。如：

    衍波詞

    1/660②

斜線前表示册數，斜線後"660"表示頁數，"②"表示出現次數。

八、本索引採用四角號碼檢字法編排，以《詞話叢編》所用字體爲準。

書名索引

5/4144
5/4441②
方壺詞　見方壺詩餘
　方壺稿
　1/1012
60方是閑居士詞
　3/2803
　4/3370

高

00高齋詩話
　2/1968
　3/2194
　4/3058
高齋詞話
　2/1186
　2/1187
　3/2019
11高麗史樂志
　3/2794

0023₁　庶

00庶齋老學叢談
　5/4162

應

22應制詞韻
　5/4929

0023₂　康

88康範詩餘
　5/4443

0023₇　庚

17庚子秋詞
　5/4690
　5/4767
庚子雅詞
　5/4185
32庚溪詩話
　2/1108
　2/1813

0024₁　麛

00麛塵集
　5/4560

0024₇　度

55度曲須知
　4/3438

0025₂　摩

60摩圍閣詞
　5/4807

0026₇　唐

01唐語林
　2/1107
　2/1810
04唐詩解
　2/1095
　2/1766
唐詩紀事
　1/750

1/968②
1/969
2/1095
2/1096
2/1099
2/1102③
2/1107
2/1110②
2/1111
2/1811
2/1812
2/1984②
2/1986
2/1987
2/1989②
5/4333
唐詩叩彈集
　3/2586
06唐韻
　3/2157
　3/2158
　4/3256
　5/4121
　5/4930
　5/4934
唐韻四聲表
　1/665
07唐詞紀
　1/744
　1/887
　1/897
　1/906

1/916

1/924

1/937

1/938

2/1084

2/1091

2/1763

3/2172

5/4096

5/4146

唐詞通韻説

3/2166

10唐五代詞選

4/3889

5/4955

5/4970

30唐宋詞韻互通説

3/2166

唐宋名賢百家詞

1/10

50唐摭言

3/2469

唐書

1/827

唐書樂志

5/4112

60唐國史補

2/1088

0028₆　廣

74廣陵志

1/980

廣陵吟事

3/2473

廣

88廣籟集

4/3381

0029₄　麻

39麻沙集

4/3369

麋

45麋樓遺詞

3/2963

0033₆　意

60意園酬唱集

5/4558

0040₀　文

22文山集

1/1012

23文獻通考

5/4103

5/4104

30文房四譜

1/467

文字禪

1/992

文定詞

4/3622

5/4140

31文江唱和

1/1031

文酒清話

1/118

2/1769

32文溪詞

1/1007

2/1424

3/2662

4/3598

5/4138

文溪集

5/4884

53文成集

1/1023

60文昌雜録

1/485

3/2259

80文會堂詞韻

1/663

1/664

4/3255

5/4038

5/4122

5/4930

83文館記

2/1089

2/1760

88文簡詞

5/4138

0040₆　章

44章華詞
5/4138

0040₇　享

17享帚詞
4/3515

0040₈　交

32交州集
2/1281
2/1899

0060₁　音

06音韻須知
4/3257
音韻輯要
3/2511
4/3257

0062₇　謫

22謫仙集
5/4135
謫仙長短句
1/979
60謫星詞
5/4712

0071₄　雍

77雍熙樂府
1/829

3/2861

0071₇　甕

10甕天脞語
1/520
1/539
20甕牖閒評
5/4319

0073₂　裏

16裏碧齋詞話
5/4199

襄

76襄陽書畫考
2/1196
3/1849

0080₀　六

10六一詩話
2/1103
3/2179
六一詞（近體樂府、醉
翁琴趣外篇）
1/8
1/292
1/438
1/972
1/976
2/1148
2/1151
2/1155

3/2187
3/2434
4/3605
4/3610②
4/3611
5/4028
5/4135
5/4265
5/4276
5/4337
5/4542
5/4954②
11六研齋隨筆
2/1910
2/1911
22六樂譜
5/4104
40六十一家詞選　見宋
六十一家詞選
六十名家詞　見宋六
十名家詞
六十家詞
1/255
1/643
50六書音韻表
5/4117
85六銖詞
4/3546

0090₆　京

44京華詞
3/2114

60京口三山志
　3/2072
89京鏜詞
　5/4152

0091₄　雜

75雜體詩鈔
　5/4574

0121₁　龍

22龍川詞
　1/1001
　4/3794
　5/4140
　龍山詞
　1/1017
　2/1276
　2/1903
　龍山集
　4/3407
31龍顧山房詩集
　5/4790
32龍洲詞
　1/1002
　2/1238
　2/1416
　5/4141
　5/4161
　5/4437
44龍莊甄敬
　2/1279
80龍龕手鑑

2/1400

0128₆　顏

72顏氏家訓
　3/2184

0164₉　評

44評花仙館合詞
　4/3555

0166₁　語

32語業
　5/4152

0212₇　端

21端虛堂集
　5/4816
26端伯雅編　見樂府雅
　詞

0266₄　話

77話腴
　1/762
　2/1221
　3/2043
　5/4436
　5/4492

0292₁　新

00新唐書
　4/3621
　新唐書禮樂志

5/4927
30新安志
　1/987
44新蘭詞
　5/4718

0365₀　誠

00誠齋樂府
　2/1299

0464₁　詩

00詩話總龜
　1/901
　2/1148
　2/1226
　2/1830
　2/1869
　4/3026
　5/4096
　詩話又編
　2/1112
　詩話類編
　1/704
　3/2281
06詩韻(平水韻)
　5/4121
　5/4930
07詩詞源流
　4/3970
　詩詞膡語
　3/2662
40詩女史

5/4146
5/4171
5/4444
5/4625
5/4948
詞旨暢
1/297
1/342
23詞綜朱彝尊
1/21
1/46
1/47
1/760
1/770
1/844
1/880
1/881
1/887
1/890
1/915
1/916
1/943
1/992
1/1011②
1/1012
1/1022
2/1385
2/1390
2/1401
2/1457
2/1494
2/1496

2/1503
2/1530
2/1533
2/1568
2/1575
2/1576
2/1578
2/1579
2/1657
2/1785
2/1818
2/1975
3/2406②
3/2440
3/2441
3/2452
3/2453③
3/2461
3/2496
3/2501
3/2584
3/2587
3/2655
3/2662
3/2664
3/2665
3/2667
3/2670
3/2671
3/2672
3/2686
3/2687

3/2718
3/2734
3/2736
3/2738
3/2739
3/2741③
3/2742②
3/2743
3/2744
3/2748
3/2759
3/2836
3/2913
4/3013
4/3035
4/3071
4/3217②
4/3244
4/3309
4/3321
4/3330
4/3331
4/3348
4/3363
4/3366
4/3371
4/3445
4/3449
4/3450
4/3462
4/3474
4/3475

4/3506	5/4962	2/1474
4/3596	5/4970	2/1491
4/3597	詞綜王昶 見國朝詞	2/1494
4/3638	綜	2/1496
4/3730	詞綜二集	2/1759
4/3741	4/3548	2/1766
4/3775	詞綜續編 見國朝詞	2/1777
4/3777	綜續編	3/2177
4/3780	詞綜補編丁紹儀 見	3/2403
4/3889	國朝詞綜補	3/2407
4/3901	詞綜補編朱彝尊	3/2424
4/3910	3/2248	3/2425②
4/3927	詞綜補遺	3/2432
4/3935	3/2654	3/2433②
4/3961	3/2655	3/2448
4/3962	3/2662	3/2475
4/4002	3/2664	3/2478
4/4004	3/2665	3/2501
5/4028	3/2670	3/2575
5/4061	3/2671	3/2593
5/4135	3/2686	3/2599
5/4161	3/2724	3/2607
5/4171	3/2746	3/2656
5/4200	3/2747	3/2658
5/4266	4/3272	3/2662
5/4299	4/3371	3/2667
5/4429	5/4491	3/2671
5/4504	5/4963	3/2718
5/4581	25詞律	3/2736
5/4632	1/954	3/2738
5/4672	2/1394	3/2739
5/4883	2/1398	3/2740

3/2742②	4/3224	4/3846
3/2747	4/3225	4/3935
3/2748	4/3228	4/3936②
3/2752	4/3229	4/4004
3/2753	4/3232	5/4061
3/2758	4/3234	5/4098②
3/2795	4/3235	5/4119
3/2802	4/3237	5/4134
3/2805	4/3239	5/4135
3/2836	4/3242	5/4203
3/2841	4/3251	5/4599
3/2852②	4/3254	5/4617
3/2854	4/3325	5/4632
3/2859	4/3348	5/4916
3/2861	4/3360	5/4927
3/2862	4/3363	5/4928
3/2874	4/3406	5/4939
3/2892	4/3424	5/4943
3/2911	4/3429	5/4945
3/2913	4/3450	詞律補遺
3/2921	4/3452	5/4617
3/2951	4/3489	詞律校勘記
3/2956	4/3507	4/3563
3/2959	4/3511	5/4929
3/2968	4/3525	5/4939
3/2975	4/3544	詞律拾遺（續詞律）
3/2995	4/3597	3/2921
3/2996	4/3638	4/4005
4/3011	4/3639	4/4016
4/3104	4/3664	5/4098②
4/3145	4/3675	5/4135
4/3220	4/3775	5/4455

2/1880

2/1886②

2/1962

3/2475

詞選張惠言（宛鄰詞
選、茗柯詞選、張氏
詞選）

2/1617

2/1637

2/1638

2/1658

4/3273

4/3282

4/3483

4/3777

4/3809

4/3810

4/3864

4/3867

4/3888

4/3891

4/3902

4/3933②

4/3935

4/3970

4/3993

4/4009

4/4010

5/4135

5/4223

5/4631

5/4839

5/4964

5/4970

詞選夏氏

3/2759

詞選蔣重光　見昭代
詞選

詞選黃樓存

4/3889

詞選批注

2/1619

40詞存　見小庚詞存

41詞概

4/3221

4/3244

4/3253

4/3254

4/3269

4/3278

4/3286

40詞藻

4/3775

4/3888

詞苑

2/1083

2/1090

2/1096

2/1098

2/1115②

2/1119

2/1123

2/1126

2/1127②

2/1128

2/1143

2/1145

2/1149

2/1150

2/1151②

2/1162

2/1166

2/1173

2/1191

2/1219

2/1222

2/1223

2/1226

2/1231

2/1232

2/1234

2/1238

2/1239

2/1240

2/1253

2/1258

2/1268

2/1278

2/1281

2/1283

2/1285

2/1286

2/1287

2/1288②

2/1289

2/1291

2/1300	2/1901②	3/2179
2/1757	2/1902	3/2185
2/1765	2/1908	3/2187③
2/1770	2/1909	3/2188
2/1776	2/1925	3/2190
2/1791	2/1964②	3/2212
2/1796	2/1966	3/2214
2/1797	2/1968	3/2215
2/1798	2/1973	3/2218②
2/1803	2/1993	3/2220
2/1805②	2/1994②	3/2242②
2/1814	2/1995	3/2244
2/1817	3/2016	3/2252
2/1829	3/2029	3/2259
2/1830②	3/2032②	3/2264②
2/1831②	3/2042	3/2267
2/1834	3/2044	3/2272
2/1843	3/2045	3/2273
2/1846	3/2048	3/2274②
2/1847	3/2050②	3/2275②
2/1849	3/2053	3/2496
2/1850	3/2062	3/2664
2/1863	3/2063	詞苑外編
2/1865	3/2065②	3/2685
2/1867	3/2066	詞苑叢談
2/1871	3/2078	1/716
2/1873	3/2079	2/1377
2/1874	3/2080	2/1463
2/1876	3/2081	2/1702
2/1892	3/2082	2/1846
2/1894	3/2085	2/1856
2/1899	3/2178	2/1858

2/1870②	3/2122②	3/2747
2/1894	3/2124	3/2841
2/1924	3/2126	4/3224
2/1927	3/2127	4/3227
2/1929③	3/2128②	4/3228
2/1931	3/2129	4/3238
2/1933	3/2130	4/3262②
2/1934	3/2132	4/3263
2/1938②	3/2133	4/3304
2/1942	3/2135	4/3345
2/1943②	3/2136②	4/3571
2/1957②	3/2137②	4/3775
2/1958	3/2138②	5/4095
2/1963	3/2194	5/4135
3/2011	3/2200	5/4158
3/2019	3/2201	5/4438
3/2054	3/2210	5/4455
3/2086	3/2222	5/4499
3/2087	3/2223②	5/4500
3/2090	3/2225	詞苑萃編
3/2092	3/2227②	2/1373
3/2097	3/2228	詞苑英華
3/2102	3/2250	4/3457
3/2107	3/2254	5/4954
3/2110	3/2258	5/4957
3/2112②	3/2280	詞荔
3/2113	3/2281②	5/4968
3/2114⑤	3/2440③	詞林韻釋　見箓斐軒
3/2115②	3/2441	詞林韻釋
3/2117②	3/2466	詞林正韻
3/2118	3/2685	3/2858
3/2121③	3/2672	3/2868

1/1026	2/1293	2/1902
2/1086	2/1295	2/1911
2/1093	2/1296	2/1919
2/1113②	2/1304	2/1972
2/1117	2/1305	3/2062
2/1131	2/1306	3/2064
2/1167	2/1307	3/2093
2/1178	2/1313	3/2094②
2/1185	2/1377	3/2097
2/1190	2/1424	3/2165
2/1203	2/1459	3/2172
2/1204	2/1762	3/2175
2/1211	2/1782	3/2185
2/1235	2/1800	3/2197
2/1244	2/1813	3/2205
2/1246②	2/1829	3/2206②
2/1248②	2/1832	3/2208
2/1249	2/1837	3/2209
2/1251	2/1845	3/2250
2/1253	2/1853	3/2252
2/1254	2/1855	3/2257
2/1257③	2/1870	3/2267
2/1271	2/1877	3/2408
2/1272	2/1878	3/2425
2/1273	2/1880②	3/2434
2/1274	2/1881	3/2688
2/1275②	2/1882②	4/3064
2/1282	2/1888	4/3238
2/1285	2/1890	4/3372
2/1286	2/1895	5/4030
2/1289	2/1896	5/4096
2/1291	2/1901	5/4129

5/4429

5/4469

5/4500

5/4583②

詞品郭麐(頻伽詞品)

3/2444

4/3295

4/3476

5/4359

詞品楊爕生(續詞品)

2/1524

4/3297

3/2444

4/3476

4/3869

詞品拾遺

5/4096

61詞曒

2/1813

2/1814②

2/1815

2/1818

2/1904

2/1905

2/1906

3/2249*

3/2251*

62詞則

4/3890

70詞雅

3/2650

4/3271

4/4015

詞腋

3/2785

72詞隱

1/748

75詞體明辨(明辨)

1/730

1/806

1/831

1/839

1/1029

77詞學季刊

5/4372

5/4373

詞學集成

4/3997

詞學叢書

3/2854

4/3515

5/4558

詞學全書

3/2759

4/3224

詞學筌蹄

3/2253

88詞筌　見皺水軒詞筌

詞箋

3/2211

89詞鈔

1/773

0824₀　放

17放歌集

4/3891

4/3892

4/3905

44放猿桐江

3/2879

80放翁詞(劍南詞)

1/999

5/4140

5/4338

0844₀　效

21效顰詞

3/2783

4/3579

0861₆　說

27說郛

1/52

4/3492

44說夢詞

4/3666

82說劍堂詞

4/3114

5/4372

5/4726

* 兩處誤作"詞曒"。

5/4793

88說鈴
1/661
1/818

0863₇　謙

00謙齋稿
1/801

0864₀　許

94許慎淮南注
5/4931

0968₉　談

44談苑
5/4491

1000₀　一

10一粟庵詞
5/4823
44一蕚紅詞
5/4085
一草堂集
5/4516
一葉落詞
5/4578

1010₀　二

11二韭室詩餘
5/4737
27二鄉亭詞

1/1038
2/1437
40二十四橋吹簫譜
4/3544
46二槐堂詞
1/1034
72二隱叢說

1010₁　三

40三十六鴛鴦館詞
3/2831
5/4186
44三英集
1/990
2/1199
2/1424
2/1851
3/2687
47三朝北盟會編
2/1623
62三影樓琴譜
4/3675
三影閣箏語
3/2648
3/2834
4/3337
88三餘贅筆
3/2798

正

30正字通

3/2209
65正味齋琴言
2/1586

1010₃　玉

10玉霄集（玉霄詞）
1/1020
5/4143
玉霄仙明珠集
5/4144
玉可庵詞（玉可詞）
5/4226
5/4734
5/4735
玉可詞　見玉可庵詞
12玉磑集
4/3550
20玉香亭詞
4/3516
5/4185
玉禾山人集
4/3521
22玉山詞
1/1049
玉山璞詞
1/1022
玉山堂詞
3/2697
5/4186*
38玉泠詞
3/2883

* 　作“玉山山堂詞”，衍一“山”字。

3/2888

40玉臺新詠
1/897
3/2295

玉臺名翰(香閨秀翰)
5/4497

玉壺遐覽
1/1013

玉壺買春詞
4/3288

44玉蕤詞鈔
4/3366

玉樊堂詞 見玉樊堂
稿

玉樊堂稿(玉樊堂詞)
1/810
1/1035
2/1319
4/3430

玉茗堂詞
1/1029

玉茗堂集
2/1138

玉茗堂選花間集
2/1117

玉楮集
1/1008

玉楮集評
2/1241
2/1875

玉林詞話
4/3073②
4/3085
4/3091

玉林詞選 見花庵絶
妙詞選

45玉樓述雅
5/4622

55玉井山館詩餘
4/3565
4/3996*
5/4687

60玉田詞 見山中白雲
詞

65玉映樓詞
5/4523

67玉照新志
1/40
2/1160
2/1172
2/1202
2/1206
3/2008
3/2024
3/2028
5/4499

玉照堂詞
1/495
1/999

71玉匣記

2/1176
2/1963

80玉鏡臺詞
4/3541

1010₄ 王

40王直方詩話
2/1192
3/2024
3/2199

44王世貞四部稿 見弇
州山人四部稿

72王氏詞綜 見國朝詞
綜

1010₇ 五

00五音集韻
3/2455

06五韻目
1/665

22五峯詞
5/4336

五山耆舊集
5/4654

23五代新説
3/2259

五代軼事
1/756
2/1121
2/1817

---

* 作"玉井山房詩餘","房"當作"館"。

60五國故事

　5/4095

77五周先生集

　5/4669

1010₈　靈

44靈芬館詞話（頻伽詞
　話）

　3/2453②*

　3/2651

　3/2696

　3/2763

　3/2765

　4/3276

47靈鶼蒲萄竟館遺詞

　5/4828

87靈鶼閣白石詞

　5/4382

1011₁　靆

10靆玉集

　3/2955

1011₃　疏

00疏齋詞

　5/4383

62疏影樓詞

　3/2942

　4/3195

　4/3352

　5/4186**

95疏快軒詩

　4/3152

1016₄　露

20露香詞

　5/4655

44露華詞

　2/1528

56露蟬詞

　4/3281

1014₁　聶

24聶先詞鈔　見百名家
　詞

1017₇　雪

22雪山詩餘

　5/4139

雪山集

　3/2656

　3/2802

　3/2836

27雪舟詞　見雪舟樂章

雪舟樂章（雪舟詞）

　2/1481

　3/2247

雪舟脞語

　2/1242

　2/1259

　2/1889

　5/4264

33雪浪齋日記

　1/5

　1/162

　1/164

　1/205

　2/1127

　2/1815②

　4/3029

　4/3034

　4/3042

　4/3054

37雪鴻吟館詞

　3/2918

42雪橋詩話

　5/4776

44雪坡詞

　3/2409

　5/4451

　5/4540

81雪頌詞

　4/3135

90雪堂集

　1/1036

1020₀　丁

＊　　其二誤作“頻伽詞語”。

＊＊　作“疏景樓詞”。

3/2459
5/4121
天香閣隨筆
5/4175
30天寶遺事　見開元天
寶遺事
37天禄識餘
3/2443
4/3398
38天游閣詩　見天游閣
集
天游閣集（天游閣詩）
5/4219
5/4567
40天南隨筆
4/3202
42天機餘錦
1/511
1/887
1/916
2/1431
3/2201
5/4962
44天地間集
1/458
3/2207*
天地間氣集　見天地
間集
88天籟詞　見天籟集

天籟集（天籟詞）
1/362
1/376
1/377
5/4142
5/4254
5/4420
5/4474
88天籟軒詞譜（詞譜）
3/2808
4/3321
4/3406
4/3473
4/3489
4/3675**
5/4929
天籟軒詞選
3/2808

1050₆　更

25更生齋詩餘
5/4183

1060₀　石

00石交堂詞
1/1030
17石帚
3/2865

21石經閣集
4/3349
37石湖詞
1/998
5/4140
石湖集
2/1186
2/1233
40石幢居士吟稿
3/2807
44石林詩話
1/478
2/1157
2/1159
3/2200
4/3587
石林詞（琴趣外篇）
1/485
3/2452
5/4125
5/4137
5/4327
石林燕語
3/2432
77石屏詞
1/782
1/1005
3/2671
5/4531

*　作"天地間氣集"，"氣"字疑衍。
**　作"天籟閣詞譜"，"閣"當作"軒"。

3/2136
38西泠詞萃
　5/4346
40西樵語業
　2/1407
　5/4141
44西村集
　1/1025
50西青散記
　3/2143
　3/2144③
　3/2145②
　4/3490
　4/3895
　4/3896
　4/3897
　5/4204*
60西圃集
　3/2885
　西園瑣述
　3/2775
　3/2831
　西園賸稿
　3/2582
60西吳記
　2/1096
71西厢記搊彈詞　見董
　解元西厢記
90西堂雜俎
　3/2134

酉

76酉陽雜俎
　1/104
　1/429
　1/504
　5/4165

1060₁ 霄

22霄川詞
　4/3622

1062₀ 可

00可庵詩餘
　5/4486
　可齋雜錄
　3/2074
09可談　見萍洲可談

1062₇ 靄

10靄雲詩草
　3/2641

1063₂ 釀

22釀川集
　2/1585

1064₈ 碎

10碎玉
　3/2558

80碎金詞
　3/2791
　4/3551
　碎金詞韻
　3/2870
　4/3253
　碎金詞譜
　3/2510
　3/2791
　4/3230
　4/3551
　5/4929
86碎錦詞
　3/2406
　5/4137

醉

80醉翁琴趣外篇　見六
　一詞

1073₁ 雲

00雲齋廣錄
　1/17
01雲瓿詞
　5/4710
02雲謠集雜曲子
　5/4272
07雲韶集
　4/3743
　4/3944

＊　誤作"西清散記"。

22雲巢編

1/391

5/4097*

5/4155

33雲淙琴趣

5/4820

40雲左山房詩文集

4/3495

44雲麓集

4/3371

雲麓漫鈔

4/3725

5/4035

雲莊詞

5/4442

雲華詞

1/657

47雲起軒詞

4/3203

5/4672

5/4807

50雲中詞

3/2616

77雲月詞

1/1008

雲間第宅志

4/3431

雲居堂詞

1/1050

雲門集

4/3304

80雲龕居士詞

1/994

雲無心軒遺稿

4/4003

1080₆ 貢

80貢父詩話

2/1142

2/1829

4/3585

5/4539

買

72買氏談錄

1/104

1/504

1/921

1090₀ 不

67不暇嬾齋詩

3/2618

1090₄ 粟

20粟香五筆（粟香隨筆）

4/3146

4/3147

5/4725

5/4733

粟香隨筆　見粟香五

筆

1096₃ 霜

71霜厓讀畫錄

5/4810

1111₀ 北

21北征小草

1/1033

30北窗吟稿

5/4220

37北湖集

3/2802

38北游集

1/812

44北夢瑣言

1/113

1/456

1/752

1/756

1/970

2/1110

2/1112

2/1118

2/1121

2/1774

2/1775②

2/1811

2/1989

2/1990

❀　作"雲巢篇"，"篇"當作"編"。

2/1994

3/2178

3/2408

5/4150

60北里志

1/458

1111₁　非

91非煙傳

1/443

3/2208

1111₃　珏

00珏庵詞

5/4827

1112₀　珂

10珂雪詞

1/1046

2/1592

2/1593

4/3828

4/3843

4/3957

5/4520

1113₂　琢

50琢春詞

2/1952

4/3271

4/3853

1120₇　琴

01琴語軒詩餘

3/2482

11琴瑟考古圖

4/3356

22琴川詞

4/3666

4/3668

35琴清閣詞

3/2710

40琴臺夢語詞

5/4807

琴志樓集

4/3134

琴趣外篇（醉翁琴趣

外篇）見六一詞

琴趣外篇葉夢得　見

石林詞

琴趣外篇晁補之（晁

无咎詞）

2/1427

4/3597

5/4031

5/4136

50琴畫樓詞鈔

3/2805

72琴隱園詞鈔

4/3649

琴隱園集

5/4514

1121₁　麗

27麗句圖

1/863

1/865②

55麗農詞

1/1043

2/1438

3/2131

95麗情集

1/17

1121₆　彊

44彊村詞

5/4228

5/4260

5/4690

彊村叢書

5/4971

1123₂　張

17張子野詞　見安陸詞

1133₁　瑟

44瑟榭叢談

5/4497

5/4498

1164₀　研

11研北雜志（硯北雜志）

1/298

2/1623

3/2055
5/4097
5/4155

1171₁ 琵

11琵琶錄
　1/939
　5/4934

1212₇ 瑞

10瑞雲詞
　4/3525

1217₂ 瑤

16瑤碧詞
　3/2599
　3/2973
44瑤花詞
　4/3115
　瑤草集
　5/4654
　瑤華詞
　3/2140
　瑤華詞　見瑤華集
　瑤華集（瑤花詞）
　1/881
　3/2612
　3/2650
　3/2806
　4/3271

4/3996
4/3997
5/4523
47瑤鶴山房詞
　3/2782

1217₂ 聯

15聯珠集
　5/4769

1220₀ 列

17列子
　1/827
47列朝詩選
　2/1303
　2/1322
　3/2099

1223₀ 水

00水痕詞
　3/2459
01水龍吟稿
　5/4185
10水雲詞
　5/4144
　水雲村稿
　3/2802
10水雲樓詞
　3/2922*
　4/3156

4/3223
4/3870
4/3996
4/4013②
5/4259
5/4665
　水雲樓詞續刻
　3/2995
　4/3534
44水村琴趣
　4/3451
　水榭唱和
　4/3666

1224₇ 彀

60彀園詞
　5/4713

1240₁ 延

10延露詞
　1/662
　1/1044
　2/1436
　3/2408②
　3/2438
　3/2600
　4/3421
　5/4420

1241₃ 飛

＊　誤作"水雲數詞"。

37飛鴻閣琴意

3/2762

1243₀ 癸

00癸辛雜識

1/770

2/1480

2/1578

3/2046

3/2073

3/2245

3/2269

5/4096

5/4166

1249₃ 孫

44孫花翁墓誌

3/2065

72孫氏祠堂書目

1262₁ 斫

82斫劍詞（斫劍集）

3/2781

4/3333

斫劍集　見斫劍詞

1266₉ 磻

32磻溪詞

5/4487

1314₀ 武

44武林舊事

2/1479

2/1482

2/1557

2/1564

2/1571

3/2066

3/2067

3/2068

3/2247

3/2503

5/4096

5/4153

1413₁ 聽

10聽雨山房詞

3/2834

聽雨樓詞

3/2487

5/4185

20聽香室遺稿

3/2920

21聽艫詞

4/3666

29聽秋聲館詞話（杏舲

詞話）

4/3229

4/3230

4/3265

4/3271

4/3280

4/3487

4/3493

4/3558

4/3573

4/4002

44聽蕉雨軒詩詞稿

3/2976

48聽松廬詞鈔

4/3516

聽松濤閣詞

4/3677

50聽春閣詞

4/3524

1418₁ 琪

60琪園隨録

1/763

1464₇ 破

83破錢詞

4/3455

1467₀ 酤

14酤酤詞鈔

4/3863

1519₀ 珠

10珠玉詞（珠玉集）

1/978

2/1406

2/1530

5/4027

5/4135

5/4276

5/4526

5/4596

珠玉集　見珠玉詞

31珠江低唱

5/4373

5/4793

1519₆　疎

62疎影樓詞　見疏影樓詞

1540₀　建

37建初錄

1/435

1/742

90建炎以來繫年要錄

5/4035

1561₁₈　醴

26醴泉筆錄

4/3609

1610₄　聖

43聖求詞

5/4139

1611₄　理

38理道要訣

1/95

1/116

1625₆　彈

51彈指詞

1/847

1/1048

2/1936

3/2132

3/2133

3/2139

3/2774

3/2775

3/2865

4/3151

4/3414

4/3415

5/4571

1660₁　碧

10碧雲盦詞

3/2906

13碧琅玕館詩餘

3/2926

20碧雞漫志

1/272

1/939

2/1081

2/1084

2/1104

2/1105②

2/1106②

2/1755

2/1759②

2/1763

2/1764

2/1768

2/1836

2/1837

2/1839②

2/1849

2/1961

2/1966

2/1968③

2/1969

2/1970③

3/2177

3/2180②

3/2181

3/2182

3/2233

3/2235②

3/2240②

3/2242

3/2410

3/2418

3/2456②

3/2803

4/3219

4/3360*

4/3511

4/3622

＊　作"碧雞坊漫志"，"坊"字衍。

5/4036
5/4093
5/4095
5/4145
5/4272
5/4427
5/4489
5/4508
21碧廬簃詩詞
　5/4764
22碧山樂府（花外集）
　1/1011
　2/1414
　4/3109
　4/3357
　4/3812
　5/4141
　5/4633
　5/4959
37碧澥詞
　5/4538
　5/4605
41碧梧山館詞
　3/2724
　5/4185
42碧桃館詞
　4/3897
45碧棲詞
　5/4757
60碧田詞
　4/3673

1661₀ 硯

11硯北雜志　見研北雜
　志
77硯凹餘瀋
　4/3497

1712₀ 聊

00聊齋志異
　3/2621
　4/3184
28聊復集
　1/760
　2/1191
　2/1847

1712₇ 耶

32耶溪漁隱
　3/2483

弱

00弱庵詩詞
　5/4802

璚

12璚瑤集
　5/4333
44璚華室詞
　4/4005

1714₀ 珊

17珊瑚網

1/297
1/342
3/2070
3/2077
3/2249
珊瑚鈎詩話
　2/1088
　2/1767

1714₇ 瓊

12瓊瑤集
　1/115
　1/117
　1/456
　1/975
　2/1134
40瓊臺會稿
　3/2462
44瓊華室詞
　4/4016
　5/4185
瓊華閣詩草
　5/4781
瓊林雅韻
　3/2158

1720₇ 了

00了齋集
　4/3368

1723₂ 聚

21聚紅榭唱和詩詞　見

聚紅樹雅集詩詞

聚紅樹雅集詩詞（聚
紅樹唱和詩詞、聚
紅樹雅集詞）

3/2816

4/4006

4/4014

5/4184

5/4185

聚紅樹雅集詞　見聚
紅樹雅集詩詞

44聚蘭集

1/30

1/472

2/1167

1723₂　豫

00豫章漫抄

3/2452

1740₈　翠

10翠雲松館詞

3/2730

32翠浮閣詞

3/2815

44翠薇花館詞

3/2651

3/2652

3/2868

4/3514

4/3558

4/3655②

5/4422

5/4617

翠茗軒詩詞

3/2641

77翠屏集

4/3491

5/4174

1750₁　羣

50羣書扎記*

5/4583

羣書類要事林廣記

5/4552

70羣雅集

2/1469

4/3219

4/3224

5/4105

1762₀　司

71司馬温公紀聞　見涑
水紀聞

酌

70酌雅齋詩餘

4/3543

1762₇　郡

00郡齋讀書志

5/4490

1768₂　歌

07歌詞自得譜

3/2431

1780₁　翼

00翼齋文集

4/3408

1812₂　珍

20珍重閣詞

5/4774

1814₀　攻

46攻媿集

3/2073

1874₀　改

50改蟲齋詞

3/2787

1832₇　驚

80驚翁集

5/4767

2022₇　秀

17秀瓊詞

＊　"扎"當作"札"。

5/4226

2026₁ 信

00信齋詞
5/4535

2033₁ 焦

04焦竑筆乘
3/2665

2040₇ 雙

00雙辛夷樓詞
5/4780
16雙硯齋詞
4/4005
4/4003
32雙溪詞王炎
5/4140
　雙溪詞馮取洽
5/4138
　雙溪醉隱樂府
5/4143
35雙清閣詩
3/2711
67雙照樓所刻詞
5/4971
97雙鄰詞鈔
4/3574

2041₄ 雞

74雞肋詞
1/986
2/1188
　雞肋集
4/3369

2044₇ 爰

43爰始樓集
5/4516
60爰園詞話
1/874
2/1460
2/1805
5/4122

2060₄ 看

22看山樓詞
5/4547
5/4564

2060₉ 香

10香雪詞
4/3458
4/3850
　香雪留痕
3/2769
11香研居詞麈(詞麈)
4/3220
4/3231
4/3232

4/3240②
4/3242
4/3259②
4/3360
5/4113
5/4928
30香宋詞
5/4786
32香溪瑶翠詞
3/2805
34香濤詞
4/3458
36香禪詞
3/2889
37香祖筆記
3/2444
4/3481
38香海棠館詞話
5/4522
5/4584
5/4678
40香南雪北詞
5/4187
5/4571
　香南雅詞
5/4370
　香奩集(香籢集)
1/194
1/599
1/604
1/686
1/969

2/1117

2/1764

3/2295

44香蘇詞

5/4821

香蘇山館詞（香蘇山
館集）

3/2729

3/2803

香蘇山館集　見香蘇
山館詞

香草編

2/1947

香芸閣賸稿

3/2653

50香東漫筆

5/4581

62香影庵詞

3/2150

5/4185

香影詞

4/3553

66香嚴齋詞

1/1036

香嚴詞

1/816*

3/2111

72香隱庵詞

3/2701

3/2961

3/2971

77香閨秀翰　見玉臺名
翰

香月亭集

5/4511

香屑集

4/3954

4/3972

香膽詞

1/1049

4/3846

88香籢集　見香奩集

2061₄　雛

67雛鵑草

1/1043

2071₄　毛

10毛西河集

3/2609

2090₄　采

00采衣堂詞

2/1437

20采香詞

3/2905

3/2948

4/3563

5/4186

5/4645

77采風録

5/4608

集

06集韻

4/3256

5/4121

5/4930

5/4934

2108₆　順

00順庵樂府

1/994

4/3368

4/3925

20順受老人詞

1/1000

2/1249

2/1415

2110₀　上

00上庠録

1/183

76上陽詞

1/813

止

00止庵詞

3/2713

止齋詞

---

*　誤作"香嚴詞"。

5/4223

2121₁ 能

18能改齋漫録(吳虎臣
漫録)
1/45
1/778②
1/942
1/986
2/1090
2/1127
2/1147
2/1152
2/1162
2/1167
2/1170
2/1178
2/1180③
2/1181
2/1182
2/1184
2/1188
2/1194
2/1196
2/1198
2/1202
2/1205
2/1211
2/1227
2/1233
2/1254
2/1263

2/1790
2/1808
2/1827
2/1830
2/1833
3/2002
3/2004
3/2006
3/2012
3/2014
3/2017
3/2020
3/2021
3/2023
3/2025
3/2029
3/2031
3/2032
3/2035
3/2036
3/2048
3/2069
3/2079
3/2184
3/2201
3/2204
3/2238
3/2261
3/2268
3/2270
3/2271②
3/2440

3/2498②
3/2858
4/3350
5/4097
5/4499

2121₂ 虛

00虛齋樂府
4/3369
5/4137
80虛谷雪波詞
4/4007

2121₇ 盧

72盧氏雜説
1/107
1/114
2/1108

2122₀ 何

24何休公羊注
5/4931

2122₁ 行

30行寮瑣筆
3/2092
47行都紀事
3/2051

衍

34衍波詞王士禛
1/660②

1/661
1/662
1/1041
2/1473
2/1930②
3/2611
3/2622
5/4260
5/4570

衍波詞孫蓀意

2/1538
3/2487

衡

44衡夢詞
4/3271

2123₄ 虞

22虞山詩選
1/658②

2125₃ 歲

64歲時廣記
1/17
1/20
1/22
1/25
1/26
1/29
1/30
1/35
1/36

1/46
1/47
1/48
1/49
1/59
1/63

2128₆ 須

32須溪詞(須溪集)
1/1012
5/4451
5/4452
5/4467
5/4539

須溪集 見須溪詞

頻

26頻伽詞話 見靈芬館
詞話

2140₆ 卓

72卓氏中州韻 見中州
樂府音韻類編

2155₀ 拜

10拜玉詞
4/3666
拜石詞
4/3272
4/3293
拜石山房詩詞
3/2642

3/2643
21拜經樓詩話
3/2407
4/3457

2160₂ 皆

22皆山樓餘話
3/2077

2171₀ 比

88比竹詞
5/4346

2172₇ 師

23師伏堂集
5/4781

2180₆ 貞

50貞素齋詞
5/4485
72貞隱詞
1/1029
77貞居詞
3/2251
4/3490
5/4143

2190₃ 紫

10紫霞偶筆
3/2277
紫霞軒詩
3/2832

紫雲詞
　2/1936
　3/2120
　3/2255
　4/3332
　4/3403
　4/3443
　4/3451
22紫巖集
　4/3369
28紫微詞　見紫微雅詞
紫微雅詞(紫微詞、于
　湖詞)
　1/489
　1/997
　2/1226
　2/1483
　2/1872
　5/4140
　5/4157
　4/3493
42紫桃軒雜綴
　5/4164
紫桃軒又綴
　5/4490
44紫薇詞　見紫微雅詞
紫薇集
　1/995
紫薇軒詞
　3/2633
紫華舫詞
　3/2476

48紫松花館詞
　4/3167
57紫蝴蝶花山館詩
　3/2708
88紫籇花館詞
　3/2966

2190₄ 柴

21柴虎臣古韻　見古韻
　通略

2191₀ 紅

10紅雪詞
　5/4184
紅雪詞鈔
　5/4186
紅豆詞
　4/3290
紅豆樹館詞
　3/2151②
　3/2722
　3/2808
　5/4185
　5/4225
44紅蕚詞
　4/3531
紅蘭閣詞
　3/2476
紅蕉詞
　5/4699
紅蕉仙館詞
　3/2728

紅樹樓選
　3/2262
紅葉稿
　1/970
　2/1814
　5/4333
　5/4455
紅葉村詞
　3/2789
紅藕莊詞
　4/3462
56紅螺詞
　3/2476
71紅牙集
　1/655
　1/664
　1/1038
78紅鹽詞
　3/2611
　4/3265
　4/3380
96紅燭詞
　5/4621
　5/4622

2191₁ 經

88經籍志焦竑
　5/4333

2191₇ 緬

29緬秋詞
　4/3669

2202₁　片

10片玉詞　見清眞詞

2220₀　側

46側帽詞

2/1937

2/1938

3/2139

4/3114

2221₇　嵐

34嵐漪詞

4/3666

2223₀　觚

79觚賸

3/2621

2224₇　後

22後山詩話(後山居士
詩話)

1/161

1/163②

1/203

2/1139

2/1141

2/1182

2/1760

3/2005

3/2074

3/2191

3/2233

5/4089

後山詞

5/4136

後山集

1/985

後山居士詩話　見後
山詩話

34後漢書

1/827

37後湖集

1/770

44後村詩話

3/2222

3/2489

後村集

2/1870

後村別調(別調)

1/510

1/1005

2/1250

4/3369

5/4140

2227₀　仙

25仙傳拾遺

1/95

31仙潭誌

1/358

2232₇　鶯

95鶯情詞

2/1440

3/2457

2233₆　戀

44戀花集

4/3151

2238₆　嶺

40嶺南宋六家詞

5/4885

2250₄　峯

45峯樓寫生

3/2458

2260₁　岩

26岩泉山人詞

5/4560

45岩棲幽事

2/1316②

3/2105②

2265₃　畿

53畿輔詩傳

3/2724

2272₁　斷

12斷水詞

3/2579

4/3546

76斷腸詞　見斷腸集

斷腸集(斷腸詞)

1/361

1/993

4/3727

5/4036

5/4137

5/4161

5/4494

2277₀ 山

00山齋集

3/2671

30山房隨筆

2/1238

3/2434

山家清供

1/469

40山左人詞

5/4970

44山草堂詞

4/3380

山村集

1/1021

50山中白雲詞（玉田詞）

1/270

1/271

1/302

1/880

1/1011

2/1414

2/1568

2/1578

2/1884

3/2068

3/2069

3/2247

3/2407

3/2425

3/2433

4/3109

4/3348

4/3357

4/3654

4/3664

5/4033

5/4097

5/4142

5/4633

5/4963

80山谷詞

1/982

3/2239

5/4028

5/4136

90山堂肆考

2/1665

幽

44幽蘭草顧敭憲

3/2641

幽蘭草李雯

1/651

1/1038

2/1319

45幽棲詞

5/4542

77幽閒鼓吹

1/100

97幽怪錄

1/95

2290₁ 崇

64崇睦山房詞

5/4185

2290₄ 梨

10梨雲寄傲詞

5/4511

60梨園新樂府

4/3199

巢

80巢令君阮戶部詞

5/4136

樂

00樂齋詞

5/4137

樂府廣變風

1/86

3/2240

3/2410

樂府雜錄

1/107

1/114

1/117

1/664

1/907	2/1085	1/926
2/1767	2/1086	1/931
2/1769	2/1115	1/932
2/1770	2/1770	1/941
2/1772	2/1771	1/942
2/1983	3/2172	1/967
3/2164	3/2295	1/968
3/2176	樂府紀事	1/970②
4/3127	3/2104	1/971
4/3219	樂府紀聞	1/972
4/3609	1/751	1/975
5/4039	1/754	1/976
5/4093	1/755	1/981②
5/4488	1/770	1/983
5/4927*	1/776	1/984
樂府衍義	1/779	1/993
1/746	1/789	1/994
2/1087	1/794	1/1002
樂府傳聲	1/795	1/1003
4/3620	1/797	1/1018
5/4118	1/798	1/1023
樂府解題	1/801	1/1024②
1/746	1/802	1/1025②
1/896	1/807	2/1096
1/897	1/808	2/1099
1/898	1/902	2/1111
1/903	1/906	2/1125②
1/933	1/913	2/1129
1/937	1/914	2/1132
1/945	1/924	2/1148

＊　誤注《樂府雜錄》卽《琵琶錄》。

1/830
1/895
2/1087
2/1124
2/1782
2/1992
3/2400
4/3617
5/4093
5/4102
5/4581
74樂髓新經
　5/4927

2291₄　種

10種玉詞
　4/3359
　5/4186
44種芸詞　見種芸仙館
詞
　種芸仙館詞（種芸詞）
　2/1521
　3/2702
　3/2912

2320₀　外

50外史欀杌
　1/106
　3/2181*

2322₁　佇

77佇月樓分類詞選
　4/3433

2323₄　伏

18伏敔堂集
　3/2618

2393₂　稼

51稼軒詞　見稼軒長短
句
　稼軒長短句（稼軒詞）
　1/1000
　3/2408
　5/4034
　5/4140
　5/4152
　5/4502

2395₀　織

88織餘瑣述
　5/4420②
　5/4434
　5/4438
　5/4439②
　5/4478
　5/4501

2411₇　豔

60豔異編
　1/930

2420₀　射

22射山詩餘
　5/4515
　5/4517②
70射雕山館詞
　3/2901

2422₁　倚

10倚霞閣詞鈔
　5/4186
　倚雲亭詞
　3/2697
47倚聲集
　1/836
　1/854
　1/881
　1/1036②
　1/1037
　1/1040
　1/1043
　2/1451
　2/1932
　2/1944
　3/2119②
　3/2127
　3/2253
　4/3304

---

*　誤作“外史欀杭”。

詞綜

續詞綜黃燮清　見國
　朝詞綜續編

續詞律　見詞律拾遺

續詞選張琦
　5/4299

續詞選董毅
　4/3802
　5/4964

續詞選批注
　2/1622

續詞品江順詒
　4/3299
　4/3303

續詞品楊燮生　見詞
　品楊燮生

26續和清真詞
　3/2687

27續絶妙好詞
　3/2651

35續清言
　2/1230
　2/1873
　2/1874

44續花間集
　3/2253

51續軒渠集
　4/3371

續軒渠録
　3/2226②
　3/2230

60續國朝詞綜　見國朝

詞綜續編

74續骫骳説
　3/2023

2510$_0$ 生

20生香館詞
　3/2483
　3/2710

2520$_7$ 律

60律呂新書
　5/4102

律呂通解
　5/4010

律呂臆説
　4/4103

律呂闡微
　5/3240

2524$_3$ 傳

20傳信録　見開天傳信
　録

2590$_0$ 朱

17朱子語録
　3/2469

22朱絲詞
　5/4727
　5/4787

27朱鳥逸史
　2/1957

75朱陳村詞

5/4224
5/4222

2594$_7$ 純

12純飛館詞
　5/4808

2592$_7$ 繡

27繡鴛詞
　4/3666

31繡沅詞
　4/3677

54繡蝶盦詞（繡蜨盦詞）
　3/2888
　3/2974
　3/2975

55繡蜨盦詞　見繡蝶盦
　詞

88繡篋詞
　3/2945

2599$_6$ 練

32練溪詞
　2/1953

2600$_0$ 白

00白庵詞評
　2/1579

10白雪遺音
　4/3370
　5/4137

白雨齋詞話

5/4581

2624₁ 得

44得樹樓雜鈔
　5/4544
　5/4549
47得趣居士詞
　5/4449
80得全居士詞
　1/996
　5/4138
　5/4152

2690₀ 和

10和石湖詞
　5/4082
　5/4140
15和珠玉六一詞
　4/3643
　和珠玉詞
　5/4381
35和清真詞方千里
　1/1007
　2/1424
　3/2686
　5/4082
　5/4137
　和清真詞楊澤民
　2/1424
　5/4082
44和花間集
　1/652

1/674
1/845
1/1029
74和陸詞
　5/4090
80和姜詞
　4/3518

2694₀ 稗

50稗史
　1/712

2694₁ 繹

50繹史
　4/3240

2710₇ 盤

32盤洲詞
　1/987
　5/4434
　盤洲集
　5/4088

2711₇ 龜

22龜峯詞
　3/2406
　5/4137
　5/4141
　5/4161
　5/4443
　龜巢老人詞
　5/4486

2712₇ 歸

31歸潛志
　3/2044
　3/2452
　5/4169
40歸來集
　4/3368
60歸愚詞
　2/1423
　5/4139
　歸田詩話
　3/2503
　歸田錄
　3/2688

2720₀ 夕

76夕陽村詩
　3/2832

2721₀ 佩

00佩文韻府
　4/3257
44佩楚軒客語
　1/359

2721₇ 倪

10倪雲林年譜
　5/4682

鳬

44鳬藻集

2744₉ 彝

40彝壽軒集
　3/2890

2746₇ 船

00船庵詞
　3/2879

2748₁ 疑

10疑雨集
　1/713
　2/1317
　2/1923

2748₂ 欸

17欸乃集
　1/948

欷

21欷紅樓詞

　5/4807

2752₀ 物

23物外清音
　1/889
　2/1109
　3/2182

2760₀ 名

21名儒草堂詩餘（元儒
　草堂詩餘、元草堂
　詩餘、元儒草堂、鳳
　林書院草堂詩餘、
　鳳林書院詩餘）
　3/2437
　4/3367
　4/3949
　4/3950
　4/3951
　4/4000
　5/4145
　5/4467
　5/4469
　5/4477②
　5/4507
　5/4958
　5/4960
　5/4961
　5/4963
27名物通
　3/2255
30名家詞集
　5/4971
42名媛詞緯
　1/568
　名媛集
　1/771

3/2274
50名畫記
　2/1097
　2/1290
　2/1809
　2/1906
71名臣錄*
　1/976
　1/977
　1/978

2760₃ 魯

00魯齋詞
　1/1018

2772₀ 勾

44勾花庵詞鈔
　2/1948

幻

44幻花庵詞
　2/1950
　幻花庵集
　3/2141③

2773₂ 餐

47餐楓館詞
　3/2825

* 疑卽《宋名臣言行錄》。

2775₂ 嶰

80嶰谷詞
  5/4182

2775₄ 峰

37峰泖浪仙
  3/2105
  3/2106②

2780₉ 炙

16炙硯瑣談
  5/4522
  5/4570

2791₇ 紀

43紀城文稿
  4/3550

絶

49絶妙詞選黄昇　見花
  庵絶妙詞選
  絶妙詞選周密　見絶
  妙好詞
  絶妙近詞（近詞録）
  3/2642
  3/2771
  4/4006
  4/4018
  絶妙好詞（絶妙詞選、
  草窗詞選、草窗之
  選）

1/225②
1/230
1/266
1/339
1/914
1/1001
1/1007
1/1008
1/1009
1/1010②
2/1242
2/1254
2/1494
2/1885
3/2074
3/2244
3/2248
3/2437
3/2502
3/2503
3/2547
3/2593
3/2735
4/3017
4/3331
4/3357
4/3371
4/3410
4/3467
4/3479
4/3493
4/3587

4/3597
4/3807
4/3814
4/3818
4/3969
4/3997
4/4000
4/4002
5/4061
5/4097
5/4144
5/4263
5/4281
5/4550
5/4551
5/4631
5/4957②
5/4958②
5/4961
5/4963
  絶妙好詞戈寶士
  4/3272
  絶妙好詞箋
  3/2460
  4/4003

2792₀ 約

60約園詞
  3/2814
  4/3529
  5/4187

2/1320

2/1925

2998₀ 秋

07秋詞

　3/2617

10秋露詞

　4/3666②

　秋雪詞

　1/1041

　4/3327

12秋水詞

　1/1048

　3/2770

　4/3122

　秋水軒詞

　3/2589

16秋碧詞

　3/2881

　秋碧樂府

　5/4511

　秋碧軒集

　5/4511

22秋崖詞

　1/1010

　秋崖碧澗

　5/4383

31秋江欸乃

　5/4891

37秋澗詞　見秋澗樂府

秋澗樂府（秋澗詞）

　1/1018

　5/4471

44秋夢盦詞

　4/4006

　5/4678

　5/4679

　5/4803*

　5/4807

　秋蓮子詞

　4/4010

　秋林琴雅

　3/2142

　3/2151

67秋明集

　5/4822

77秋閒草

　1/1039

　秋屏詞

　2/1948

86秋錦山房詞

　4/3462

88秋笳詞

　5/4612

　秋笳集

　2/1536

90秋堂詩餘

　5/4453

92秋燈叢話

　4/3455

3010₁ 空

10空一切盦詞

　5/4185

50空青詞

　4/3524

　5/4185

77空同詞

　1/1009

　5/4141

　5/4445③

3010₆ 宣

26宣和遺事

　2/1205

　2/1208

　2/1855

　3/2033

　3/2268

　3/2442

77宣卿詞（袁宣卿詞）

　3/2406

　5/4142

3010₇ 宣

00宣齋野乘

　3/2212

　3/2250

29宜秋集

　4/3383

---

*　誤作“秋夢盦詞”。

50宜春舫詩詞
　5/4422
　5/4617
宜春遺事
　2/1226
　2/1869

3011₄　淮

38淮海詞　見淮海居士
　　長短句
淮海居士長短句（淮
　　海詞）
　1/32
　1/983
　4/3597
　4/3818
　5/4029
　5/4136
　5/4197
　5/4276
　5/4583
淮海集
　1/16
　1/177
　1/401
　2/1396
　3/2861
淮海扁舟
　4/3527
淮海英靈集

　2/1953

3011₇　瀛

40瀛奎律髓
　2/1480
　3/2066
　3/2416

3013₀　汴

47汴都平康記
　3/2442

3014₁　瓣

77瓣月詞　見瓣月樓詞
　　稿
瓣月樓詞稿（瓣月詞）
　3/2919
　4/3667

3020₁　寧

34寧遠堂集
　5/4516

3021₂　宛

20宛委餘編
　1/787
　1/831②
　2/1273
44宛芳樓詞
　3/2836

　4/3483
72宛丘詞
　1/984
74宛陵詞選*
　4/4000
　4/4019
97宛鄰詞選　見詞選張
　　惠言

3023₂　永

22永樂大典
　5/4959
29永愁人集（鵑紅集）
　3/2780

家

30家宴集
　4/3249

3030₃　寒

10寒玉堂詩餘
　5/4797
48寒松閣詩詞
　4/3996
寒松閣詞稿
　3/2968
　5/4720

3030₄　避

60避暑錄話

---

*　“陵”疑當作“鄰”。

1/477
1/857*
3/2434
3/2812
4/3586
5/4493**
5/4541

3030₇ 之

32之溪老生集
1/1373

3032₇ 寫

06寫韻樓詞草
5/4187
5/4609②
5/4610
95寫情集
1/359
5/4143

3033₂ 宓

27宓朶詞
5/4614

3040₄ 安

74安陸詞（張子野詞）
1/980
3/2441

5/4027
5/4136
76安陽集
1/979

宴

22宴樂新書***
2/1469

3040₇ 字

42字橋詞
4/3483

3042₇ 寓

00寓言集
1/1036
47寓聲樂府
5/4094

3050₂ 搴

21搴紅詞
5/4701

3060₄ 客

00客亭類稿
3/2219
3/2276
客座贅語

1/749
1/755
1/758
2/1125
2/1128
2/1816
2/1986
2/1993
5/4580
30客窗隨筆
2/1920②

3060₈ 容

00容齋詞
1/1043
容齋續筆
5/4324
容齋題跋
5/4169
容齋隨筆
3/2219
3/2741
5/4091
5/4094
5/4299

3060₉ 審

00審齋詞

---

* 　作“避暑錄”，脫“話”字。

＊＊　“暑”誤作“署”。

＊＊＊　“宴”疑當作“燕”。

5/4139
5/4550

3062₁　寄

00 寄廬詞存
　4/3535
　4/3541
60 寄園百詠
　4/3377
77 寄閒集
　1/256

3080₁　定

20 定香亭筆談
　2/1950
　3/2150

3080₆　寶

00 寶慶四明志
　3/2662
77 寶月集
　1/31
　1/366
　1/992

3090₄　宋

00 宋六十一家詞選（六
　十一家詞選）
　4/3795

4/3889
5/4200
5/4246
5/4966
5/4970
宋六十名家詞（六十
　名家詞、宋六十家
　詞、汲古閣六十家
　詞）
　2/1378
　2/1426
　4/3457
　4/3961
　5/4135
　5/4136
　5/4137
　5/4138
　5/4145
　5/4340
　5/4432
　5/4970
宋六十家詞　見宋六
　十名家詞
04 宋詩紀事
　3/2412
　3/2453
07 宋詞選*
　5/4883
宋詞舉

5/4968
宋詞三百首
　5/4963
　5/4967
10 宋元百家詞
　2/1378
　4/3961
　5/4971
27 宋名家詞
　2/1886②
宋名家詞評
　2/1231②
　2/1240
　2/1252
　2/1255②
　2/1256
　2/1866
　2/1884
　3/2063
宋名臣言行錄
　2/1228
　2/1229
　2/1863
宋名臣詞評**
　2/1873
40 宋七家詞（宋七家詞
　選）
　3/2868
　3/2939

＊　疑指詞選（張惠言）。

＊＊　"臣"疑當作"家"。

3/2996

3/2997

4/3888

5/4335

5/4631

5/4637

5/4932

5/4965

宋七家詞選　見宋七

家詞

44宋舊宮人詩詞

5/4145

50宋史

5/4927

宋史樂志

5/4104

5/4493

宋史藝文志補

4/3622

60宋四家詞選

3/2853

4/3119

4/3998

4/4010

5/4631

5/4940

5/4970

宋四家詞筏

5/4448

宋景文筆記

3/2863

80宋人詞説

3/2933

3111₀ 江

21江行雜録

2/1212

2/1861

江行集

3/2091

22江山風月

3/2879

江山風月譜

5/4186

37江湖集

2/1480

3/2066

3/2416

江湖紀聞

3/2050

3/2222

3/2663

江湖載酒集

1/1047

2/1434

2/1600

3/2995

4/3415

4/3835

5/4523

38江海詩傳

3/2723

40江左詩徵

3/2722

40江南野録

3/2185

5/4155

江南録

5/4096

44江村詩詞臏語（江村

臏語）

3/2077

3/2249

江村臏語　見江村詩

詞臏語

50江東詞稿

5/4187

江東詞社詞選

4/3531

江東外紀

3/2778

97江鄰幾雜志

1/429

5/4096

3111₁ 沅

44沅蘭詞

4/3159

3111₄ 溉

90溉堂詞

1/1046

3111₆ 溫

00溫塵集

3/2640

10浙西六家詞

4/3367

3213₀ 冰

21冰紅詞

4/3156

26冰泉唱和集

4/3145

4/3150

4/3160

5/4733

5/4741

57冰抱集

5/4512

71冰蠶詞

4/3114

5/4185

3213₄ 溪

40溪南詞

1/1042

90溪堂詞

1/988

2/1969②

5/4136

3214₇ 浮

32浮溪文粹

1/991

77浮眉樓詞

3/2789

3/2808

3/2819

3214₇ 潑

60潑墨軒詞

3/2797

4/3545

3216₉ 潘

17潘子冥詩話*

4/3057

3223₀ 氷

26氷泉唱和集　見冰泉
唱和集

3230₁ 逃

36逃禪詞（逃禪集）

1/986

2/1188

2/1427

4/3598

5/4031

5/4125

5/4139

逃禪集　見逃禪詞

3230₂ 近

07近詞錄　見絶妙近詞

75近體樂府周必大

4/3593

4/3610

5/4140

5/4543

近體樂府歐陽修　見
六一詞

近體樂府俞彦

1/1028

80近人詞錄

5/4359

3230₉ 遜

40遜友齋詞

3/2627

3300₀ 心

00心庵詞（心庵詞存）

3/2983

4/3294

4/4000

5/4186

5/4688

心庵詞存　見心庵詞

34心遠堂詞

1/813

60心日齋詞錄　見心日

---

* "冥"疑當作"真"。

40沈去矜韻　見詞韻 沈
　謙

3411₁　湛

60湛園未定稿
　4/3413

3412₇　瀟

44瀟夢詞
　5/4790

3413₁　法

44法苑春秋
　1/786
　2/1269

3413₄　漢

40漢南真稿
　2/1989

3416₀　渚

22渚山堂詞話
　1/379
　5/4146

3416₁　浩

23浩然齋雅談
　2/1623
　3/2266
　3/2387
　3/2413
　3/2442

　3/2453
　4/3350
　4/3452
　4/3818
　4/3912
　4/3914
　4/3969
　5/4803

3418₁　洪

13洪武正韻
　1/665
　1/834②
　1/835
　3/2158
　3/2162
　3/2164
　4/3262
　5/4931

3422₇　襧

10襧雲詞
　4/3522

3430₃　遠

22遠山遺稿
　3/2441
遠山樓詞
　3/2625
40遠志齋詞衷（詞衷）
　1/806
　1/839

　1/1029
　1/1041
　1/1044
　2/1315
　2/1318②
　2/1323
　2/1453
　2/1462
　2/1464
　2/1466②
　2/1468
　2/1473
　2/1791
　2/1799
　2/1923
　2/1977
　2/1978
　2/1981
　3/2175②
　3/2204
　4/3322
　4/3323
50遠春詞
　4/3537

3430₉　遠

04遠詩話
　3/2428
　3/2436
50遠史
　5/4927
遠史樂志

5/4100

3440₄　婆

39婆娑詞　見婆梭詞

43婆梭詞（婆娑詞）

　3/2781

　4/3572

3490₄　染

20染香詞

　1/1046

3510₇　津

76津陽門詩注

　1/94

3512₇　清

●●清夜録

　2/1174

11清琴詞

　3/2774

　4/3151

24清綺軒詞選

　4/3888

　4/3937

30清淮詞

　4/3522

31清江欸乃集

　1/1003

　2/1248

　2/1881

　4/3370

33清邃閣論詩

　5/4261

34清波雜志

　3/2410

　3/2428

　3/2803

　5/4155

　5/4157

　5/4508

　5/4959

清波別志

　3/2221

清波小志

　3/2639

40清真詞　見清真集

清真集（清真詞、清真
樂府、片玉詞、美成
長短句）

　1/301

　1/458

　1/491

　1/652

　1/657

　1/887

　1/939

　1/989

　2/1243

　2/1404

　2/1521

　2/1588

　3/2543

　3/2865

4/3467

4/3597

4/4004

5/4029

5/4137

5/4197

5/4273

5/4319

5/4339

5/4346

5/4865

5/4960

5/4928

清真集注

　3/2406

清真樂府　見清真集

44清夢盦二白詞

　3/2955

60清異録

　2/1120

　2/1991

77清閟閣詞

　1/1021

80清尊集

　5/4157

　5/4177

97清鄉詞

　4/3483

　5/4185

3513₂　濃

62濃睡樓詞

2/1506

3519₆ 涷

12涷水紀聞（司馬温公
紀聞）
3/2688

3520₆ 神

14神珙四聲五音九弄反
紐圖
5/4119

3521₈ 禮

07禮部韻略
4/3256
5/4930

3526₀ 袖

60袖墨詞（袖墨集）
4/4018
5/4767
袖墨集　見袖墨詞

3530₈ 遺

22遺山樂府
3/2085
5/4142
5/4506②
5/4466
遺山先生新樂府
5/4142

3610₀ 泊

30泊宅篇
5/4148
77泊鷗山房詞
4/3553

湘

10湘雨樓詞話
5/4706
湘雨樓集
4/3129
湘雲遺稿
4/3857②
11湘瑟詞
4/3442
20湘絃詞
5/4807
22湘山野錄
1/21
1/468
2/1090
2/1144
2/1808
3/2002
24湘綺樓詞
5/4187
5/4789
湘綺樓詞選
5/4299
湘綺樓集
4/3129

34湘社集
4/4007
40湘真集
1/651
1/809
1/1032
2/1318②
2/1319
2/1923
4/3304
44湘蘋詞
1/819
50湘中草
1/1034
77湘月詞
3/2475
88湘筠館詞　見湘筠館
樂府
湘筠館樂府（湘筠館
詞）
2/1538
3/2486
96湘烟錄詩源指訣
5/4571

3611₇ 温

77温叟詩話
1/757
1/768
1/877
1/936
2/1154

2/1166

2/1835

3/2260

4/3029

温叟詞話

2/1122

2/1155

2/1995

80温公詩話

2/1141

2/1494

2/1829

3612₇　渭

22渭川詞　見渭川居士
　詞

　渭川集　見渭川居士
　詞

　渭川居士詞(渭川詞、
　渭川集)

3/2656

4/3369

5/4138

3614₇　漫

77漫叟詩話

1/6

1/161

1/165

1/209②

2/1848

3/2199

3/2237

3/2495

漫叟詞話

3/2440

3625₆　禪

30禪寄筆記

3/2060

3630₀　迦

74迦陵詞

1/1047

3/2134*

3/2135

3/2793

4/3515

迦陵填詞圖

2/1527

3/2404

4/3329

4/3487

3630₂　遏

10遏雲集

1/906

1/967

3/2541

4/3373

3630₃　還

37還初堂詞鈔

4/3542

還初堂集

4/3114

3711₁　瀎

16瀎碧詞

5/4724

3711₂　泡

62泡影集

4/3555

3712₀　洞

28洞微志

1/115

1/888

2/1114

88洞簫詞

3/2504

3/2906

　　湖

10湖天曉角

5/4819

22湖山類稿

3/2277

5/4037

---

*　誤作"伽陵詞"。

3/2825

46澹如軒詩集

5/4611

51澹軒集

4/3370

3716₄ 潞

21潞舸詞

5/4716

3718₁ 漢

50漢書

4/3422

3718₂ 次

47次柳詞

4/3291

漱

10漱玉詞(漱玉集、易安詞)

1/450

1/993

2/1521

3/2434

4/3130

5/4035

5/4136

5/4152

5/4308

5/4512

漱玉集　見漱玉詞

44漱花詞

3/2622

3721₄ 冠

47冠柳詞　見冠柳集

冠柳集(冠柳詞)

1/768

1/988

2/1521

4/3924

5/4732

3722₀ 初

30初寮詞(初寮集)

1/985

2/1423

5/4087

5/4137

5/4492

初寮集　見初寮詞

36初禪詞

4/3458

44初蓉集

3/2047

3730₁ 逸

44逸老堂詩話

5/4489

50逸史

1/95

60逸園詩草

3/2582

3730₂ 通

40通志

1/967

2/1089

2/1808

通志堂集

4/3417

44通藝閣詩録

3/2648

55通典

5/4102

70通雅

4/3240

5/4088

88通鑑後編考異

3/2411

過

10過雲詞

3/2644

過雲精舍詞

4/3561

5/4185

3730₈ 選

25選佛詩抄

3/2480

44選夢詞

3/2793

4/3418

4/3493

1/1030
1/1031
46 十駕齋養新錄（養新
　錄）
3/2409
3/2427
3/2452
3/2469
5/4686
60 十國宮詞百首
3/2455
十國春秋
2/1122
2/1123②
2/1818
2/1819
2/1820
2/1822
2/1824②
2/1825②
2/1994
5/4334
十國春秋注
2/1815
十國春秋拾遺
2/1997②
3/2215
80 十美詞紀
5/4514

4001₁　左

00 左庵詞話

4/3178

4001₇　九

30 九宮譜
1/650

4003₀　大

00 大唐新語
3/2469
46 大觀昇平詞
5/4137
47 大聲集
1/646
1/989
70 大雅集
4/3891②
4/3901
4/3970
4/3976

4003₀　太

10 太平廣記
1/878
1/888
1/889
1/903
2/1107
2/1987
太平樂府　見朝野新
　聲太平樂府
太平清話
1/757

1/1028
2/1122
2/1284
2/1295
2/1297
2/1910
3/2094
3/2183
5/4490
太平樓樂府
5/4550
太真外傳　見楊太真
　外傳

4004₇　友

40 友古詞
4/3368
5/4029
5/4138
5/4197

4010₄　圭

40 圭塘樂府　見圭塘欸
　乃集
圭塘欸乃集（圭塘樂
　府）
4/3445
5/4482
圭塘補和
4/3446

4010₆　查

97查恂叔詞話　見銅鼓
　山書堂詞話

4010₇ 直

00直齋書錄解題
　5/4096
　5/4333
　5/4339

4020₀ 才

07才調集
　1/748
　1/972
26才鬼錄
　1/892
　2/1114
　2/1771

4021₁ 堯

22堯山堂外紀（蔣一葵
　外紀）
　1/774②
　1/787
　1/794
　1/797
　1/900
　1/916
　1/923
　1/924
　1/943

1/971②
1/972
1/973
1/976
1/977
1/981
1/984
1/985②
1/991
1/1016
1/1018
1/1019
1/1020
1/1025
1/1027
2/1130
2/1131②
2/1135
2/1150
2/1154
2/1188
2/1273
2/1275
2/1281
2/1283
2/1294②
2/1312
2/1897
2/1899
2/1900
2/1902
2/1903

2/1922
2/1996
3/2001
3/2088
3/2089

4021₄ 在

60在園雜志
　2/1603

4021₆ 克

00克齋詞
　3/2860

4022₇ 内

31内江游草
　1/1031

有

10有正味齋集
　3/2149②
　4/3433

希

47希聲集
　4/3976

南

00南齋詞
　5/4182
南方詞

1/362

南唐二主詞

1/19

南唐近事

1/105

2/1136

3/2181

南唐書

1/5

2/1819②

2/1997

南唐軼事

1/910

07南詞錄目

5/4336

南部新書

1/113

3/2178

30南淮集*

3/2438

南濠詩話

1/827

1/954

3/2089

3/2174

3/2418

南宋四名臣詞

5/4430

31南潛集

5/4767

32南洲草堂詩話

4/3606

南溪詞

1/1039

2/1437

4/3856

5/4182

南溪書院志

3/2665

33南浦秋波錄

3/2631

3/2770

4/3396

37南湖集

4/3154

4/3488

44南村詞

1/1020

55南曲韻　見南曲正韻

南曲正韻（南曲韻）

1/663

1/665②

3/2158

3/2163

3/2164

3/2547

4/3263

南曲入聲客問

3/2160

2024₇ 存

30存審軒詞

4/3633

88存餘堂詩話

1/603

1/650

4033₁ 赤

43赤城詞

1/484

1/991

2/1194

2/1854

志

70志雅堂雜鈔

5/4097

4040₀ 女

07女詞綜

5/4583

21女紅餘志

1/902

1/993

2/1168

44女世說

5/4621

---

* "淮"當作"淮"。

4040₁ 幸

60幸蜀記
2/1121

4040₇ 支

42支機集
1/646

李

22李後主集
3/2264
40李希聲詩話
5/4263
71李長吉詩註
3/2210
72李氏音鑑
5/4552
李氏花蕚樓詞（花蕚
集）
1/818
3/2611
3/2774
5/4144

4046₅ 嘉

34嘉祐雜志
1/97
1/114
2/1104

80嘉善縣志
2/1944

4050₆ 韋

77韋居聽輿
3/2420

4060₀ 古

06古韻通説
3/2970
古韻通略（柴虎臣古
韻、柴氏古韻通）
1/665
3/2158
3/2164
4/3262
22古山樂府
5/4143
5/4483
32古洲詞
1/1003
40古杭雜記
2/1227
2/1262
2/1264
2/1623
2/1891
3/2071
3/2078
3/2220

50古夫于亭雜録
3/2409
80古今詩話
1/170
1/203
2/1961
4/3041
4/3051
4/3058
4/3066
4/3090
古今韻會
4/3256
5/4121*
古今詞話（詞苑萃編
所引）
2/1766②
2/1767
2/1772
2/1775
2/1781
2/1806
2/1809
2/1810
2/1811
2/1813
2/1817
2/1820
2/1821
2/1828②

---

* "會"誤作"曾"。

2/1831	2/1921	3/2204
2/1832③	2/1922	3/2207②
2/1834	2/1923②	3/2208
2/1835②	2/1973	3/2215
2/1836	2/1976	3/2223
2/1838	2/1992	3/2232
2/1839	2/1995	3/2233
2/1845	2/1996	3/2234
2/1847	2/2000	3/2239
2/1848	3/2003	3/2257
2/1850	3/2011	3/2262②
2/1851②	3/2015	3/2265
2/1853	3/2021	3/2270
2/1854	3/2023	3/2276
2/1856②	3/2025	3/2279②
2/1859	3/2029	古今詞話沈雄
2/1861	3/2030	1/17
2/1862	3/2045	1/729
2/1864②	3/2063	1/730
2/1868	3/2082	3/2501
2/1876	3/2086②	3/2595
2/1879	3/2092	3/2690
2/1883③	3/2093	3/2859
2/1893	3/2102②	3/2862
2/1897②	3/2172	4/3056
2/1898	3/2173	4/3304
2/1901	3/2179	5/4096
2/1906	3/2182	5/4333
2/1907	3/2183	5/4356
2/1913	3/2186	5/4581
2/1916	3/2188	古今詞話（沈雄古今
2/1917②	3/2193	詞話所引）

1/900

1/904

1/906

1/916

1/922

1/924

1/926

1/930

1/934

1/948

1/952

1/969

1/973

1/975

1/980

1/982

1/984

1/985

1/988

1/1008

1/1015

1/1017

1/1023

古今詞話楊湜

1/16

1/19

1/174

1/177

1/179

1/180

1/182

1/204②

1/347

1/472

2/1169

3/2706

5/4962

古今詞話（歷代詩餘
詞話所引）

1/17

2/1085

2/1086

2/1091

2/1092

2/1098②

2/1099

2/1101③

2/1111

2/1113②

2/1120②

2/1121②

2/1123

2/1129

2/1130

2/1133

2/1134

2/1135

2/1137

2/1139②

2/1141

2/1145②

2/1148

2/1150

2/1151

2/1153

2/1155②

2/1156②

2/1157

2/1159②

2/1164

2/1166

2/1168

2/1176

2/1179

2/1182

2/1184

2/1187

2/1189②

2/1190

2/1191

2/1195

2/1196

2/1197

2/1199

2/1200

2/1204

2/1205

2/1206②

2/1209

2/1210

2/1220

2/1221②

2/1225

2/1226

2/1227

1/890

1/891

1/897

1/919

1/920

1/930

1/940

1/947

1/950

1/953

1/1017

1/1019

1/1029

1/1032

2/1094

2/1118

2/1138

2/1160

2/1165

2/1235

2/1263

2/1273

2/1276

2/1286

2/1296

2/1297

2/1316

2/1323

2/1451

2/1763

2/1774

2/1826

2/1840

2/1875

2/1891

2/1895

2/1903

2/1908

2/1909

3/2103

3/2213

3/2277

3/2278②

3/2279

4/3234

5/4035

5/4145

5/4582

5/4962

古今詞選

2/1922

古今二十九家詞選

4/3964

古今仙鑑

2/1154

2/1835

古今樂府

1/293

1/468

古今樂錄

1/434

1/742

1/829

1/836

1/855

1/890

1/907

1/915

5/4158

古今名人詞選

5/4359

古今女史

1/44

3/2047

5/4494

4060₁ 吉

40吉吉吟

3/2620

4060₉ 杏

28杏舲詞話　見聽秋聲

館詞話

44杏花村琴趣

4/3548

4064₁ 壽

43壽域詞

2/1407

5/4085

5/4137

5/4149

44壽藐山館詞

3/2596

4071₀ 七

5/4518

4196_0 柘

10柘西精舍集
4/3462
51柘軒詞
1/1023

栖

20栖香詞
4/3151

4196_1 梧

77梧月詞
2/1946

4199_0 杯

37杯湖欸乃
4/3548

4240_0 荆

28荆谿詞　見荆溪詞選
32荆溪詞選(荆谿詞)
4/3367
4/3378
40荆臺傭稿
5/4383
60荆圃唱和集
3/2709

4242_7 嬌

21嬌紅傳
1/782

4291_0 札

07札記
4/3621
4/3622②

4292_2 杉

00杉亭詞
3/2471

4355_0 載

31載酒詞
4/3939
載酒園詩話
4/3605

4385_0 戴

44戴花平安室詞
5/4787

4394_2 榑

32榑州詞　見榑洲詞
榑洲詞
3/2709*
3/2900
3/2957

4/3563
5/4647

4396_8 榕

60榕園韻　見榕園詞韻
榕園詞韻(榕園韻)
3/2401
4/3253
4/3397
4/3474
4/3559
78榕陰新檢
4/3383

4410_4 荃

56荃提室詞
3/2621

董

10董西廂　見董解元西廂記
27董解元西廂記(董西廂、西廂搊彈詞)
1/582
1/610
4/3224
5/4419
5/4459

4411_3 蔬

* 誤作"榑州詞"。

20蔬香詞
　1/1046

4412₇　蒲

31蒲江詞
　1/492
　1/1006
　5/4141
36蒲褐山房詩話
　4/3224

4413₂　菉

11菉斐軒詞韻　見菉斐
　軒詞林韻釋
　菉斐軒詞林韻釋（詞
　林韻釋、菉斐軒詞
　韻）
　3/2402
　3/2546
　3/2498
　4/3011
　4/3253
　4/3254
　4/3257
　4/3514
　4/3599
　4/3951
　5/4038
　5/4060②
　5/4122
　5/4146

　5/4930

4414₇　坡

22坡仙集
　2/1963
　坡仙集外紀（波仙外
　集）
　2/1165
　2/1175
　2/1178
　3/2007
　3/2011
　波仙外紀　見波仙集
　外集

　鼓

41鼓棹二集
　5/4175
　鼓棹初集
　5/4175
44鼓枻詞
　5/4523
83鼓銅館詞集
　2/1684

4414₉　萍

27萍緑詞（十二樓吹笛
　譜）
　3/2875
　3/2927
　3/2951

　4/4013
　萍緣小記
　4/3507
32萍洲可談（可談）
　5/4089
51萍軒詞草
　5/4187

4416₄　落

44落葉詞　見道援堂
　詞

4418₁　填

07填詞雜說
　2/1462
　2/1463
　填詞集豔
　2/1926
　填詞名解
　1/754②
　2/1124②
　2/1440
　2/1991
　2/1992
　3/2418
　4/3350
　填詞圖譜
　3/2547
　4/3233
　5/4927
　5/4928

4420₂ 蓼

44蓼花詞
2/1944
蓼花洲閒錄
2/1142
60蓼園詞選
4/3017
4/4001
5/4581

4420₇ 考

40考古類編
4/3240

夢

27夢綠庵詞
5/4186
夢綠山莊詞
3/2624
30夢窗詞　見夢窗甲乙丙丁稿
夢窗甲乙丙丁稿（夢窗詞）
1/302
1/1008
4/3357
4/3597
4/3598
5/4031
5/4141
5/4204

5/4250
5/4319
5/4335②
5/4384
5/4385
5/4752
5/4928
夢窗年譜
5/4383
32夢溪補筆談（沈存中補筆談）
4/3125
4/3245
夢溪棹謳
4/3904
夢溪筆談（沈存中筆談）
1/98
1/104
2/1104
2/1129
2/1768
3/2179
3/2400
5/4039
5/4112
5/4113③
5/4928
50夢春廬詞
4/3540
54夢蝶生詞
3/2951

62夢影樓詞
5/4606
72夢隱庵詞
3/2150
夢隱詞
3/2789
77夢月山館詞
3/2695

4421₁ 麓

90麓堂詩話
5/4471

4421₄ 花

00花庵　見花庵絕妙詞選
花庵詞　見散花庵詞
花庵唐宋諸賢絕妙詞選　見花庵絕妙詞選
花庵詞選　見花庵絕妙詞選
花庵絕妙詞選（花庵唐宋諸賢絕妙詞選、花庵詞選、絕妙詞選、花庵選、花庵、中興絕妙詞、玉林詞選）
1/5
1/19
1/44
1/266

1/305	4/3036	2/1314
1/318	4/3479	2/1315
1/427	4/3597	2/1317
1/457	4/3622	2/1465
1/476	4/3937	2/1977
1/483	4/4000	3/2213
1/502	5/4033	3/2252
1/643	5/4097	4/3322
1/712	5/4252	4/3323
1/880	5/4429	4/3607
1/942	5/4438	4/3624
1/1003	5/4956	花草粹編
2/1404	5/4958	1/17
2/1412	5/4962②	1/19
2/1424	花庵選　見花庵絶妙	1/20
2/1425	詞選	1/22
2/1427	01花語詞	1/25
2/1430	5/4372	1/34
2/1451	5/4373	1/35
2/1453	5/4793	1/36
2/1456	06花韻庵詞	1/39
2/1457	3/2703	1/40
2/1494	23花外集　見碧山樂府	1/42
2/1559	27花嶼詞	1/43
3/2434	4/3534	1/44
3/2547	44花蕚集　見李氏花蕚	1/46
3/2597	樓詞	1/47
3/2662	花蕊夫人集	1/48
3/2759	1/457	1/50
4/3017	花草蒙拾	1/51
4/3024	2/1309	1/52
4/3030	2/1310	1/53

5/4954②
5/4955
5/4962
5/4970
80花翁詞
　2/1483
88花笑廎詞
　3/2948
　花簾詞
　4/3289
　5/4089
　5/4187
　5/4225

莊

05莊靖先生樂府
　5/4537
17莊子
　1/827
88莊簡集
　3/2802

4421₇　蘆

22蘆川詞
　1/996
　2/1419
　4/3368
　4/3375
　5/4078
　5/4139
　5/4152
　5/4478

33蘆浦筆記
　1/918
　2/1234
　2/1260
　2/1891
　3/2077
　3/2242

4422₁　蘅

20蘅香館詞
　5/4186
44蘅夢詞
　3/2789

4422₂　茅

00茅亭客話
　1/975
　2/1134

4422₇　芳

44芳菲菲堂詞話
　5/4372②
　5/4373

芬

73芬陀利室詞
　3/2607
　3/2791
　4/3627
　4/3676
　5/4701

帶

21帶經堂詩話
　3/2407
31帶江園小草
　5/4566

蒿

00蒿庵詞
　4/3877
　4/3884

蕭

22蕭山毛氏詞話　見西
　河詞話
23蕭然居集
　3/2628
77蕭閒老人明秀集（明
　秀集）
　5/4357
　5/4381
　5/4457
　5/4539
　5/4961
　蕭閒老人明秀集注
　5/4142
　蕭閒公集
　1/1016
　蕭閒堂詩
　5/4787

蘭

10蘭雪軒詞
　1/789
　1/790
蘭石詞
　5/4185
蘭雲菱夢樓筆記
　5/4569
26蘭皋集
　1/799
　1/809
　1/993
　1/1028
　1/1032②
　2/1299
　2/1300
　2/1311
　2/1315
　2/1318
　2/1914
　2/1915
　2/1918
　2/1923
　2/1926
　3/2104
　3/2213
　3/2224
60蘭思詞
　1/1049
　3/2111
　3/2126
蘭因室詞
　5/4187

63蘭畹集
　1/386
　1/444
　1/483②
　1/540
　1/723
　1/862
　2/1117
　2/1329
　2/1452
　2/1764
　3/2861
　4/3358
　4/3450
　4/3605
　5/4135
　5/4435
77蘭騷朦譜
　3/2955
88蘭笑詞
　4/3672
蘭筱詞
　4/3483

勸

62勸影堂詞
　2/1373

4423₂　蒙

20蒙香室詞
　4/4000
　5/4722

藤

44藤花亭曲話
　4/3475

4424₇　蔣

10蔣一葵外紀　見堯山
　堂外紀

4424₈　薇

90薇省詞鈔
　5/4522
　5/4570
薇省同聲集(同聲集)
　3/2883
　4/4007
　4/4019
　5/4538
　5/4677

4425₃　茂

74茂陵秋雨詞
　5/4674

藏

50藏春詞(藏春樂府)
　5/4142
　5/4336
　5/4470
藏春樂府　見藏春詞

60藏園九種曲

　4/3512

4428₆　蘋

32蘋洲漁笛譜（蘋洲漁
　笛譜、草窗詞）

　1/334

　1/1011

　2/1252

　2/1414

　2/1479

　2/1884

　3/2247

　3/2478

　4/3357

　4/3489

　5/4095

　5/4142

4430₅　蓬

44蓬萊鼓吹

　5/4142

蓬萊閣吏詩餘

　3/2488

蓮

17蓮子居詞話（吳子律
　詞話）

　3/2388

　4/3220

　4/3253②

　4/3264

　4/3266

　4/3275

　4/3277

　4/3331②

　4/3345

　4/3450

　4/3889

　4/3890

　4/3996

34蓮社詞選

　2/1222

　2/1866

60蓮因室集

　5/4220

4430₇　芝

10芝霞閣詞

　3/2704

25芝生草堂詩

　3/2806

60芝田集

　1/1042

72芝隱室集

　3/3000

4433₀　苾

27苾芻館詞

　5/4785

4433₁　燕

10燕石詞

　2/1975

22燕樂新書劉昺

　4/3219

燕樂新書蔡元定

　5/4927

燕樂考原

　4/3510

　5/4329

　5/4927

27燕歸來軒稿

　3/2717

40燕喜詞

　3/2406

　5/4140

44燕蘭小譜

　4/3400

80燕谷剿聞

　1/495

　2/1249

　2/1882

　4/3409

88燕筑雙聲

　4/3524

4433₃　蕊

32蕊淵集

　1/655

蕙

77蕙風詞

　·5/4268

蕙風詞話

　5/4774

5/4914

5/4951

蕙風詞話詮評

　5/4585

蕙風簃隨筆

　5/4572

蕙風簃二筆

　5/4575

4433₇ 蒹

40蒹塘詞

　4/3483

　5/4185

44蒹葭里館詩集

　5/4802

4434₃ 尊

77尊鄉贅筆

　4/3412

4439₄ 薛

04薛詩總案

　1/11

80薛盦詞錄

　4/4018

4440₀ 艾

00艾廬遺稿

　5/4729

4440₆ 草

00草衣道人詞

3/2926

30草窗詞　見蘋洲漁笛
　譜

　草窗詞評

　2/1232

　2/1799

　草窗詞選　見絕妙好
　詞

90草堂新集

　3/2810

草堂詩餘(草堂詞、草
堂詞選、草堂集)

　1/5

　1/6

　1/16

　1/17

　1/23

　1/28

　1/31

　1/33

　1/43

　1/45

　1/49

　1/50

　1/347

　1/364

　1/365

　1/385

　1/401

　1/438

　1/441

　1/455

1/457

1/458

1/459②

1/460

1/463

1/469

1/473

1/474

1/477

1/478

1/481

1/484

1/488

1/492

1/497

1/499

1/501

1/502

1/511

1/513

1/515

1/579

1/595

1/604

1/610

1/644

1/645

1/646

1/654

1/655

1/673

1/675

5/4569

5/4580

5/4960

4442₇ 荔

24荔牆詞

5/4186

34荔社紀事

4/3570

60荔園詞

3/2921

萬

44萬花齋集

5/4648

50萬青閣詞

3/2693

71萬曆野獲編

4/3492

88萬竹樓詞　見萬竹樓
詞選

萬竹樓詞選（萬竹樓
詞）

3/2925

4/3536

4/3558

嬾

30嬾窩類稿

4/3368

嬾窟詞

2/1425

5/4138

5/4531

4443₀ 樊

22樊川集

1/749

葵

30葵窗小史

3/2266

4445₆ 韓

22韓山人詞

3/2406

4446₀ 姑

32姑溪詞

2/1404

3/2406

4/3437

5/4136

5/4197

4449₃ 蔬

70蔬壁瑣言

3/2075

3/2076

4450₄ 華

76華陽散稿

3/2231

4450₆ 葦

20葦航紀談

5/4432

4452₁ 蘄

50蘄春集

1/987

4453₀ 芙

44芙蓉舫集

3/2470

芙蓉集

1/817

1/1042

3/2124

芙蓉山館稿

4/3375

4460₀ 菡

77菡閣瑣談

4/3623

4460₁ 耆

44耆舊續聞

1/751

1/752

1/779

1/783

1/968

1/983

1/991

1/1025
2/1100
2/1102
2/1119
2/1181
2/1194
2/1201
2/1235
2/1245
2/1259
2/1308
2/1816
2/1854
2/1921
2/1985
3/2016
3/2023
3/2027
3/2053
3/2058②
3/2060
3/2078
3/2195
3/2203
3/2266
3/2440
3/2792
5/4096
5/4577
5/4583

4460₂ 苕

32苕溪漁隱詞
　3/2838
　3/2948

苕溪漁隱叢話（漁隱
　叢話）
1/5
1/6
1/11
1/16
1/19
1/27
1/28
1/30
1/31
1/43
1/45
1/204
1/208
1/676
1/876
1/877
1/952
1/987
1/999
2/1772
2/1991
3/2195
3/2202
3/2412
3/2495

3/2497
3/2858
3/2860
4/3026
4/3027
4/3037
4/3350
5/4097
5/4507
5/4925

4460₇ 茗

00茗齋詩餘
　3/2463
41茗柯詞
　3/2824
　4/3120
　4/3483
　5/4184
　5/4223
茗柯詞選　見詞選張
　惠言

蒼

22蒼巖山房遺稿
　3/2761
41蒼梧詞
　1/1044
88蒼筤詞鈔
　4/3128
　5/4186

4460₈ 蓉

00蓉亭詞

　3/2790

30蓉渡詞(蓉渡集)

　1/635

　1/657

　2/1595②

　2/1596

　4/3836

　4/3939

蓉渡詞話

　2/1791

　2/1464

37蓉湖集

　1/970

43蓉城集

　1/845

　1/971

　1/972②

　2/1131②

　2/1132

　2/1819

　2/1825＊

　2/1960

4460₉ 蕃

86蕃錦集

　1/843

　2/1434

　3/2955

　4/3467

　4/3835

　4/3972

　5/4086

　5/4180

　5/4222

4471₁ 老

52老拙庵詞

　3/2406

77老學庵筆記

　2/1493

　3/2119

　4/3398

　4/3599

老學叢談

　1/792

　2/1292

　4/3350

4473₁ 芸

30芸窗詞

　2/1429

　5/4140

　5/4445

藝

20藝香詞

　1/1041

　3/2548

　3/2732

　4/3441

41藝概

　4/3513

　4/3586

44藝苑雌黃

　1/171

　1/203

　1/209

　1/766

　1/778

　1/785

　1/854

　1/876

　1/911

　1/983

　2/1269

　2/1893

　2/1962

　2/1965

　3/2018

　3/2198

　5/4059

　5/4096

　5/4170

藝苑卮言

　1/607

　1/742

　1/767

＊　作"城集"，脫"蓉"字。

1/792
1/793
1/803
1/845
2/1092
2/1309
2/1465
2/1773
2/1785
2/1976
3/2185
3/2544
3/2861
4/3606
藝蘅館詞選
5/4314
藝林學山
1/648
1/791
1/980
2/1153

4477₀ 甘

36甘澤謠
2/1100
2/1986

4477₇ 舊

77舊學盦筆記
5/4546

4480₁ 楚

10楚雲章句
5/4654
12楚水詞
5/4622
60楚四家詞
3/2617
81楚頌閣詞
5/4807

4480₆ 黄

10黃雪山房詞稿
2/1947
22黃山詞
4/3483
5/4185
44黃蓼花唱和詞
3/2818
黃華先生詞
5/4383
45黃樓詞
3/2616
71黃雁山人詞
4/3157

蕢

32蕢洲漁笛譜　見蘋洲
漁笛譜

4480₉ 焚

47焚椒錄
3/2413

88焚餘集
4/3337

4490₀ 樹

44樹萱錄
1/206
62樹影樓詞
3/2833

4490₁ 蔡

27蔡條詩話　見西清詩
話

4490₄ 茶

24茶堆舍詞
5/4186
44茶夢盦爐餘詞
3/2963
88茶餘客話
3/2467
4/3437
5/4570
91茶煙閣體物集
2/1434
4/3198
4/3835
4/3937

藥

60藥園閒話
2/1756

4/3228

4491₀ 杜

50杜東原集
　5/4495
76杜陽雜編
　1/113
　1/896
　1/904
　2/1091
　2/1108
　2/1112
　2/1988
　3/2178
　5/4091
　5/4489

4491₄ 桂

32桂洲詞
　5/4144
　桂洲集
　1/1026
44桂苑叢談
　1/523
　1/782

蘺

00蘺庵游賞小志
　5/4735
30蘺窗詞
　1/1030
77蘺月詞

4/3324
4/3363
4/3404

4491₇ 植

00植庵詞
　4/3905

蒓

28蒓厂詞話
　3/2436

蘊

44蘊蘭吟館集
　3/2892

4492₇ 菊

40菊壽庵詞
　3/2871
　3/2903
　3/2905
　3/2977
　3/2995
　3/2996
44菊坡集
　5/4883
　菊莊詞（菊莊樂府）
　1/1048
　3/2139
　3/2439
　4/3346
　菊莊樂府徐釚　見菊
莊詞

菊莊樂府段克己
　5/4143
　菊莊偶筆
　3/2170
　3/2171
　3/2229
51菊軒樂府
　1/1018
　5/4463
　5/4538
55菊農長短句
　1/1034
87菊飲詩
　5/4698

藕

22藕絲詞
　4/4003
44藕葉詞
　5/4647
71藕頣類稿
　3/2703

4494₁ 檮

41檮杌記
　1/757

4494₇ 枝

30枝安山房詞草
　4/3659

菽

60菽園雜記
1/448

4498₆ 横

21横經堂詩餘（花影吹
笙譜）
3/2909

4499₀ 林

10林下詞談
4/3051
林下詞選（周銘詞選）
1/821
2/1956
3/2108
3/2275
3/2276
3/2283
5/4097
5/4188
5/4577
44林蕙堂集
4/3441
72林氏詞鏡
3/2759

4593₂ 棣

43棣垞詞
5/4807

4611₀ 坦

00坦庵詞（坦庵樂府、坦
庵集）
1/760
2/1226
2/1865
4/3450
5/4030
5/4138
60坦園詞
5/4186
5/4789

4624₇ 幔

00幔亭集
3/2281
4/3383

4640₀ 如

00如庵小集　見如庵小
稿
如庵小稿（如庵小集）
1/786
1/1015
2/1268
2/1892

4643₄ 娛

25娛生軒詞
5/4826

4690₀ 相

22相山長短句
5/4153
60相思詞
5/4793

4690₃ 絮

00絮塵詞
5/4790

4691₄ 程

50程史
5/4096
5/4170

4692₇ 楞

44楞華庵隨筆
5/4349
楞華室詞
5/4678
5/4682
5/4803

楊

24楊升庵外集
5/4493
36楊湜詞話　見古今詞
話
40楊太真外傳（楊妃外
傳、太真外傳）
1/95

桐華仙館詞
3/2733

桐華閣詞　見桐花詞
草鈔

77桐厢集
5/4614

4792₇　橘

00橘齋詞
1/970

4794ɔ　椒

22椒山樂府
3/2732

4794₇　穀

43穀城集
4/3369

4816₆　增

91增類羣書類要事林廣
記
5/4532

4824ɔ　散

40散木詞
1/1037

44散花庵詞（花庵詞）
1/1009
5/4033
5/4142

4833₆　鰲

22鰲峯坊先賢宅蹟考
4/3384

4841₇　乾

30乾淳歲時記
2/1213
3/2038
5/4096
5/4153

乾淳起居注
2/1215
2/1217
2/1218
2/1219
3/2039
3/2041②
3/2042
5/4498

4842₇　翰

60翰墨大全
3/2437
5/4962

翰墨全書
1/876

4844ɔ　教

40教坊記
1/741
1/904

1/905
1/931
1/937
2/1085
2/1091
3/2172
5/4489

4844ɔ　嫩

46嫩想盒殘稿
5/4621

4844₆　嬙

70嬙雅堂詞
3/2147

4864ɔ　敬

00敬齋古今黈
1/6
5/4571

4871₇　籠

32籠淵集
3/2831

4893₂　松

10松雪詞
5/4143

22松崖詩錄
5/4524

松山月巖
5/4383

5/4384

30松寧山人詩集

3/2631

松窗撫異録

2/1089

2/1982

松窗録

1/112

1/749

1/990

2/1853

松窗筆乘

3/2459

31松江謳歌

4/3431

44松坡詞

1/1000

松桂堂全集

3/2438

71松厓詞

5/4548

72松隱集

3/2655

74松陵詩徵

3/2627

松陵集

1/1006

77松風閣詞鈔

5/4185

松風閣琴譜

5/4089

88松筠録

1/775

松籟閣集

2/1508

4894₁ 枡

47枡橺集

3/2527

3/2530

4/3368

4895₇ 梅

17梅磵詩話

3/2059

3/2412

3/2670

5/4033

5/4531

22梅山館詩文詞集

3/2942

32梅汀詞

2/1946

梅溪詞

1/302

1/1004

4/3357

4/3597

4/3598

5/4033

5/4078

5/4140

梅溪集

2/1231

2/1873

36梅邊琴汛

2/1952

梅邊吹笛譜

3/2475

4/3510

5/4089

44梅苑

1/916

3/2410

3/2654

3/2662

3/2968

5/4144

5/4431

5/4959

5/4960

5/4962

梅村詩集

5/4563

梅村稿

1/816

47梅鶴詞

3/2146

梅妃傳

1/922

2/1094

2/1761

48梅墩詞話

1/756

1/777

1/794

1/801

1/805

1/809

1/837

1/881

1/943

1/950

1/985

1/1006

1/1011

50梅史

3/2410

77梅屋詩餘

3/2246

88梅竹山房詞鈔

3/2915

梅笛詞

3/2699

梅笛庵賸稿

3/2949

90梅堂詩文集

3/2578

4942 妙

40妙吉祥室詞稿

2/1688

2/1695

5000₆ 中

00中庵詩餘

5/4507

5/4544

22中山詩話 見貢父詩

話

32中州音韻（中州韻）

3/2158

5/4929

中州韻 見中州音韻

中州元氣集

5/4506

中州集

2/1272

3/2083

5/4383

中州樂*

2/1975

中州樂府

1/703

1/787

1/788

1/880

1/1016②

2/1271

2/1272

2/1273

2/1274

2/1276

2/1277

2/1893

2/1895

2/1896

2/1903

3/2083

3/2084

3/2419

4/3821

5/4144

5/4456②

5/4505

5/4581

5/4960

中州樂府音 韻 類 編

（卓氏中州韻）

1/831

中州切韻譜

3/2970

中州全韻

1/662

3/2158

3/2162

4/3257

4/3261

4/3262

中洲草堂詩

3/2678

47中朝故事

1/110

＊ 疑當作“中州樂府”。

*　《青溪遺事》、《青溪軼事》疑爲一書。

春燕詞
4/3442
春草堂集
4/3338
春華閣詞
4/3859
67春明詞
5/4793

5080₆ 貴

10貴耳集（貴耳錄）
1/451
1/858
1/943
1/951
2/1177
2/1213
2/1841
2/1869
3/2037
3/2045
3/2266
5/4035
5/4159
5/4507

貴耳錄　見貴耳集

5090₀ 耒

36耒邊詞
2/1945
3/2427
4/3462

5090₄ 秦

10秦雲擷英小譜
4/3437
11秦張詩餘合璧
5/4145
30秦淮畫舫錄
3/2635

5090₆ 東

00東齊記事
1/104
東京夢華錄
3/2442
5/3621
東京軼事
1/762
1/945
04東塾叢書
5/4685
20東維子集
1/298
2/1537
5/4503
22東山詞　見東山寓聲
樂府
東山集　見東山樂府
東山樂府（東山集）
1/985
1/1015
1/1016
2/1192

2/1271
2/1895
4/3371
東山寓聲樂府（東山詞）
3/2425
5/4136
5/4379
5/4427
5/4542
5/4571
5/4575
5/4961
26東白堂詞
4/3828
東皋雜錄（東皋雜鈔）
1/128
1/538
1/759
1/928
2/1171
2/1174
3/2010
3/2178
3/2216
3/2408
3/2622
3/2725
4/3421
5/4204
東皋雜鈔　見東皋雜
錄

31東江詞　見東江別業

　東江別業（東江詞）

　1/1041

　2/1439

32東溪詞話

　2/1210

　2/1858

　東溪集

　1/992

　4/3368

33東浦詞

　3/2805

　4/3596

　5/4139

　5/4259

　5/4504

36東澤綺語債（綺語債）

　1/879

　1/1006

　2/1248

　2/1409

　2/1881

　3/2245

　3/2852

　4/3350

　4/3664

　5/4094

37東湖集

　1/809

　5/4096

38東海漁歌

　5/4219

　5/4567

　5/4607

　5/4676

43東城雜記

　3/2460

44東坡詞（東坡樂府）

　1/8

　1/981

　5/4028

　5/4135

　5/4319②

　5/4338

　5/4380

　5/4967

　東坡集

　3/2008

　東坡樂府　見東坡詞

　東坡尺牘

　2/1810

　東萊詞

　1/995

51東軒詞

　1/1025

　東軒筆錄

　1/927

　1/978

　2/1144

　3/2002

　3/2007

　4/3054

　4/3727

　5/4096

52東虹草堂詞

　4/3658

　4/3677

77東鷗詞　見東鷗草堂詞

　東鷗草堂詞（東鷗詞）

　3/2610

　3/2732

　4/3113

　4/3121

　4/3135

　5/4186*

　5/4666

　5/4668

　5/4669

90東堂詞

　1/62

　1/984

　5/4031

　5/4136

5103₂　振

48振梅雜紀

　4/3407

　振梅集

　4/3407

---

* "鷗"誤作"漚"。

---

*　疑卽〈建炎以來繋年錄〉。

4/3146	4/3999	2/1943
4/3271	4/4017	3/2860
4/3379	5/4135	4/3596
4/3418	5/4556	4/3597
4/3475	國朝詞綜補（王氏詞	4/3598
4/3501	綜補遺、列朝詞綜	5/4494
4/3519	續補、詞綜補）	5/4532
4/3528	3/2588	四庫全書提要　見四
4/3531	3/2597	庫全書總目
4/3553	3/2651	47四聲譜
4/3888	3/2657	4/3256
4/3999	3/2781	5/4117
4/4017	4/3272	5/4119
5/4963	4/3573	四聲切韻
國朝詞綜續編（續國	4/3995	5/4117
朝詞綜、詞綜續編、	4/4017	四朝名賢詞
續詞綜）	5/4556	5/4356
3/2651	國朝詞雅	5/4954
3/2870	4/3366	四朝聞見錄
3/2886	國朝正雅集	2/1623
3/2891	5/4698	3/2046
3/2935	國朝常州詞錄	3/2416
3/2937	5/4740	3/2424
3/2939		3/2452
3/2941	**6021。 四**	3/2805
4/3272	00四庫提要　見四庫全	4/3409
4/3281	書總目	4/3727
4/3493	四庫全書總目（四庫	5/4504
4/3537	全書提要、四庫提	67四明近體樂府
4/3539	要）	3/2680
4/3550	2/1927	4/3367
4/3558	2/1936	4/3409

77四印齋詞　見四印齋
　所刻詞
　四印齋所刻詞(四印
　齋詞)
　5/4676
　5/4971

6022₇ 易

30易安詞　見漱玉詞

6033₀ 思

30思適齋詞
　5/4185
50思忠錄
　3/2800
80思益堂詞鈔
　5/4186

6033₁ 黑

54黑蝶齋詞
　4/3266
　4/3462
　4/3471

6040₀ 早

44早花集
　4/3540

6040₇ 曼

73曼陀羅花室詞
　5/4742

6043₀ 吳

17吳子律詞話　見蓮子
　居詞話
21吳虎臣漫錄　見能改
　齋漫錄
22吳山艸堂詞
　3/2459
　吳山讌音
　4/3328
31吳江旅嘯
　4/3550
　吳漚烟語
　5/4230
35吳禮部詩話
　3/2047
　4/3507
50吳中紀聞
　2/1193
　2/1845
62吳縣吳氏詞話
　5/4135

6050₀ 甲

17甲子生夢餘詞
　4/3545

6050₆ 圖

91圖爐詩話
　4/3605

6066₀ 品

44品花詞
　1/565

6071₆ 罨

32罨溪詞
　1/1050

6073₁ 疊

10疊雲閣集
　3/2903
20疊香閣詞
　4/3859
44疊花集
　4/3555

6073₂ 畏

60畏壘山房詞
　2/1596

6080₁ 異

80異人錄
　1/95

6091₄ 羅

37羅湖野錄
　1/763
　1/967
　2/1097
　2/1985

6101₀ 毗

74毗陵四女集
3/2825

6201₄ 睡

20睡香花室詞
3/2818
3/2881

6240₀ 別

07別調　見後村別調
別調集
4/3891
4/3892
4/3893
4/3894
4/3896
4/3953
4/3970
44別花餘事
2/1946

6292₂ 影

20影香詞
4/3135
48影梅詞
3/2814
50影事詞
5/4185

6303₂ 咏

27咏物詞
3/2721

6305₀ 哦

77哦月樓詩餘
5/4610
5/4611

6333₄ 獸

00獸庵樂府
5/4508
07獸記
2/1150
3/2187
3/2496
5/4096
5/4499

6401₁ 曉

50曉春紅詞
3/2887

6401₆ 唵

68唵囈集
1/1030

6404₁ 時

00時齋集
1/285
77時賢本事曲子集(本

事曲記、本事曲)
1/10
1/936
2/1166
3/2185
3/2495
5/4153

6408₁ 唉

90唉堂詞　見烘堂詞

6486₀ 賭

44賭棋山莊雜記
5/4717
賭棋山莊詞話
4/3147
4/3387
5/4716

6500₀ 畔

40畔南詩鈔
5/4652

6502₇ 晴

22晴川集
1/887

6502₇ 嘯

40嘯古堂文集
4/3678
嘯古堂詩
4/3627

3/2690

4/3331

4/3373

4/3383

4/3384②

4/3411

4/3437

4/3491

4/3493

4/3570

4/3642

4/3888

5/4175

20明秀集　見蕭閒老人

明秀集

26明皇雜錄

1/95

1/99

1/101

1/105

1/108

1/111

2/1106

2/1762

3/2181

50明史樂志

5/4116

60明昌詞人雅製

2/1273

80明人詩鈔小傳

3/2463

明鏡詞

4/3207

4/3294

6702₇ 鳴

47鳴鶴餘音虞集

2/1432

5/4336*

鳴鶴餘音彭致中

5/4145

53鳴盛集

4/3403

6704₇ 眠

77眠鷗集

4/3873

6706₁ 瞻

00瞻袞堂集

4/3410

60瞻園詞

5/4754

6406₂ 昭

23昭代詞選（蔣氏詞選

詞選）

3/2793

3/2797

4/3271

4/3366

4/3410

4/3493

昭代叢書

1/716

6708₂ 吹

22吹圗錄

3/2399

77吹月詞

3/2997

4/3995

82吹劍錄

1/530

1/771

2/1175

2/1305

3/2013

3/2586

3/2662

5/4299

5/4431

6710₇ 盟

77盟鷗集

3/2594

6712₂ 野

10野雪鍛

2/1137

---

* 作"鳴鶴遺音"。

30野客叢談
2/1247
3/2189
野客叢書
3/2194
50野史
3/2448

67227　鄂

32鄂州小集
4/3450

鵑

21鵑紅集　見永愁人集

67427　鸚

17鸚鵡簾櫳詞鈔
3/2818
4/3648

68027　吟

16吟碧山館詞
3/2636
3/2950
3/2960
29吟秋草
5/4653

48057　晦

00晦庵詞
4/3368

70214　雅

06雅韻
1/831
07雅詞　見樂府雅詞
20雅集詞
4/3451
23雅編
2/1211

雕

10雕雲詞
3/2801
5/4184

70282　陔

88陔餘叢考
3/2411
4/3473

70502　肇

44肇蓮詞
5/4605

70641　辟

11辟疆園遺集
3/2641

70904　槳

47槳塢詩存
5/4742

71211　歷

23歷代詩餘　見御定歷
代詩餘
歷代詩餘詞話　見御
選歷代詩餘話

71214　雁

40雁來紅圖卷詞錄
5/4805
45雁樓詞　見雁樓集
雁樓集（雁樓詞）
1/655
1/1035
77雁門集
4/3506

71227　鴈

45鴈樓詞　見雁樓集

71286　願

20願爲明鏡室詞
3/2985
4/3532
4/3997

71717　甌

11甌北詩鈔
4/3960

71732　長

00長慶集　見白氏長慶

集
01長語
　　4/3612
32長洲彭氏詞話
　　5/4135
40長真閣詩餘
　　5/4613②
46長相思詞
　　5/4373
77長毋相忘詞
　　5/4709

7210₀ 劉

72劉氏碎金
　　3/2970
80劉公嘉話
　　5/4088

7223₀ 瓜

47瓜棚避暑錄
　　4/3385
　　4/3494

7223₇ 隱

77隱居通議
　　3/2837

7226₁ 后

22后山談叢
　　4/3609
后山居士詩話　見後
山詩話

7240₇ 鬘

10鬘天影事譜
　　4/3196
　　5/4807*

7242₂ 彤

40彤奩續些
　　3/2107

7332₂ 驂

22驂鸞錄
　　1/464
　　5/4155

7422₇ 隋

00隋唐嘉話
　　1/103
　　1/105
　　2/1409**
　　2/1758
50隋書音樂志
　　4/3621
　　5/4927

7423₂ 隨

20隨手雜錄
　　2/1141
22隨山館詞
　　5/4187
　　5/4678
　　5/4683
　　5/4685
　　5/4807
44隨草詩餘
　　1/820
46隨如百咏
　　1/1005
　　5/4885
60隨園詩話
　　3/2472
　　4/3429
　　4/3917
77隨月樓殘稿
　　4/3347
　　4/3637

7529₆ 陳

48陳檢討集
　　3/2228
68陳盼兒傳
　　3/2042

---

　*　誤作"鬂天影事譜"。
　**　作"隋唐佳話"。

7621₄ 朧

51朧軒集
　4/3372

7622₇ 陽

№ 0陽春集馮延巳
　1/5
　1/972
　2/1132②
　2/1151
　2/1819
　5/4135
　5/4333
　5/4455
　5/4953
　5/4955
陽春集米元暉
　5/4138
50陽春白雪吳淑姬
　1/994
　2/1860
　3/2335
陽春白雪趙聞禮
　1/266
　1/292
　1/304
　1/339
　3/2496
　3/2660

　3/2802
　3/2810
　4/3017
　4/3410
　4/3479
　4/3597
　4/3910
　4/3948⑨
　4/4002
　5/4092*
　5/4095
　5/4144
　5/4491
　5/4504
　5/4577
　5/4957②
　5/4958
陽春錄
　1/976
　4/3433
　5/4269
77陽局詞抄
　3/2471

7710₄ 堅

42堅瓠集
　2/1919
　2/1920
　3/2075
　3/2098

　3/2206
　3/2209
　3/2221
　3/2224
　3/2226
　3/2227
　3/2229
　3/2230
　3/2244
　3/2253②
　3/2255
　3/2675

閨

25閨生詞
　4/3288

閨

20閨秀詞話
　5/4567
閨秀詞選
　5/4794
閨秀正始集
　3/2790
　5/4551

7713₆ 閭

07閭詞鈔
　3/2808
　4/3367

---

*　誤作"陽春白楊"。

5/4446
5/4779
5/4970
23閫外傳
2/1998

7721₀ 風

70風雅遺音
5/4142
77風月堂雜記
2/1900
90風懷詩案
5/4711
風懷偶錄
2/1683

鳳

27鳳歸雲詞
4/3537
44鳳林書院詩餘　見名
　儒草堂詩餘
60鳳晨堂詞
1/1040
88鳳簫詞
4/3666

7722₀ 月

00月底修簫譜
3/2982
4/3283
5/4224

14月聽詞（月聽軒詩餘）
2/1930
　月聽軒詩餘　見月聽
　詞
31月河詞
1/1050
34月波樓琴言
5/4186
37月湖秋瑟
3/2702
3/2752
3/2912
4/3347
4/3636
4/3640
45月樓琴語
5/4608
60月團詞
1/1049

同

07同調異名錄
3/2425
33同心室詞
3/2881
47同聲集　見薇省同聲
　集
77同凡草詞
2/1439
80同人詞選
3/2919

周

07周詞集解
1/278
21周優人曲辭
4/3618
30周密詞評
2/1240
　周密歲時記　見乾淳
　歲時記
35周清真詞箋注
4/3537
87周銘詞選　見林下詞
　選

7722₇ 閒

00閒齋琴趣外篇
5/4136
30閒適詞
1/986
95閒情集陳廷焯
4/3891
4/3892
4/3953
　閒情集周銘
1/807
1/846
2/1305
3/2100
3/2116
　閒情偶寄
1/555

7724₁　屏

22屏山集
　1/893
　2/1222
　3/2046
　3/2459
　4/3368
　5/4135

7724₇　履

00履齋詩餘（履齋詞）
　1/515
　1/1007
　3/2064
　5/4141
　5/4442
　履齋詞　見履齋詩餘

7726₄　居

60居易録
　2/1602
　3/2120

7726₇　眉

00眉庵詞
　1/1024
　4/3471
　5/4143
27眉緑樓詞集
　3/2997
71眉匠詞

　5/4538

7733₁　熙

47熙朝新語
　4/3417

7740₁　聞

60聞見近録
　5/4490

7740₇　學

30學宋齋詞韻
　3/2402
　3/2471
　3/2547
　4/3255
　5/4038
　5/4122
　5/4930
40學古齋膽記
　3/2091

7744₀　丹

76丹陽詞
　5/4138
77丹邱使君詞
　5/4152
87丹鉛續録
　3/2202
　丹鉛總録
　4/3352

　5/4131
　丹鉛録
　1/904
　3/2409
　3/2418

7744₁　開

10開元天寶遺事（開元
　遺事、天寶遺事）
　1/108
　1/111
　1/827
　2/1089
　2/1093
　2/1982
　開元遺事　見開元天
　寶遺事
　開元軼事
　2/1093
　2/1760
　開天傳信記（傳信録）
　2/1092
　2/1761

7760₂　留

10留雲借月庵詞
　4/3146
　4/4020
　5/4695
44留村詞
　4/3442
50留青日札

1/798

2/1296

3/2096②

3/2672

7760₇　問

44問花樓詩鈔

　3/2547

77問月樓詞（問月樓稿）

　3/2767

　4/3353

　問月樓稿　見問月樓
　　詞

7771₇　巴

74巴陵樂府

　2/1664

鼠

12鼠璞

　2/1208

　2/1857

7772₇　鷗

34鷗波詞

　4/3291

44鷗夢詞

　3/2779

　3/2965

7773₂　艮

00艮齋雜説

2/1593

2/1594

3/2225

4/3472

闃

77闃風集

　5/4501

7778₂　歐

76歐陽亭詞

　4/3502

　歐陽文忠公集

　1/10

　4/3479

7780₁　巽

00巽齋詞

　1/497

　1/1002

輿

44輿地記勝

　3/2067

7790₁　閑

95閑情集　見闅情集

7821₄　脞

08脞説

　1/103

　1/105

1/109

1/113

1/116

2/1106

2/1762

2/1987

3/2181

7850₂　擎

20擎香集

　1/889

7876₆　臨

22臨川詞

　1/980

　臨川集

　1/181

34臨漢隱居詩話

　5/4491

77臨風閣集

　2/1957

8000₀　人

40人境廬詩草

　5/4799

77人間詞

　5/4275

　5/4904

　5/4910

8010₄　全

00全唐詩

4/3961

5/4334

5/4955②

全唐詩話

5/4165

06全韻詩

5/4776

30全宋詞

5/4971

32全浙詩話

4/3553

5/4495*

44全芳備祖

1/751

1/880

1/969

2/1110

2/1812

3/2662

5/4489

52全拙庵溫故錄

4/3612

4/3614

4/3617

4/3618②

4/3619

4/3620②

4/3622

77全閩藝文鏡

4/3408

8010₇ 益

00益齋長短句

5/4478

5/4572

32益州草木記

1/504

47益都方物圖贊

1/104

8010₉ 金

10金石綜例

4/3348

金石萃編

3/2723

金石略

5/4173

金粟齋遺集

5/4783

金粟詞

5/4610

金粟詞話

1/818

1/852

1/874

2/1459②

2/1467

4/3624

4/3775

4/3958

5/4086

金粟香筆記

4/3144

31金源文派

1/787

金源言行錄

1/1017

2/1277

金源樂府

1/912

33金梁夢月詞

3/2766

3/2865

4/3339

4/3640

4/3641

4/3643

40金臺殘淚記

3/2631

4/3400

金奩集

4/3605

5/4383

5/4928

5/4954

44金荃集

1/386

1/444

1/723

1/969

---

* 誤作"金浙詩話"。

2/1111

2/1117

2/1452

2/1538

2/1764

2/1989

3/2401

3/2861

3/2884

4/3433

4/3549

4/3605

5/4094

5/4135

5/4242

5/4333

5/4355

5/4356

5/4435

5/4526

5/4596

50金史

1/1015

金史論略

2/1269

2/1893

3/2082

73金陀粹編

5/4135

80金谷遺音

1/987

2/1262

2/1408

4/3594

5/4068

5/4139

88金筌集

5/4383

8011₆ 鏡

14鏡聽詞王建

1/543

鏡聽詞李廓

1/543

33鏡心齋詞鈔

4/3526

34鏡波詞

5/4790

8020₇ 今

10今雪雅餘

3/2955

40今古詞選

2/1314

44今世説

1/816

2/1934

3/2133

3/2136

3/2806

4/3381

60今是堂手錄

3/2260

8022₀ 介

00介庵詞

1/496

1/760

3/2345

5/4139

5/4152

40介存齋論詞雜著

3/2856

8022₁ 前

32前溪集

1/497

8022₇ 分

44分甘餘話

3/2434

4/3330

4/3916

蓟

29蓟愁吟

3/2627

48蓟梅詞

3/2714

8025₁ 舞

88舞餘詞

5/4563

8033₁　無

20無住詞

　1/852

　1/994

　5/4030

　5/4097

　5/4138

　無絃琴譜

　3/2803*

　4/3331

　4/3471

　5/4142

34無波詞

　2/1952

44無著詞

　5/4185

72無隱詞

　1/999

8033₂　念

30念宛齋詞

　3/2727

8033₃　慈

10慈雲閣詩鈔

　5/4781

8034₆　尊

80尊前集

　1/113

　1/118

　1/255

　1/402

　1/634

　1/644

　1/654

　1/825

　1/837

　1/880

　1/899

　1/931

　1/967

　1/969

　2/1111

　2/1112

　2/1113

　2/1133

　2/1329

　2/1435

　2/1451

　2/1492

　2/1784

　2/1813

　2/1959

　2/1978

　3/2183②

　3/2759

　4/3219

　4/3449

　4/3889

　4/3970

　4/3975

　4/4000

　5/4145

　5/4266

　5/4334

　5/4383

　5/4529

　5/4928

　5/4954②

　5/4955

8040₀　午

44午夢堂集

　1/820

　2/1320

　2/1321

　2/1926

　3/2106

　3/2108

8043₀　美

53美成長短句　見清真

　　集

80美人長壽庵詞

　5/4705

8044₆　弇

32弇州詞

* 誤作“無言琴譜”。

1/1027

弇州山人四部稿（弇
州四部稿、王世貞
四部稿）

2/1090

2/1128

2/1817

弇州四部稿　見弇州
山人四部稿

8051₃　毓

44毓芝室詩詞稿

3/2976

8060₆　曾

72曾氏雅編　見樂府雅
詞

94曾慥雅詞　見樂府雅
詞

8060₇　含

62含影詞

5/4654

8073₂　養

02養新錄　見十駕齋養
新錄

10養一齋詞

4/4000

養吾齋詩餘

5/4467

52養拙堂詞

5/4141

8141₇　瓶

52瓶隱山房詞集

3/2907

4/3550

8280₀　劍

40劍南詞　見放翁詞

51劍虹盦詞

5/4186

90劍光樓詞

3/2809

5/4186

8315₀　鐵

00鐵庵詞甲稿

4/3536

27鐵網珊瑚

1/297

3/2246

5/4335

60鐵圍山叢談

1/758*

1/853*

1/941

2/1198

2/1827

3/2183

3/2812

4/3609

4/3616

5/4031

5/4490

88鐵笛詞

5/4038

8315₃　錢

40錢塘遺事

2/1261

3/2221

4/3446

8376₀　飴

22飴山詞

3/2637

27飴鄉集

5/4821

8514₄　鑄

32鑄冰詞摘

2/1890

8612₇　錦

11錦瑟詞

1/1045

3/2972

42錦機集

---

*　兩處作"鐵圍山叢話"。

1/931

1/941

1/947

1/1017

2/1277

2/1278

3/2084

3/2085

8640₀　知

10知不足齋寫本詞

　3/2406

11知非齋集

　3/2976

21知止堂詞録

　3/2945

　4/3129

23知稼翁詞

　4/3795

　4/3965

　5/4139

知稼翁集

　2/1232

　3/2046

　4/3368

8652₇　羯

44羯鼓録

　1/113

8711₀　鉏

48鉏梅館詞

3/2973

8712₀　釣

27釣船笛譜

　3/2912

　4/3347

77釣月集

　1/228

釣月軒詞

　1/1010

銅

20銅絃詞

　3/2803

　4/3346

　4/3860

44銅鼓山書堂詞話（查
　恂叔詞話）

　2/1956

8713₂　銀

44銀藤詞

　4/3281

録

26録鬼簿

　4/3622

48録梅影樓填詞圖

　3/2644

8718₂　欽

30欽定詞譜（詞譜）

1/39

1/42

1/43

1/46

1/47

1/50

1/51

1/53

1/54

1/62

2/1474

3/2585

3/2656

3/2662

3/2701

3/2802

3/2836

3/2852

3/2854

4/3229

5/4135

5/4929

5/4943

5/4945

5/4963

欽定歷代詩餘　見御
　定歷代詩餘

8742₇　鄭

41鄭板橋集

　4/3382

筆

07筆記
　2/1293
　筆記
　4/3613
09筆談　見夢溪筆談
95筆精
　4/3383
　4/3408

8860₁　簪

88簪筠閣詩
　3/2717

8860₃　笛

44笛椽詞
　4/3533

8871₃　篋

50篋中詞
　4/3988
　4/3996②
　4/3999
　4/4000
　4/4003
　4/4007
　4/4008④
　4/4009④
　4/4010④
　4/4011④
　4/4012⑤

　4/4013⑤
　4/4014④
　4/4015⑤
　4/4016④
　4/4017④
　4/4018⑤
　4/4019④
　4/4020③
　5/4226
　5/4259

8872₇　飾

95飾性齋遺稿
　5/4781

8874₁　餅

42餅桃花館詞
　3/2607

8879₄　餘

10餘不谿二隱叢説
　3/2266
　5/4453
34餘波詞
　2/1587
87餘録
　3/2266

8880₁　箕

21箕穎集
　1/990

8880₆　箅

30箅房詞
　1/1010

8890₃　篹

40篹喜堂集
　5/4736
　5/4737

9000₀　小

00小廬詞
　3/2730
　小庚詞存（詞存）
　4/3321
　小畜集
　3/2586
04小謨觴館詞
　3/2760
　5/4185
　小詩航雜著
　3/2619
10小石帆生詞
　4/3518
　小石屋詩草
　5/4781
21小紅樓詞
　2/1539
　3/2478
22小山詞（樂府補亡
　1/85
　1/449

1/978

2/1390

3/2234

4/3597

5/4027

5/4136

5/4276

5/4338

小山樂府

2/1496

40小奢摩詞

5/4185

小檀欒室彙刻閨秀詞

5/4615

44小蘭陔集

3/2761

小蘇潭詞

4/3498

小草齋集

4/3570

60小羅浮館詞（小羅浮閣詞）

3/2814

4/4003

小羅浮閣詞　見小羅浮館詞

67小眠齋詞選（小眠齋集）

3/2451

4/3528

小眠齋集　見小眠齋詞選

77小鷗波館詩集

3/2880

78小臨邛琴弄

3/2955

80小倉山房詩集

4/3960②

9003₂ 懷

27懷嚮齋詞

1/1031

1/1033

40懷古錄

1/900

2/1115

2/1800

44懷夢詞

4/3340

80懷人館詞

5/4185

9003₆ 憶

10憶雲詞　見憶雲詞甲乙丙丁稿

憶雲詞甲乙丙丁稿（憶雲詞）

3/2615

4/3131

4/3287

4/3519

4/3996

5/4186

27憶佩居詞

3/2881

31憶江南館詞

5/4300

9020₀ 少

30少室山房筆叢（胡應麟筆叢、胡元瑞筆叢）

1/647

1/787

1/795

1/828

2/1091

2/1160

2/1273

2/1762

3/2175

3/2400

5/4460

9021₁ 光

10光霽樓詞

4/3148

4/3431

9022₇ 尚

40尚友錄

5/4504

常

32常州詞錄

4/3155

9050₀　半

27半豹吟
　　1/817
　　1/1037
　　5/4654
31半江集
　　1/1026
　　2/1308
40半塘詞　見半塘定稿
　半塘定稿（半塘詞）
　　5/4229
　　5/4676
46半櫻詞
　　5/4784
51半軒詞
　　1/1023
77半閒堂詞
　　3/2070
88半篋秋詞
　　5/4614

9060₂　省

00省齋詩餘
　　5/4142

9060₆　當

45當樓詞　見當樓集
　當樓集（當樓詞）
　　1/585
　　5/4178

9090₄　棠

44棠村詞（棠村集）
　　1/816
　　1/1037
　　2/1438
　　2/1928
　　4/3280
　棠村集　見棠村詞

9148₆　類

23類編草堂詩餘
　　1/60
　　5/4144

9181₄　煙

34煙波漁唱詞
　　3/2890
　煙波漁隱詞
　　5/4142
　煙波閣詞
　　3/2699

9250₀　判

44判花閣詞
　　5/4186

9305₀　懺

00懺庵詞
　　5/4799
55懺慧詞
　　5/4222

9306₀　怡

00怡亭詞
　　2/1526
60怡園詞
　　3/2896

9406₁　惜

20惜香樂府
　　1/760
　　5/4032
　　5/4139
　　5/4095
57惜抱軒集
　　3/2768
　惜抱軒後集
　　4/3413
65惜味齋詩
　　3/2646
88惜餘芳館詞
　　4/3150

9488₁　烘

90烘堂詞（哄堂詞）
　　2/1417
　　4/3599
　　5/4141

9601₄　惺

63惺默齋詞
　　5/4807
96惺惺老人樂府

1/1020
2/1294

97820 烱

20烱香草
2/1947

97882 炊

77炊閨卮語
1/1040

炊閨詞
3/2611

98016 悦

25悦生堂隨鈔
4/3492

98057 悔

00悔庵沙語
3/2282②

98240 敝

17敝帚集
5/4654

98927 粉

10粉雲庵詞
5/4730

99327 鶯

10鶯天笛夜新聲
3/2955

字頭筆畫與四角號碼對照表

一 畫

一 1000$_0$
乙 1771$_0$

二 畫

丁 1020$_0$
七 4071$_0$
乃 1722$_7$
九 4001$_7$
了 1720$_7$
二 1010$_0$
人 8000$_0$
八 8000$_0$
刁 1712$_0$
十 4000$_0$
卜 2300$_0$
又 7740$_0$

三 畫

万 1022$_7$
三 1010$_1$
上 2110$_0$
下 1023$_0$
于 1040$_0$

勺 2732$_0$
千 2040$_0$
口 6000$_0$
士 4010$_0$
夕 2720$_0$
大 4003$_0$
女 4040$_0$
子 1740$_7$
寸 4030$_0$
小 9000$_0$
山 2277$_0$
川 2200$_0$
已 1771$_7$
才 4020$_0$

四 畫

不 1090$_0$
中 5000$_6$
丹 7744$_0$
之 3030$_7$
五 1010$_7$
升 2440$_0$
午 8040$_0$
卞 0023$_0$
孔 1241$_0$
少 9020$_0$

尤 4301$_0$
天 1043$_0$
太 4003$_0$
友 4004$_7$
壬 2010$_4$
允 2321$_0$
元 1021$_1$
内 4022$_7$
公 8073$_2$
六 0080$_0$
分 8022$_7$
切 4772$_0$
尹 1750$_7$
尺 7780$_7$
巴 7771$_7$
幻 2772$_0$
井 5500$_0$
亢 0021$_2$
仁 2121$_0$
仇 2421$_7$
今 8020$_7$
介 8022$_7$
勾 2772$_0$
心 3300$_0$
戈 5300$_0$
支 4040$_7$

文 0040$_0$
斗 3400$_0$
方 0022$_7$
无 1041$_0$
日 6010$_0$
月 7722$_0$
木 4090$_0$
止 2110$_9$
比 2171$_0$
毛 2071$_4$
水 1223$_0$
火 9080$_0$
父 8040$_0$
片 2202$_1$
牛 2500$_0$
王 1010$_4$
殳 7740$_7$

五 畫

且 7710$_0$
世 4471$_7$
丘 7210$_1$
主 0010$_4$
他 2421$_2$
仙 2227$_0$
半 9050$_0$

占 2160$_0$
卯 7772$_0$
去 4073$_1$
古 4060$_0$
句 2762$_0$
可 1062$_2$
台 2360$_0$
史 5000$_6$
右 4060$_0$
叶 6400$_0$
司 1762$_0$
四 6021$_0$
外 2320$_0$
左 4001$_1$
巨 7171$_7$
布 4022$_7$
平 1040$_9$
幼 2472$_7$
弁 2344$_0$
弘 1223$_0$
必 3300$_0$
令 8030$_7$
以 2810$_0$
冬 2730$_3$
功 1412$_7$
包 2771$_2$

北	1111_0	仰	2722_0	汝	3414_0	耳	1040_0	宋	3090_4
戊	5320_0	仲	2520_6	江	3111_0	自	2600_0	完	3021_1
未	5090_0	任	2221_4	牟	2350_0	艮	7773_2	宏	3043_2
本	5023_0	价	2822_0	玎	1112_0	艾	4440_0	岑	2220_7
札	4291_0	伊	2725_7	百	1060_0	行	2122_1	希	4022_7
正	1010_1	似	282	竹	8822_0	衣	0073_2	延	1240_1
民	7774_7	伏	2323_4	米	9090_4	西	1060_0	廷	1240_1
永	3023_2	企	8010_1	后	7226_1			彤	7242_2
水	3223_0	休	2429_0	參見後		**七　畫**		志	4033_1
汀	3112_7	兆	3211_3	向	2722_0	亨	0020_7	成	5320_0
玄	0073_2	先	2421_1	回	6060_0	伯	2620_0	戒	5340_0
玉	1010_3	光	9021_1	因	6043_0	佑	2426_0	扶	5503_0
瓜	7223_0	全	8010_4	在	4021_4	伸	2520_6	批	5101_0
瓦	1071_7	再	1044_7	圭	4010_4	佇	2322_0	抑	5702_0
甘	4477_0	冰	3213_0	夷	5003_2	位	2021_8	折	5202_1
生	2510_0	冲	3510_8	好	4744_7	何	2122_0	改	1874_0
用	7722_0	列	1220_0	如	4640_0	余	8090_4	攻	1814_0
田	6040_0	卍	1221_7	字	3040_7	作	2821_1	冶	3316_0
由	5060_0	危	2721_2	存	4024_7	佟	2723_3	冷	3813_7
甲	6050_0	合	8060_1	宇	3040_1	克	4021_6	判	9250_0
申	5000_6	吉	4060_1	守	3034_2	兑	8021_8	别	6240_0
白	2600_0	同	7722_0	安	3040_4	吕	6060_0	利	2290_0
皮	4024_7	名	2760_0	屺	2771_7	困	6090_4	劼	2462_7
石	1060_0	旨	2160_1	州	3200_0	均	4712_0	罔	7722_0
禾	2090_4	旭	4601_0	年	8050_0	坼	4212_1	卤	2160_0
立	0010_2	曲	5560_0	式	4310_0	坐	8810_0	君	1760_7
		有	4022_7	扣	5600_0	壯	2421_0	映	6503_0
六　畫		朱	2590_0	羊	8050_1	妥	2040_4	吟	6802_7
用	2722_0	朴	4390_0	羽	1712_0	妙	4942_0	含	8060_7
乩	2261_0	次	3718_2	老	4471_1	孚	2040_7	吴	6043_0
交	0040_8	汗	3114_0	考	4420_7	孝	4440_7	吹	6708_2
亦	0033_0			耒	5090_0	字	4040_7	吾	1060_1

更 1050_6	邢 1742_7	奉 5050_3	空 3010_1	斧 8022_1
杉 4292_2	那 1752_7	姑 4446_0	竺 8810_1	杭 4091_7
李 4040_7	邦 5702_7	委 2040_4	肥 7721_7	東 5090_6
杏 4060_9	酉 1060_0	孟 1710_7	肩 3022_7	松 4893_2
杜 4491_0	里 6010_4	季 2040_7	肯 2122_7	板 4194_7
材 4490_0	阮 7121_1	宗 3090_1	臥 7370_0	芙 4453_0
步 2120_1		定 3080_1	岩 2260_1	芝 4430_7
沖 3510_6	**八　畫**	宛 3021_2	岳 7277_2	芥 4422_8
沂 3212_1	事 5000_7	宜 3010_7	岸 2224_1	芬 4422_7
汲 3714_7	亞 1010_7	尚 9022_7	幸 4040_1	花 4421_4
沚 3111_0	享 0040_7	居 7726_4	庚 0023_7	芳 4422_7
汾 3812_7	京 0090_6	屆 7727_2	戕 1224_7	芷 4410_1
汪 3111_4	佩 2721_0	林 4499_0	忠 5033_6	芸 4473_3
沃 3213_4	佳 2421_4	枚 4894_0	念 8033_2	虎 2121_7
沅 3111_1	來 4090_8	枝 4494_7	怡 9306_0	迎 3730_2
沈 3411_2	侍 2424_1	杲 6090_4	性 9501_4	近 3230_2
沛 3512_7	兩 1022_7	欣 7728_2	房 3022_7	迆 3130_4
狂 4121_4	其 4480_1	武 1314_0	所 7222_1	返 3130_4
甫 5322_7	具 7780_1	河 3112_0	承 1723_2	邱 7712_7
秀 2022_7	典 5580_1	治 3316_0	抱 5701_2	邵 1762_7
肖 9022_7	卓 2140_6	洞 3712_0	拔 5304_7	采 2090_4
良 3073_2	初 3722_0	況 3611_0	拙 $\mathbf{5207_2}$	金 8010_9
芑 4471_7	叔 2794_0	泗 3712_0	招 5706_2	長 7173_2
見 6021_0	受 2040_7	炊 9788_2	拓 5106_0	門 7777_7
言 0060_1	周 7722_0	牧 2854_0	放 0824_0	阿 7122_0
貝 6080_0	味 6509_0	物 2752_0	昆 6071_1	陂 7424_7
赤 4033_1	呻 6500_6	狎 4625_0	昇 6044_0	附 7420_0
車 5000_6	咏 6303_2	疢 0018_7	昌 6060_0	雨 1022_7
辛 0040_1	和 2690_0	直 4010_7	明 6702_0	青 5022_7
辰 7123_2	固 6060_4	知 8640_0	昉 6002_7	非 1111_1
迂 3130_4	坡 4414_7	祁 3722_7	易 6022_7	
邤 8722_7	坦 4611_0	秉 2090_7	昕 6202_1	

九　畫

				十　畫
修 2722_2	度 0024_7	紉 2792_0	柔 1790_4	重 2010_4
參見 悄	建 1540_0	美 8043_0	柘 4196_6	陔 7028_2
侯 2723_4	彖 8044_6	耐 1420_0	查 4010_6	韋 4050_6
侶 2626_0	弈 0044_3	耶 1712_7	柯 4192_0	音 0060_1
俊 2324_7	彦 0022_2	胡 4762_0	柳 4792_0	風 7721_0
保 2629_4	洗 3411_1	胥 1722_7	柴 2190_4	飛 1241_8
俞 8022_1	洛 3716_4	苓 4430_7	段 7744_7	首 8060_1
信 2026_1	參見 雒	苕 4460_2	珏 1111_3	香 2060_9
冒 6060_0	洞 3712_0	苗 4460_0	珂 1112_0	韭 1110_1
冠 3721_4	洪 3418_1	若 4460_4	珊 1714_0	
則 6280_0	洺 3716_0	律 2520_7	珍 1812_2	十　畫
前 8022_1	治 3816_1	後 2224_7	畏 6073_2	倪 2721_7
勇 1742_7	净 3715_7	參見 后	畔 6500_0	倚 2422_1
勉 2441_2	爰 2044_7	思 6033_0	毗 6101_0	借 2426_1
南 4022_7	癸 1243_0	恒 9101_7	英 4453_6	倦 2921_2
厚 7124_7	皆 2160_2	恪 9706_4	苹 4440_9	倩 2522_7
哀 0073_2	皇 2610_4	扁 3022_7	苻 4424_0	倫 2822_7
品 6066_0	盆 8010_7	挈 4750_2	茂 4425_3	凍 3519_6
哄 6408_1	相 4690_0	拜 2155_0	范 4411_2	党 9021_4
垢 4216_1	盾 7226_4	拾 5806_1	茅 4422_1	務 1722_7
奕 0043_0	省 9060_2	持 5404_1	茹 4433_3	剛 7220_0
姚 4241_3	眉 7726_7	拱 5408_1	虹 5111_0	原 7129_8
姜 8040_4	看 2060_4	斫 1262_1	籽 5794_7	哦 6305_0
姬 4141_6	盼 6802_7	施 0821_2	衍 2122_1	哲 5260_2
客 3060_4	衹 3224_0	星 6010_4	衍 2122_1	唐 0026_7
宣 3010_6	祈 3222_1	映 6503_0	表 5073_2	夏 1024_7
封 4410_4	禹 2042_7	春 5060_3	計 0460_0	奚 2043_0
屏 7724_1	秋 2998_0	昭 6706_2	貞 2180_6	娛 4643_4
幽 2277_0	紀 2891_7	是 6080_1	迦 3630_0	孫 1249_8
庠 0025_1	紀 2791_7	柏 4690_0	述 3330_9	宮 3060_8
	約 2792_0	某 4490_4	郁 4722_7	宴 3040_4
	紅 2191_0	染 3490_4	郇 8762_7	家 3023_2

容	3060₈	笑	8843₀	栗	1090₄	訒	0762₀	問	7760₇
射	2420₀	粉	9892₇	校	4094₈	記	0761₇	啓	3860₄
展	7723₂	納	2492₇	桂	4491₄	豈	2210₈	國	6015₃
峯	2250₄	純	2591₇	桐	4792₀	豹	2722₀	執	4441₇
崛	2671₀	素	5090₃	桑	7790₄	貢	1080₆	培	4016₁
峰	2775₄	索	4090₃	桓	4191₆	起	4780₁	堅	7710₄
師	2172₇	翁	8012₇	栩	4792₀	軒	5104₀	堆	4011₄
席	0022₇	耆	4460₁	殷	2724₇	退	3730₃	基	4410₄
唐	0026₁	耕	5590₀	海	3815₇	逃	3230₁	堊	4410₄
庭	0024₁	耘	5193₁	浪	3313₂	郜	2762₇	婁	5040₄
弱	1712₇	耿	1918₀	浮	3214₇	郝	4732₇	婆	3440₄
徐	2829₄	胭	7620₀	浯	3116₁	郎	3772₁	婦	4742₇
烟	9680₀	能	2121₁	泰	5013₂	郡	1762₇	婉	4341₂
參見　煙		悄	2722₇	浙	3212₁	酌	1762₀	寂	3094₇
烏	2732₇	致	1814₀	浚	3314₇	酒	3116₀	寄	3062₁
烘	9488₁	恕	4633₀	浣	3311₁	馬	7132₇	密	3077₂
珠	1519₈	恩	6033₀	浦	3312₁	高	0022₇	寇	3021₄
班	1111₄	息	2633₀	浩	3416₁			專	5034₃
留	7760₂	悦	9801₈	涉	3112₁	**十一畫**		崑	2271₁
病	0012₇	悔	9805₇	涷	3519₈	乾	4841₇	崔	2221₄
卿	7722₈	悟	9106₁	茗	4460₇	偉	2425₈	椁	4691₄
益	8010₇	振	5103₂	苣	4471₈	健	2524₀	梧	4196₁
真	4080₃	挺	5204₁	茶	4490₄	側	2220₀	梁	3390₄
眠	6704₇	效	0844₀	茹	4446₀	偶	2622₇	梅	4895₇
砥	1264₀	晃	6011₃	荀	4462₇	冕	6041₆	梓	4094₁
破	1464₇	時	6404₁	荆	4240₁	凰	7721₁	梨	2290₄
祖	3721₀	晉	1060₁	草	4440₆	勒	4452₇	梯	4892₇
祝	3621₀	晏	6040₄	荔	4442₇	勘	4472₇	梳	4091₃
神	3520₆	書	5060₁	荃	4410₄	匏	4721₂	欲	8768₂
祕	3320₀	朔	8742₀	蚓	5210₁₀	參	2320₂	欺	2748₂
秦	5090₄	條	2729₄	袁	4073₂	唵	6401₆	欵	2748₂
笏	8822₇	栖	4196₀	訊	0761₀	商	0022₇	涵	3717₂

淑 3714_0	康 0023_2	紺 2497_0	陳 7529_6	寓 3042_7
淞 3813_2	庸 0022_7	紫 2190_3	陵 7424_7	尊 8034_6
淡 3918_9	張 1123_2	紹 2796_2	陶 7722_0	尋 1734_6
淩 3414_7	強 1323_6	紱 2394_4	陸 7421_4	屠 7726_4
淮 3011_4	彬 4292_2	習 1760_2	雩 1020_7	嵇 2397_2
深 3719_4	得 2624_1	聊 1712_0	雪 1017_7	嵐 2221_7
淳 3014_7	御 2722_0	脝 7821_4	魚 2733_6	巽 7780_1
涪 3016_1	恩 2633_0	船 2746_1	鹿 0021_1	幾 2245_3
清 3512_7	悼 9104_6	荷 4422_1	麥 4020_7	庚 0023_7
淥 3713_2	惕 9602_7	莊 4421_4	麻 0029_4	彭 4212_2
溫 3611_7	惜 9406_1	莎 4412_9		復 2824_7
渚 3416_0	惟 9001_4	莘 4440_1	**十二畫**	愉 9802_1
焆 9782_0	戚 5320_0	莫 4443_0	傅 2324_2	湖 3712_6
猗 4422_1	捧 5505_3	處 2124_1	凱 2711_0	湘 3610_0
理 1611_4	捫 5702_0	虛 2121_2	匐 2722_0	滋 3813_2
瓶 8141_7	授 5204_7	袤 0073_2	勝 7922_7	湛 3411_1
甜 2467_0	採 5209_4	袖 3526_0	勞 9942_7	湧 3712_7
皎 2064_8	掞 5908_9	許 0864_0	博 4304_2	湄 3716_7
畢 6050_4	敍 8194_7	貧 8080_6	善 8060_5	湫 3411_4
盛 5310_7	敎 4844_0	貪 8080_6	喟 6602_7	焚 4480_9
研 1164_0	敏 8854_0	貫 7780_6	喬 2022_7	無 8033_1
祥 3825_1	敕 5894_0	逍 3930_2	單 6650_6	焦 2033_1
祭 2790_1	斌 0344_0	逐 3130_3	圍 6050_6	琪 1418_1
章 0040_6	晚 6701_6	逢 3730_4	堯 4021_1	琢 1113_2
笙 8810_1	晞 6402_7	通 3730_2	報 4744_7	琬 1311_2
笛 8860_3	晦 6805_7	連 3530_0	壺 4010_7	琰 1918_9
笠 8810_8	晨 6023_2	郭 0742_7	婆 1840_4	琴 1120_7
崇 2290_1	曹 5560_6	鄰 9782_7	婷 4042_1	琇 1212_7
巢 2290_4	曼 6040_7	郴 4792_7	媅 4844_6	琵 1171_1
帶 4422_7	朗 3772_0	野 6712_2	媚 4746_7	琠 1550_1
常 9022_7	符 8824_3	釣 8712_0	寐 3029_4	畫 5010_6
庶 0023_1	第 8822_7	陰 7823_1	寒 3030_3	畬 8060_6

異	6080₁	散	4824₀	羨	8018₂	陽	7622₇	意	0033₆
疏	1011₃	敦	0844₀	皐	2640₁	階	7126₁	愚	6033₂
疎	1519₆	斐	1140₀	舒	8762₀	隋	7422₇	愛	2024₇
痛	0012₇	斯	4282₁	舜	2025₂	雁	7121₄	感	5320₀
喬	1722₇	普	8060₁	華	4450₃	參見 鴈		愧	9601₃
硯	1661₀	景	6090₆	菉	4413₂	雅	7021₄	愼	9408₁
稊	2892₇	晰	6202₁	菊	4492₇	集	2090₄	猿	4423₂
程	2691₄	晴	6502₇	參見 鞠		雲	1073₁	獅	4122₇
童	0010₄	曾	8060₆	菌	4460₀	項	1118₆	瑜	1812₁
筆	8850₇	最	6014₇	葦	4450₄	順	2108₆	瑋	1415₆
筌	8850₇	朝	4742₀	菽	4494₇	須	2128₆	瑞	1212₇
跋	6414₇	棠	9090₄	萊	4490₈	飮	8778₂	瑟	1133₁
進	3030₁	棣	4593₂	萍	4414₉	馮	3112₇	當	9060₆
逸	3730₁	棕	4399₁	蛟	5014₈	黃	4480₆	睕	6301₂
都	4762₇	栟	4894₁	衆	2723₂	黑	6033₁	睡	6201₄
鄂	6722₇	植	4491₇	裁	4375₀	**十 三 畫**		盟	6710₇
酥	1269₄	椒	4794₀	覃	1040₆			碎	1064₈
酣	1467₀	棟	4593₂	觚	2223₀	亶	0010₆	稗	2694₀
鈍	8511₇	欽	8718₂	訴	0263₁	傳	2524₃	稚	2091₄
鈴	8812₇	款	4798₂	詠	0363₂	幹	4844₁	稜	2494₇
鈕	8711₅	渭	3612₇	評	0164₉	勤	4412₇	筱	8824₈
開	7744₁	游	3814₇	詞	0762₀	啇	4060₁	筠	8812₇
閑	7790₄	渼	3813₄	象	2723₂	嗣	6722₀	粲	2790₄
閒	7722₇	湯	3612₇	貴	5080₆	填	4418₁	綉	2292₇
惠	5033₃	淵	3210₀	費	5580₆	塘	4016₇	綈	2892₇
惲	9705₆	策	8890₂	貽	6386₀	嫏	4742₇	綏	2294₄
惺	9601₄	粟	1090₄	賀	4680₆	廉	0023₇	經	2191₁
掌	9050₂	粤	2620₇	超	4780₆	彙	2790₄	罨	6071₆
揚	5602₇	絶	2791₇	越	4380₅	微	2824₀	羣	1750₁
握	5701₄	絡	2796₄	閏	7710₄	想	4633₀	義	8055₃
揮	5705₆	絮	4690₃	閔	7743₂	愁	2933₈	聖	1610₄
敝	9824₀	絳	2795₄	閑	7740₀	愈	8033₂	肅	5022₇

與 7780_1	溪 3213_4	雌 2011_4	慢 4624_7	説 0861_6
萬 4442_7	滄 3816_7	雍 0071_4	廖 0022_2	賓 3080_6
落 4416_4	煮 4433_6	電 1071_6	廑 0028_1	趙 4980_2
葆 4429_4	熙 7733_1	零 1030_7	慈 8033_3	輔 5302_7
葉 4490_4	煙 9181_4	雷 1060_3	慵 9002_7	輕 5101_1
尌 4414_0	照 6733_6	靖 0512_7	截 4325_0	遜 3230_9
葛 4472_7	蛸 5912_7	靳 4252_1	斠 5440_0	遠 3430_3
董 4410_4	蛾 5315_0	頌 8178_6	暢 5602_7	漢 3413_4
葦 4450_6	裕 3826_8	頎 8128_6	榕 4396_8	漫 3614_7
葚 4471_1	裘 4373_2	頓 5178_6	槫 4394_2	滹 3114_9
葵 4443_0	補 3322_7	飴 8376_0	榮 9990_4	漱 3718_2
葚 4471_1	解 2725_2	飾 8872_7	彙 2790_4	熊 2133_1
虞 2123_4	詩 0464_1	馳 7431_2	槎 4891_1	爾 1022_7
蜕 5811_6	話 0266_4	黽 2721_7	槐 4691_3	瑤 1717_2
蛾 5315_0	詹 2726_1	鼎 2222_1	榴 4796_2	瑤 1217_2
蜀 6012_7	賈 1080_6	鼓 4414_7	構 4594_7	琛 1419_4
蜂 5715_4	路 6716_4	鼠 7771_7	歌 1768_2	瑯 1712_7
愷 9201_8	辟 7064_1	**十　四　畫**	毓 8051_3	甄 1111_7
搖 5207_2	載 4355_0		漁 3713_6	疑 2748_1
搢 5106_1	遂 3830_3	僧 2826_6	漱 3814_0	監 7810_7
敬 4864_0	遊 3830_4	僕 2223_4	溉 3111_4	碧 1660_1
新 0292_1	運 3730_4	嘉 4046_5	演 3318_6	碩 1168_6
暖 6204_7	過 3730_2	圖 6060_4	溫 3111_8	福 3126_6
會 8060_6	道 3830_6	壽 4064_1	蓉 4460_8	種 2291_4
楊 4692_7	遏 3630_2	夢 4420_7	蒹 4433_7	端 0212_7
楓 4791_0	退 3730_4	奩 4071_6	蜜 3013_6	管 8877_7
楚 4480_1	達 3430_4	嫩 4844_0	蜩 5712_0	綠 2793_2
榆 4892_1	鄒 2742_7	寥 3050_2	蜚 1113_6	維 2091_4
業 3290_4	郎 2732_7	寧 3020_2	裴 1173_2	綸 2892_7
楞 4692_7	酬 1260_0	實 3080_6	語 0166_1	綺 2492_1
歲 2125_3	組 8711_0	寧 3020_1	誠 0365_0	翟 1721_4
殿 7724	鉛 8716_1	對 3410_0	誨 0865_7	翠 1740_8

聚 1723₂	增 4816₈	稼 2393₂	歐 7778₂	震 1023₂
開 7740₁	墨 6010₄	穀 4794₇	毅 0724₇	靚 5621₀
肇 3850₇	嬋 4843₁	窮 3022₇	潔 3719₃	鞏 1750₆
臧 2325₀	嫺 4742₀	節 8872₇	潘 3216₉	餅 8874₁
臺 4010₄	嬌 4242₇	箄 8810₄	潛 3116₁	養 8073₂
舞 8025₁	審 3060₉	箧 8871₃	漢 3716₁	駒 7732₀
蒙 4423₂	寫 3032₇	緣 2793₂	潤 3712₀	駕 4632₇
蕊 4491₇	寬 3021₃	緬 2191₇	潤 3712₀	髻 7244₇
尊 4434₂	廣 0028₈	緯 2495₈	蔣 4424₇	髯 7252₇
刪 4220₀	彈 1625₆	練 2599₈	蔭 4423₁	魯 2760₃
蒲 4412₇	履 7724₇	羯 8652₇	蝶 5419₄	鴈 7122₇
蒼 4460₇	影 6292₂	翦 8012₇	衛 2122₁	黎 2713₂
蒿 4422₇	德 2423₁	蓬 4430₄	褚 3426₀	
蓀 4449₃	慕 4433₃	蓮 4430₄	談 0968₉	**十六畫**
酸 1364₇	慧 5533₇	蓼 4420₂	廣 0028₆	冀 1180₁
銀 8713₂	慰 7433₀	蔗 4423₁	質 7280₆	凝 3718₁
銅 8712₀	憬 9609₆	蔚 4424₆	輝 9725₆	噴 6408₆
銛 8216₄	滕 7923₂	蔡 4490₁	輖 5702₀	嘯 6502₇
銘 8716₀	澈 3814₀	蓺 4411₇	輟 5704₇	器 6666₃
靜 5725₇	潑 3214₇	蔈 4490₄	輦 5550₆	學 7740₇
閩 7710₄	澄 3211₈	慶 0024₇	遷 3130₁	竄 4025₃
閫 7713₆	穎 2128₈	憂 1024₇	遜 3130₃	嶧 2775₂
雒 2061₄	瑩 9910₃	慵 2002₇	遲 3730₄	彊 1121₆
鳳 7721₀	瑾 1411₄	摩 0025₂	鄧 1712₇	憑 3133₂
鳴 6702₇	璜 1418₆	撫 5803₁	鄭 8742₇	憩 2633₀
齊 0022₃	璇 1818₁	撰 5708₁	鄰 9722₇	憶 9003₆
	畿 2265₃	數 5844₀	閭 7773₂	戰 6355₀
十五畫	瘦 0014₇	樂 2290₄	閒 7760₆	撼 5305₀
儀 2825₃	皺 2444₇	樊 4443₀	閱 7721₆	擇 5604₁
劉 7210₀	盤 2710₇	樓 4594₄	醇 1064₇	整 5810₁
劍 8280₀	磐 2760₁	樗 4192₇	醉 1064₃	曇 6073₁
厲 7122₇	稷 2694₇	樞 4191₈	霄 1060₁	曉 6401₁

樵	4093_1
樸	4293_4
樹	4490_0
橋	4792_7
橙	4291_8
橄	4398_5
樨	4795_1
橫	4498_6
歙	8718_2
歷	7121_1
澤	3614_1
濃	3513_2
澹	3716_1
澼	3014_1
熹	4033_6
燕	4433_1
璞	1213_4
璚	1712_7
遺	3530_8
遼	3430_9
鄰	3792_7
醒	1661_4
醜	1661_3
錄	8713_2
錢	8315_3
錦	8612_7
錫	8612_7
閻	7777_7
禪	3625_6
甌	7171_7
盧	2121_7
磬	4760_1
穆	2692_2
積	2598_6
篔	8880_6
篠	8829_4
篤	8832_7
縈	9990_3
輸	4842_7
興	7780_1
蕃	4460_9
蕊	4433_3
蕙	4433_3
蔬	4411_3
蕭	4422_7
蕘	4421_1
薌	4421_7
融	1523_6
衡	2122_1
親	0691_0
諭	0862_1
諤	0662_7
諸	0466_0
豫	1723_2
賭	6486_0
賴	5798_6
踽	6212_7
蹄	6012_7
遹	3730_2
遵	3830_4
選	3730_8
隨	7423_2
雕	7021_4
霍	1021_4
霏	1011_1
頻	2128_6
穎	2198_6
餐	2773_2
駱	7736_4
鮑	2731_2
鴛	2732_7
麈	0021_4
默	6333_4
龍	0121_1

十 七 畫

優	2124_7
壎	4213_1
嬰	6640_4
孺	1142_7
嶺	2238_6
應	0023_1
擘	7050_2
擣	5404_1
斲	7212_1
檀	4091_6
檗	7090_4
濟	3012_3
濬	3116_8
牆	2426_1
環	1613_2
穉	2795_1
磵	1762_0
磻	1266_9
篷	8830_4
麋	0029_4
縻	0029_3
縵	2694_7
轅	5403_2
邀	3830_4
避	3030_4
邁	3430_2
還	3630_3
豳	2277_0
鍾	8211_4
闇	7760_1
隱	7223_7
霜	1096_3
霞	1024_7
鞠	4752_0
績	2598_6
繆	2792_2
聯	1217_2
聲	4740_1
臨	7876_6
薇	4424_8
薑	4410_6
薛	4474_1
薗	4460_0
薔	4460_1
薦	4422_7
薩	4421_4
薜	4464_1
螺	5619_3
蟄	4413_6
螭	5012_7
襄	0073_2
謇	3060_1
謖	0664_7
謙	0863_7
謝	0460_0
谿	2846_8
豁	3866_8
輿	7780_1
韓	4445_6
駿	7334_7
鮚	2436_1
鮦	2732_0
鮮	2835_1
鴻	3712_7
鴿	8762_7
黻	3324_7
黛	2333_1
點	6136_0
齋	0022_3

十 八 畫

儲	2426_0
叢	3214_7
嚮	2722_7
彝	2744_9
戴	4385_0
擊	7850_2
擷	5108_6
斷	2272_1
曙	6606_4
曜	6701_4
檮	4494_1
歸	2712_7
燦	9789_4

璧 7010$_3$	鵑 6722$_7$	蟻 5815$_3$	蘭 4462$_7$	鰊 2633$_2$
壁 7071$_7$	輨 4651$_7$	蟾 5716$_1$	蘋 4428$_6$	鶯 9932$_7$
甕 0071$_7$	廖 0060$_4$	贊 2480$_6$	蘆 4421$_7$	鶴 4722$_7$
瞻 6706$_1$	黿 6071$_7$	譚 0164$_6$	蘇 4439$_4$	鷄 2742$_7$
瞿 6621$_4$	龜 2711$_7$	辭 2024$_1$	蘄 4452$_1$	麝 0024$_1$
禮 3521$_8$	**十九畫**	邊 3630$_2$	覺 7721$_6$	黯 6036$_1$
邃 8830$_3$	嬾 4748$_6$	鏤 8514$_4$	觸 2622$_7$	**二十二畫**
篠 8812$_7$	廬 0021$_7$	鏡 8011$_6$	醴 1561$_8$	儼 2624$_8$
簡 8822$_7$	懶 9708$_6$	關 7777$_2$	釋 2694$_1$	懿 4713$_3$
簣 8880$_6$	參見 嬾	隴 7121$_1$	露 1016$_4$	權 4491$_4$
簪 8860$_1$	懷 9003$_2$	韜 4257$_7$	鐙 8211$_3$	蘧 8830$_3$
簫 8822$_7$	曝 6603$_2$	韻 0668$_6$	鐘 8011$_4$	攟 8854$_1$
織 2395$_0$	曠 6008$_6$	願 7128$_6$	闞 7714$_8$	聽 1413$_1$
翼 1780$_1$	櫟 4299$_4$	類 9148$_6$	鶩 1832$_7$	臟 7621$_4$
職 1315$_0$	瀛 3011$_7$	鵪 4772$_7$	黨 9033$_1$	讀 0468$_6$
轟 1014$_1$	瀟 3412$_7$	鵲 4762$_7$	饋 8578$_6$	鑑 8811$_7$
舊 4477$_7$	瀘 3711$_1$	簏 4421$_1$	**二十一畫**	鑄 1022$_3$
蕢 4480$_6$	瓊 1714$_7$	麗 1121$_1$	囂 6666$_8$	鰲 4833$_6$
薰 4433$_1$	癡 0018$_1$	龐 0021$_1$	罎 2471$_4$	鷗 7772$_7$
藍 4410$_7$	簽 8826$_1$	**二十畫**	續 2498$_6$	襲 0180$_1$
藏 4425$_3$	繫 5790$_3$	嚴 6624$_8$	蘧 4430$_3$	**二十三畫**
蟲 5013$_6$	繩 2791$_7$	嚲 0645$_6$	蘭 4422$_7$	戀 2233$_9$
覆 1024$_7$	繹 2694$_1$	孿 8024$_7$	蠡 2713$_6$	矑 6101$_1$
謫 0062$_7$	繡 2592$_7$	寶 3080$_6$	覽 7821$_6$	蘿 4491$_4$
謹 0461$_4$	羅 6091$_4$	懺 9305$_0$	護 0464$_7$	顯 6138$_6$
豐 2210$_8$	藕 4492$_7$	寶 3080$_6$	鐺 8012$_7$	麟 0925$_9$
鎖 8918$_6$	藜 4413$_2$	籌 8864$_1$	鐵 8315$_0$	**二十四畫**
雙 2040$_7$	藝 4473$_1$	籍 8896$_1$	顧 3128$_6$	孀 4442$_7$
雜 0091$_4$	藴 4491$_7$	繼 2291$_3$	顥 6198$_6$	攬 5801$_6$
雞 2041$_4$	藤 4423$_2$	藥 4490$_4$	驂 7332$_2$	
額 0128$_6$	藥 4490$_4$	蘅 4422$_1$	鬘 7240$_7$	
魏 2641$_3$